Cora Jenkins hasst die junge Frau vom ersten Moment an, in dem ihr Mann sie aus dem Van schleift. Julie Brookman ist sein neuestes Opfer, die »Auserwählte«, die er entführt und auf die abgelegene Farm in Upstate New York gebracht hat. Und Cora macht Julie das Leben dort zur Hölle. Eingesperrt in eine Kammer ohne Tageslicht, fast ohne Nahrung und seelischen und körperlichen Qualen ausgesetzt, soll die junge Frau gebrochen werden. Aber Julie fügt sich nicht in ihr Schicksal, ist irgendwann bereit, alles zu tun, um ihrem Gefängnis zu entkommen. Und Cora scheint ihr der Schlüssel zurück in ein freies Leben zu sein. Denn Cora weiß selbst, was es bedeutet, ein Opfer zu sein. Jemand ist ihr auf der Spur, und ihre Vergangenheit holt sie jetzt unaufhaltsam wieder ein.

Koethi Zan stammt aus Alabama und hat in Yale Jura studiert. Sie arbeitete als Anwältin, zuletzt beim Musiksender MTV. Mit ihrem ersten Thriller »Danach« hat sie direkt einen Bestseller gelandet. Koethi Zan lebt mit ihrer Familie in der Nähe von Hudson im Bundesstaat New York.

Weitere Informationen finden Sie auf www.fischerverlage.de

KOETHI ZAN

NUR DAS BÖSE

THRILLER

Aus dem Amerikanischen Englisch
von Verena Kilchling

FISCHER Taschenbuch

Erschienen bei FISCHER Taschenbuch
Frankfurt am Main, Oktober 2021

Die Originalausgabe erschien 2017
unter dem Titel »The Follower« bei Harvill Secker,
an imprint of Penguin Random House UK, London

Satz: Druckerei C.H.Beck, Nördlingen
Druck und Bindung: GGP Media GmbH, Pößneck
Printed in Germany
ISBN 978-3-596-00156-9

Rette dich selbst.
Andere kannst du nicht retten.

ADRIENNE RICH,
Snapshots of a Daughter-in-Law

1

JULIE BROOKMANS LEBEN war absolut perfekt. Sie drehte den Rückspiegel im Auto ihres Bruders in ihre Richtung und wischte sich einen Mascarafleck aus dem Augenwinkel, der dort nicht hingehörte. Nachdem sie ihre langen, rotgoldenen Haare bewundert hatte, setzte sie ein Lächeln auf, das ihre grünen Augen zum Funkeln brachte.

Vier Tage vor Abgabefrist war sie mit ihrer Hausarbeit über die Dichter des amerikanischen Transzendentalismus fertig geworden und hatte vor, sie am nächsten Morgen abzugeben. Professor Greenfield war ihr Lieblingsdozent. Vielleicht war sie sogar ein klein wenig in ihn verschossen, aber das war nicht der Grund für ihre überpünktliche Abgabe. Julie erledigte immer alles frühzeitig und bemühte sich, besser zu sein als alle anderen.

Für diese Hausarbeit hatte sie sich bei ihren Eltern in Westchester eingenistet, weil sie der Ansicht war, in ihrem alten Mädchenzimmer am besten schreiben zu können. Einer ihrer Grundsätze lautete nämlich, dass eine gewisse Routine ausschlaggebend für den Erfolg war. Sie hatte beschlossen, den letzten Zug zurück in die Stadt zu nehmen und ihren Text am nächsten Morgen noch einmal gründlich durchzulesen, bevor sie auf Absenden klickte.

Ryan bog auf den Parkplatz des Bahnhofs ein.

»Alles klar, kleiner Bruder«, sagte Julie und drehte sich

zur Rückbank um, um sich ihre Computertasche zu schnappen. »Du kannst mich hier rauslassen.«

»Ich kann auch mit dir warten«, bot er an, allerdings erst nach merklichem Zögern.

Julie zog ihr Handy aus der Tasche.

»Wir sind viel zu früh dran. Wäre doch blöd, wenn du so lange warten müsstest. Ich komme schon klar.« Sie nickte Richtung Bahnhofsgebäude. »Kurt ist da drinnen, siehst du? Fahr du ruhig und triff dich mit Janie.«

Er sah sie unsicher an, aber es war offensichtlich, dass er wegwollte.

»Na los. Alles okay, wirklich.« Sie wuschelte ihm durch die Haare, die so lang waren, dass sie seine Augen verdeckt hätten, wären sie nicht an den Enden nach oben gewellt gewesen. Ryan war absolut hinreißend. »Jetzt hast du ein gutes Alibi. Mom wird nicht mal fragen, wo du warst. Die wertvolle Zeit musst du nutzen, bevor sie und Dad dir wieder Hausarrest aufbrummen.«

Ryan verdrehte die Augen.

»Aber warte drinnen, okay?«, sagte er, immer noch zögernd.

Julie nickte, legte sich den Riemen ihrer Tasche über die Schulter und zog zweimal an dem kleinen silbernen Herzen, das am Reißverschluss befestigt war. Ihr Glücksbringer.

»Klar. Kurt und ich – beste Kumpels.«

Julie stieg aus dem Auto und spähte durchs Fenster des Bahnhofsgebäudes ins Innere, wo sie Kurts Silhouette ausmachte. Er stand hinter dem Schalter und ging die Kassenbelege durch. Julie wusste, dass er bis ein Uhr morgens da sein würde. Sie war schon hundertmal mit diesem späten Zug gefahren.

Ryan lenkte das Auto in einer schwungvollen Kurve auf die Straße zurück, wobei die Reifen auf dem Kies durchdrehten. Julie winkte ihm halbherzig hinterher, obwohl sie sicher war, dass er nicht zu ihr zurückblickte. Die Jugend heutzutage. Sie grinste.

Es war ein schöner Abend Ende September, und die Luft war noch warm. Die Sterne, sofern man sie so nah an der Großstadt erkennen konnte, leuchteten um die Wette. Sie zog eine Schachtel Zigaretten hervor und klopfte sie gegen den Pfosten der hölzernen Veranda, die um das Bahnhofsgebäude herum verlief. Statt hineinzugehen, setzte sie sich auf die Bank unterhalb des Fensters, zündete sich eine Zigarette an und nahm einen langen, genüsslichen Zug. Ihre Eltern waren strikt gegen dieses Laster, und rein theoretisch musste sie ihnen recht geben, aber diese erste Zigarette seit zwei Tagen schmeckte einfach zu gut.

Sie blies einen langen Rauchstoß in die Luft und rieb geistesabwesend den Reißverschluss ihrer Tasche. Diese Hausarbeit war besser als alles, was sie im letzten Jahr geschrieben hatte. Ob sie versuchen sollte, sie zu veröffentlichen? Professor Greenfield kannte bestimmt die richtigen Medien dafür. Selbst wenn sie sie nicht veröffentlichte, war die Hausarbeit ein weiterer Schritt Richtung J.-Burden-Senior-Preis im nächsten Jahr.

Sie stand auf und ging zu der Treppe, die zu den Gleisen hinüberführte, zog ein letztes Mal an der Zigarette und ließ sie auf den Gehweg fallen. Nachdem sie sie mit dem Schuh ausgetreten hatte, hob sie den Fuß, um unter der Schuhsohle nachzusehen. Sie hatte da diesen Fimmel, was Zigarettenstummel anging: Wenn sie an ihr kleben blieben, brachte das Unglück. Aber ihre Sohle war rein. Sie lachte vor sich hin. Ja, dachte sie, genau wie meine Seele.

Sie zog ihr Handy aus der Tasche und sah auf die Uhr. Noch fünfzehn Minuten bis zur Ankunft des Zuges. Sie öffnete Instagram, scrollte durch einige Posts, tippte ein paarmal auf »Gefällt mir«. Langweilig. Sie checkte die neuesten Meldungen der *New York Times*. Schickte eine Textnachricht an Mark. *Liebe dich.*

Dann wartete sie. Er antwortete nicht. Wahrscheinlich hatte er sein Handy nicht bei sich. Sie starrte noch ein paar Sekunden aufs Display und wartete. Nichts.

Elf Minuten.

Sollte sie im Zug lesen oder versuchen, ein Nickerchen zu machen? Es war immer ein Glücksspiel, ob sie auf den Sitzen der Metro North schlafen konnte. Sie war sehr geruchsempfindlich, und das schreckliche Kunstleder der Sitze blieb an ihrer Haut kleben, wann immer sie sich bewegte. Aber sie konnte ja jederzeit den Artikel aus dem *New Yorker* lesen, den sie heruntergeladen hatte.

Plötzlich gingen die Lichter im Bahnhofsgebäude aus. Sie drehte sich verdutzt um. Machte Kurt heute früher Feierabend? Sie lief zurück und sah durch die Glasfassade, dass der Schalter geschlossen war. Also ging sie zum Seiteneingang und zog an der Tür. Verriegelt. Kurt war nach Hause gegangen. Sie hätte erwartet, dass er sich von ihr verabschiedete, bevor er ging, oder sogar mit ihr wartete, bis der Zug kam. Andererseits: Vielleicht hatte er sie hier draußen gar nicht bemerkt? Sie warf einen Blick zur Ausfahrt des Parkplatzes, wo tatsächlich gerade ein Auto auf die Straße abbog. Aber warum hätte Kurt um diese Zeit nach Hause fahren sollen? Hatten sich etwa die Abfahrtszeiten der Züge geändert?

Verdammt. Das war ihr schon einmal passiert. Sie machte einen Schritt auf die Anschlagtafel zu, um auf dem Fahrplan nachzusehen, und hatte auf einmal das unheimliche Gefühl, nicht allein zu sein.

Sie fuhr herum, um zu sehen, wer hinter ihr stand, doch bevor sie die Drehung ganz vollzogen hatte, presste sich eine in einem Lederhandschuh steckende Hand gegen ihr Gesicht und zwang ihren Kopf nach hinten.

Anfangs nahm sie nur den Schmerz wahr.

Aua, das tut weh!

Sie war zu desorientiert, um zu verstehen, was mit ihr passierte, bis ihr Angreifer sie an Kopf und Hals quer über den Parkplatz zerrte. Ihre Füße hatten Mühe, mitzuhalten und den Bodenkontakt nicht zu verlieren. Wenn sie hinfiel, würde sie der Arm, der um ihren Hals lag, erwürgen.

Auch so bekam sie kaum noch Luft. In ihrem Kopf schwirrte alles durcheinander. Sie musste dringend wieder atmen können – *jetzt sofort.*

Ihr Angreifer lockerte seine Umklammerung ein wenig, gerade noch rechtzeitig. Mit großen, hastigen Atemzügen sog Julie die Luft ein, während sie sich zu orientieren versuchte. Ihr Blick schoss umher und suchte nach einem Fluchtweg. Innerhalb von Sekundenbruchteilen hatte sie alles erfasst: Sie befanden sich auf dem Parkplatz jenseits des Bahnhofsgebäudes, es war keine Menschenseele zu sehen. Vom Highway drang Scheinwerferlicht durch die Bäume zu ihnen herüber – zu weit weg, um Hoffnung zu verheißen.

Dann war ihr Körper plötzlich in der Luft. Sie landete im Laderaum eines Lastwagens, der Aufprall war so hart, dass ihr die Luft wegblieb. Nichts drang aus ihrem Mund, als sie zu schreien versuchte. Hinter ihr wurde eine metallene

Rolltür heruntergezogen, die sie von der Außenwelt abschnitt. Die Tür rastete ein und wurde verriegelt, kurz darauf ging wummernd der Motor an.

In diesem Moment kehrte ihre Stimme zurück, und sie schrie mit aller Macht. Zunächst drang nur ein fremder, kehliger Laut aus ihrem Mund, den sie noch nie zuvor gehört hatte. Dann brachen nutzlose Worte aus ihr hervor.

»Was soll das, verdammt nochmal? Lassen Sie mich raus!«

Sie kroch den leeren, kalten Boden des Laderaums entlang. Der Lastwagen schlingerte, und sie flog zur Seite und knallte gegen die Seitenwand, die mit einer dicken Schicht Styropor gepolstert war. Sie krallte sich mit den Fingernägeln daran fest, woraufhin kleine Stücke herausbrachen und an ihren Fingern kleben blieben.

»Was ist das für eine Scheiße?«

Nachdem sie sich die Hände an ihrer Jeans abgewischt hatte, ließ sie sich wieder auf alle viere nieder, um im Stockdunkeln zum Ende des Laderaums zu krabbeln und nach einem Türgriff zu suchen.

Schließlich fand sie einen ganz rechts an der Seite und mühte sich damit ab, zog mit aller Kraft daran. Die Rolltür knarrte laut, ließ sich jedoch nur einen winzigen Spalt aufziehen. Sie sah die Straße im Mondlicht unter sich vorbeiziehen. Der Lastwagen fuhr schnell, aber nicht so schnell, dass es Aufmerksamkeit erregt hätte.

Julie ließ die Tür los, woraufhin sie wieder einrastete. Sie hämmerte mit den Fäusten dagegen.

»Hilfe! Ich bin hier drinnen! Ich bin hier!«, brüllte sie, bis sie heiser war, aber an der Art, wie ihre Schreie dumpf verklangen, erkannte sie, dass das Styropor seinen Zweck erfüllte. Sie krabbelte von der Tür weg und stützte sich mit einer Hand an der Seitenwand ab, während der Lastwagen die Straße entlangrumpelte.

»Okay, Julie, reiß dich zusammen. Denk nach.«

Aber sie konnte nicht nachdenken. Ihr Verstand raste von einem Gedanken zum anderen, und keiner davon war hilfreich.

»Das passiert alles nicht. Das passiert nicht«, jammerte sie, während sie in der gewaltigen Leere des Laderaums herumtastete und versuchte, sich zu konzentrieren. Sie klopfte ihre Kleidung ab, auf der Suche nach irgendetwas, was ihr helfen konnte. Ihr Handy musste ihr aus der Hand gefallen sein, als er sie gepackt hatte. Man würde es morgen finden und Alarm schlagen.

Ihre Computertasche. Verschwunden. Er musste sie ihr von der Schulter gerissen haben. Der Gedanke an ihre Hausarbeit schwirrte ihr durch den Kopf.

»Das ist jetzt wirklich dein geringstes Problem«, murmelte sie und rieb sich frustriert das Gesicht.

Dann schob sie ihre Hände in die Jackentaschen und suchte nach einem Gegenstand – irgendeinem –, den sie als Waffe verwenden konnte. Schließlich zog sie einen Stift hervor. Das war nicht viel, aber sie konnte damit auf seine Augen oder die Leistengegend zielen. Auf die empfindlichen Stellen. Einfach geschlagen geben würde sie sich jedenfalls nicht.

Mit dem Stift in der Faust, kauerte sie sich in eine Ecke, während ihr das Herz bis zum Hals schlug. Sie war bereit zum Angriff, auch wenn ihre Atmung viel zu hektisch klang in ihren Ohren. Es war unmöglich, sich zu konzentrieren, unmöglich, sich nicht von Panik überwältigen zu lassen.

Eine lange Zeit verging, in der nichts passierte, Stunden,

in denen sie im Laderaum des Lastwagens kauerte und sich jedes erdenkliche Szenario ausmalte, das sich ereignen könnte, wenn die Tür nach oben geschoben wurde, Stunden, in denen sie versuchte, ihre chaotischen Gedanken zu ordnen, den Schock von der Wut und der Angst zu trennen, sich zu der Erkenntnis zu zwingen, dass sie sich diesem Horror ganz allein stellen musste.

»Ich will zu meiner Mutter«, wimmerte sie vor sich hin. »Ich will zu Mark. Ich will die Zeit zurückdrehen und Ryan bitten, mit mir zu warten. Ich bin so eine dumme Kuh. Nein, so darf ich nicht denken.

Na los, Julie. Reiß dich zusammen. Vor morgen früh wird niemand merken, dass du verschwunden bist, und dann könnte es zu spät sein. Du musst hier raus, sobald er anhält. Na los, du schaffst das. Reiß dich verdammt nochmal zusammen.«

Dann wurde ihr Körper ohne Vorwarnung erneut zur Seite geschleudert. Sie bogen ab. Es musste eine scharfe Kurve bergauf sein, denn der Lastwagen tat sich schwer und schwankte hin und her, während der Fahrer herunterschaltete, um die Steigung zu schaffen. Nach einer Weile erreichte der Wagen wieder ebenes Gelände und wurde langsamer, bis er schließlich ganz anhielt.

Julie stand auf und tastete sich mit den Händen an der Seitenwand entlang, bis sie das Ende des Laderaums erreicht hatte. Dort drückte sie sich an die rechte Wand und hoffte, dass er sie auf diese Weise nicht sofort entdeckte. Dann konnte sie herausspringen, an ihm vorbeirennen und versuchen zu fliehen.

Als er die Tür hochrollte, tauchte seine Gestalt aus dem Schatten auf, beleuchtet von einem grellen Licht, das hinter ihm schien. Zentimeter für Zentimeter wurde seine Silhouette sichtbar. Sein Gesicht kam ihr bekannt vor, aber sie hatte keine Zeit zu überlegen, woher. Nachdem sie ihren ganzen Mut zusammengenommen hatte, rannte sie los und stürzte sich von der Ladefläche.

Auf dem Boden angekommen, schoss sie zur Seite, fest entschlossen, am Lastwagen entlangzurennen und den Abhang hinunter zu fliehen. Genau das hatte er natürlich vorhergesehen, und er war schnell. Sie hatte nicht den Hauch einer Chance.

Er packte sie beim Arm und riss sie herum. Ihr Blick begegnete seinen bohrenden, furchteinflößend hellen Augen, in denen unterdrückte Wut loderte. Sie stürzte sich auf diese Augen, wollte mit ihrem Stift zustoßen, aber er wand ihn ihr mühelos aus der Hand. Als sie versuchte, sich aus seinem Griff zu schlängeln und ihn in die Leiste zu treten, schüttelte er sie so heftig, dass ihre Füße den Bodenkontakt verloren und ihr Kopf vor und zurück geschleudert wurde.

Dann hielt er ihr eine Pistole vors Gesicht.

Sie stand reglos da und starrte in den Lauf und auf seine Hände, die die Pistole festhielten.

»*Bitte nicht*«, war alles, was sie hervorbrachte.

Sie hatte noch nie eine Waffe aus derartiger Nähe gesehen, kannte noch nicht einmal jemanden, der eine besaß. Zitternd vor Angst, stand sie in der nächtlichen Kälte und blinzelte gegen ihre Tränen an. Der Anblick dieses Stücks Metall löste völlige Leere in ihrem Kopf aus. Nichts und niemand hatte sie auf so etwas vorbereitet.

»Bitte lassen Sie mich gehen. Das muss ein Irrtum sein. Ich verspreche, dass ich niemandem etwas erzählen werde.

Ich werde einfach sagen, dass ich abgehauen bin. Wenn Sie mich laufenlassen, erfährt keiner etwas, das schwöre ich.«

Er schien ihre Worte nicht einmal zur Kenntnis zu nehmen.

In diesem Moment hörte Julie eine Tür schlagen und drehte sich zu dem Geräusch um. Ihr Herz machte einen Sprung, sie konnte kaum glauben, was sie sah. Denn dort, nur wenige hundert Meter entfernt, stand ein hell erleuchtetes Farmhaus, aus dem eine stämmige Frau mittleren Alters getreten war und nun direkt auf sie zukam. Sie sah aus wie eine freundliche ältere Tante mit ihrem weiten Morgenmantel und den feinen braunen Haaren, die sie unordentlich hochgesteckt hatte.

Die Situation wirkte surreal, schwer zu greifen, und doch war sie da, diese Frau, und durchquerte den mondbeschienenen Hof voller struppiger Büsche, vorbei an einer umgedrehten Schubkarre und einer Wäscheleine, an der die Hemden im Wind flatterten und mit den Ärmeln fast den Boden berührten.

Julie hielt die Frau zunächst für eine Halluzination, aber das war sie nicht, sie war real. Hoffnung stieg in ihr auf, eine Hoffnung, die sich nicht bezwingen ließ.

Ihr Entführer hielt sie immer noch am Arm fest und drückte den Lauf seiner Pistole nun gegen ihren Rücken. Julie ergriff dennoch ihre Chance, weil sie sich darauf verließ, dass er sie nicht vor dieser Zeugin umbringen würde.

»Helfen Sie mir! Dieser Mann hat mich entführt! Rufen Sie die Polizei! Laufen Sie weg, er ist gefährlich! Er hat eine Waffe!«

Sobald sie es ausgesprochen hatte, überkam sie eine Welle der Erleichterung. Endlich war Hilfe da. Vielleicht waren sogar noch andere Menschen im Haus, die ihre Schreie gehört hatten.

Doch die Frau reagierte nicht. Sie kam einfach weiter auf sie zu, gelassen und ohne jede Eile.

»Hören Sie mich? Dieser Mann hat mich entführt! Ich brauche Hilfe!«

Plötzlich schien alles in Zeitlupe abzulaufen. Die Lippen der Frau waren zusammengepresst, ihr Blick fest auf Julies Entführer gerichtet. Die Situation war eindeutig, man konnte sie gar nicht falsch einschätzen. Die Frau musste doch verstehen, was los war! Aber ihr Gesichtsausdruck stimmte nicht.

In ihren Augen leuchtete so etwas wie Bewunderung. Sie ignorierte Julie völlig, die wie erstarrt dastand. In diesem Moment wurde Julie klar, dass die Frau nicht erschrocken war, auch nicht entrüstet oder entsetzt. Sie würde Julie nicht retten, sie vor dem Grauen bewahren.

Nein, sie würde ihr nicht helfen. Im Gegenteil.

Sie war selbst Teil des Grauens.

2

DAS UNTERGESCHOSS der Stadtbücherei von Stillwater war meist menschenleer, was Adam sehr entgegenkam. Er war bereits seit drei Stunden hier unten und hatte nicht eine einzige Person gesehen, bis auf die junge Bibliothekarin, die gewissenhaft alle fünfundvierzig Minuten nach ihm sah.

Dabei gab sie nicht sehr überzeugend vor, sich um den verwaisten Zettelkatalog kümmern zu müssen, den jemand achtlos in eine Ecke geschoben hatte. Offenbar wirkte Adam verdächtig, aber das kümmerte ihn nicht. Er war ihr keine Erklärung schuldig.

Adam drehte am Knopf des Mikrofilm-Lesegeräts und sah die Titelseiten des *Stillwater Herald* vor sich vorbeiziehen. Ob man wohl irgendwann auch Dokumente wie diese ins Internet stellen würde, so dass er seine Arbeit von einem sicheren, unpersönlichen Hotelzimmer aus erledigen konnte? Er bezweifelte es. Artikel aus kleinen, unbedeutenden Zeitungen, übrig gebliebene Geschichtsschnipsel, die niemanden interessierten. Vergessene Tragödien, Momentaufnahmen. Nicht wert, digitalisiert und ins Netz hochgeladen zu werden.

»Finden Sie alles, was Sie suchen?«

Adam zuckte vor Schreck zusammen.

»Ja, alles super.« Der Bildschirm war zu groß, um ihn mit den Händen verdecken zu können. Er leuchtete direkt vor den Augen der Bibliothekarin, mit auf vierundzwanzig Punkt vergrößerter Schrift. Sie beugte sich vor und kniff leicht die Augen zusammen, trotz ihrer knallblau gerahmten Brille.

»Oh, die Fairmont-Street-Morde. Wow, an die habe ich schon ewig nicht mehr gedacht.«

Adam drehte am Knopf, um eine andere Seite aufzurufen. Eine Werbeanzeige für Aufsitzrasenmäher von Sears erschien.

Sie warf einen Blick auf die kleinen weißen Kästen mit Mikrofilmen, die er aus den Schubladen gezogen hatte.

»Allerdings sehen Sie sich die falschen Jahre an.«

»Ich weiß. Die Originalmeldungen habe ich schon tausendmal gelesen, glauben Sie mir. Jetzt suche ich nach Folgeberichten, vielleicht anlässlich eines Jahrestags der Ereignisse. Sie wissen schon …« Er nahm einen der Kästen hoch. »Zehn Jahre danach.« Dann den anderen. »Zwanzig Jahre.« Eigentlich war sie ganz hübsch, wie ihm jetzt auffiel. Sie war ungefähr in seinem Alter, Ende zwanzig, und ihre langen braunen Haare waren ein wenig dunkler als seine.

»Schreiben Sie ein Buch darüber?«

»Nein. Ich ermittle.« Er konnte nicht umhin, es mit einem Anflug von Stolz zu sagen.

Offenkundig fasziniert, setzte sie sich neben ihn und rollte ihren Stuhl dicht an seinen heran.

»Sie sehen gar nicht aus wie ein Cop. Eher wie einer von den Bösen.« Sie zwinkerte. Flirtete sie etwa mit ihm?

»Ich arbeite meistens verdeckt.« Früher zumindest.

»Und als was geben Sie sich aus? Als Doktorand? Gucken Sie sich mal an: Jeans, Kapuzenpullover, Dreitagebart. Sie sehen aus, als hätten sie mehrere Nächte nicht mehr geschlafen.«

Ja, sie flirtete eindeutig. Diese Feststellung erfüllte Adam mit plötzlichem Unbehagen. Er konzentrierte sich nun schon so lange ausschließlich auf diesen Fall, dass er ganz vergessen hatte, wie sich normale zwischenmenschliche Kontakte anfühlten.

»Sie waren diese Woche jeden Tag hier. Ganz schön fleißig.«

Er hob den Kopf und sah sie an. Offenbar hatte sie ihn beobachtet.

Sie errötete. »Es kommen nicht so viele Leute in Ihrem Alter her. Deshalb sind Sie mir aufgefallen.«

»Sind Sie aus Stillwater?«, fragte er, hauptsächlich, um die unbehagliche Stille zu füllen.

»Ja. Ich bin hier geboren und aufgewachsen.« Dieser Umstand schien sie nicht gerade mit Stolz zu erfüllen.

»Dann können Sie mir vielleicht weiterhelfen. Ich könnte ein bisschen Insiderwissen gebrauchen. Sie wissen schon: wo die jungen Leute abhängen … solche Dinge.«

»Klar, ich helfe Ihnen gern.« Sie räusperte sich. »Dienstags schließen wir früher. Sie haben nicht zufällig Lust, später einen Happen essen zu gehen? Das Savoy ist gar nicht so übel und nur ein paar Türen entfernt. Beim Abendessen könnte ich Ihnen einen kurzen Überblick verschaffen.«

Sein Blick wanderte zum Mikrofilm-Lesegerät. Es warteten noch so viele Artikel auf ihn. Als er zu ihr zurückblickte, hatte sie die glänzenden roten Lippen zu einem schiefen Lächeln verzogen. Das Angebot war verlockend, das musste er zugeben.

Ein weniger zielstrebiger Mann hätte es sicher angenommen. Ein Mann ohne Mission. Auch wenn es nicht den Anschein machte: Adam wusste, dass er der Sache näher kam, das spürte er einfach. Er konnte jetzt nicht aufhören, nicht einmal für eine Minute.

»Vielleicht nächste Woche?« Er fing an, die Seiten einzusammeln, die er sich ausgedruckt hatte. »Ich stehe kurz vor einem Durchbruch und werde wahrscheinlich die ganze Nacht durcharbeiten.« So wie die meisten anderen Nächte auch.

»Die ganze Nacht? Ihr Einsatz ist wirklich bewundernswert. Muss eine wahnsinnig wichtige Ermittlung sein.« Sie zeigte auf die Kästen. »Glauben Sie, dass es ein Serienmörder war? Davon hört man immer wieder, nicht wahr? Der

Kerl verbringt zwanzig Jahre im Gefängnis, und sobald er entlassen wird, beginnt die Mordserie von neuem.« Sie erschauderte und machte ein übertrieben ängstliches Gesicht. »Hier in der Gegend treibt sich doch hoffentlich kein Serienmörder herum, oder? Falls doch, sollten Sie mich unbedingt nach Hause begleiten.« Sie grinste.

»Ich denke, Sie können sich sicher fühlen und getrost allein nach Hause gehen.« Er grinste zurück. »Nein, im Ernst: Das Material hier muss ich alles noch sichten.« Er zeigte auf den Stapel mit Ausdrucken. »Ich arbeite jetzt schon seit sehr langer Zeit an der Sache und bin endlich auf eine heiße Spur gestoßen.«

»Heißt das, dass Sie noch eine Weile hier in Stillwater bleiben?«

»Möglicherweise. Ich bin auf der Suche nach einem Mann und einer Frau, die vor zwanzig Jahren durch diesen Ort gekommen sind. Da muss ich natürlich ein wenig tiefer graben. Ich habe nämlich keine Ahnung, wohin sie von hier aus weitergezogen sind. Die beiden sind spurlos verschwunden.«

Die junge Bibliothekarin zuckte mit den Schultern.

»Ach, Sie werden sie schon finden. Menschen verschwinden nicht einfach so, das müssten Sie eigentlich wissen, Officer. Sie hinterlassen immer ihre Spuren, man muss nur genau hinsehen …« Sie rollte mit ihrem Stuhl noch näher heran, bis sich ihre Knie berührten und er ihren blumigen Duft wahrnahm. »Und zwar ganz aus der Nähe.«

Er rückte ein wenig von ihr ab. Jetzt war er derjenige, der errötete.

»Dann bis bald«, verabschiedete sie sich und stand auf. »Vielleicht sehen wir uns ja morgen wieder. Legen Sie die

Mikrofilme bitte auf jeden Fall in das Rückgabefach, ja? Das gelbe, neben dem Kopierer.« Sie lächelte.

Leicht benommen beobachtete er, wie sie davonstöckelte, und dachte: *Sie hat recht. Ich muss einfach noch genauer hinsehen.*

3

CORA SCHLEIFTE eine schwarze Mülltüte aus der Vorratskammer in die Küche. Nach und nach nahm sie ihren Inhalt heraus und legte jeden Gegenstand vorsichtig auf den wackligen Holztisch. James hatte gut daran getan, die Habseligkeiten des Mädchens einzusammeln.

Nun lagen sie vor ihr: das kleine schwarze T-Shirt und die dunkle Skinny-Jeans, die hellbraune Lederjacke, Größe 34, nagelneue knöchelhohe Turnschuhe, Größe 38/39. Cora machte sich nicht die Mühe, irgendetwas zusammenzulegen, hielt jedoch inne, um über das weiche Leder der Jacke zu streichen.

Dann wühlte sie erneut in der Mülltüte herum, fischte ein zertrümmertes iPhone heraus und legte es neben die Kleider. Als Nächstes nahm sie eine schwere schwarze Computertasche aus der Tüte, stellte sie aufrecht auf den Tisch und öffnete den Reißverschluss. Daran hing an einer Metallkette ein herzförmiges Silbermedaillon. Sie hakte die Kette auf und ließ sie in die Tasche ihres Kleids gleiten. Es schadete bestimmt nicht, wenn sie einen derart winzigen Gegenstand für sich behielt.

Sie zog den flachen Laptop aus seinem gepolsterten Fach. Noch nie hatte sie einen so schönen Gegenstand in den Händen gehalten. Was er wohl gekostet hatte? Sie fuhr mit der flachen Hand über seine kühle Oberfläche, stellte sich vor, der Laptop würde ihr gehören, und spürte, wie der Neid in ihr aufloderte. Sie musste einen klaren Kopf bewahren, wie James es ihr beigebracht hatte, musste sich auf ihre Pflicht konzentrieren. Ja, sie musste mutig sein, stark und zielstrebig, dann würde sie auch den Lohn dafür ernten.

Sie klappte den Laptop auf und strich mit den Fingern über die Tastatur. Auch dieser Computer musste verschwinden. Das gehörte zum Plan.

Im Vorderfach der Computertasche fand sie einen rosa schimmernden Geldbeutel, vollgestopft mit Kreditkarten und verblichenen Kassenbelegen. Cora klappte den Geldbeutel auf, zog das Bargeld aus seinem Fach und zählte es. Fast dreißig Dollar. Sie verstaute auch die Geldscheine in der Tasche ihres Kleids. Vielleicht hatte sich James ja nicht die Mühe gemacht, das Geld zu zählen. Sie würde es in ihrer Geldschatulle aufbewahren, bis er danach fragte, wozu es womöglich nie kommen würde. James hatte keine Ahnung, wie kostspielig es war, einen Haushalt zu führen.

Sie seufzte erneut, diesmal noch tiefer, und reihte die persönlichen Gegenstände des Mädchens ordentlich auf dem Tisch auf. Bei jedem von ihnen juckte es sie in den Fingern, aber sie beherrschte sich und holte aus der Schublade neben der Spüle ihre Gummihandschuhe, zog sie an und wischte alles mit einem sauberen Handtuch ab.

Als sie damit fertig war, öffnete sie die Mülltüte, warf die Sachen wieder hinein und schleppte sie nach draußen hinter die Scheune. Der Himmel war weitgehend blau, nur im Westen brauten sich Gewitterwolken zusammen. Sie beeilte sich besser, bevor es anfing zu regnen. Nachdem sie die Tüte an die Scheunenwand gelehnt hatte, schichtete sie Holz in der Feuerstelle auf und hatte kurz darauf ein flackerndes Feuer entfacht.

Cora nahm den Computer aus der Tüte, legte ihn auf den Boden und ging in die Scheune, um ihre Schutzbrille und einen Vorschlaghammer zu holen.

Es würde guttun, das Ding zu vernichten, das ein solches Begehren in ihr auslöste. Begehren war schlecht.

Das Feuer wurde heiß hinter ihr, es flackerte und spie Funken. Der Wind frischte auf. Sie hob den Hammer und machte sich bereit, unter Einsatz ihres ganzen Gewichtes dieses Objekt der Versuchung in tausend Stücke zu zerschlagen und es anschließend mit den restlichen Gegenständen zu verbrennen.

Aber irgendetwas hielt sie zurück.

Sie wollte es nicht tun.

Cora holte tief Luft. Ihr blieb keine andere Wahl. James war überaus deutlich gewesen in seinen Anweisungen, und wenn sie diese nicht befolgte, würde sie es zu spüren bekommen.

Warum wurde sie immer wieder von dem Verlangen heimgesucht, ungehorsam zu sein? Es würde sie noch einmal in ernsthafte Schwierigkeiten bringen.

Sie legte den Hammer beiseite, trat ein paar Schritte vom Feuer weg und spähte zu dem mit Brettern zugenagelten Fenster des Wohngebäudes hinüber. Es war ihr zuwider, wie es die Fassade verunstaltete, als hätte jemand dem Haus ein Auge ausgestochen. Geistesabwesend kaute sie auf ihrer

Lippe herum, während sie krampfhaft überlegte, was sie tun sollte.

Nachdem sie zu dem Hammer zurückgegangen war, hob sie ihn ein zweites Mal. Er fühlte sich noch schwerer an als zuvor.

Sie schluckte. Dann schleuderte sie das Werkzeug unwillkürlich davon, als hätte sie ihren Körper nicht mehr unter Kontrolle. Der Hammer schepperte seitlich gegen den Traktor, und das Geräusch hallte durchs ganze Tal.

Cora eilte sofort zum Traktor, um den Schaden zu begutachten, voller Angst, schon wieder etwas kaputt gemacht zu haben. Aber das Werkzeug hatte nur eine kleine Delle hinterlassen. So etwas würde James nicht auffallen.

Sie atmete erleichtert auf.

Alles war in bester Ordnung. Alles war gut.

Sie blickte sich um, als könnte jemand sie beobachten und an James verraten. Dann legte sie den Computer hastig zurück in die Mülltüte, drehte deren Öffnung zu und rannte mit ihr zurück zum Haus. Dort riss sie die Küchentür auf und eilte die Treppe hinauf in ihr Zimmer. Vor dem Kleiderschrank kniend, schob sie die schweren, nach Mottenkugeln stinkenden Kleider beiseite und stopfte die Mülltüte ganz nach hinten.

Dort würde James niemals nachsehen.

Sie setzte sich keuchend aufs Bett und hob langsam den Blick zum Kommodenspiegel. Ihr Gesicht war gerötet und verriet Entsetzen über ihre Tat. Noch nie hatte sie sich ihm derart offen widersetzt.

Aber sie musste diese Gegenstände einfach besitzen, diese Schätze aus einer anderen Welt. Ihr war klar, dass es eine Sünde war, sie zu behalten, doch diese Sünde erschien ihr klein und unerheblich. Solange die Sachen nie gefunden wurden.

Vor allem nicht von James.

4

JULIE GEWÖHNTE SICH SCHNELL an die täglichen Abläufe ihrer Gefangenschaft. Dabei hatte sie die Entführung anfangs als vorübergehendes Ereignis betrachtet, als einzelnen Punkt in Raum und Zeit. Nicht als neues Leben.

Zum Glück hatte sie schon immer eine schnelle Auffassungsgabe besessen.

In ihrem Zimmer – so nannte sie es inzwischen in Gedanken – befand sich ein Einzelbett mit einer klumpigen Matratze, die nach Schweiß und anderen Körperflüssigkeiten stank. Man hatte ihr einen traurigen kleinen Fetzen von einer Decke dagelassen, einen alten verfilzten Fleece-Überwurf mit Pu-der-Bär-Aufdruck.

Dort saß der gute alte Pu also mit seinem unschuldigen, dämlichen Grinsen auf dem Gesicht, die Tatze in den Honigtopf auf seinem Schoß getaucht. Julie verbrachte endlose Stunden damit, den niedlichen, einfältigen Bären anzustarren und sich den Geschmack von Honig auf ihrer Zunge vorzustellen. Oft weinte sie, weil sie daran dachte, wie ihre Mutter ihr früher vor dem Einschlafen immer aus A.A. Milnes *Pu der Bär* vorgelesen hatte. Manchmal schmerzte die Erinnerung so sehr, dass sie Pus liebenswertes Gesicht am liebsten in tausend kleine Fetzen zerrissen hätte.

Dabei redete sie sogar mit ihm, wenn sie ehrlich war. Er war der einzige Freund, der ihr geblieben war, und sie war unendlich dankbar, dass es ihn gab. *Er* tat ihr nicht weh oder bedachte sie mit unsäglichen Schimpfwörtern. *Er* ließ sie nicht hungern, um ihr anschließend ekelhaften, ungenießbaren Müll zu essen zu geben.

Julie wusste, dass er nichts dafürkonnte, aber auch er stank, genauso übel wie die Matratze. Wie sehr sie sich auch anstrengte, es gelang ihr nicht, die letzten Überreste schuppigen Drecks von seinem Gesicht zu kratzen. Dennoch rollte sie sich oft in einer Ecke des Betts zusammen und streichelte sein fröhliches kleines Gesicht, drückte es an sich auf der Suche nach Trost, Mitgefühl, Liebe. Was immer sie kriegen konnte.

Das Zimmer, der einzige Raum, den sie in den letzten Wochen gesehen hatte, entbehrte jeglicher Wärme. Es war ein kahler weißer Kubus, der entweder vom harten, grellen Licht der nackten Glühbirne an der Decke beschienen wurde oder in völliger Dunkelheit lag. Der obere Rand jeder Wand war mit obskuren schwarzen Symbolen bepinselt, gefolgt von wirren, wahnhaften Botschaften: »Sehet den Hüter des Todes.« »Die Unreinen sollen mit Blut gewaschen werden.« »Jene, die zweifeln, müssen Opfer bringen.« Julie vermied es längst, die Wände auch nur anzublicken, doch die Worte liefen bereits in Dauerschleife in ihrem Kopf ab.

An einer Wand stand eine alte Musiktruhe aus hellem Holz mit eingebautem Radio und einem grauen, bauchigen Fernsehbildschirm, der mit der Aussicht auf Zerstreuung lockte, jedoch nicht funktionierte.

Julies einzige Ablenkung bestand darin, auch noch die leisesten Geräusche im Haus auszumachen, sie zu identifizieren und einzustufen, so dass sie mit einiger Genauigkeit das Eintreffen von Nahrung, Wasser oder Schmerzen vorhersagen konnte. Ihre Sinne waren durch die Entbehrungen geschärft, und so lieferte ihr jeder Geruch und jedes Geräusch eine Koordinate, ein Einzelsegment, ein Puzzleteil des Lebens, das unter ihr im Erdgeschoss stattfand. Sie lernte, die Sprache des Gebäudes zu deuten, das unregelmäßige Klirren der Heizkörper, das plötzliche Rauschen von Wasser durch die Leitungen über ihrem Kopf, das Knarren rostiger Türangeln, das Zufallen von Schranktüren.

Indem sie sich die täglichen Abläufe und die Ticks und Marotten ihrer Entführer einprägte, wusste sie zu jeder Zeit, wer gerade zu Hause war und wo die anwesenden Personen sich unter ihr aufhielten. Der Mann hatte beispielsweise die Angewohnheit, sich häufig zu räuspern und beim Gähnen zu seufzen; die Frau wiederum war ungeschickt, ließ ihr Besteck fallen, ihre Zahnbürste, den Eimer, den sie in der Spüle mit Wasser füllte. Manchmal hörte Julie die rasenden Wutanfälle des Mannes und die gedämpften Schreie der Frau, wenn er wieder einmal seinen Zorn an ihr ausließ. Die Kontrolle von Aufenthaltsort und Tätigkeit ihrer Kidnapper war Julies Landkarte, ihre Überlebensstrategie, die einzige Macht, die sie über die beiden ausübte, auch wenn ihr dies nur sehr wenig nützte.

In ihrer stickigen Zelle von einem Zimmer gab es ebenfalls nichts, was ihr hätte helfen können. In einer Ecke waren wahllos einige billige Plastik-Gartenstühle gestapelt, doch Julie war zu der Einschätzung gelangt, dass keiner davon schwer genug war, um dem Schädel des Mannes etwas anhaben zu können. In der gegenüberliegenden Ecke befand sich eine mobile Toilette mit Waschbecken, aus dessen Hahn übelriechendes braunes Wasser floss, das Julie bestimmt nicht noch einmal trinken würde. Diesbezüglich hatte sie ihre Lektion gelernt. Sie hatte jeden Zentimeter der Toilette in Augenschein genommen, in der Hoffnung, auf ein Rohr oder einen Draht zu stoßen, den sie herausziehen und ihm in seine kleinen, stechenden Augen bohren konnte. Aber nicht eine Schraube war locker, nicht ein Scharnier ungeölt. Dieser Dreckskerl hatte für alles gesorgt.

Was ihr am meisten fehlte, waren Licht und frische Luft. Jeden Tag schien der Raum um sie herum kleiner zu werden, schienen die Wände Wellen zu schlagen und bedrohlich immer näher zu rücken. Ihre Entführer hatten ihr mit dem Tod gedroht, sollte sie versuchen, auch nur ein einziges Stück der grob zurechtgesägten Bretter herauszubrechen, mit denen das Fenster vernagelt war. Julie glaubte ihnen. Sie war leicht ersetzbar, schließlich hatte dieser Kerl sie völlig mühelos gekidnappt. Es jagte ihr eine Höllenangst ein, in diesem Zimmer eingesperrt zu sein, aber noch schlimmer war der Gedanke, ausrangiert und ersetzt zu werden.

Trotz der Drohung verbrachte sie Stunden mit dem Versuch, kleine Holzspäne herauszupulen, bis ihre Nägel abgebrochen, ihre Fingerspitzen wundgerieben und ihre geröteten Handflächen voller winziger Splitter waren. An manchen Tagen scherte sie sich nicht darum, und an anderen tadelte sie sich für ihren Leichtsinn. Sie konnte sich wirklich keine Infektion leisten. Auf diese Weise zu sterben war unwürdig. So leicht wollte sie es den beiden nicht machen.

Irgendwann gab sie den Versuch auf, sich mit bloßen

Händen ins Freie zu scharren, und verbrachte ihre Tage damit, apathisch auf dem Bett zu liegen – halb bedeckt von dem schmuddeligen Fleece-Überwurf –, auf die Risse in den dicken Farbschichten der Wände und der Zimmerdecke zu starren und darüber nachzudenken, dass sie alles gehabt hatte, bevor diese schreckliche Sache passiert war. Erstaunlicherweise wurde ihr das erst jetzt bewusst. Ihre perfekte Familie, ihr perfekter Freund, ihre perfekte kleine Wohnung im West Village – perfekt, perfekt, perfekt. Und dieses grauenhafte Pack, diese beiden Versager, die Julie auf der Straße nicht einmal wahrgenommen hätte, hatten es geschafft, ihr das alles wegzunehmen. Einfach so.

Während der ersten paar Tage war sie überzeugt gewesen, dass ihre Entführer niemals mit ihrer Tat durchkommen würden. Dass die Polizei jeden Moment das Gebäude stürmen konnte. Sie hatte es einfach *gewusst*. So schrecklich es hier auch war, sie durfte den Glauben nicht verlieren und musste ausharren, bis ihre Eltern sie fanden. Ihre Eltern passten immer auf sie auf. Bestimmt würde ihnen bald auffallen, dass einer der drei Handwerker, die ihnen gerade einen Wintergarten einbauten, nach Julies Verschwinden nicht mehr aufgetaucht war. Sie würden merken, dass das kein Zufall sein konnte, dass er ihr Entführer sein musste.

Das Wissen, dass ihre Eltern so dicht dran waren am Schlüssel zum Auffinden ihrer Tochter, machte sie wahnsinnig. Seine Fingerabdrücke mussten überall im Haus sein. Er war doch sicher vorbestraft und konnte von der Polizei identifiziert werden. Oder hatte er etwa die ganze Zeit Handschuhe getragen? Julie hatte nicht darauf geachtet, als sie an den letzten Wochenenden bei ihren Eltern zu Besuch gewesen war. Samstags arbeiteten diese Kerle bis zwei Uhr mittags, sie hatte ihnen sogar eine Limonade hinausgebracht. Spätestens da musste er seine Handschuhe ausgezogen haben. Die Polizei brauchte also nur auf den Gläsern nachzusehen!

Dann kam ihr eine erschreckende Möglichkeit in den Sinn: Vielleicht war er ja weiterhin auf der Baustelle aufgetaucht. Was, wenn er den Ausbau des neuen Wintergartens ihrer Eltern ungerührt beendet und sich dabei gefragt hatte, wann sie das Verschwinden ihrer Tochter bemerken würden? In diesem Fall hätte er nur durch die frisch eingebaute Glasfront ins Haus spähen müssen, um Zeuge ihres Kummers zu werden. Wie stark musste er sich gefühlt haben, wie mächtig. Als wäre er ein Puppenspieler, der zusah, wie sich die schrecklichen Folgen seiner Handlungen genau wie geplant vor ihm abspielten.

Meist versuchte Julie, nicht an ihre Eltern zu denken, weil sie wusste, wie sehr sie litten, und diesen Gedanken nicht ertrug. Bestimmt hatten sie inzwischen ihr Handy gefunden, organisierten Suchtrupps, richteten tiefempfundene Appelle an die Medien. Ihre Mutter würde keine Ruhe geben, bis ihre Tochter gefunden war. Aber was, wenn es niemals dazu kam?

Julie kniff so fest sie konnte die Augen zu. Es fiel ihr schwer, sich auf irgendetwas zu konzentrieren, denn die traurige Wahrheit bestand darin, dass sie ein tierähnliches Dasein fristete und nur noch daran denken konnte, wie sie diesen beiden Bestien etwas Essbares entlocken konnte. Es war Tag achtunddreißig ihrer Gefangenschaft, und sie lag wieder einmal kraftlos auf dem Bett und suhlte sich in ihrem Elend, als sie die vertrauten Schritte auf der Treppe hörte.

Julie hätte den Gang der Frau auch dann erkannt, wenn

diese nicht seit einer Woche die einzige Person im Haus gewesen wäre. Wenn sie ehrlich war, konnte sie es kaum erwarten, ihre Kerkermeisterin zu sehen, die zwar ein jämmerliches Exemplar von einem Menschen war, aber wenigstens ein Mensch. Hauptsache, *er* kam nicht wieder. Julie fand es besser, die Frau zu sehen, als noch einmal vierundzwanzig Stunden allein in diesen vier Wänden eingesperrt zu sein und lediglich Pu als Gesellschaft zu haben.

Sie behielt die Tür im Auge, während sie die üblichen fünfzehn Schritte die Treppe hinauf und die sechs leisen Tritte auf dem Teppich des Flurs mitzählte. Dann ging mit einem Knarren die Tür auf, und die Frau kam mit dem Tablett herein, auf dem sich Julies magere Tagesration befand.

Julie kannte den Ablauf. Sie saß vollkommen reglos auf dem Bett, mit erhobenen Händen und an den Fußknöcheln gekreuzten Beinen, genau wie die beiden es ihr befohlen hatten. Inzwischen wusste sie, dass das Essen sofort wieder mitgenommen wurde, wenn sie auch nur einen kleinen Fehler machte oder um einen Millimeter vom Ritual abwich. Dann würde sie den Rest des Tages Zeit haben, über ihren Ungehorsam nachzudenken.

Als die Frau die dürftige Verpflegung für den heutigen Tag vor ihr auf dem Boden abstellte, lief Julie das Wasser im Mund zusammen. Was sich auf dem Teller befand, spielte dabei keine Rolle. In den ersten Tagen hatte sie der Fraß, den man ihr vorsetzte, noch angeekelt. Jetzt ekelte sie sich nur noch in Gedanken, während ihr Körper auf seine Weise reagierte.

Die Frau hob einen Finger, das Signal, dass Julie beginnen durfte. Sie stürzte sich zuerst auf den Pappbecher. Obwohl sie wusste, dass es nicht gut war, alles auf einmal zu trinken, stürzte sie den Becher mit einem Zug hinunter. Anfangs hatte sie einen Vierliterkrug im Zimmer stehen gehabt, aus dem sie sich jederzeit bedienen konnte, aber damit war Schluss gewesen, als Julie nach ihrer ersten Woche in Gefangenschaft zu fliehen versucht hatte. Jetzt musste sie sich ihr Wasser durch strikte Regelbefolgung verdienen, was ihr nicht immer gelang.

Nachdem sie den Becher leergetrunken hatte, griff sie nach der Schüssel und schob sich die darin befindlichen Speisereste gierig mit der Hand in den Mund. Es war ihr egal, welchen Anblick sie beim Essen bot – Etikette war ihre geringste Sorge. Nachdem sie den letzten Happen verschlungen hatte, kratzte sie mikroskopisch kleine Brotkrümel und glänzende Hühnerfettreste vom Boden der Schüssel. Sie war immer noch völlig ausgehungert, aber wenigstens würde sie nicht sterben.

Die Frau machte auf ihre gelangweilte, routinierte Art einen Schritt nach vorn, um das Geschirr einzusammeln und sich zum Gehen zu wenden, doch Julie ertrug es nicht, so schnell schon wieder allein zu sein. Sie hätte alles getan, um die Frau aufzuhalten.

»Ich erbitte die Erlaubnis, zu sprechen«, sagte sie kleinlaut, mit gesenkten Lidern, wie es die Regeln vorsahen.

Die Frau stemmte die Hände in die Hüften und sah sie ausdruckslos an.

»Was ist denn?« Sie hatte es normalerweise eilig, wegzukommen, und schien nicht scharf darauf zu sein, länger als nötig in diesem Zimmer zu verweilen, das für jeden, der es nicht ständig bewohnte, unerträglich stinken musste.

»Könnten Sie … könnten Sie sich vielleicht vorstellen, noch kurz hierzubleiben? Nur für eine Minute oder zwei.«

Die Frau starrte sie an, offenbar verblüfft von Julies Wagemut. Wieder machte sie Anstalten, das Tablett aufzuheben, doch Julie glaubte, ein Zögern wahrzunehmen. Konnte es sein, dass sie tatsächlich über ihre Bitte nachdachte?

»Ich flehe Sie an. *Bitte!*« Julie hörte den jammernden Unterton in ihrer eigenen Stimme, konnte jedoch nichts dagegen tun. »Ich werde verrückt hier drinnen. Bitte. Ich bin seit Wochen ganz allein. Und ich weiß, dass er gerade nicht da ist. Könnten Sie nicht ein paar Minuten für mich erübrigen? Nur um ein bisschen mit mir zu reden.«

Die Frau sah Julie mit ihren schweren Lidern an, und für einen kurzen Moment fragte sich Julie, ob sie womöglich schwer von Begriff war, eine Schwachsinnige, die lediglich die Drecksarbeit für diesen Mistkerl erledigte. Verstand sie überhaupt, was Julie von ihr wollte? Sollte sie ihre Bitte noch einmal wiederholen, aber diesmal lauter und langsamer?

Die Frau machte einen Schritt nach hinten und wischte sich die Hände an ihrer schmutzigen Schürze ab. Sie öffnete ihre Augen ein Stück weiter, und für einen Sekundenbruchteil glaubte Julie, einen Funken Intelligenz darin zu erkennen. Hoffentlich ließ sich dieser Funke weiter entfachen.

»Du musst wirklich sehr verzweifelt sein, wenn du mit *mir* ein Gespräch führen willst«, erwiderte die Frau schließlich. Sie lachte verbittert auf, was Julie als Fortschritt wertete.

Um sich wenigstens ein bisschen Würde zu bewahren, rieb sich Julie mit der Innenseite ihres Sweatshirts das Gesicht sauber.

»Was willst du?«, herrschte die Frau sie an. »Spielchen spielen? Irgendeinen Trick an mir ausprobieren, den du dir ausgedacht hast? Lass es. Ich kenne sie alle.«

Julie fröstelte. Was meinte die Frau damit?

»Keine Spielchen, nein. Nein, ich … ich bin nur einsam. Sehr einsam. Ich schwöre, dass ich nichts versuchen werde. Ich werde einfach nur hier sitzen, in der üblichen Position.« Julie setzte sich wieder aufs Bett, hob die Hände und kreuzte die Beine. »Ich werde mich nicht vom Fleck rühren.«

Die Frau verharrte einen Moment und musterte sie aus misstrauisch zusammengekniffenen Augen. Dann zuckte sie mit den Schultern.

»Also gut. Eine Minute.« Sie bewegte sich langsam rückwärts zur Ecke mit den Gartenstühlen und zog einen davon quietschend Richtung Tür, den Blick fest auf Julie gerichtet.

Die Frau ging keinerlei Risiko ein. Sobald sie sich hingesetzt hatte, griff sie in die Vordertasche ihrer Schürze und zog ein Schnappmesser hervor, das sie aufspringen ließ und auf der schmalen Plastik-Armlehne des Stuhls ablegte.

»Keine Dummheiten. Das meine ich ernst«, sagte sie warnend und senkte den Blick kurz auf das Messer, um ihrer Aussage mehr Nachdruck zu verleihen.

Julie war entschlossen, das Messer zu ignorieren und trotzdem mit der Frau zu reden. Die Androhung von Gewalt schien ihr ein kleiner Preis zu sein.

»Danke«, flüsterte sie, ermutigt von diesem Sieg. Nachdem sie so lange ohne menschliche Gesellschaft dahinvegetiert hatte, wusste sie nicht, wo sie anfangen sollte. Ihr kam der Gedanke, dass es ihrer Kerkermeisterin diesbezüglich vielleicht ähnlich ging. Möglicherweise war sie ja bereit, ihr zu helfen, wenn auch nur im Kleinen.

»Was gibt es da zu grinsen?«, fragte die Frau, die Julies Hoffnungsschimmer für Verschlagenheit hielt.

»Ich bin … ich bin einfach nur froh über diese Gelegenheit, mit Ihnen zu reden. Ich weiß Ihr Entgegenkommen zu schätzen«, antwortete Julie zaghaft.

Ihr Gegenüber nahm einen kleinen, glänzenden Gegenstand aus der anderen Schürzentasche und drehte ihn zwischen den Fingern wie eine chinesische Qigong-Kugel.

Julie holte tief Luft oder versuchte es zumindest.

»Fällt es Ihnen nicht auch schwer, hier drinnen zu atmen?«

Die Frau starrte sie nur wortlos an.

»Anscheinend nicht. Okay, also …« Erneutes Schweigen. »Ich habe mich gefragt, ob Sie sich vielleicht vorstellen könnten, mich mit nach unten zu nehmen. Nicht nach draußen oder so, das meinte ich nicht. Nur irgendwohin, wo ich ein paar Minuten neben einem offenen Fenster sitzen könnte. Ich schwöre, dass ich nicht weglaufe. Es ist nur einfach so, dass ich manchmal das Gefühl habe, hier drinnen keine Luft zu bekommen.«

Die Frau schnaubte.

»Das würde James niemals erlauben.«

»Verstehe. Na ja, ich meine ja auch jetzt, während er weg ist. Ich würde ihm nichts davon erzählen.«

Der Kopf der Frau zuckte nach hinten, sie war ganz offensichtlich entsetzt.

»O nein. Ich würde mich niemals seinen Wünschen widersetzen. Niemals.«

»Wollen Sie damit sagen, dass ich diesen Raum nie wieder verlassen werde?«

Die Frau blinzelte einmal. Zweimal.

»Was wird mit mir passieren?« Julie hatte nicht vorgehabt, derart unverblümt zu fragen, zumal sie nicht wusste, ob sie die Antwort wirklich wissen wollte.

Die Frau wandte sich ab. Schämte sie sich? Kannte sie die Antwort überhaupt?

»Ich dürfte gar nicht mit dir reden«, sagte sie schließlich und sah Julie an. »Willst du meinen Rat hören?«

Julie nickte. Sie war sich fast sicher, dass sie ihn nicht hören wollte, aber wenigstens würde die Frau so noch ein Weilchen länger bleiben.

»Du konzentrierst dich auf deinen Schmerz. Das bringt dich nirgendwohin. Empfange das Wort und folge dem Pfad der Rechtschaffenheit. Dein vergangenes Ich ist tot, und du wurdest zu neuem Leben erweckt. Je eher du dich ganz dem Pfad hingibst, desto leichter wird es für dich.«

Julie erstarrte. Das war ganz sicher nicht das, was sie hatte hören wollen.

»Ich weiß, woran du gewöhnt bist. Ein Mädchen wie du mit einem hübschen Gesicht und einer netten kleinen Figur beschwört Wollust und Sünde herauf. Du hast deine Rolle als Verführerin bestimmt sehr genossen.« Sie schüttelte müde den Kopf. »Hier bei uns wirst du Erlösung erfahren.«

Julie spürte, wie die Farbe aus ihrem Gesicht wich und ihr Herz einen Schlag aussetzte.

»Darf ich Ihnen eine persönliche Frage stellen?«

Die Frau zuckte mit den Schultern und schob das Schmuckstück, das sie in der Hand gehalten hatte, zurück in ihre Tasche.

»Fragen kannst du. Das heißt nicht, dass ich auch antworte.«

»Warum bleiben Sie bei ihm? Ich verstehe das nicht …«

Das Gesicht der Frau erstarrte, aber Julie konnte sich nicht bremsen.

»Wie sind Sie hier gelandet? Glauben Sie wirklich an dieses verrückte religiöse Zeug?« Die Formulierung war nicht sehr geschickt, das merkte sie sofort.

Die Frau stand langsam von ihrem Stuhl auf.

»Was hast du gesagt?« Ihr Gesicht war rot angelaufen.

Keine gute Idee, Julie.

»Tut mir leid, so war es nicht gemeint. Das … das geht mich ja alles gar nichts an. Entschuldigen Sie.«

Als Julie das Messer in der Hand der Frau aufblitzen sah, ging ihr auf, wie gravierend der Fehler war, den sie begangen hatte. Übelkeit stieg in ihr auf.

»Ich schwöre, dass ich es nicht so gemeint habe. Ich wollte nur … Sie wissen schon. Ich wollte Sie nur besser kennenlernen, und …«

»Hör auf mit deinem gotteslästerlichen Gerede«, wurde sie barsch unterbrochen. Julie verstummte.

Aber es war bereits zu spät.

Die Frau kam näher, bis Julie ihren heißen Atem auf dem Gesicht spürte und ihren eigenartigen Geruch nach Erde, Schweiß und Seife wahrnahm.

Was habe ich nur getan?

»Sieh dich an mit deinen langen Wimpern, an denen ständig die Tränen hängen. Wie *niedlich*«, zischte sie und funkelte Julie an. »Glaubst du, das gibt dir das Recht, so etwas zu sagen?«

Wie aufs Stichwort stiegen Julie die Tränen in die Augen.

»Bisher haben immer alle getan, was du wolltest, nicht wahr? Du warst nie gezwungen, jemandem Respekt zu zollen.«

Julie gab sich Mühe, keine Reaktion zu zeigen, auch wenn sie innerlich erschüttert war. Sie schluckte. Ihre Arme schmerzten, weil sie sie schon so lange hochhielt, und ein

Schweißtropfen rann ihr langsam den Rücken hinunter. Dennoch hielt sie verängstigt still, fest entschlossen, so lange in dieser Position zu verharren, wie die Frau es ihr befahl.

»Dir muss so vieles geschenkt worden sein, um zu erreichen, was du hast: ein Leben voller Freizeit, gesunder Ernährung, bezahlter Bildung.« Sie hielt inne, wie ein sich zusammenbrauendes Gewitter. »Und jetzt glaubst du, du hättest das Recht, Dinge zu kritisieren, von denen du nicht das Geringste verstehst?«

Julie bereute es zutiefst, die Frau gebeten zu haben, ihr ein wenig Gesellschaft zu leisten. Sie hatte geglaubt, sie könne nicht so böse sein wie *er*, weil sie im Gegensatz zu ihm ein Herz habe. Ein fataler Irrtum.

»Du kapierst es nicht, stimmt's?« Die Stimme der Frau war jetzt nur noch ein Flüstern. »Du glaubst, du hättest mir etwas voraus, nicht wahr?«

Julie wagte kaum aufzublicken, geschweige denn etwas zu sagen. Sie hielt die Luft an. Auf keinen Fall wollte sie das Gewitter zum Ausbruch bringen.

»Du glaubst, du hättest das Recht, dir ein Urteil über mich zu bilden? Wenn ja, musst du lernen, wo du hingehörst.«

Mit der freien Hand griff sie nach Julies Haaren und zog mit aller Kraft daran, zwang ihr Gesicht nach oben, so dass Julie nichts anderes übrigblieb, als in die dunklen, leeren Augen der Frau zu blicken, die sich nun vorbeugte und deutlich ihre nächsten Worte artikulierte.

»Eins muss dir klar sein, Mädchen: Manche Menschen sind nur Schachfiguren in den allumfassenden Plänen des Universums. Sieht aus, als wärst du eine davon.«

Nach einem letzten Ruck ließ sie Julies Haare los.

Julie konnte die Tränen jetzt nicht mehr zurückhalten, hütete sich jedoch davor, gegen die Regeln zu verstoßen, indem sie die Hände herunternahm. Wie sehr ihre Arme auch schmerzten, sie hielt sie weiter in die Luft, und wie tränennass ihr Gesicht auch wurde, sie wagte es nicht, es abzuwischen. Stattdessen saß sie hilflos da und sah zu, wie die Frau wütend nach dem Tablett griff, um aus dem Zimmer zu marschieren. Julies einziger Trost war die unbeholfene Art dieser armseligen Versagerin, die erst den Löffel fallen ließ und dann auf dem Weg nach draußen stolperte.

Dämliche Kuh. Grausame Hexe.

Nachdem sie endlich die Tür hinter sich zugeknallt hatte, ließ Julie ihren Schluchzern freien Lauf, die so heftig waren, dass sie ihr die Brust zu sprengen drohten. Wie hatte sie nur glauben können, diese Frau sei etwas anderes als ein Monster? Sie hatte die Wahrheit nicht sehen wollen, hatte sich den Tatsachen verschlossen und versucht, die Situation dadurch erträglicher zu machen, dass sie hoffte, ihre Eltern würden sie irgendwann finden oder ihre Entführer würden zur Vernunft kommen und sie gehen lassen.

Jetzt wusste sie mit absoluter Sicherheit, dass ihr keine Zeit blieb, auf Hilfe zu warten. Wenn ihr nicht selbst bald etwas einfiel, würde sie es niemals lebend hier herausschaffen.

5

JAMES WAR nun schon seit fast einem Monat weg, und Cora fing an, sich Sorgen zu machen. Das letzte Mal, als er so lange fortgeblieben war, war er in Arizona verhaftet worden und hatte wegen irgendeiner dummen Sache neunzig Tage im Gefängnis verbracht. Es war zwar Anklage erhoben worden, aber der Staatsanwalt hatte sich auf einen Deal eingelassen. Aus Mangel an Beweisen, behauptete James. Die Justiz hatte Katz und Maus mit ihm gespielt, und er hatte gewonnen und war mit einer kurzen Haftstrafe für einen eigentlich schweren Straftatbestand davongekommen. James wusste, wie man das System austrickste, das stand fest.

Cora war klar, dass er trotz aller widrigen Umstände zurückkommen würde, sobald er konnte. Das garantierte allein schon das Mädchen. Dieses schreckliche Mädchen.

Sie hätte niemals mit ihr sprechen dürfen. Was interessierte es sie, wenn sie einsam war? Cora war auch einsam. Was hatte sie sich nur dabei gedacht? Gegen das andere Mädchen war sie immun gewesen – jenes Mädchen, das von Anfang an fügsam gewesen war und selbst in seinen letzten Tagen Ruhe gegeben hatte, von leisem Weinen einmal abgesehen. Aber dieses Mal hatte sich Cora in die Falle locken lassen.

Bei dieser jungen Frau war alles anders. Die andere war aus freien Stücken zu ihnen gekommen, eine Jüngerin, die bereit gewesen war, Teil der göttlichen Familie zu werden. Bis der Plan schiefgegangen war. Daran war nicht James schuld gewesen. Die dunklen Geister hatten die Macht über ihn ergriffen, und er war nicht mehr er selbst gewesen.

Nach jenem ersten Zwischenfall waren sie gezwungen gewesen, die Zelle einzurichten. Zum eigenen Besten der jungen Frau, zu ihrer Sicherheit. Cora und James konnten nichts dafür, dass sie gestorben war, bevor sie ihr Schicksal akzeptiert hatte. Sie hätte James nicht derart bedrängen dürfen.

Das neue Mädchen beunruhigte Cora. Konnte diese junge Frau wirklich die Auserwählte sein, die ihnen gesandt worden war, um die Offenbarung zu erfüllen? Entsprach das alles den Worten der Prophezeiung? *Eine Dienerin, die in der Dunkelheit eintrifft, das Licht zu bringen.*

Selbst wenn das Mädchen jene Dienerin war, würde Cora ihren Platz beibehalten, so viel war sicher. Denn so stand es geschrieben: *Die Ehefrau wird leiden, doch in ihrem Leid reich belohnt werden.*

Schließlich war es Cora gewesen, die die Farm gefunden hatte. Gemeinsam hatten sie getan, was getan werden musste, um sie in ihren Besitz zu bringen, und nach jahrelangem Abwarten und Träumen gehörte sie nun ihnen. Fünfundsiebzig Morgen bestes Ackerland im ländlichen Teil des Bundesstaats New York, sanftes Hügelland, tiefgrüne Roggenfelder, ein schöner Garten, drei Nebengebäude, zwanzig Rinder und siebzehn Hühner. Das Haus bot auf der Rückseite einen wunderbaren Ausblick über die Catskill Mountains und verfügte über ein separates Speisezimmer und einen Gasherd mit sechs Flammen. Es war genau so, wie Cora es sich immer gewünscht hatte. Ein Zuhause.

Bei jedem Wetter unternahm sie lange, einsame Spaziergänge über die Felder, und wenn der Wind durch ihre Haare peitschte, lachte sie, wie sie als Kind hätte lachen sollen. Sie rannte über die Kuhweiden und warf sich in den wogenden Roggen, spürte die weichen grünen Halme, die ihr Gesicht und ihren Hals kitzelten. In solchen Momenten machte sie sich weis, dass alles gut war, dass alles aus einem bestimmten Grund passiert war.

Wenn sie manchmal dort draußen auf den Feldern lag und zu den Wolken emporblickte, die am tiefblauen Himmel entlangzogen, tauchte sie in ihre eigene Welt ab. Indem sie die Augen ganz fest zukniff, gelang es ihr, alles Übrige auszusperren und so zu tun, als hätte sie ihr Kind doch bekommen. Eine kleine Tochter mit goldenen Haaren, einem Elfengesicht und *seinen* Augen, eine Tochter, die ihre Mutter über alles geliebt hätte. Dann wäre alles anders gewesen.

Zurück in der Realität, war es ihr einziger Wunsch, das wenige festzuhalten, was sie besaß. Ihre Gedanken ließen ihr keine Ruhe, sie war unruhig, verunsichert. Dabei stand es ihr nicht zu, irgendetwas in Frage zu stellen. Trotzdem.

Insgeheim wusste sie, was mit ihr los war: Sie hasste die junge Frau oben im Zimmer.

James hatte einen Fehler begangen. Dieses Mädchen war nicht die Dienerin, das spürte Cora instinktiv. Sie musste ihm diese enttäuschende Wahrheit irgendwie beibringen, hatte jedoch keine Ahnung, wie sie das anstellen sollte. Wenn sie dabei nicht klug genug vorging, würde er glauben, sie sei nur eifersüchtig. Das stimmte nicht. Ganz und gar nicht.

Cora stand auf. Sie wusste jetzt, was sie tun musste. Für ihn, nicht für sich selbst. Eines Tages würde er verstehen, welche Opfer sie gebracht und welche Risiken sie ihm zuliebe eingegangen war.

Sie ging zum Kleiderschrank und griff ganz hinten hinein, bis ihre Hände auf das zerknitterte Plastik der Mülltüte trafen. Nachdem sie die Tüte in die Mitte des Zimmers gezogen hatte, kippte sie ihren Inhalt auf den Boden.

Oberste Faustregel: Kenne deinen Feind.

Cora begann mit der Computertasche, fuhr mit der Hand zuerst durch das Außen- und dann durch das Innenfach und beförderte mehrere vergilbte Quittungen, Parkscheine und bunte, aneinanderhängende Klebezettel zutage sowie eine Dose Pfefferminzbonbons, die sich als leer herausstellte.

Eines wusste sie nun immerhin: Dieses Mädchen war widerlich unordentlich.

Als Nächstes nahm sie sich den Geldbeutel vor. Sie öffnete sein schmales, prallgefülltes Seitenfach und leerte die vielen schmuddeligen Kassenbelege und Zettel auf den Boden, um sie mit mürrischem Blick durchzugehen. Dann nahm sie eine Kreditkarte nach der anderen aus den Fächern und warf sie beiseite.

Platinum Visa, Gold Mastercard, American Express.

Ein Mädchen aus reichem Hause. Das machte Cora nervös. Die andere junge Frau war eine Herumtreiberin gewesen, eine Ausreißerin und Prostituierte auf der Suche nach einem Unterschlupf. Den hatte sie gefunden. Sie wäre sowieso auf die eine oder andere Weise vor die Hunde gegangen.

Aber nach diesem Mädchen würde man suchen.

Als Nächstes kam der Führerschein, und dahinter klemmte ein Studentenausweis in knalligem Lila, von der NYU. Cora hob die beiden Karten ans Licht. Julie Brockman. Die anonyme Gefangene hatte nun also einen Namen, was ein mulmiges Gefühl in Cora auslöste. Sie schob ihre Finger tief in die noch verbleibenden Fächer und zog drei weitere

Karten daraus hervor: eine Krankenversicherungskarte, die Kundenkarte eines Ladens für Bürobedarf und eine Ausleihkarte der Bücherei von Mamaroneck.

Und schließlich ertastete sie ganz hinten in einem Schlitz, den jemand speziell dafür ins Leder geritzt hatte, ein kleines, aus Pappe ausgeschnittenes Viereck. Sie klemmte es zwischen die Fingerspitzen und zog es heraus. Das Pappviereck war auf einer Seite dicht und beinahe mikroskopisch klein mit Abfolgen von Buchstaben und Zahlen beschrieben.

Passwörter. Insgesamt sechs, ohne Zuordnung. Sie verrieten eine noch kindliche Phantasie: Bumbl3b3321, MissFancy911, Bab33doll. Und dennoch hätte Cora wetten können, dass sie den Schlüssel zu einem ganzen Königreich bildeten, darunter auch zum Bankkonto der jungen Frau.

Die Versuchung war enorm. Wenn sie sich den Luxus nur vorstellte, den sie sich durch den Zugang zu derartigen finanziellen Quellen hätte leisten können! Aber sie hütete sich davor, es auch nur zu versuchen. Die Polizei wäre ihr sofort auf die Spur gekommen. Das Konto war sicher mit einer Alarmfunktion ausgestattet, und die Überwachungskamera am Geldautomat hätte sie überführt. Daher vergaß Cora diesen Gedanken besser schnell wieder, auch wenn er noch so verlockend erschien.

Dann dämmerte ihr, zu was ihr die Passwörter noch Zugang verschaffen konnten: dem Laptop! Natürlich!

Ihr Herz klopfte schneller, als sie mit dem Gerät zum Bett ging, es an die Steckdose anschloss und aufklappte. Der Bildschirm leuchtete auf, und es erschien ein kleines Eingabefeld.

Eins der Passwörter auf dem Stück Pappkarton musste passen, aber Cora wusste, dass sie sich mit zu vielen falschen

Versuchen für immer den Zugang verbauen konnte. Sie fuhr mit dem Finger die Liste entlang und tippte als Erstes JulieB999 ein.

Fehlanzeige.

Cora fing an zu schwitzen. Sie wusste nicht, wie viele Versuche ihr noch blieben. Erneut ging sie alle Kombinationen auf der Liste durch. Es musste irgendeine logische Herleitung geben.

Wie würde dieses alberne junge Ding wohl denken? Vielleicht hatte es den Laptop zum Highschoolabschluss bekommen, als College-Ausstattung. Falls ja, gab es eine einleuchtende Buchstaben-Zahlen-Kombination, hastig aneinandergereiht vor lauter Aufregung über das bevorstehende Studium: NYUNYU111. Das sah dem Mädchen ähnlich.

Mit zitternden Fingern tippte Cora das Passwort ein und holte tief Luft, bevor sie auf die Eingabetaste drückte.

Der Bildschirm blinkte.

Sie war drinnen. Wie dumm, es ihr derart leichtzumachen!

Am oberen Bildschirmrand waren sieben Fenster geöffnet, und darunter warteten 3329 ungelöschte E-Mails im Posteingang, davon 251 ungelesene. Cora konnte sie in aller Ruhe durchstöbern.

Erwartungsvoll klickte sie auf die oberste Nachricht von einem Absender namens Mark Battersby. Statt seiner E-Mail erschien jedoch ein neues Fenster auf dem Bildschirm mit der Botschaft: »Internetverbindung kann nicht hergestellt werden«.

Natürlich, wie hatte sie das nur vergessen können? Hier in dieser entlegenen, abgeschiedenen Welt war ein Computer völlig nutzlos. Coras einzige Option bestand darin, das

Gerät mit in die Stadtbücherei zu nehmen und sich dort ins Internet einzuloggen. Allerdings war eine Bücherei ein Ort, an dem ihr jeder über die Schulter blicken und sich fragen konnte, was ausgerechnet sie mit einem matt schimmernden Tausend-Dollar-Laptop machte.

Ein gefährliches Unterfangen. Und ein unkluges. Aber sie konnte einfach nicht anders. James' Vertrauen hatte sie bereits missbraucht, was machte ein weiterer kleiner Schritt da noch für einen Unterschied?

6

VOR DREI JAHREN hatte Adam den ersten großen Karrierefehler begangen: Er hatte mit der Polizeipsychologin gesprochen. Ein unvermeidbarer Fehler, denn wenn er ehrlich war, war ihm gar nichts anderes übriggeblieben. Er hatte während der Arbeitszeit getrunken und war erwischt worden. Dabei hatte er die Situation absolut unter Kontrolle gehabt. Niemand hätte je von seiner kleinen Schwäche erfahren, wäre sein Partner nicht ein so guter Detective gewesen. Er hatte die leeren Flaschen gefunden und daraus geschlossen, dass Adam Hilfe brauchte.

Jener erste Besuch bei der Seelenklempnerin hatte alles kaputt gemacht. Vor Selbstsicherheit strotzend, hatte sie vor ihm gesessen, mit ihrer perfekten Frisur und dem süßlichen, blumigen Duft, der sie wie eine Wolke umgab. Die Einrichtung ihres Behandlungszimmers – die eleganten dunkelgrauen Wände, das butterweiche Ledersofa und das gerahmte Diplom an der Wand mit der verschnörkelten, unleserlichen Aufschrift – hatte eine kalkulierte Wärme verströmt, und überhaupt schien alles dazu entworfen, dem Patienten ein Gefühl der Machtlosigkeit zu verleihen.

Schweigend hatten sie dagesessen und sich einfach nur angesehen, während Adam nervös mit den Fingern auf der Armlehne herumgetrommelt hatte. Er war fest entschlossen gewesen, das Schweigen nicht als Erster zu brechen.

»Was führt Sie heute zu mir, Adam?«, hatte sie schließlich gefragt.

Zuerst hatte er überlegt, ob er sich rundheraus weigern sollte, mit ihr zu sprechen, aber das hätte zwangsläufig eine längerfristige Beurlaubung wegen Arbeitsunfähigkeit nach sich gezogen. Er würde also gerade genug kooperieren, um seinen Job zu behalten, hatte jedoch nicht vor, es ihr allzu leichtzumachen.

»Sagen *Sie* es mir, Dr. Lyle. Was mich zu Ihnen führt, haben Sie doch bestimmt längst in der vor Ihnen liegenden Patientenakte vermerkt.«

Sie nickte gelassen, und er sah förmlich, wie sie ihre anfängliche Einschätzung seiner Persönlichkeit justierte. Sie kritzelte etwas in ihren Notizblock, vermutlich »schwierig« oder vielleicht »ablehnend«.

»Also gut. Fangen wir noch einmal von vorn an.«

Sie nahm einen Schluck Kaffee aus dem überdimensionalen Becher, der bisher auf dem niedrigen Tisch zwischen ihnen gestanden hatte.

»Wir sind hier, weil Sie gerade schwere Zeiten durchmachen. Sie haben im Dienst getrunken. Warum erzählen Sie mir nicht davon? Wie ist es dazu gekommen?«

Er holte tief Luft.

»Man könnte vielleicht sagen, dass ich mich ein bisschen … schwergetan habe, den Sloan-Fall zu verarbeiten. Ich war nicht rechtzeitig zur Stelle. Ein paar Stunden früher, und das Kind würde noch leben.« Ihm versagte die Stimme, und er räusperte sich schnell, um es zu überspielen.

Die Psychologin machte sich in aller Ruhe Notizen und hob dann den Blick, um ihn abwartend anzusehen.

»Ich habe den Grund doch schon genannt. Reicht das nicht?«, fragte er.

Dr. Lyle lehnte sich in ihrem Stuhl zurück und genoss es offensichtlich, ihre Macht über ihn auszuspielen.

»Ich verstehe. So etwas ist hart. Sehr hart«, sagte sie.

Er rutschte auf seinem Stuhl zur Seite und spähte durch das schmale Milchglasfenster auf die Straße hinaus, wo er die Umrisse seines Autos erkannte. Am liebsten wäre er in diesem Moment eingestiegen und losgefahren, bis er an einer Grenze ankam. Irgendeiner.

»Die Mordkommission ist ein raues Pflaster.« Ihre Stimme drang wie aus dem Nirgendwo an sein Ohr und holte ihn ins Gesprächszimmer zurück. »Nicht jeder Mordfall lässt sich aufklären, und manchmal kommen die Leute mit unsäglichen Verbrechen davon. Das ist für Polizisten oft nur schwer zu akzeptieren.«

»Tja, und ich werde es *nicht* akzeptieren.« Er betrachtete seine Schuhe und beschloss, dass sie mal wieder geputzt werden mussten. Vielleicht würde er noch diesen Nachmittag dazu kommen.

Wieder saßen sie schweigend da.

Adam ging davon aus, dass Dr. Lyle seine Geschichte bereits kannte. Wenn man seinen Namen googelte, lieferte gleich der dritte Treffer sämtliche Einzelheiten.

»Dass die Sache so schlimm für mich war, liegt an meiner Schwester«, sagte er und hob endlich den Kopf, um ihr in die Augen zu sehen.

Sie stellte ihren Kaffeebecher ab. Klar doch, jetzt war sie plötzlich interessiert.

»Ja?«

»Auch sie ist nicht mehr am Leben.«

Dr. Lyle zuckte nicht mit der Wimper, er hatte also recht gehabt. Vermutlich kannte sie jedes düstere Detail, wollte ihn jedoch dazu bringen, die Geschichte mit eigenen Worten zu schildern, vielleicht sogar in Tränen auszubrechen und hier in ihrem Gesprächszimmer einen erlösenden emotionalen Durchbruch zu erleben. Hätte das nicht wunderbar ins Bild gepasst?

»Das tut mir leid. Möchten Sie mir vielleicht erzählen, was passiert ist?«

Adam stützte die Ellbogen auf die Oberschenkel und rieb sich das Gesicht. Ein Drink – das war es, was er jetzt brauchte, und nicht diesen Blödsinn hier. Aber bitte schön, er würde ihr die unschönen Einzelheiten liefern, sie vor ihr ausbreiten und es hinter sich bringen. Mal sehen, was sie *davon* hielt.

»Sie wurde entführt«, begann er ausdruckslos. »Mit sieben Jahren. Sie war gerade mit ihrem Fahrrad unterwegs, und dann zack. Verschwunden. Ein Meter zweiundzwanzig groß. Lange blonde Haare, blaue Augen. Wurde zuletzt in einer kurzen rosa Frotteehose und einem weißen Glitzer-T-Shirt gesehen. Und Leuchtschuhen.«

Dr. Lyle sagte nichts. Ihr Stift ruhte.

»Wie alt waren Sie, als das passiert ist, Adam?«, fragte sie sehr leise.

»Ich war gar nicht.«

»Wie bitte?«

»Ich meine, ich war noch nicht auf der Welt.«

»Sie haben sie also nie kennengelernt?«

Adam warf ihr von schräg unten einen Blick zu.

»Offensichtlich.«

Erneutes Schweigen. Er seufzte.

»Ich weiß, was Sie von mir hören wollen.«

Sie bedachte ihn mit einem fragenden Blick, sagte jedoch nichts. Er hörte, wie tickend eine Minute verging, dann noch eine. Es war unerträglich, einfach nur stumm dazusitzen.

»Ja, Dr. Lyle, ich hatte trotzdem das Gefühl, sie zu kennen. Obwohl sie tot war. Meine Eltern haben alles hängen lassen: ihre Schulfotos, ihre gemalten Bilder am Kühlschrank, die kleinen goldenen Schulpokale. Ihr Zimmer ist heute noch genauso, wie es damals war, ein rosafarbener, flauschiger Schrein. Und bevor Sie nachfragen, Dr. Lyle: Ja, sie ist immer noch realer für meine Mutter, als ich es je sein werde.«

»Wie meinen Sie das?«

»Ich meine das so, dass nicht mehr viel von meiner Mutter übrig war, als ich in ihr Leben trat. Mein Vater arbeitete die ganze Zeit und ging uns aus dem Weg, und meine Mutter verkroch sich über Jahre in ihrem Zimmer, mit laut plärrendem Fernseher. Blieb einfach umgeben von zerknüllten Taschentüchern im Bett und heulte und sah sich Seifenopern an. Wenn sie herauskam, dann nur, um förmlich zu Abigails Zimmer zu *kriechen*.«

Vor seinem inneren Auge blitzte die Erinnerung an ihre Hände auf, die damals von schon blauen Adern übersät gewesen waren, ihre Hände, wie sie sich an Abigails Spitzenvorhänge klammerten und bebten, weil sie so heftig weinte.

»Immer wieder hat sie Abigails Kleider herausgenommen und neu zusammengelegt …« Er hielt inne und fuhr sich mit den Händen übers Gesicht. »Und daran gerochen.«

Dr. Lyle reichte ihm ein Taschentuch. Er putzte sich die Nase, schloss die Augen und versuchte sich dann, möglichst lässig zurückzulehnen.

»Bitte schön. Zufrieden? Ein tiefdunkles Geheimnis, das ich direkt vor Ihnen auf dem Tisch ausgebreitet habe, damit Sie es analysieren können. Und? Zu welchen Schlüssen gelangen Sie?«

Er setzte sich wieder aufrecht hin, gespannt auf ihre Reaktion.

»Ich denke, es ist noch zu früh, um …«

»Ach, kommen Sie, Dr. Lyle. Geben Sie sich einen Ruck und konfrontieren Sie mich mit Ihren Erkenntnissen. Ich weiß nämlich, was Sie denken.«

»Ach ja?«

»Ja. Zumindest kann ich mir lebhaft vorstellen, was Sie da notiert haben. Irgendetwas über meine Mutter, nicht wahr? Vielleicht etwas Ödipales?«

»Nein, nicht ödipal. Ich glaube, Ihre Mutter hat eine furchtbare Tragödie durchgemacht, was es ihr möglicherweise erschwert hat, eine emotionale Bindung zu ihrem zweiten Kind aufzubauen, aber …«

»Also Bindungsunfähigkeit?«

»Das habe ich nicht gesagt. Von einer Unfähigkeit müssen wir gar nicht sprechen, finde ich. An diesem Punkt bereits irgendwelche Etiketten zu verteilen wäre unsinnig. Unterhalten wir uns doch einfach weiter und sehen wir, wo uns das Gespräch hinführt.«

Adam wollte aber nicht sehen, wo ihn das Gespräch hinführte. Auf keinen Fall wollte er noch einmal in dieses Zimmer zurückkehren. Es war schon schlimm genug, dass er Dr. Lyle bereits in der ersten Sitzung sein Herz über seine Schwester ausgeschüttet hatte. Und warum hatte er dabei so wütend geklungen? So empfand er eigentlich gar nicht.

Kaum auszudenken, was er noch alles ausplaudern würde, wenn er weiterredete. Jede Menge Gedanken und Anekdoten, die in irgendeiner offiziellen Akte im Polizeigebäude verschwinden würden. Angeblich wurden derlei Angaben streng vertraulich behandelt, aber wenn irgendein Vorgesetzter einen »zwingenden Grund« vorbrachte, war nichts mehr vertraulich.

Ohnehin hätte es kein Therapeut der Welt geschafft, Adam von seiner Mission abzubringen. Er war aus tiefstem Herzen überzeugt, speziell zu diesem Zweck auf der Welt zu sein: um das Karma wieder ins Gleichgewicht zu rücken. Dabei war ihm ein einmaliger Ausrutscher passiert, weil er sich von seinen Emotionen hatte mitreißen lassen. Von nun an würde er wieder den richtigen Kurs einschlagen. Seine Schwester war für immer verloren, er hatte die Hoffnung aufgegeben, dass sie jemals lebend gefunden wurde. Aber er konnte einer anderen Familie die Hoffnung zurückgeben. Er würde das Böse, das auf der Welt geschah, ausmerzen, würde andere vermisste Mädchen aufspüren oder zumindest die Morde an ihnen aufklären, würde Männer wie jenen bestrafen, der es so schamlos gewagt hatte, seine Schwester zu entführen. Diese Männer. Diese Killer. Diese Diebe, die

Kinder und Unschuld raubten. Adam würde sein ganzes Leben diesem Vorhaben opfern, und wenn er auch nur ein einziges Mädchen rettete, dann hatte sich schon alles gelohnt.

7

CORA SASS zwischen Bücherregalen an einem kleinen Metalltisch und hatte ihre Schmuggelware offen vor sich stehen, während über ihr die Leuchtstoffröhren summten. Den Zettel mit den WLAN-Zugangsdaten in der Hand, beugte sie sich über den Laptop und sah sich hin und wieder nach allen Seiten um, um sich zu vergewissern, dass niemand sie beobachtete.

Ihre Computerkenntnisse waren begrenzt. Sie war schon ein paarmal in der Bücherei gewesen, um etwas für die Farm nachzuschlagen, besaß jedoch keinen E-Mail-Account und hatte nur eine ungefähre Vorstellung davon, was die sozialen Medien waren. Zum Glück fand der Laptop sofort das WLAN-Netz der Bücherei, nachdem sie die Zugangsdaten eingegeben hatte. Sobald die Internetverbindung stand, trafen neue E-Mails ein, begleitet von leisen Signaltönen. Cora scrollte zu der ältesten ungelesenen E-Mail hinunter. Sie war vom 23. September und stammte wie so viele andere E-Mails von diesem Mark, dessen Name sie bereits auf der Farm gelesen hatte.

Wo bist du? Warum hast du gestern Abend nicht angerufen? Mache mir Sorgen.

Dieser Nachricht folgten weitere, die zunehmend verzweifelt klangen. Cora war klar, dass sie vom Tag nach Julies Verschwinden stammten.

Sie überflog die Liste der übrigen ungelesenen E-Mails. Sie stammten von Dutzenden verschiedenen Absendern und waren im Laufe der folgenden Tage eingetroffen, darunter auch Werbemails, die 50-Prozent-Nachlässe mit bestimmten Gutscheincodes und Ähnliches versprachen.

Die persönlichen E-Mails klangen zunächst beunruhigt, aber nicht verzweifelt. Anfangs hatte offenbar niemand wahrhaben wollen, dass wirklich etwas Schreckliches passiert war. Dann schaukelte sich der Tonfall langsam hoch.

Julie, warum beantwortest du keine SMS? Hast du dein Handy verloren?

Hey Süße, hast du unsere Verabredung zum Mittagessen vergessen?

Schatz, bitte ruf uns an. Wir fragen uns, wo du steckst. Wir müssen uns noch über die Reisedaten unterhalten.

Wir hoffen sehr, dass dich diese E-Mail erreicht, Julie. Du sollst wissen, dass wir mit Hilfe von Polizei und FBI nach dir suchen. Wir werden dich finden, wo auch immer du bist. Halte durch, Schatz! Wir kommen und befreien dich.

Liebstes Julie-Mäuschen, WIR WERDEN NICHTS UNVERSUCHT LASSEN! Wir ALLE suchen nach dir. Wir lieben dich und werden dich niemals aufgeben. Niemals. WIR WERDEN DICH FINDEN!

Allmählich schienen Familie und Freunde des Mädchens verstanden zu haben, dass sie keine Antwort erhalten würden, denn die persönlichen E-Mails rissen nach und nach ab. Nur die Werbemails von Gap oder West Elm oder Zulily blieben übrig und lockten mit den besten Herbstschnäppchen.

Cora lief ein Schauder über den Rücken. Auch wenn die Familie und die Polizei offenbar am falschen Ort suchten, nämlich in Westchester und New York City, erschreckte sie die Vorstellung, dass gleich mehrere Ermittlungsbehörden jeden Stein nach dem Mädchen umdrehten. Sie malte sich uniformierte Spezialkräfte mit gezogener Waffe aus, die die Wände des Farmgebäudes hinaufkletterten, die Fenster einschlugen und das Mädchen aus seinem Zimmer im ersten Stock befreiten. Ein solches Szenario wäre ihr vorher nie in den Sinn gekommen. Nicht bei dem anderen Mädchen. Aber für diese junge Frau würden die Eltern und Behörden sicher alles tun.

Cora zwang sich, langsamer zu atmen. Obwohl ihr die E-Mails Angst machten, konnte sie nicht aufhören, sie zu lesen, eine nach der anderen. So viele Menschen, denen diese junge Frau wichtig war, die sie liebten und ihrer Zuneigung mit Ausrufezeichen und Großbuchstaben Ausdruck verliehen. Cora war nie so geliebt worden.

Als sie mit den E-Mails fertig war, öffnete sie den Facebook-Account, wo sie eine alarmierende Nahaufnahme der jungen Frau empfing, unter der fettgedruckt ihr Name stand. Der darunterfolgende Text war leuchtend rot gehalten:

> Diese Seite wird nun von »Freunde von Julie Brookman« verwaltet, einer gemeinnützigen Stiftung, die die Familie Brookman ins Leben gerufen hat, um Julie wieder nach Hause zu holen. Julie Brookman wurde zuletzt am 22. September um kurz vor Mitternacht gesehen, am Bahnhof Mamaroneck Metro North. Sie wollte dort den Spätzug nach New York City nehmen. Sie war mit einer braunen Lederjacke, einem schwarzen T-Shirt und schwarzen Jeans bekleidet. Julie hat rotblonde Haare und grüne Augen, ist einen Meter siebzig groß und wiegt fünfundfünfzig Kilo. Sie hat eine kleine Narbe auf der Innenseite ihres linken Oberschenkels, knapp oberhalb des Knies, und ein knapp vier Zentimeter langes dunkles Muttermal auf der rechten Schulter. Bitte verständigt das Mamaroneck Police Department, wenn ihr irgendwelche Informationen bezüglich Julies Verschwinden habt, so klein oder unbedeutend sie auch sein mögen. Julie, wir lieben dich!!! Hunderte von Menschen sind zusammengekommen, um uns zu helfen und mit uns zu beten, Menschen, die viel Zeit, Energie und Geld investiert haben. Ihnen möchten wir von Herzen danken.

Das Foto wies keine große Ähnlichkeit mit der jungen Frau in der Kammer auf. Ihr Gesicht wirkte darauf voller und fröhlicher, und ihre Augen strahlten vor Wärme und Herzlichkeit. So sah sie jetzt nicht mehr aus.

Irgendjemand hatte Links zu diversen Nachrichtenseiten gepostet und aktualisierte offenbar regelmäßig die Suchfortschritte. Cora las sich einige Updates durch und war beruhigt: Die Polizei wusste gar nichts. Niemand hatte James oder seinen Lastwagen gesehen. Sie seufzte vor Erleichterung über diese armseligen Bemühungen, doch das beruhigende Gefühl wich nach und nach einer dunklen Vorahnung. Auch wenn die Ermittler zum jetzigen Zeitpunkt noch nichts wussten, würden sie nicht so schnell aufgeben. Von nun an würde wegen dieses Mädchens für immer ein Schatten über Coras Leben hängen.

Sie klickte Julie Brookmans Fotos an. Bei den Aufnahmen, die daraufhin den Bildschirm füllten, wurde ihr fast schwindelig. Sie beugte sich näher heran. Unglaublich. Ihr war nicht bewusst gewesen, dass ganz normale Menschen so ein Leben führen konnten.

Auf vielen Fotos hielt das Mädchen einen attraktiven jungen Mann mit braunen Haaren und hellen Augen im Arm. Er war braungebrannt und breitschultrig, und seine unglaublich weißen Zähne funkelten Cora regelrecht entgegen. Das musste Mark sein.

Es gab Aufnahmen von den beiden an weißen Sandstränden, auf einem schimmernden Segelboot in der Karibik, auf einem rot erleuchteten Karussell und in einer stilvollen Bar mit einer Torte auf dem Tisch, die mit Wunderkerzen gespickt war. Auf den übrigen Fotos waren scharenweise selbstbewusste junge Leute zu sehen, die besitzergreifend die Arme umeinanderlegten und durchweg genauso attraktiv und wohlhabend aussahen wie Julie. Ihre Blicke schienen Cora zu verhöhnen.

Dann tauchte Julie mit Doktorhut und Umhang auf, flankiert von ihren strahlenden Eltern. Auf einem anderen Foto stand sie mit einem bauschigen rosa Tutu bekleidet im Scheinwerferlicht auf der Bühne, ein Bein auf die Spitze ihres Ballettschuhs erhoben und das andere gerade hinter sich ausgestreckt. Und auf wieder einem anderen Bild kauerte sie auf einem zerklüfteten Felsen und starrte gedankenversunken aufs Meer, das Gesicht zart umrahmt von den letzten goldenen Sonnenstrahlen des Tages.

Cora berührte den Bildschirm und zeichnete Julies Gestalt mit der Fingerspitze nach. Dieses privilegierte, kostbare Wesen. Diese Person, die wichtig war und etwas zählte.

Ein Foto traf Cora besonders hart. Es zeigte Julie, wie sie allein auf einem Felsvorsprung stand, der in einen üppigen tropischen Regenwald hineinragte. Die Bildbeschriftung verriet, dass die Aufnahme im letzten Jahr in Costa Rica entstanden war. Julie trug eine kurze Khakihose, ein hellblaues T-Shirt und einen Rucksack. Ein schwarzes Tuch hielt ihre Haare zurück, und ihre Arme formten über ihrem Kopf ein großes Victoryzeichen. Siegreich. Triumphierend.

Gefühle, von denen Cora keine Ahnung hatte.

Plötzlich überwältigte sie der Drang, dieses Foto auszudrucken und es als Symbol ihrer Macht über das Mädchen mit nach Hause zu nehmen, als Symbol dafür, dass das Universum Gerechtigkeit übte und das Gleichgewicht wiederherstellte.

Cora war klar, dass das keine gute Idee war. Viel zu riskant. Wie wollte sie erklären, dass sie das Foto eines Mädchens ausdruckte, dessen Gesicht inzwischen vermutlich diverse Zeitungen, Internetforen, Suchplakate und Milchkartons zierte?

Gar nicht. Es gab keine harmlose Erklärung dafür.

Trotzdem.

Der Drucker stand nur gut zwei Meter entfernt in seiner spezialangefertigten Wandnische. Cora konnte von ihrem Tisch aus sogar das Ausgabefach sehen. So gefährlich war die Aktion also gar nicht.

Allerdings brauchte sie eine Weile, bis sie herausgefunden hatte, wie man druckte. Ihr Plan war ganz einfach: den Druckauftrag absenden und dann diskret die Beute einsammeln. Innerhalb von Sekunden würde alles vorbei sein. Sie blieb dennoch reglos sitzen und verharrte mit dem Finger über der Tastatur. James würde sie umbringen, wenn er davon erfuhr.

Andererseits war ein ausgedrucktes Foto keine große Sache. Warum war sie also so ein Feigling?

Nachdem sie tief Luft geholt hatte, ließ sie den Finger auf die Tastatur herabsinken, schickte den Druckauftrag ab und blickte zum Drucker hinüber.

Nichts passierte.

Cora wartete ein paar Sekunden ab und klickte erneut auf »Drucken«. Dann zählte sie lautlos bis zehn. Immer noch nichts.

Gereizt hielt sie die Eingabetaste mit dem Daumen gedrückt und lauschte auf Anzeichen dafür, dass das Foto endlich gedruckt wurde. Der Computer teilte ihr mit, dass der Auftrag gesendet worden sei, doch der Drucker stand nach wie vor da und verhöhnte sie mit seinem unerbittlichen Schweigen.

Warum dauerte das so lange?

Ihr blieb keine andere Wahl. Sie musste jemanden fragen.

Cora klappte den Laptop zu, rollte das Ladekabel ein und drückte beides an ihre Brust, während sie sich hinter zwei weiteren Büchereibesuchern in die Warteschlange an der Ausleihtheke einreihte. Stunden schienen zu vergehen, bis diese Schwachköpfe endlich ihre hirnverbrannten Fragen über irgendeinen John-Grisham-Roman und die Leseveranstaltung für Kinder von neun bis zwölf Jahren am kommenden Samstag gestellt hatten. Während sie wartete, behielt Cora den unkooperativen Drucker die ganze Zeit im Blick. Er setzte sich immer noch nicht in Bewegung.

Endlich war sie an der Reihe.

»Entschuldigen Sie. Ich habe einen Auftrag an den Drucker geschickt, aber er scheint nicht zu funktionieren.«

Die Mitarbeiterin, eine junge Frau mit käsigem Gesicht und Hornbrille, stierte sie ausdruckslos an – wo trieben die nur immer solche Leute auf? –, bis ihr die Situation langsam klarzuwerden schien.

»Ach, der Drucker dort drüben?«, fragte sie und zeigte auf das Ungetüm in der Wandnische.

»Ja, genau.«

»Ojeee.« Sie zog das Wort in die Länge. »Haben Sie denn das Schild nicht gesehen?«

»Das Schild?«

»Ja, es liegt obendrauf. Vielleicht ist es auch runtergefallen. Der Drucker ist kaputt, deshalb werden alle Druckaufträge an das Gerät im Obergeschoss umgeleitet. In der sozialwissenschaftlichen Abteilung.«

Cora spürte, wie das Blut aus ihrem Gesicht wich. Die junge Frau starrte sie verwirrt an.

»Es gibt einen Aufzug.« Sie zeigte nach rechts.

»Danke«, flüsterte Cora.

Irgendwie schaffte sie es, nicht zu rennen, sondern mit gemäßigten Schritten Richtung Aufzug zu gehen.

Wie oft hatte sie das Foto an den Drucker geschickt? Julies Gesicht, wieder und wieder. Es würde sich in das Gedächtnis irgendeiner fremden Person einbrennen, die frustriert den Stapel durchblätterte, auf der Suche nach ihren eigenen Ausdrucken.

Cora erreichte die Aufzugtüren und drückte fest auf den

Knopf. Es dauerte ewig, bis der Aufzug kam und endlich rumpelnd die Fahrt nach oben antrat. Ungeduldig schlug sie mit der flachen Hand gegen die Wand, und nach mehreren qualvollen Minuten ertönte das Signal, und die Türen glitten zur Seite.

Cora eilte durch die Bücherregale zum Lesebereich, in dem gleichmäßig aufgereihte Eichentische mit jeweils vier Holzstühlen und zwei altmodischen Tischleuchten Platz zum Lesen boten. Ein halbes Dutzend Besucher beugte sich über offene Bücher und ausgebreitete Dokumente. Alle schienen in ihre eigene Welt vertieft, aber wie sicher konnte sich Cora diesbezüglich sein?

Sie entdeckte den Drucker in einer schmalen Nische in der Ecke und hielt die Luft an, als sie sich ihm näherte. Er war doppelt so groß wie das Gerät im Erdgeschoss und konnte in der Zwischenzeit hundertfach das Gesicht des Mädchens ausgespuckt haben.

Allerdings lag nichts im Ausgabefach.

Cora war wie betäubt. Hatte jemand ihre Ausdrucke mitgenommen?

Sie sah sich noch einmal im Raum um. Einer der Lesenden musste Bescheid wissen. Bestimmt beobachtete derjenige den Drucker und wartete nur darauf, dass sie die Fotos von dem vermissten Mädchen aus Mamaroneck holen kam.

Neben dem Drucker stand ein kleiner Tisch mit einem Drahtkorb, der Cora zunächst nicht aufgefallen war, und darüber hing ein Blatt Papier an der Wand: »Zehn Cent pro Ausdruck, zahlbar an der Ausleihtheke«. Auch der Korb war mit einem Schild versehen: »In der Ausgabe gefundene Ausdrucke bitte hier hinein«.

Cora schluckte und machte zaghaft einen Schritt auf den

Korb zu. Die Panik verstopfte ihr die Kehle wie ein Stein, und ihr Verstand weigerte sich wahrzuhaben, was sie sah. Denn dort, ganz oben auf dem Stapel mit Ausdrucken, prangte Julies strahlendes Gesicht.

Jemand hat es gesehen!

Cora sah sich verstohlen um. Falls jemand sie beobachtete, ging derjenige dabei sehr geschickt vor. Sie blätterte den Stapel durch, in dem zwischen ausgedruckten Tabellen, einem Suchplakat für einen entlaufenen Hund, auf dem die Abreißzettel bereits vorgezeichnet waren, und der Tageskarte eines Restaurants mit Krabbenküchlein als Vorspeise immer wieder Julies Gesicht auftauchte. Cora sammelte es ein und ging den Stapel anschließend noch einmal sorgfältig durch, um sicherzugehen, dass sich nichts mehr zwischen den Seiten verbarg. Insgesamt zählte sie sechzehn Ausdrucke von Julies Foto.

Zuversichtlich, dass sie alle gefunden hatte, raffte sie die Blätter zusammen und schob sie rasch in ihre Tasche.

Dann wollte sie davonmarschieren, als wäre nichts gewesen, kämpfte jedoch mit Atemproblemen. Ihr Gesicht glühte, sie brauchte dringend frische Luft. Sie musste hier raus, und zwar auf dem schnellsten Weg. Die Bücherei würde auch ohne ihre zehn Cent pro Ausdruck überleben.

Während Cora auf den Aufzug zueilte, schien eine Frau mit kurzen graubraunen Haaren und verschmiertem Lippenstift direkt auf sie zuzukommen. Bitte nicht, dachte Cora. Bestimmt verwechselte die Frau sie mit jemandem. Hoffentlich.

Nein, die Dame kam weiterhin auf sie zu und wedelte mit einigen Blättern herum, um Coras Aufmerksamkeit zu erregen.

Cora erstarrte. Bereits aus der Ferne erkannte sie, dass es sich um weitere Ausdrucke von Julies Gesicht handelte.

»Bitte sehr«, sagte die Frau und streckte ihr die Fotos entgegen. »Die haben sich unter meine Unterlagen gemogelt.«

Gedankenlos griff Cora zu und bereute sofort, nicht geleugnet zu haben, dass es ihre Ausdrucke waren. Die Frau blickte unverhohlen auf das oberste Blatt und musterte das Gesicht des Mädchens. Es hätte einen seltsamen Eindruck hinterlassen, den Stapel an sich zu reißen und abzuhauen. Cora saß in der Falle.

»Hübsches Mädchen.« Die Frau lächelte Cora zu und erwartete offenbar, Näheres über das Motiv zu erfahren.

Cora nickte und zwang sich zu einem Lächeln.

Sie durfte keine große Sache daraus machen, sondern musste die Nerven behalten. Am besten dachte sie sich eine ganz alltägliche Geschichte aus.

»Meine Nichte«, stammelte sie. »Sie lebt in Kalifornien.«

»Ah.« Das schien die Frau zufriedenzustellen. »Bestimmt sind Sie sehr stolz auf sie. Manchmal erkennt man schon anhand eines Fotos, dass jemand ein reizender Mensch ist, finden Sie nicht auch? Und bei Ihrer Nichte ist das so.«

Cora drehte sich der Magen um. Trotzdem nickte sie freundlich, als die Frau ihr noch einmal die Schulter tätschelte und dann davonging. Als ob gar nichts passiert wäre.

Jetzt konnte Cora nur noch hoffen, dass alles gutging. Dass sie es geschafft hatte, der Frau eine plausible Lüge aufzutischen, damit sie sie möglichst schnell vergaß. Und dass sie sie nie wiedersehen würde.

Sie verdiente diesen Schreckmoment. Sie verdiente es,

bestraft zu werden. Niemals hätte sie ungehorsam sein dürfen gegenüber James. Er wusste es besser als sie, was diese Erfahrung wieder einmal bewies. Cora fasste auf der Stelle den Vorsatz, auf den Pfad der Rechtschaffenheit zurückzukehren. Von nun an würde sie sich James' Führung unterordnen und seine Regeln genauestens befolgen. Von nun an würde sie auf ihn hören.

Sobald sie nach Hause kam, ging sie hinter die Scheune und schlug den Laptop kurz und klein.

8

CORA SCHUFTETE sich die Finger wund auf der Farm, und das war genau das, was sie wollte. Ihr Ziel war es, sich mit jeder Faser ihres Ichs in die Arbeit zu stürzen und am Ende des Tages so erschöpft zu sein, dass der Schlaf sie übermannte, bevor ihre Gedanken Besitz von ihr ergriffen. Leider bestand ihr Alltag aus aneinandergereihten stumpfen Wiederholungen: Unkraut jäten, Zwiebeln schneiden, Wäsche zusammenlegen, Tiere füttern, dem Mädchen Essen bringen. Arbeiten, die lediglich ihren Körper beschäftigten, während ihr Kopf weiterhin auf Wanderschaft ging.

Sie wünschte sich mehr als alles andere, sie könnte auf ihren eigenen Rat hören und sich damit abfinden, dass die Vergangenheit tot war. Diese Tatsache rief sie sich wieder und wieder ins Gedächtnis, aber sie wollte nicht haftenbleiben. Vor allem jetzt nicht, wo sie so durcheinander war.

Dieses blöde Mädchen und diese blöden Fotos von ihrem märchenhaften Leben hatten einen Erdrutsch an Erinnerungen losgetreten. Cora konnte nicht anders, als Vergleiche zu ziehen und sich der Gegensätze bewusstzuwerden.

James hatte sie davor gewarnt, sich dieser Schwäche hinzugeben.

»Deine Erinnerungen sind unrein«, hatte er gesagt. »In der Vergangenheit zu leben heißt in Ungnade zu fallen.«

Sie wollte ihm wirklich gehorchen, doch ihre Gedanken an früher waren zu stark geworden. Immer wieder flammten sie auf wie eine Infektion und ließen jede andere Realität klein erscheinen, erschwerten es ihr, ihre Arbeit zu erledigen und die Regeln zu befolgen.

Wie sehr sie es auch versuchte, es gelang ihr nicht, jenes arme, unscheinbare Mädchen zu vergessen, das auf dem Beifahrersitz eines halbverrosteten Pick-ups die staubigen Straßen entlangrumpelte, kreuz und quer durch die Vereinigten Staaten, immer wieder aufs Neue.

Ihr Vater und sie waren damals durch Wüsten gefahren, durch Weizenfelder, vorbei an kilometerlangen Ladenzeilen, durch jedes hässliche, dreckige Stück Amerika. Später hatte Cora herausgefunden, warum sie auf der Flucht waren, aber als Kind hatte sie nur das Glitzern der Sonne im Rückspiegel gesehen, während sie mit der Hand die Brise vor dem Fenster zu fangen versuchte und dabei vor sich hin sang, ganz leise, damit er es nicht hörte. Sie hatte immer darauf geachtet, seine Aufmerksamkeit nicht zu erregen, war nur ein dünnes kleines Ding gewesen, ein Nichts, das ihm hinterherlief, wenn sie Rast machten, die Augen zu Boden gesenkt, um sich möglichst klein zu machen.

Ihr wertvollster Besitz war damals eine Luxusausgabe des

Rand McNally Atlas der Vereinigten Staaten gewesen, dessen überdimensionale Seiten zerknittert und steif gewesen waren, weil sie einmal ihr Getränk darüber verschüttet hatte, was ihr eine Ohrfeige eingebracht hatte. Seite für Seite ließ sich darin die Route zu irgendeiner Fernfahrerkneipe verfolgen, zu irgendeiner Sackgasse, in der sie übernachten würden, zu irgendeiner staubigen Baustelle, auf der ihr Vater für einen oder zwei Tage Arbeit fand.

Der Atlas hatte Coras Leben Struktur verliehen mit seiner graphischen Genauigkeit und seinen Koordinaten: E4 auf Seite 97, H5 auf Seite 134, R5 auf Seite 176. Mit einem roten Filzstift, den sie tief vergraben in der Ritze ihres Sitzes gefunden hatte, kreiste sie jedes Ziel ein, etwas krakelig wegen der ausgetrockneten Farbe. Der Schaft des Stifts war außerdem mit einer klebrigen Masse beschmiert, die sie nie ganz weggewaschen bekam.

Nachts blickte sie aus dem schmierigen Fenster des Wohnwagens auf die funkelnden Sterne, die Blätter, die von den Bäumen fielen, die blinkenden Neonlichter eines Stripclubs. Dann krampfte sich jedes Mal ihr Herz zusammen.

Schon damals war ihr klar gewesen, dass sie nicht verletzlich sein durfte, wenn sie überleben wollte. Sie musste jedes Gefühl der Angst oder Unsicherheit unterdrücken. Doch an irgendeinem schrecklichen, tief vergrabenen Ort in ihrem Inneren verstand sie, was ihr entging.

Ihr Vater wusste nie im Voraus, wo sie als Nächstes hinfahren würden. Er wurde von einem inneren Dämon getrieben, der ihn nie zur Ruhe kommen ließ. Der Verlauf jedes Tages hing davon ab, ob er diesen Dämon unter Kontrolle behielt, und wenn ja, für wie lange.

Für Cora bedeutete das mindestens dreimal im Jahr eine

neue Schule. Manchmal blieben sie gar nicht lange genug an einem Ort, um sie an einer Schule anzumelden. Dann setzte ihr Vater sie stattdessen in der örtlichen Bücherei ab, während er auf Arbeitssuche ging. Cora verbrachte jene Tage also zwischen Bücherregalen und ging den Bibliothekarinnen aus dem Weg, die bei schulschwänzenden Kindern gerne mal die Behörden verständigten. Sie lernte, stundenlang still zu sein und leise die Seiten von *Jane Eyre* oder *Die Ritter der Tafelrunde* oder dem *Weltatlas für Kinder* umzublättern, während sie auf dem kalten Boden lag und aus den Augenwinkeln nach sich nähernden Personen Ausschau hielt. Aus dieser Zeit stammte ihre wahre Bildung.

Schule war ein vollkommen anderes Thema. Sämtliche Erwachsenen – sogar die nettesten Lehrer, die meist etwas ungepflegten Schülerberater und die Damen mit Plastikhäubchen auf dem Kopf, die in der Schulmensa das Essen ausgaben – ignorierten Cora. Hätten ihre Mitschüler es genauso gehalten, wäre das vermutlich besser gewesen. Manchmal waren sie grausam – unendlich grausam –, aber Cora konnte ihnen nicht wirklich einen Vorwurf machen. Sie war schmutzig und verschlossen, ein halbverwildertes Kind, das plötzlich aus dem Nichts auftauchte. Also versuchte sie erst gar nicht, Freunde zu finden.

Im Grunde war sie nur deshalb so wortkarg, weil es sicherer war, gar nichts zu sagen, als das Falsche zu sagen. Nachdem sie einmal auf einer Polizeiwache gelandet war, hatte sie ihre Lektion gelernt. Ihr Vater hätte sie umgebracht, wenn das noch einmal vorgekommen wäre.

Die Polizisten hatten Cora und ihren Vater damals stundenlang voneinander getrennt und Cora in einem tristen grauen Verhörzimmer mit einer einzigen grellen Lampe befragt. Dabei hatten sich die Beamten bemüht, nicht allzu bedrohlich auf sie zu wirken, wohlwissend, dass sie bei einem Kind nicht zu weit gehen durften.

Cora hätte es ihrem Vater nicht übelgenommen, wenn er sie an jenem Tag allein zurückgelassen hätte. Schließlich ist alles meine Schuld, hatte sie gedacht und stumm geweint, die Wange gegen den kalten Metalltisch gedrückt, während sie sich weigerte, mit den Polizisten zu sprechen.

Irgendwann hatte man eine Person ohne Uniform in den Raum geschickt – Miss Martinez, eine nette Frau im schicken Kostüm, deren glatte braune Haare im Nacken zu einem tiefen Knoten geschlungen waren. Ihr Lippenstift hatte einen kräftigen Korallton, der an einer Stelle ein wenig über die Umrisse ihrer Lippen hinausgemalt war – der einzige Makel in ihrer ansonsten makellosen Perfektion. Cora hatte fasziniert auf diesen winzigen rebellischen Farbklecks gestarrt. Er war sozusagen der Riss im Panzer dieser Frau und weckte in ihr die Hoffnung, dass sie sich vielleicht doch aus dieser Situation herausmanövrieren konnte.

Miss Martinez setzte sich mit ihrem Klemmbrett in der Hand neben sie und schenkte ihr ein warmherziges Lächeln. Sie konnte ja nicht ahnen, dass Cora auf so etwas Unzuverlässiges wie Freundlichkeit nicht hereinfiel. Sie wusste aus Erfahrung, dass die Nettigkeiten nie lange anhielten.

Aber diese Frau gab sich wirklich Mühe, das musste sie ihr zugestehen.

Sie streckte Cora die Hand entgegen, die sie hartnäckig ignorierte und die langen, schmalen Finger mit dem knallpinken Nagellack einfach in der Luft hängen ließ. Zum Glück gab Miss Martinez ihren Versuch rasch wieder auf.

»Zunächst möchte ich mich für meine Kollegen hier auf

der Wache entschuldigen«, begann sie ein wenig zaghaft. »Ich glaube, sie sind den Umgang mit Kindern nicht gewöhnt.«

Sie rutschte auf ihrem Stuhl näher an Cora heran, die kurzzeitig befürchtete, die Frau würde sie berühren, doch die war so vernünftig, es bleiben zu lassen, und wandte sich stattdessen ihren Unterlagen zu.

Cora starrte derweil an die Wand, die Ellbogen auf den Tisch gestützt, das Gesicht gegen die geballten Fäuste gelehnt. Ihre Fingernägel waren schmutzig und heruntergekaut.

»Du hast vorhin bei der Befragung etwas gesagt, über das wir uns unterhalten müssen. Ich weiß, dass meine Kollegen ein bisschen barsch waren. Trotzdem müssen wir die Wahrheit erfahren. Wir wollen dir helfen.«

Cora bewegte sich nicht, sah die Frau nicht einmal an.

»Ihre Kollegen lügen«, erklärte sie schließlich. »Ich habe gar nichts gesagt. Wagen Sie ja nicht zu behaupten, ich hätte was gesagt.«

Der letzte Satz klang heftiger als beabsichtigt. Sie durfte nicht gleich ihr ganzes Feuer verschießen.

»Du machst dir bestimmt Sorgen, was passiert, wenn du darüber redest, aber …«

»Es gibt kein ›Darüber‹. Da war nichts. Die lügen. Das passiert öfter, dass die Leute lügen, wissen Sie.« Cora verschränkte die Arme, lehnte sich auf ihrem Stuhl zurück und betrachtete den ausgefransten Saum ihres Pullovers, als wäre er das Interessanteste auf der Welt.

Die überlastete Sozialarbeiterin nickte resigniert und ging noch einmal ihre Unterlagen durch, bevor sie sich räusperte, um es erneut zu versuchen.

Cora starrte weiter ausdruckslos auf den Tisch und blinzelte langsam. Sie zählte die Sekunden, bis die Frau wieder das Wort ergriff.

»Also ...« Miss Martinez warf noch einen letzten Blick auf ihre Notizen. »Wie lange bist du schon unterwegs mit ... deinem Vater?«

Cora behielt ihren starren Blick bei. Das Herz klopfte ihr bis zum Hals, aber sie war entschlossen, ihre Angst um jeden Preis zu verbergen.

Die Frau versuchte es mit einem anderen Ansatz.

»Gut. Dann lass uns mit dem Thema Schule beginnen. Du besuchst derzeit die ...?«

Mit der Antwort auf diese Frage konnte Cora nichts falsch machen. Allerdings fiel ihr der Name ihrer derzeitigen Schule nicht mehr ein. Thornhill, Thornton, Thornville?

Sie riet einfach ins Blaue. »Thornton.«

Die Frau nickte und machte einen kleinen Haken auf einem ihrer wichtigen Dokumente.

»Und davor?«

Cora kapierte, worauf die Fragen abzielten, und spürte, dass dieses Gespräch sie noch in große Schwierigkeiten bringen konnte. Sie musste ihm ein Ende bereiten, und zwar sofort. Egal, wie.

Also sprang sie so heftig von ihrem Stuhl auf, dass er polternd zu Boden fiel, und rannte in die dunkelste Ecke des Raums, wo sie sich mit dem Rücken zur Wand auf den Boden sinken ließ. Da keine echten Tränen fließen wollten, senkte sie den Kopf und täuschte mit bebenden Schultern heftige Schluchzer vor, wobei sie sich heimlich in die Wangen kniff, damit sie eine überzeugend rote Gesichtsfarbe vorweisen konnte.

»Ich will zu meinem Vater«, heulte sie und spähte unter ihrem Arm hervor, um zu sehen, wie ihr Theater ankam. »Ich will zu meinem Daddy. Warum halten Sie mich von ihm fern?« Sie war nicht blöd. Diese Leute würden sie nie dazu bringen, ihnen kompromittierende Informationen zu liefern.

»Aber bei der Befragung hast du doch gesagt …«, begann die Frau.

»Nein, ich habe gar nichts gesagt!« Cora drückte ihren schmächtigen Körper weiter in die Zimmerecke und schniefte. »Ich will jetzt gehen. Darf ich?«

Und nun überraschte die Frau sie völlig. Sie ließ ihre Unterlagen einfach auf dem Tisch liegen und kauerte sich auf den schmutzigen Boden, um sich auf Coras Augenhöhe zu begeben. Ohne auf ihren feinen Wollrock und ihre empfindliche Strumpfhose zu achten, krabbelte sie langsam zu Cora hinüber und näherte sich ihr wie einer ausgehungerten Katze in einer dunklen Gasse.

So etwas hatte Cora noch nie erlebt.

Als die Frau bei ihr in der Zimmerecke angekommen war, setzte sie sich neben sie an die Wand, lehnte den Kopf nach hinten und schloss für einen Moment die Augen. Sie schien krampfhaft darüber nachzudenken, was sie als Nächstes tun sollte. Es machte Cora Angst, dass sie es offenbar nicht wusste. Erwachsene mussten so etwas doch wissen.

Schließlich öffnete Miss Martinez die Augen – ihre Gesichter waren nur wenige Zentimeter voneinander entfernt – und musterte Cora voller … War es Neugierde? Oder Verachtung? Cora hätte es nicht zu sagen vermocht.

»Ich habe Unmengen von Fällen zu bearbeiten, weißt

du«, sagte die Frau, und der Frust war ihr anzuhören, wenn auch nur ein bisschen.

Cora nickte und schniefte erneut.

»Unmengen«, wiederholte Miss Martinez, als befürchtete sie, Cora könne den Ausdruck nicht verstehen. Cora blinzelte.

Eine ganze Minute lang saßen sie schweigend da.

»Ich könnte in dieser Sache eine Entscheidung erzwingen, könnte zusätzliche Unterlagen anfordern, Kontrollen durchführen, weitere Behörden mit einbeziehen. Mich wirklich für dich einsetzen. Aber wenn du nicht bereit bist, zu kooperieren … Wenn du vorhast, mir endlose Lügen aufzutischen und bei der ersten Gelegenheit abzuhauen, wenn ich dich an einem sicheren Ort unterbringe, dann wäre es mir lieber …« Einen Moment lang schien sie nicht die richtigen Worte zu finden. »Dann wäre es mir lieber, wenn du mir das jetzt gleich sagst und uns beiden viel Kummer ersparst. Denn das habe ich leider schon unzählige Male erleben müssen. Ich kann dir nicht helfen, wenn du keine Hilfe möchtest.«

Verdutzt saß Cora da. Während sie angestrengt nachdachte, leckte sie sich über die spröden Lippen.

»Und wenn ich keine Hilfe möchte, kann ich gehen?«, fragte sie schließlich.

Miss Martinez seufzte.

»Ja, ich nehme es an. Wenn es denn so sein sollte.«

Cora wusste nicht recht, was sie sagen sollte. Wahrscheinlich waren Sozialarbeiter immer so: überarbeitet, völlig am Limit. Ein Glücksfall für sie.

Oder doch nicht?

Tief in ihrem Inneren wusste Cora, dass dies ein allesentscheidender Moment für sie war. Was, wenn plötzlich wirklich alles anders würde? Wenn sich ihr Leben vollkommen veränderte, einfach so?

Cora konnte die Gedanken, die in ihrem Kopf herumschwirrten, nicht in Worte fassen. Sie brachte keinen einzigen Ton hervor. Noch nie hatte jemand so schonungslos offen mit ihr gesprochen.

Irgendwann wertete die Frau ihr andauerndes Schweigen als Antwort.

»Also gut. Dann geh.«

Miss Martinez gab sich mit einem traurigen Kopfschütteln geschlagen. Langsam stand sie auf und verließ den Raum. Nur ihre klackernden Schuhe durchbrachen die Stille, die sie zurückließ.

Cora blieb auf dem Boden sitzen. Sie war sich unschlüssig, wusste einfach nicht, was sie tun sollte. Sollte sie der Frau in den Flur hinausfolgen, ihr hinterherrufen, dass sie warten sollte, dass sie sie retten und an einen sicheren Ort bringen sollte?

Sie war wie gelähmt. Es war alles zu viel. Zu verwirrend.

Nach einer Weile kam ein Polizist zu ihr und sagte, er werde sie hinausbringen. Während sie aufstand und ihm den neonbeleuchteten Flur entlangfolgte, zog sie an einem Faden, der von ihrem Pullover hing, und ribbelte nervös den Saum auf. Offenbar war ihr die Entscheidung abgenommen worden.

Der Anblick ihres Vaters am Ende des Flurs löste widersprüchliche Gefühle in ihr aus. Er war von Polizisten flankiert, trug jedoch keine Handschellen. Freude und Erleichterung überkamen sie. Sie waren frei und konnten gehen!

Doch dann stieg rasende Furcht in ihr auf, als sie die geballten Fäuste ihres Vaters sah, seine schwarzen, undurchdringlichen Augen. Fiel seine Wut denn außer ihr niemandem auf? Beim Gedanken daran, was ihr blühte, wurde ihr schlecht.

In diesem Moment wurde Cora klar, dass sie niemals irgendetwas richtig machen würde.

9

ADAM SASS an dem kleinen Holzfurnierschreibtisch seines Motelzimmers und lauschte den Autos, die vor dem schmutzverkrusteten Fenster auf dem Highway vorbeisausten. An diesem Abend waren sie durch den leichten Regen und die nasse Fahrbahn noch lauter zu hören als sonst. Alle paar Sekunden fegten Scheinwerfer über die Rückwand des Zimmers oberhalb des Betts, kurz bevor das Motorengeräusch Adams Ohren erreichte. Er störte sich nicht daran. Der regelmäßige Verkehrslärm verlieh auch seinen Gedanken eine gewisse Struktur.

Sein Handy klingelte. Surrend und vibrierend drehte es sich am Rand der Kommode. Adam stand auf, warf einen Blick aufs Display und setzte sich wieder. Seine Mutter. Schon wieder. Er konnte heute nicht mit ihr darüber reden. Ihm fehlte die Energie.

Irgendwann seufzte er und ging doch noch ans Telefon.

»Mom.«

»Adam, wo bist du?«

»In Stillwater, aber nur noch bis morgen.«

»Kommst du nach Hause?« Sie konnte die Dinge einfach nicht auf sich beruhen lassen.

»Ich habe es dir doch schon tausendmal erklärt: Es gibt für mich keinen Grund, nach Saint Paul zurückzukehren. Das wäre ein verschwendetes Flugticket, das ich mir nicht leisten kann.«

»Adam, du steckst deine ganzen Ersparnisse in diese ... diese Obsession. Das ist nicht gesund. Warum machst du das? Du bist kein Polizist mehr und hast kein Recht, dich überall als einer auszugeben. So landest du noch irgendwann im Gefängnis.«

Er antwortete nicht. Ihre Angst sprang durch die Telefonleitung auf ihn über, sickerte langsam in seine Brust. Er holte tief Luft.

»Hörst du mir überhaupt zu?«, fragte sie mit leichter Verärgerung in der Stimme.

Er seufzte.

»Du weißt doch, Mom: Ich komme erst zurück, wenn es vorbei ist.« Das würde sie vollends aus der Fassung bringen, aber es musste nun mal gesagt werden.

»Vorbei? Das ist es doch längst! Es ist schon seit Jahren vorbei. Du wirst es niemals schaffen, diesen Fall zu lösen, nicht auf eigene Faust. Adam, ich weiß, warum du das machst. Und ich sage dir: Es lohnt sich nicht. Denn auch das ist vorbei. Sie kommt nicht mehr zurück.«

»Mom, ich kann jetzt nicht darüber reden. Ich bin ganz nah dran. Näher als je zuvor.«

»Das sagst du schon seit Jahren. Genau in diesem Wortlaut.«

»Ich muss Schluss machen.«

»Ruf mich morgen an. Okay? Adam? Adam?«

Er beendete das Gespräch, ohne sich zu verabschieden. Sie verstand ihn einfach nicht, aber das würde sich ändern, sobald er sein Ziel erreicht hatte. Dann würde sie merken, dass es sich doch gelohnt hatte.

Er ging zur anderen Seite des Schreibtischs und bückte sich. Dort standen auf dem verschlissenen braunen Teppichboden vier Kartons mit Polizeiakten, von denen jede Akte mit einem anderen Namen beschriftet war: »Elsa Sanders«, »Phoebe Ranson«, »Isabel Davis« ... Insgesamt waren es vierzehn Namen, die alle mit demselben Fall zu tun hatten.

Er war gerade dabei, sich noch einmal durch die Akten zu arbeiten, in der Hoffnung, doch noch auf etwas Neues zu stoßen. Die Worte seiner Mutter hallten in seinem Kopf nach. Er ignorierte sie, zog eine Akte aus ihrem Karton und legte sie auf der Ecke des Schreibtischs ab, bevor er Platz nahm und seine Arbeit an der Akte fortsetzte, die bereits offen vor ihm lag. Um die Konzentration nicht zu verlieren, fuhr er mit dem Bleistift jede Zeile nach, die er gerade las. Der Text war ihm so vertraut, dass er kaum noch in sein Bewusstsein vordrang, aber er gab die Hoffnung nicht auf, dass die Worte trotzdem eine neue Saite in seinem Gehirn zum Klingen brachten.

Drei Jahre. Seit drei Jahren war er schon auf der Jagd. Und er rückte seinem Ziel *wirklich* näher. Das spürte er.

Mit einem hatte seine Mutter dennoch recht: Er konnte sich keine weiteren Fehltritte leisten. Wenn sie im Dezernat herausfanden, dass er amtliche Akten und sogar Beweismittel hatte mitgehen lassen, würde er niemals in seinen Beruf zurückkehren dürfen. Zum Glück war der unaufgeklärte

Mordfall, zu dem die Beweise gehörten, offiziell abgeschlossen und die Abteilung jämmerlich unterbesetzt. Um auf der sicheren Seite zu sein, hatte sich Adam außerdem mit dem Kollegen von der Asservatenkammer angefreundet. Er hatte sechs Monate damit verbracht, dem Kerl bei der Happy Hour im Mighty Pint Drinks auszugeben. Nach so vielen Gläsern Guinness würde er ihn bestimmt nicht verpfeifen, es sei denn, die Situation geriet völlig außer Kontrolle.

Adam schob die Hand unter die in der Akte abgehefteten Papiere und zog die Fotos heraus. Nachdem er sie von ihrer Büroklammer befreit hatte, ging er sie zum wiederholten Mal durch und starrte nacheinander die drei Aufnahmen vom Tatort an. Drei Leichen, die zusammen in einer Lache gemischten Bluts lagen, die Gliedmaßen in verschiedene Richtungen abgespreizt.

Inzwischen war er abgestumpft gegen den Anblick. Genauso gut hätte er sich eine Krimiserie im Fernsehen ansehen können.

Vorsichtig heftete er die Fotos wieder mit der Büroklammer zusammen, schob sie zurück in die Akte, schloss diese und legte sie am Rand des Schreibtischs ab. Dann griff er nach der nächsten Akte, die er sich bereitgelegt hatte, und platzierte sie sorgsam vor sich auf dem Schreibtisch: »Laura Martin – 1«. Die Akte war dick. Seine Hände zitterten immer ein wenig, wenn sie diese spezielle Akte berührten. Sie brachte ihn der Wahrheit am nächsten und hatte ihm vor zwei Jahren seine erste echte Spur geliefert. Ihr Inhalt war seine Bibel, sein Stein von Rosette. Er nahm ihn aus der Akte. Seine Seiten knisterten, als er sie umblätterte.

Der *Rand McNally Atlas der Vereinigten Staaten.*

10

JAMES WAR wieder da.

Cora konnte kaum glauben, dass er doch noch zurückgekommen war. Zum Glück war alles in bester Ordnung: Das Haus war sauber, und sein übliches Essen stand bereit, als hätte sie gewusst, dass er kam. Die Tiere waren gefüttert, und das Mädchen war ruhig.

Das lag daran, dass Cora nichts dem Zufall überließ. Sie hatte sich angewöhnt, während seiner Abwesenheit alles weiterhin nach seinen Wünschen zu handhaben. Man wusste schließlich nie. James erwartete, dass alles für ihn bereit war, wenn er wiederauftauchte.

Genau wie an jedem anderen Abend hatte sie auch heute den Tisch mit dem besten Porzellan und den Sets aus Chantillyspitze gedeckt, die sie im Speisezimmer gefunden hatte. Dazu hatte sie das Silber aus dem mit Samt ausgekleideten Besteckkasten auf der Anrichte geholt und es noch einmal kurz aufpoliert. An warmen Abenden wie diesem aß sie immer im Gartenpavillon hinter dem Haus. Die vorherige Besitzerin hatte den Pavillon mit festlichen Lichtern geschmückt, die der Szenerie einen magischen Anstrich verliehen, wodurch James meist sofort bessere Laune bekam.

Trotz ihrer Erleichterung darüber, dass sie perfekt vorbereitet war, spürte Cora Panik in sich aufsteigen, als sie nun in der Küche stand und seinen Lastwagen die Einfahrt heraufdonnern hörte. Das hätte sie allerdings geleugnet, wenn jemand sie danach gefragt hätte. Sie hätte die Frage einfach weggelächelt, denn Situationen wie diese waren ihre heimlichen Prüfungen. Der Weg zum Glauben war nicht immer leicht.

Sie war unartig gewesen während seiner Abwesenheit, hatte sich gegen ihn versündigt. Wie hatte sie nur jemals glauben können, sie könnte etwas vor James geheim halten? Er würde ihr die Schuld sofort ansehen und mühelos ihre unreinen Gedanken lesen.

Das Herzmedaillon steckte in der linken Tasche ihres Kleids, ein Glücksbringer, den sie entgegen besserer Einsicht mit sich herumtrug. Die restlichen Sachen des Mädchens befanden sich noch immer im Kleiderschrank – überall Beweise für Coras Verstöße.

Ihr Blick irrte durchs Haus. Es war zu spät, um noch etwas zu verstecken.

Als sie den Motor seines Lastwagens heulend die letzte Anhöhe erklimmen hörte, lief sie zum Fenster. Selbst durch das schmutzige Glas seiner Windschutzscheibe sagte sein Gesicht bereits alles. Seine dunklen Augenbrauen waren zu einer finsteren Linie zusammengezogen und seine vollen Lippen wütend aufeinandergepresst. Er stieg aus und knallte die Tür hinter sich zu.

Coras Blick wanderte unmittelbar zu seinen Händen, die sie trotz des trüben Lichts der Abenddämmerung gut erkennen konnte. Und tatsächlich umklammerte er mit der rechten Hand das alte Jagdmesser. Sie wusste, was das bedeutete: Er hatte Schwierigkeiten gehabt auf seiner Reise, und sie war diejenige, die dafür bezahlen musste.

Wie erwartet kam er direkt zu ihr, nachdem er das Haus betreten und die Tür so heftig hinter sich zugeworfen hatte, dass das Fenster im Rahmen klirrte. Er packte ihren linken Arm und zog ihren ganzen Körper zu sich heran, legte ihr die Messerschneide an den Hals und ließ sie sanft daran entlanggleiten. Ihr Herz klopfte laut, aber sie hütete sich, sich zu bewegen.

»Wer ist hier?« Während er diese Frage stellte, riss er sie noch enger an sich, und die Klinge sank tiefer ins Fleisch ihres Halses und war kurz davor, es einzuritzen. Cora wagte es nicht, sich zu wehren.

Stattdessen suchte sie seinen glasigen Blick, um herauszufinden, ob die dunklen Geister ihn in ihrer Gewalt hatten. Manchmal führten sie ihn in Versuchung, brachten ihn dazu, zu stehlen, zu trinken oder diese teuflischen Tabletten zu nehmen.

»Antworte mir, verdammt! Ist noch jemand in diesem verfickten Haus?«

Er packte ihren Arm so fest, dass er brannte. Bestimmt würde morgen ein blauer Fleck zu sehen sein.

Cora zitterte. Sie musste ihm genau die richtige Antwort liefern, denn die falschen Worte konnten den Einfluss der dunklen Geister noch verstärken.

»Nur ich.« Sie schluckte. »Und das Mädchen im ersten Stock.«

Für einen Moment schien er nicht mehr zu wissen, wer »das Mädchen« war. Das war kein gutes Zeichen. Eine finstere Macht beherrschte ihn. Cora musste geduldig sein.

Dann ließ er sie los. Sein Mund erschlaffte, und Verwirrung huschte über sein Gesicht. Leise vor sich hin murmelnd wankte er rückwärts. Dabei blinzelte er und versuchte offenbar, seinen Blick scharfzustellen, sah Cora jedoch nicht direkt an. Stattdessen zog er an seiner Jeans, die von einem abgenutzten Ledergürtel an Ort und Stelle gehalten wurde. Coras Haut hatte bereits eingehend Bekanntschaft mit diesem Gürtel gemacht – allein bei der Erinnerung daran zuckte sie zusammen.

»Nach dem Mädchen habe ich dich nicht gefragt. Ich meine die dunklen Gestalten, die Eindringlinge. Die dämonischen Mächte, die mich zerstören wollen.«

»Nein. Sonst ist niemand da.« Sie machte vorsichtig einen Schritt nach hinten, die Tatsache ausnutzend, dass seine Augen begonnen hatten, unruhig durchs Zimmer zu huschen. Hoffentlich bemerkte er ihren zaghaften Rückzug nicht, ihre Bewegung zur Tür, die zum Speisezimmer führte. Ihre Gedanken galten den Messern in der obersten Schublade der Anrichte. Sie hätte ihn niemals vorsätzlich verletzt, musste ihn jedoch vielleicht ein wenig bremsen, falls die Situation vollends außer Kontrolle geriet.

Ihre Kalkulationen fanden ein jähes Ende, denn er glitt auf sie zu und zog sie zu sich heran, drehte das Messer langsam vor ihrem Gesicht. Sie kniff unwillkürlich die Augen zu.

»Versteckt sich jemand dort oben? Sie haben meinen Geist quer durchs Land verfolgt und denken, ich hätte es nicht mitgekriegt. Aber ich kann sie spüren.« Seine Augen suchten die Zimmerdecke ab. Er stand reglos da, den Kopf zur Seite gelegt, als könnte er so besser hören.

»Nein, nein.« Sie schüttelte kaum merklich den Kopf und öffnete trotz ihrer Panik die Augen, um ihn im Blick zu behalten. Dabei bog sie ihr Gesicht, so weit sie es wagte, von ihm weg.

»Stehst du mit ihnen im Bunde? Glaube nicht, ich würde dich nicht auch töten! Glaube nicht, ich würde dich verschonen!« Er sah sie nicht an bei diesen Worten. Es ging nicht um sie.

Cora schüttelte den Kopf, weil sie das Wort »Nein« nicht hervorbrachte.

Er legte ihr beide Hände auf die Schultern und drückte sie auf einen Stuhl, wobei ihr Herzmedaillon durch den Stoff hindurch leise gegen das Holz der Sitzfläche stieß. Sie verspannte sich. Ob er es gehört hatte?

»Schwöre es«, sagte er und hielt ihr wieder das Messer ans Gesicht. Dann trat er zurück und sah sich um. »Nein, warte.«

Er nahm *das Buch* vom Kühlschrank und legte es mitten auf den Tisch. Es war vollgestopft mit losen Blättern, die mit seiner unordentlichen, krakeligen Schrift bedeckt waren. Die Ränder waren gelblich, einige wiesen Flecken auf oder waren eingerissen. Es war eine Lebensaufgabe, dieses *Buch*.

»Schwöre es«, stieß er durch die Zähne hervor und fuhr herum, als erwartete er, seine Feinde hätten ihn umzingelt.

Cora legte eine Hand auf *das Buch* und schwor. Zuerst war ihre Stimme nur ein Flüstern, aber er hämmerte immer wieder mit der Faust auf den Tisch, bis sie den Schwur schließlich im Takt seiner Hiebe hinausschrie.

»Ich schwöre, dass sonst niemand in diesem Haus ist. Ich schwöre es.«

»Du würdest mich doch niemals anlügen, oder, Cora? Falls doch, ist die Strafe ewige Verdammnis. So steht es geschrieben.« Seine Faust sauste auf den Tisch nieder.

»Nein, natürlich nicht.«

»Sag es«, befahl er.

»Ich würde dich niemals anlügen.«

Sie hob die Hand, um seine Wange zu streicheln und ihn zu beruhigen. Ihr Herz war voller Schuldgefühle, denn sie hatte ihn sehr wohl angelogen, was die persönlichen Gegenstände des Mädchens anging. Sollte sie ihm einfach alles beichten?

Er packte ihre Hand und knallte sie zurück auf den Tisch. »Sag es noch einmal.«

Nein, dies war nicht der richtige Moment für Schuldeingeständnisse.

Mit zitternder Stimme flehte sie: »James, James, bitte! Ich liebe dich. Unsere Seelen sind eins, genau wie es offenbart wurde. Ich werde dich bis zum Tod beschützen.«

Er musterte sie, mit Augen, die ihm fast aus dem Gesicht quollen. Dann ließ er endlich ihre Hand los. Während ihr Kopf auf den Tisch hinuntersank, beobachtete sie, wie er langsam durch die Küche ging und lauschte.

»Vielleicht hast du das Haus nicht gut genug bewacht. Jeder hätte sich einfach so hereinschleichen können. Vielleicht wolltest du genau das. Ist es das, was du dir heimlich gewünscht hast?«

Cora sagte nichts. Sie wusste aus Erfahrung, dass es in solchen Momenten besser war zu schweigen. Er würde langsam durch jedes Zimmer des Hauses gehen, bis er zufrieden war. Sie zitterte, hatte plötzlich Angst, dass sie tatsächlich nicht gut genug aufgepasst hatte und dass sich dort oben Eindringlinge verbargen, die nur darauf warteten, sich auf ihn zu stürzen.

Cora sah ihm hinterher, als er um die Ecke bog, hörte seine bedächtigen, leisen Schritte auf der Treppe. Jetzt war sie diejenige, die den Blick zur Decke gerichtet hatte und auf die knarrenden Dielen über ihrem Kopf lauschte. Er ging durchs Schlafzimmer.

Panik überwältigte sie. Hatte sie die schwarze Mülltüte

weit genug in den Schrank hineingeschoben? Sie hätte ihm alles beichten müssen, als Gelegenheit dazu gewesen war. Denn wenn er die Sachen selbst fand …

Ein lautes Krachen riss sie aus ihren Gedanken. Das Haus bebte.

»Was ist denn *das*?«, brüllte er.

Erschrocken sprang sie auf und eilte zur Treppe. Er hatte die Mülltüte gefunden! Jetzt würde sie für ihren Verrat bezahlen.

Sie fand ihn auf dem Boden neben dem Bett. Ein kleiner Flickenteppich hatte sich um seinen Knöchel gewickelt, und er war gestolpert.

Sie war noch einmal davongekommen.

»Wer hat dieses Ding hier hingelegt?«, fragte er und hielt den ramponierten Teppich angewidert zwischen den Fingern hoch, bevor er sich aufzurappeln versuchte. Für einen Moment sah er beinahe schwach aus, weil er so ungünstig gefallen war, dass er nicht gleich wieder auf die Beine kam. Cora wollte ihm zu Hilfe eilen, bremste sich jedoch und wartete auf sein Signal.

»Ich«, sagte sie zitternd, obwohl die Antwort ohnehin auf der Hand lag. Er wollte nur ihr Geständnis hören, wie üblich. »Das war falsch von mir.«

»Hast du etwa zugelassen, dass dich ein feindlicher Geist in Besitz nimmt? Ein Geist, der sich gegen mich verschworen hat und meine Herrschaft stürzen will?«

Wütend knüllte er den Teppich zu einem Ball zusammen und warf ihn mit aller Macht nach ihr, doch der Stoff löste sich in der Luft und landete zwischen ihnen auf dem Boden, was James nur noch mehr in Rage versetzte.

Sein Gesicht lief rot an, und er ballte die Hände langsam

zu Fäusten. Mühsam stand er auf, fand das Gleichgewicht und schleuderte Cora gegen die Wand, mit einer brachialen Gewalt, die sie auch nach all den Jahren noch überraschte.

»Du musst bestraft werden für deinen Eigensinn.«

Er raffte den Teppich mit einer Hand vom Boden auf, drehte ihn zu einer harten Rolle zusammen und schlug Cora damit über die Brust, wieder und wieder. Nach jedem Schlag brannte ihre Haut und fing dann an zu pulsieren. Sie ertrug es, so gut sie konnte, und wimmerte nur leise vor sich hin, um ihn nicht noch weiter zu reizen.

Endlich hielt er inne. Schweiß rann ihm über das puterrote Gesicht. Leise keuchend starrte er ihr in die Augen.

Sie rührte sich nicht, versuchte, nicht einmal zu blinzeln. Die Schmerzen waren ihr mittlerweile egal, aber ihr Körper bebte vor Angst, und ihre Muskeln zuckten leicht, weil sie so krampfhaft bemüht war, sich nicht zu bewegen. Abwartend sah sie ihn an und hoffte, dass sich kein Ausdruck in ihr Gesicht schlich, der ihn erneut aus der Haut fahren ließ. Die dunklen Geister waren stark an diesem Tag. Ihr Zorn durfte nicht noch weiter entfacht werden.

»Von jetzt an wirst du dich hüten, vom rechten Weg abzukommen«, sagte er warnend, doch seine Stimme hatte ihre Vehemenz verloren, und Cora spürte, wie sich Erleichterung in ihr breitmachte.

»So, wie es geschrieben steht«, erwiderte sie und neigte den Kopf.

Er warf ihr den Teppich vor die Füße, und sie legte ihn zurück an seinen eigentlichen Platz vor der Kommode, bevor sie ihm demütig aus dem Zimmer folgte. Es hätte so viel schlimmer kommen können, dachte sie.

Jetzt konnten sie endlich zu Abend essen.

11

CORA WAR schon als Kind eine Tagträumerin gewesen, weshalb man sie an vielen Schulen für zurückgeblieben gehalten und in die Förderklasse gesteckt hatte. Mit der Zeit hatte sie es aufgegeben, sich dagegen zu wehren. Was machte es schon für einen Unterschied? Ihr war klar gewesen, dass man sie ohnehin nie zu den Highschoolabschlussprüfungen zulassen würde, weil sie mit jedem Umzug einen anderen Namen verpasst bekam und ihre Noten daher nie von einer Schule zur nächsten mitreisten.

Aber jetzt war es noch schlimmer geworden mit ihrer Tagträumerei, sie konnte sich auf nichts mehr konzentrieren. Das Mädchen war schuld, es wühlte alles wieder auf. Jahrelang war es Cora gelungen, ihre sündigen Erinnerungen in Schach zu halten, doch seit einigen Tagen ließen sich die Gedanken an ihre Monate in Minnesota nicht mehr verdrängen. Es war das Jahr gewesen, in dem sie vierzehn geworden war. Das schrecklichste Jahr ihres Lebens.

Zum ersten Mal hatte Cora so etwas gehabt wie gleichaltrige Freunde. Erst viel zu spät hatte sie gemerkt, dass diese sich nur auf ihre Kosten amüsierten. Damals war sie völlig unbedarft gewesen, was das wirkliche Leben anging. Johnny Mavis, Reed Lassiter, Joy Marcione – die drei hatten sie manipuliert, sie ausgetrickst.

Am ersten Schultag hatte Cora unsicher vor dem vollbesetzten Klassenzimmer gestanden.

»Ich möchte euch heute Laura Martin vorstellen. Heißt sie bitte herzlich willkommen«, stellte Miss Thompson sie vor. Cora zuckte leicht zusammen, als sie den Namen hörte, den ihr Vater diesmal für sie ausgesucht hatte. Sie brauchte jedes Mal ein paar Wochen, bis sie sich an ihren neuen Namen gewöhnt hatte.

Die meisten Schüler blickten nicht einmal von ihren Heften auf. Nur ein Mädchen mit langen dunklen Locken, in die es rosa, blaue und grüne Strähnen gefärbt hatte, winkte ihr aus der hintersten Ecke mit fingerlosen Handschuhen zu und zwinkerte verschwörerisch. Neben dem Mädchen war ein Tisch frei, auf den es mit dem Kinn wies. Erleichtert und dankbar machte sich Cora auf den Weg dorthin.

»Woher kommst du, Laura?« Das Mädchen schob seinen Tisch näher an Coras Tisch heran.

»Von hier und da«, antwortete Cora. Sie hütete sich davor, zu viele Einzelheiten preiszugeben. »Wir ziehen ständig um.«

Der Junge neben ihr – er hatte kupferrote Haare und trug einen kleinen silbernen Nasenring und eine zerfledderte Lederjacke – streckte ihr die Hand hin.

»Reed.« Sie ergriff seine Hand. Schüttelte sie und besiegelte damit ihr Schicksal.

Drei Wochen später saßen sie zu viert – Joy, Reed, Cora und Johnny, ein Freund, der bereits im Vorjahr von der Schule abgegangen war – auf einer ausgeleierten Couch im Souterrain eines heruntergekommenen Gebäudes am Stadtrand. Die schäbige Wohnung gehörte Joys Vater. Obwohl er versucht hatte, sie zu vermieten, stand sie schon seit Jahren leer. Inzwischen hatten sich die Ratten ebenso darin breitgemacht wie Joy und ihre Freunde.

Rauch erfüllte die Luft, und aus der Stereoanlage dröhnte ein altes Sonic-Youth-Album. Johnny zündete den Joint an, den Cora sich an den Mund hielt. Sie nahm einen langen, genüsslichen Zug, genauso, wie die anderen es ihr gezeigt hatten, und gab den Joint dann an Joy weiter.

Cora hatte sich noch nie so gut gefühlt, noch nie das Gefühl gehabt, irgendwo *dazuzugehören.* Hoffentlich hielt es so lange wie möglich an, vorausgesetzt, ihr Vater ließ zu, dass sie an diesem Ort blieben. Wenigstens ein paar Monate, vielleicht sogar ein ganzes Schulhalbjahr.

Sie warf einen Blick zu Reed hinüber, der sie mit einem kleinen, schiefen Lächeln anstarrte. Er machte sie nervös.

»Was denn?« Sie zog die Knie bis unters Kinn hoch und beäugte ihn wachsam.

»Nichts. Ich habe nur gerade nachgedacht.« Er streckte die Hand aus und zwickte ihr in den Zeh, viel fester, als nötig gewesen wäre. Sie schluckte ihren Aufschrei hinunter, zog den Fuß weg und versteckte ihn unsicher unter ihrem Körper.

»Über was?«

»Die Shaker.«

»Geht das schon wieder los!«, sagte Joy und verdrehte die Augen.

»Ich mein doch nur.« Reed beugte sich vor und flüsterte mit unheilvoller Stimme: »Laura, was weißt du wirklich über die Shaker?«

Sie lachte verunsichert. »Da muss ich leider mit ›gar nichts‹ antworten.«

Reed kam ständig mit irgendwelchen verrückten Ideen an.

»*Irgendwas* musst du doch wissen. Komm schon.« Sein Gesicht war jetzt ernst.

»Äh, dass sie Möbel herstellen?« Sie überlegte. »Und ohne Elektrizität auskommen?«

»Ja zur ersten Hypothese, nein zur zweiten. Ungenügend, setzen. Was ist mit den wichtigen Informationen, Laura? Du weißt, wovon ich spreche: Mutter Ann Lee. Was für ein knallhartes Luder.«

»Noch nie von ihr gehört«, gab Cora zu und lächelte zu ihm hinüber.

»Das war so vor … keine Ahnung, zwei-, dreihundert Jahren. Diese Frau hatte vor einer Sache große Angst. Nein, nicht vor dem Teufel. Sag nicht vor dem Teufel, Laura. Ich weiß genau, dass du das gedacht hast, ich kann nämlich Gedanken lesen.« Er beugte sich zu ihr und legte ihr an beiden Seiten die Fingerspitzen an den Kopf. Nachdem er fest gegen ihre Schläfen gedrückt hatte, ließ er wieder los.

»Nein, Laura, Sex. *Sex.* Mutter Ann Lee hatte eine totale Sexphobie. Bis ihr Vater – siehe da – eines Tages sagte: Hey, du heiratest jetzt diesen Kerl. Wahrscheinlich irgendein gruseliger alter Knacker, mit dem er befreundet war. Mit dem bekam sie vier Kinder. Bumm, bumm, bumm, bumm.« Er boxte viermal in die Luft. »Eins nach dem anderen, wie am Fließband.«

»Echt?« Cora hing an seinen Lippen. Er war wie ein Schlangenbeschwörer.

»Und diese Kinder sind alle gestorben. Alle vier, schon als Babys. Was hat diese Verrückte also gedacht? Dachte sie: Hey, Antibiotika sind noch nicht erfunden, deshalb ist die Kindersterblichkeit nun mal ziemlich hoch? Nein. Nein, Laura, das hat sie nicht gedacht.«

»Ich kann mir nicht vorstellen, was sie sonst gedacht haben sollte«, versuchte Cora, seinen spielerischen Tonfall zu imitieren.

»Du bist so was von krank, Reed«, warf Joy ein, ohne von der *Us Weekly* aufzublicken, die sie gerade durchblätterte.

»Nein«, fuhr er ungerührt fort. »Sie dachte, der Tod ihrer Kinder wäre die Strafe dafür, dass sie *Sex gehabt hatte.* Ziemlich abgefuckte Logik, was?«

»Total bescheuert«, gab ihm Cora gehorsam recht.

»Na ja, jedenfalls macht das die Schlampe noch bekloppter. Sie dreht total durch mit ihrer religiösen Scheiße und behauptet doch glatt, sie wäre die Wiederkunft Jesu Christi.«

Er legte eine Kunstpause ein.

»Was für *cojones* muss man bitte haben, um so etwas zu behaupten? Leider wurde sie daraufhin in eine Irrenanstalt gesteckt, was letztendlich aber ganz gut für sie war, weil sie dort so richtig abgefahrene Visionen hatte. Besser als auf LSD. Rate mal, was diese Visionen ihr eingetrichtert haben?«

»Keine Ahnung. Was denn?«

»Dass sie die Sünde nur loswerden kann, indem sie Sex *meidet.* Vollkommen meidet. Diese Shaker, unfassbar.«

Er machte eine Pause und sah zu, wie Johnny den Joint an Joy weitergab.

Dann beugte er sich verschwörerisch zu Cora und flüsterte: »Du weißt, warum diese Leute Shaker heißen, oder?«

Cora schüttelte den Kopf und fragte sich, ob er sich das alles nur ausdachte. Wann kam endlich die Pointe?

»Weil sie sich beim Beten schüttelten. Als würden sie tanzen, aber mit schüttelnden Bewegungen. Du weißt schon, um sich *die Sünde aus dem Leib zu schütteln.*« Er hüpfte mit wackelndem Kopf und zappelnden Gliedmaßen auf dem Sofa auf und ab.

»Das Thema ist ja interessanter, als ich gedacht hatte«,

sagte Cora zögernd, unsicher, worauf er hinauswollte oder warum er diese ganze Geschichte erzählte.

»Ja, echt wild das Ganze. Gibt nicht mehr viele Shaker heutzutage. Kein Wunder.« Er grinste. »Aber irgendwie ist da was dran. An Mutter Lee Anns Vision, meine ich. Findest du nicht auch? Dass Sex grundsätzlich Sünde ist?«

»Mein Gott, Reed.« Joy schüttelte den Kopf. »Du Freak.«

Reed ignorierte Joy und rutschte näher an Cora heran. Er stützte ein Knie auf den verfilzten Flokati auf dem Boden und ergriff ihre Hand, strich langsam und geschickt mit einem Finger darüber. Ihre Haut prickelte.

»Wir müssen etwas unternehmen, Laura«, fuhr Reed leise fort. Sein Lächeln war verschwunden. Jetzt sah er ihr direkt in die Augen, zog sie noch tiefer in seinen Bann. »Etwas Lustiges. Mir ist so verdammt langweilig. Ist dir auch langweilig, Laura?«

Cora schüttelte den Kopf. Sie mochte den seltsamen Ausdruck auf seinem Gesicht nicht, wollte endlich wissen, worauf die ganze Sache hinauslief.

»Nö. Im Moment bin ich eigentlich ganz happy. Lass uns einfach hier chillen. Und noch was rauchen.« Sie lehnte den Kopf zurück und schaffte es irgendwie, ihren Blick von seinem Gesicht loszureißen. Um möglichst entspannt und unbekümmert zu wirken, schloss sie die Augen. Als ginge sie das alles gar nichts an.

Reed ließ ihre Hand los und setzte sich auf den Boden. Er schien das Interesse an ihr verloren zu haben, aber sie widerstand der Versuchung, sich zu vergewissern, indem sie die Augen öffnete.

»Wie wär's mit den Höhlen?«, fragte Joy und reichte Reed den Joint.

Johnny stand auf und drehte die Stereoanlage leiser.

»Die Cops haben die guten Höhlen abgeriegelt, nachdem letztes Jahr diese beiden Jugendlichen dort verunglückt sind«, sagte er schulterzuckend.

»Ach, stimmt ja. Da kommen wir nie rein«, erwiderte Reed sarkastisch. »Bei dem ganzen furchteinflößenden Polizeiabsperrband, mit dem die Eingänge zugeklebt sind.«

Cora warf einen Blick auf ihre Uhr. Zehn nach neun.

Erschrocken stand sie auf.

»Klingt echt spannend und so, aber ich muss jetzt los.«

»Warum? Hast du Platzangst?«, fragte Joy und stieß eine lange Rauchwolke aus. »Oder Schiss vor einer kleinen Kohlenmonoxidvergiftung? Oder davor, dass Reed uns alle zwingt, einen durchgeknallten Antisextanz hinzulegen?« Sie wickelte eine Haarsträhne um ihren Finger, während sie lachend zu Reed hinüberblickte.

»Entspann dich, Laura, das wird lustig in den Höhlen«, versprach sie und drückte Coras Arm. »Du wirst sehen. Eine Art Willkommensparty für dich.«

»Die Höhlen machen mir keine Angst. Mein Vater schon. Ich habe ihm gesagt, dass ich um neun zu Hause bin.«

»Ach, du Scheiße«, sagte Joy und setzte sich aufrecht hin. »Dann mach, dass du wegkommst. Nach allem, was man über deinen Alten so hört, wäre es mir lieber, er würde nicht herkommen, um nach dir zu suchen.« Sie sagte es in scherzhaftem Ton, aber Cora hörte heraus, dass sie es ernst meinte.

Auch Reed stand auf.

»Gut, dann eben morgen«, verkündete er entschlossen und sah Cora mit verschränkten Armen und hochgezogener Augenbraue an.

»Was morgen?«, fragte Cora, während sie hastig in ihre

Jacke schlüpfte und nach ihrer Schultasche griff. Ihre Hand lag bereits auf dem Türknauf. Sie ging nur ungern, weil sie am liebsten weiter in seine blauen Augen geblickt hätte.

»Die Höhlen. Wir gehen morgen nach der Schule hin. Bin mal gespannt, was in der Dunkelheit so alles passiert.« Er packte sie um die Taille und zog sie lasziv zu sich heran, ruckte jedoch mit dem Kopf zurück, bevor ihre Lippen sich trafen, und lachte.

»Ich verarsche dich nur.«

Das war Cora vollkommen klar. Dieser Junge war so eigenartig. Trotz seiner verschrobenen Art wünschte sie sich sehnlich, er wäre auch an ihr interessiert, aber er schien für niemanden romantische Gefühle zu hegen. Reed war unerreichbar und daher eine umso größere Verlockung.

Niemand bot Cora an, sie nach Hause zu fahren. Zuerst war sie enttäuscht, doch es war vermutlich besser, wenn sie per Anhalter zu dem Wohnwagenpark am Stadtrand zurückkehrte, wo sie mit ihrem Vater hauste. Schließlich hatte sie sich große Mühe gegeben, ihren Wohnort vor ihrer neuen Clique geheim zu halten. Im Winter, wenn die Leute nicht gern anhielten, um Tramper mitzunehmen, würde sie sicher Schwierigkeiten haben, von der Stadt nach Hause zu kommen. Cora war dennoch froh, dass ihr Vater endlich genügend Geld aufgetrieben hatte, um einen Wohnwagen mit Gasheizung zu kaufen. Davor hatten sie immer im Süden überwintern müssen. Jetzt konnten sie vielleicht den Winter über hierbleiben, hier, wo sie Freunde gefunden hatte und nicht mehr eine solche Außenseiterin war. Hier, wo Reed Lassiter lebte.

12

AUS ADAMS RADIOWECKER rauschte es laut, aber er bekam die Augen nicht auf. Was war nur los mit ihm? Sein Kopf dröhnte, und sein Gesicht fühlte sich heiß und klebrig an. Mit der linken Hand haute er auf die Schlummertaste, während er die andere Hand rechts von sich aufs Bett sinken ließ, wo sie auf einem warmen Körper landete.

Jetzt fiel ihm alles wieder ein. Ruckartig setzte er sich im Bett auf. Neben ihm hatte sich Deirdre, die junge Bibliothekarin, über zwei Drittel der Matratze ausgestreckt. Der Lärm des Weckers schien nicht bis zu ihr vorgedrungen zu sein. Ihre glatte weiße Haut schimmerte im Halbdunkel des Zimmers und hob sich von der orangegold karierten Steppdecke ab.

Er deckte Deirdre zu, stand auf und schlüpfte in seine Hose.

Sie hatten am Vorabend zu tief ins Glas geschaut, und er hatte Deirdre zum ersten Mal mit zu sich genommen. So etwas passierte ihm nur, wenn er trank, denn eigentlich war das keine gute Idee. In ihrer Wohnung konnte er einfach gehen, wenn er wegwollte, wohingegen er sie aus seinem Motelzimmer nicht so einfach hinausschmeißen konnte. Zumal sie sich seit zwei Monaten fast jeden Tag trafen.

Sie war wunderschön, wie sie da in seinem Bett lag. Er seufzte. In einem anderen Leben wäre alles möglich gewesen. Da hätte er vielleicht zugelassen, dass aus dieser Affäre etwas Ernstes wurde.

Er ging ins Badezimmer und drehte den Wasserhahn nur leicht auf. Wenn Deirdre aufwachte, würde sie Forderungen an ihn stellen, das wusste er mittlerweile nur zu gut. Sie würde den Tag mit ihm verbringen wollen, schließlich war Sonntag. Bestimmt wollte sie im Bett die Zeitung lesen, anschließend brunchen und dabei über Geopolitik oder die neueste Trivialliteratur diskutieren.

Genau deshalb ging er solchen Geschichten normalerweise aus dem Weg. Außer ihm verstand ohnehin niemand die Dringlichkeit seiner Mission. Alle anderen führten ihre banalen, ermüdenden Existenzen, sahen fern, besuchten Kurse, bildeten Fahrgemeinschaften, kümmerten sich um ihren Papierkram, stöberten nach Deko-Ideen. Als ob es keine Menschen gäbe, die in Gefahr waren und gerettet werden mussten! Jede Sekunde, die er mit seinem eigenen eintönigen Privatleben vergeudete, bedeutete womöglich eine weitere Sekunde Leid für diese Menschen.

Sie waren irgendwo dort draußen und warteten auf ihn.

Deirdre bewegte sich im Schlaf. Adam stand ganz still da und hielt die Luft an.

»Adam«, murmelte sie. Ihm sank das Herz in die Hose. Jetzt steckte er hier fest. Sie setzte sich schlaftrunken auf, ein neckisches Lächeln auf den Lippen. »Hallo du.«

»Oh, hi. Guten Morgen.«

»Hast du einigermaßen geschlafen? Du hattest in der Nacht einen Albtraum. Erinnerst du dich?«

Er erinnerte sich allerdings. Seine Albträume begannen immer gleich: Er betrachtete vom Mutterleib aus die Welt um sich herum, sah alles im Weitwinkel, durch menschliches Fleisch und pulsierende Gefäße hindurch. Als er die winzigen Babyhändchen ausstreckte, um seine Schwester zu retten, wurde er von der Bauchdecke seiner Mutter daran gehindert, einer roten, durchscheinenden, von Adern durchzogenen Barriere.

»Hm. Keine Ahnung. Eigenartig.«

Sie zuckte mit den Schultern und beugte sich seitlich aus dem Bett, um ihr T-Shirt vom Boden aufzuheben und es überzuziehen. Dann stand sie auf, streckte die Arme und gähnte, bevor sie sich aufmerksam im Zimmer umsah.

»Was ist das alles?« Er folgte ihrem Blick und nahm den Raum durch ihre Augen wahr, was ihm das Gefühl verlieh, ihn zum ersten Mal zu betrachten.

Deirdre starrte auf die Pinnwand, die er über der Kommode aufgehängt hatte. Sie war bedeckt mit ausgeschnittenen Zeitungsartikeln, vergrößerten Fotos von einem blutigen Auge, einem zugenähten Oberkörper, einer gespreizten, von Unrat umgebenen Hand sowie kopierten Landkartenausschnitten mit Adams winzigen Notizen am Rand. Zwischen den einzelnen Exponaten war blauer Bindfaden gespannt, ein kompliziertes Netz, das nur er verstand.

Er hätte Deirdre auf keinen Fall mit hierher nehmen dürfen.

»O Mann, das ist ja voll psycho.« Sie erschauderte und verschränkte die Arme vor dem Körper. Ihr Blick wanderte zu den Kartons voller Aktenmappen, die auf dem Boden gestapelt waren. Dann drehte sie sich um und musterte die Fotos über dem Bett. Adam verzog innerlich das Gesicht. Diese Bilder konnte er ihr nicht erklären. Es waren Abzüge von Familienfotos, die seine Schwester zeigten, mit zwei, vier, sieben Jahren, auf ihrem Fahrrad, im Schnee, wie sie Geburtstagskerzen ausblies.

Kein Wunder, dass Deirdre vollkommen perplex wirkte.

»So arbeiten wir nun mal bei der Polizei«, erklärte er beiläufig. »Was dachtest *du*, wie wir Fälle lösen?«

»Aber warum hängt das alles hier? Hast du nicht irgendwo ein Büro? Auf dem Polizeirevier zum Beispiel?«

»Mein Büro ist zu Hause, in Saint Paul.« Die Finger seiner linken Hand zuckten kaum merklich.

»Warum bietet dir die hiesige Polizei keinen Arbeitsplatz an?«

Er rubbelte sich das Gesicht trocken und hoffte, so sein Unbehagen zu verbergen.

»Weil sich niemand für einen zu den Akten gelegten Fall interessiert, schon gar nicht einen, der bereits einundzwanzig Jahre alt ist. Ich bin also auf mich allein gestellt.«

Sie sah ihn skeptisch an.

»Und wie kommt es, dass ausgerechnet dir diese zweifelhafte Ehre zufällt?«

In seinem Kopf riefen tausend Stimmen durcheinander und versuchten, Ordnung in die komplexen Hintergründe seiner Situation zu bringen.

»Das ist eine lange Geschichte.« Er spürte, wie ihm kalter Schweiß den Rücken hinunterlief.

Bevor er Deirdre zurückhalten konnte, ließ sie sich auf die Knie nieder und fing an, in einem der Kartons zu stöbern, aus dem sie einen Plastikbeutel mit blutigen Stoffproben hervorzog.

»Nicht anfassen«, sagte er hastig und nahm ihr den Beutel aus der Hand.

»Müsste so etwas nicht weggeschlossen sein?« Sie hockte sich auf die Fersen und sah ihn stirnrunzelnd an. »Adam, was ist hier los? Warum hast du Beweise aus einem Mordfall in deinem Motelzimmer?«

Er antwortete nicht, hatte keine Ahnung, was er sagen sollte.

»Adam? Du erklärst es mir besser, sonst unterstelle ich, dass hier etwas ganz und gar nicht stimmt, und fange laut an zu schreien.« Mit vor Angst weit aufgerissenen Augen blickte sie zur Tür. Ihm war klar, was sie vorhatte, aber er durfte nicht zulassen, dass sie kopflos davonrannte und anderen brühwarm von ihrem Fund erzählte. Also musste er entweder reinen Tisch machen und hoffen, dass sie sein Geheimnis für sich behielt, oder irgendetwas Schreckliches tun. Er hätte nicht gewusst, was, und musste daher das Risiko eingehen, sie einzuweihen.

»Ist ja schon gut, ich erkläre es dir. Setz dich.«

Sie entdeckte ihre Hose auf dem Boden, zog sie an und setzte sich. Nervös spielte sie an ihrem T-Shirt herum.

»Vor ein paar Jahren hatte ich Probleme bei der Arbeit, deshalb haben sie mir diesen ungelösten Fall aufgebrummt, einen Dreifachmord. Offen gestanden ist das Ganze so eine Art bezahlte Freistellung. Solche Fälle sind normalerweise nicht mehr lösbar. Die Zeugen sind verschwunden, die Beweise weggeschlossen, verlorengegangen oder falsch etikettiert, die Verwandten der Opfer nicht mehr gesprächsbereit, weil sie mit der Vergangenheit abgeschlossen haben, und so weiter und so fort. Aber die Aufklärung dieser Fälle ist trotzdem wichtig. Sehr wichtig sogar.«

Deirdre nickte zögernd.

»Was für Probleme bei der Arbeit?«

»Gar keine. Na ja, keine gravierenden. Ein bisschen Alkohol im Dienst.«

»Okay, gut. Damit komme ich klar.« Sie atmete aus. »Und wie ging es dann weiter? Sie haben dir den Fall übertragen und dich einfach mit den Beweisen losgeschickt? So läuft das doch normalerweise nicht, oder?«

»Nicht ganz, nein. Weißt du, ich … mir ist damals, als meine Abteilung den Fall zum ersten Mal wieder aufrollte, ein Fehler unterlaufen. Ich dachte, ich wüsste, wer der Täter ist, nämlich der Hausmeister der Highschool. Eugene Woodlawn. Also bin ich monatelang seiner Spur gefolgt. Ich war mir absolut sicher, dass er es war, auch wenn ich nichts beweisen konnte.«

Deirdre sah ihn erwartungsvoll an, und er fuhr fort:

»In der Wohnung, in der die Morde passierten, wurden im Anschluss an die Tat jede Menge Drogen gefunden – Kokain, Ecstasy, alles Mögliche. Wir sind daher genau wie die damals ermittelnden Kollegen davon ausgegangen, dass die Tat irgendwie damit zu tun hatte. Und als mir das Gerücht zu Ohren kam, der Hausmeister hätte den Schülern Drogen verkauft, war der Fall für mich klar. Ich durchsuchte noch einmal die am Tatort gefundenen Beweise und fand einen Zettel im Futter der Jacke eines der Opfer. Er stammte von dem anderen ermordeten Jungen, und darauf stand, dass sie sich am Tag der Morde in besagter Wohnung treffen wollten. Ich sah in der Akte nach, aber niemand hatte den Zettel protokolliert. Das brachte mich auf eine Idee.«

Deirdre verzog das Gesicht.

»Und? War es eine gute Idee, Adam?«

Er errötete.

»Nein, eine schlechte. Ich … Alles, was ich getan habe, geschah in gutem Glauben, Deirdre. Ich wollte nicht, dass irgendjemand Schaden nimmt.«

»Was hast du getan?«

Keiner von ihnen bewegte auch nur einen Muskel.

Adam war selbst überrascht von seinem Verlangen, ihr zu erzählen, was er noch nie jemandem erzählt hatte – nicht seinem Anwalt, nicht seinem Vorgesetzten, nicht seiner Mutter. Er hatte bisher vergeblich versucht, das Geschehene zu vergessen. Vielleicht half es, es sich von der Seele zu reden. Deirdre hatte etwas an sich, das ihn einlullte, ihn in Sicherheit wiegte. Er brauchte diese Beichte, auch wenn ihm allein beim Gedanken daran, die Wahrheit auszusprechen, schlecht wurde.

»Ich habe ein bisschen nachgeholfen.«

Ihre Augen weiteten sich.

»Nachgeholfen?«

»Ich war mir sicher, dass er der Täter war. Absolut sicher. Aber ich konnte es nicht beweisen. Also musste ich eine Verbindung zwischen Eugene und dem Tatort herstellen.« Er holte tief Luft. »Und zwar, indem ich ihm den Zettel unterschob.«

Er sah den Schock auf ihrem Gesicht, doch es war zu spät. Ein Zurück gab es jetzt nicht mehr.

»Es wird sogar noch schlimmer.« Er schluckte. »Nachdem der Zettel bei ihm gefunden wurde, sollte seine Wohnung gestürmt werden. Sondereinsatzkommando, mit allem Drum und Dran. Ich ging als Erster rein, und was dann geschah, werde ich nie vergessen. Der Typ saß da, auf seinem abgewetzten grünen Sofa, und aß Chicken Nuggets aus der Mikrowelle vor laufendem Fernseher. Als wir ins Zimmer platzten, waren drei Schüsse zu hören. Also habe ich zurückgeschossen.«

»Und?«

»Die Schüsse kamen aus dem Fernseher.«

Sie sah ihn erschrocken an.

»Und Eugene?«

»Tot.«

»O Gott.«

»Ein paar Wochen später wurde er entlastet.«

»Oh, Adam.«

»Ja. Handfestes Alibi.«

Sie schüttelte langsam den Kopf.

»Ein Irrtum also. Du dachtest, dass es zum Prozess kommen würde. Dass er lediglich ins Gefängnis wandern würde, oder?«

Er nickte.

»Ja, natürlich. Ich wurde krankheitsbedingt beurlaubt. Auf unbestimmte Zeit. Meine Vorgesetzten waren mehr um die Vermeidung eines Skandals besorgt als um meine geistige Gesundheit, das kann ich dir sagen.«

»Aber du hast nie aufgehört, in dem Fall zu ermitteln.«

»Nein.«

»Und du hast Beweise mitgehen lassen. Sie gestohlen.«

»Ja.«

»Ach, Adam. Das ist ja schrecklich.« Sie vergrub ihr Gesicht in den Händen.

»Ich weiß.«

»Was hast du denn geglaubt, damit zu erreichen? Selbst *wenn* du den Fall löst – die Beweise sind vor Gericht nicht mehr brauchbar.«

Mit glänzenden Augen musterte sie sein Gesicht. Sie war dabei, den Glauben an ihn zu verlieren, das war offensichtlich.

»Ich bringe sie ja wieder zurück. Das merkt keiner, glaub mir. Sobald ich den Täter kenne, drehe ich die Ermittlungen auf Anfang, vernehme noch einmal die Zeugen und halte mich genauestens an die Vorschriften. Das wird schon gutgehen. Manchmal rechtfertigt der Zweck eben die Mittel.«

»Und du glaubst, dass sie dich wieder einstellen, wenn du den Fall aufklärst?«

»Kein Mensch hält es für möglich, dass er überhaupt noch aufgeklärt werden kann. Die Mordkommission hat ihn längst abgeschrieben. Wenn ich es trotzdem schaffe, dann … Na ja, es ist jedenfalls meine einzige Chance.« Er sah sie an, unsicher, wie er ihren Gesichtsausdruck deuten sollte. »Zeigst du mich jetzt an?«

Sie blickten sich lange gegenseitig in die Augen, und er sah die Zweifel über ihr Gesicht huschen. Am Ende stieß sie einen Seufzer aus.

»Auch wenn es vielleicht naiv von mir ist: Ich werde dich nicht anzeigen, Adam. Weil ich glaube, dass du ein guter Mensch bist. Und weil die Opfer Gerechtigkeit verdienen.« Sie hielt inne und wies auf die vollbestückte Pinnwand. »Ich weiß nur nicht, wie du bei alldem noch Zeit für mich finden willst. Und noch etwas verstehe ich nicht.«

»Was?«

Sie zeigte auf die Wand über dem Bett.

»Wer ist das kleine Mädchen?«

13

JULIES HOFFNUNGEN waren vergeblich gewesen. Der böse Mann war zurückgekommen, und er benahm sich noch schrecklicher als vorher. Sie wusste nicht, was er während seiner Abwesenheit getrieben hatte, aber er hatte eine schlecht ausgeführte, blutverkrustete Naht auf Höhe seiner Rippen, die gar nicht gut aussah.

Julie hoffte, dass die Wunde von einem Mädchen stammte, das sich heftig gewehrt und ihm möglichst große Schmerzen zugefügt hatte. Auch sie hätte ihm gern weh getan, ihn am liebsten sogar umgebracht, doch sie ahnte, dass keine Frau ernsthafte Chancen gegen diesen brutalen Kerl hatte. Vielleicht hatte ihn der Freund oder Vater eines Mädchens auf frischer Tat ertappt und sich mit einem Messer auf ihn gestürzt.

Julie freute sich diebisch darüber, dass er verletzt war, auch wenn er seine Wut an diesem Morgen an ihr ausgelassen hatte. Mit einer geplatzten Lippe und einem blauen Auge lag sie gefühlte zwei Stunden bewegungsunfähig auf dem Boden, die schmerzende Wange gegen das kühle Linoleum gepresst. Aber sie spürte die Schmerzen kaum noch, wenn sie an seine schlecht verheilende Wunde dachte. In ihrer Vorstellung hatte derjenige, der sie ihm beigebracht hatte, es für sie getan, ein Racheakt, wenn auch ein unbewusster.

Die Frau würde sich bestimmt rührend um ihn kümmern. Sie schien vollkommen unter seinem Bann zu stehen, ihm ganz und gar hörig zu sein. An seinem Äußeren konnte es nicht liegen: fettige Haare, die ihm in die wässrigen, rot geränderten Augen hingen, von denen das rechte zuckte, wenn er sich aufregte. Er sah aus wie die gescheiterten Existenzen, die entlang des St. Mark's Place Geld für ihre Drogen erbettelten.

Aus seinem Mund kam nichts als irres Geschwafel, hirnrissige, mit altmodischen Ausdrücken gespickte Prophezeiungen. Ein riesiger Haufen Scheiße. Dieser ganze religiöse Mumpitz musste eine Verzweiflungsmasche sein, denn mit Sinn für Humor oder Charme konnte er ganz sicher nicht punkten. Ein Versager auf der ganzen Linie. Eigentlich waren sie das beide, da hatten sich zwei gesucht und gefunden.

Dennoch musste Julie der Tatsache ins Auge blicken, dass die Anzeichen um sie herum nichts Gutes verhießen. Von Anfang an waren ihr die dunkelbraunen Flecken zwischen den Linoleumplatten auf dem Boden aufgefallen. Und dann die Akribie, mit der das Zimmer zur Gefängniszelle umgewandelt worden war: eine eigens installierte Toilette samt Waschbecken sowie vier Schlösser auf der Außenseite der Tür. Es war offensichtlich, dass der Mann und die Frau schon einmal jemanden entführt hatten und höchstwahrscheinlich planten, es wieder zu tun.

Wenn es Julie nicht mehr gab.

Sie musste mit äußerster Klugheit vorgehen, sonst würde sie in diesem Zimmer sterben, allerdings erst, nachdem der Mann ihr weitere unsägliche Dinge angetan hatte. Obwohl sie entsetzlich litt, weinte sie neuerdings nicht mehr so häufig, was sie fast schon bedauerte. Weinen war das Einzige gewesen, was ihr ein wenig Erleichterung verschafft hatte. Ohne dieses Ventil blieben ihr nur ihre endlos kreisenden

Gedanken und ihr Kummer. Nichts in ihrer Kindheit oder Jugend hatte sie darauf vorbereitet, mit einer Katastrophe wie dieser zurechtzukommen, und nun musste sie alles auf die harte Tour lernen.

Vor allem eine Überlegung ließ ihr keine Ruhe: Nachdem sie sich so sorgsam ein gutes Leben aufgebaut, so hart auf ihre Ziele hingearbeitet und jahrelang bis spätabends gelernt hatte, um überall Einsen einzuheimsen, nach all den Ballettproben und nächtelangen Gesprächen mit Mark endete nun alles auf diese Weise. In diesem blöden, sinnlosen Albtraum. In etwas, was ihr niemals in den Sinn gekommen wäre, was sie statistisch für unmöglich gehalten hatte. In einer Horrorstory wie aus dem Fernsehen. Nur dass *sie* diesmal die Hauptrolle spielte.

Sie war so versunken in ihr Selbstmitleid, dass sie die Schritte auf der Treppe erst hörte, als es schon fast zu spät war. Zweierlei Schritte. Sie kamen also zu zweit, ein Novum. Julie mochte keine Abweichungen von der täglichen Routine. Eine solche Abweichung konnte alles bedeuten. Sie konnte bedeuten, dass die beiden kamen, um sie umzubringen.

Rasch beeilte sie sich, die vorgeschriebene Position einzunehmen. Als die Tür aufging, rechnete sie mit dem Schlimmsten, doch ihre Entführer wirkten abgelenkt und beachteten sie kaum. Was für ein Paar, dachte Julie. Harmlos wirkender Abschaum, der Bodensatz der Gesellschaft. Er mit seiner zu weiten Kleidung und seinem herumirrenden Blick, und sie mit ihrem hängenden Kopf, wie ein Schiff, das langsam zum Meeresboden sank. Niemand hätte ihnen die Bösartigkeit angesehen, zu der sie fähig waren.

Die Frau schloss die Tür hinter ihnen ab. Zwei Tiere

allein mit ihrer Beute. Julie wurde erneut von Panik erfasst, aber der Mann und die Frau ignorierten sie weiterhin, was jeglicher Logik entbehrte, genau wie alles andere in diesem Haus.

»Rühr dich nicht vom Fleck. Und glotz uns nicht so an«, befahl der Mann plötzlich und stieß ihr seinen dicken Finger ins Gesicht.

Sie nickte, obwohl sie bereits wusste, dass sie seine Anweisungen missachten würde. Es waren diese kleinen Akte der Rebellion, die dafür sorgten, dass sie nicht vollends den Mut verlor.

Der böse Mann trug einen orangefarbenen Kunststoff-Werkzeugkasten bei sich, und die Frau folgte ihm in einigen Schritten Abstand und blickte dabei starr geradeaus. Neben dem Waschbecken ging der Mann in die Hocke, montierte die billige Sperrholzblende ab, hinter der sich die Wasserrohre befanden, und tastete diese langsam mit der Hand ab, als suchte er nach einer undichten Stelle.

Darum ging es also.

»Schraubenschlüssel«, sagte er ausdruckslos. Die Frau suchte im Werkzeugkasten herum und reichte ihm folgsam das gewünschte Werkzeug. Sie wandte ihm ihren ganzen Körper zu, die Augen fest auf sein Gesicht gerichtet, aufmerksam seinen nächsten Befehl abwartend.

So ging es einige Zeit, bis Julie nicht mehr hinsehen konnte, weil die Unterwürfigkeit der Frau sie anwiderte.

Irgendwann verharrte der Mann in seiner Arbeit, woraufhin Julies Aufmerksamkeit schlagartig zurückkehrte. Ihr ganzer Körper war in Alarmbereitschaft, denn es gab anscheinend ein Problem. Irgendetwas saß fest, eine Mutter, ein Ventil oder eine Dichtung, irgendein verfluchtes Kleinteil, dessen mangelnde Kooperation ein Desaster von gewaltigen Ausmaßen heraufbeschwören konnte.

Der Mann stemmte sich mit aller Macht gegen den Widerstand und fluchte leise vor sich.

Als automatische Reaktion auf seinen Unmut versteifte sich Julies ganzer Körper. Mit diesem Dreckskerl war nicht zu spaßen. Wenn er frustriert war, konnte alles passieren, vor allem mit einem Kasten schwerer Metallwerkzeuge in Reichweite.

Julie sah der Frau an, dass sie genau das Gleiche dachte. Tag für Tag schlugen sie sich mit demselben Dämon herum, lernten, dieselbe Bestie im Zaum zu halten. Diese unausgesprochene Energie des Grauens verband sie miteinander, ob sie es sich nun eingestehen wollten oder nicht.

Die Frau spähte heimlich zu ihr herüber, und für einen Sekundenbruchteil trafen sich ihre Blicke. Sie verstanden einander, auch ohne Worte. Ein trügerisches Gefühl der Solidarität.

Im Zimmer herrschte Schweigen bis auf das gelegentliche Klirren von Metall gegen Metall.

Der Mann verlagerte sein Gewicht. Griff nach dem Hammer.

Offenbar wollte sich das störrische Teil noch immer nicht bewegen, denn ihm entfuhr ein langgezogenes, leises Knurren. Plötzlich schnappte er sich eine Zange und schleuderte sie an die gegenüberliegende Wand, wo sie eine Delle hinterließ.

Die beiden Frauen unterdrückten gleichzeitig einen erschrockenen Aufschrei. Julie hielt die Luft an und beobachtete jede kleinste Bewegung des Mannes, während die Frau langsam von ihm wegrobbte, bereit, jederzeit zu flüchten.

Ohne hinzusehen, tastete sie nach einem Schraubenzieher und schob ihn geschickt unter ihren Oberschenkel.

Aber der Mann wirkte ruhiger nach seinem Wutausbruch und nahm wieder den Schraubenschlüssel zur Hand, um mit seiner Arbeit fortzufahren. Ein schweißnasses Dreieck zeichnete sich auf dem Rücken seines durchlöcherten weißen T-Shirts ab.

Nach einigen Minuten und einer letzten entscheidenden Drehung mit dem Schraubenschlüssel setzte er sich nach hinten auf die Fersen und begutachtete sein Werk.

»Na also«, sagte er und wischte sich die Stirn. »Die innere Sternenkraft hat mich heute mit dem nötigen Willen und Können gesegnet. Es ist vollbracht.«

»Amen«, flüsterte die Frau.

Endlich. Das verdammte Teil hatte sich bewegt.

Julie atmete erleichtert auf und dankte sämtlichen Mächten des Universums, sogar den kranken Gottheiten dieser beiden Spinner.

Der Mann stand langsam auf und stützte sich mit einer Hand auf dem Knie ab, während er mit dem anderen Arm durch die Luft ruderte, um sich auszubalancieren. Es war unverkennbar, dass ihn seine Verletzungen noch quälten. Voller Genugtuung beobachtete Julie, wie er durchs Zimmer humpelte. Die »innere Sternenkraft« schien nicht viel zu einer schnellen Wundheilung beizutragen.

Die Frau schlich unterdessen zur gegenüberliegenden Wand, um die Zange einzusammeln. Sie verstaute das Werkzeug im Kasten, verschloss ihn und hob ihn hoch. Er schien schwer zu sein, denn sie musste den Griff mit beiden Händen festhalten.

Julie versuchte noch einmal, Blickkontakt zu ihr aufzunehmen, doch die Augen der Frau waren fest auf die vor ihr her hinkende Gestalt gerichtet, ihren Gott, ihr Idol, ihr Leitbild. Julie wurde übel von diesem Anblick.

Dann blieb der Mann vor ihr stehen und streckte die Hand aus, um ihre Wange zu berühren und sie besitzergreifend zu streicheln. Julies ganze Willenskraft war nötig, um nicht zurückzuweichen. Sie hasste diesen Dreckskerl abgrundtief.

»Braves Mädchen. Bleibst schön an Ort und Stelle, wenn ich es dir sage«, lobte er mit einem selbstgefälligen Grinsen.

Die Frau warf Julie einen herablassenden Blick zu. »Wie ein Hund«, murmelte sie leise.

Der Mann wirbelte zu ihr herum und holte ohne Vorwarnung aus, um ihr eine heftige Ohrfeige zu verpassen.

Julie zuckte instinktiv zusammen, doch die Frau war offenbar darauf programmiert, alles zu erdulden, denn sie schien die Ohrfeige kaum zu registrieren.

»Du bist kein Stück besser als sie«, brüllte er und beugte sich dicht an sie heran. Seine wulstigen Lippen ragten aus seinem fleckigen, roten Gesicht hervor. »Du hast kein Recht, über die Dienerin zu urteilen.«

Die Frau schloss die Augen, als rechnete sie gleich mit der nächsten körperlichen Züchtigung, aber er schüttelte nur missbilligend den Kopf und ging zur Tür.

Julie beobachtete die Frau genau. Sie starrte wütend den Rücken des Mannes an, bewies jedoch außergewöhnliche Selbstbeherrschung.

Julie verstand es einfach nicht. Die Frau hätte Gelegenheit gehabt, auf ihn loszugehen, mit dem Schraubenzieher oder einem anderen Werkzeug. Sie hätte ihm die Augen ausstechen oder ihm den Schädel einschlagen können.

Warum hatte sie es nicht getan? Warum nahm sie das alles widerstandslos hin? Julie hatte ihre Wut erlebt und kannte ihre Kraft. Sie wäre durchaus in der Lage gewesen, sich zu wehren.

Nun spürte sie doch noch den Blick der Frau auf sich, hütete sich jedoch, ihn zu erwidern. Sie hatte gelernt, dass es das Verhältnis zwischen ihnen nicht leichter machte, wenn sie erlittene Demütigungen zur Kenntnis nahm. Fürs Erste würde sie der Frau diese Schmach ersparen und so tun, als hätte sie nichts gesehen.

Langsam, aber sicher fing Julie an, die verquere Psyche ihrer Entführer zu durchschauen. Wenn sie auch nur die kleinste Chance haben wollte, sich aus ihrer Gefangenschaft zu befreien, musste sie die hervorragende Schülerin sein, die sie immer gewesen war, musste mit Wachsamkeit und Sorgfalt vorgehen und ihre Kerkermeister studieren, als wären sie Versuchspersonen im bizarren Labor des Schicksals. Um am Leben zu bleiben, musste sie schlauer sein als sie, musste die Muster ihres Wahnsinns aufzeichnen, sich jedes Detail ihrer geistigen Störung einprägen. Am heutigen Tag hatte sie ein Geschenk erhalten, nämlich Unmengen von Material, das sie analysieren und zu ihrem Vorteil verwenden konnte.

Julie beobachtete und grübelte und wartete ab. Irgendwann würden die beiden einen Fehler machen, und dann würde sie zur Stelle sein, bereit, ihren Nutzen daraus zu ziehen, bereit, ihre Gegner zu vernichten.

14

AM NÄCHSTEN TAG gingen sie tatsächlich nach der Schule zu den Höhlen. Johnny brachte das Gras mit, wie immer, und Joy hatte im Supermarkt ein Sixpack Bier mitgehen lassen. Feierlich teilte Reed an jeden eine Taschenlampe aus. Sein Vater war Bergmann gewesen, bevor die Mine geschlossen worden war, und es war ihm gelungen, mehrere Kisten mit Firmenequipment beiseitezuschaffen.

Wie sich herausstellte, hätten sie den Tag für ihr kleines Abenteuer nicht besser wählen können. Coras Vater hatte den frühen Morgen mit Wodka pur eingeläutet, und sie hatte ihn nicht davon abgehalten. Ihr war klar, dass er weitersaufen würde, bis er irgendwann nachmittags das Bewusstsein verlor. Wenn er am nächsten Morgen aufwachte, würde sie längst wieder im Sozialkundeunterricht sitzen.

Bis dahin war sie frei. Und sie war nie glücklicher gewesen.

Cora steckte die Taschenlampe in ihren Gürtel, warf sich ihren Rucksack über die Schulter und folgte Reed freudig über die großen Gesteinsplatten, die zum Eingang des alten Bergwerks hinunterführten. Das Wetter war spektakulär. Es war sehr warm für einen Herbsttag, und der Wind strich sanft durch die Kiefernnadeln und orange gesprenkelten Eichenblätter über ihren Köpfen.

Als sie näher kamen, erkannte Cora den Mineneingang, ein schwarzes Loch in der Felswand, gesäumt von gewaltigen Holzbalken, die aussahen, als wären sie kurz vor dem

Einsturz. Und tatsächlich flatterte zwischen ihnen gelbes Polizeiabsperrband. Einige Meter über dem Bergwerkseingang hing ein offizielles Warnschild mit Totenkopfsymbol, das die vielen Gefahren aufzählte, die einen beim Betreten der Höhlen erwarteten: Steinschlag, Kohlenmonoxidvergiftung, überschwemmte Tunnel, Schlangen, Deckeneinsturz. Die Liste war endlos.

Zu viert versammelten sie sich unterhalb des Warnschilds. Coras Herz pochte laut. Sie war sich nicht sicher, ob aus Angst vor dem Betreten einer solchen Todesfalle oder nur vor Aufregung, weil sie so dicht neben Reed stand. Die Warnhinweise machten durchaus Eindruck auf sie, aber sie hätte ihre Bedenken niemals laut ausgesprochen. Für Reeds Anerkennung hätte sie alles riskiert.

»Lächerlich«, verkündete Reed im Namen der ganzen Gruppe. »Die müssen so was schreiben, damit sie keine Haftung übernehmen müssen, falls wir draufgehen.«

»Falls wir draufgehen«, warf Joy ein, »ist mir ziemlich egal, wer dafür die ›Haftung‹ übernimmt. Wie heißt es so schön: No risk, no fun. Machen wir uns nichts vor – wir haben schon dümmere Sachen gemacht und sie überlebt.«

Johnny marschierte voraus. Er hatte mindestens schon einen Joint geraucht und war weggetreten genug, um sich nichts aus den lauernden Gefahren zu machen.

Vor dem ehemaligen Bergwerkseingang hatten sich flache Steine angesammelt, die von der Felswand abgebröckelt waren und sich noch nicht richtig gesetzt hatten, so dass das Vorankommen immer kniffliger wurde. Cora rutschte ab und wäre beinahe gestürzt, hätte Reed nicht in letzter Sekunde ihren Arm gepackt und sie wieder heraufgezogen.

»Hoppla. Sieht aus, als bräuchtest du einen starken Mann an deiner Seite.« Er neckte sie, indem er ihr Gesicht dicht an seins heranzog, bevor er wie üblich den Kopf zurückwarf und sich kaputtlachte.

Immerhin lächelte er vor sich hin, als er sich von ihr löste, und bot ihr seine Hand an. Er sah zum Anbeißen aus mit seiner Lederjacke, zu der er heute einen langen, weinroten Schal um den Hals geschlungen hatte. So etwas konnte nur er tragen.

Coras Finger kribbelten, als sie sich Hand in Hand ihren Weg durch das unebene Gelände bahnten. Noch nie hatte sie sich so leicht und beschwingt gefühlt. Für einen kurzen Moment vergaß sie ihre Angst und die Gefahr, der sie sich näherten. Als sie jedoch direkt vor dem Höhleneingang angekommen waren, starrte sie voller Beklemmung in das klaffende Loch des Grubenschachts und fragte sich, was sie hier verdammt nochmal wollten. Selbst der Schein ihrer Taschenlampen drang nicht mehr als ein paar Meter in die unheilverkündende Dunkelheit vor.

Joy ließ den Lichtstrahl ihrer Lampe über die Eisenschienen gleiten, die ein paar Meter vor der Höhle begannen.

»Am besten folgen wir den Gleisen der Grubenbahn. Als wären sie unsere Brotkrumen«, schlug sie vor.

Vorsichtig setzten sie die Füße zwischen die Querbalken, von denen einige willkürlich aus dem Boden ragten, als hätte sie ein Erdbeben nach oben geschoben. Ein Erdbeben, das sich jeden Moment wiederholen konnte, dachte Cora ängstlich.

Keine fünf Meter nach dem Eingang schrammte ihr Arm in der Dunkelheit an einem Gegenstand entlang, der sich als rostiger Bewehrungsstab herausstellte. Er stand senkrecht nach oben und hinterließ einen langen, schmalen Kratzer auf ihrer von orangefarbenem Staub gesprenkelten Haut. Dieser Ausflug war wirklich keine gute Idee.

Zu allem Überfluss endeten die Gleise auch noch nach etwa sechzig Metern, und die Höhle zweigte in drei verschiedene Richtungen ab.

»Ene, mene, muh«, murmelte Johnny scherzhaft. »Ich nehme den da.« Er zeigte auf den Tunnel ganz rechts.

Die anderen zuckten mit den Schultern, und Joy ging kurzerhand voraus. Nach wenigen Metern verengte sich der Schacht und war an einigen Stellen keine fünfzig Zentimeter mehr breit. Cora bekam allmählich Platzangst.

Sie schloss die Augen und zählte bis zehn, während sie sich ermahnte, dass sie so etwas nun einmal aushalten musste, wenn sie Teil dieser Clique sein wollte.

Sie passten jetzt nur noch mit Mühe durch den schmalen Durchgang. Coras Jeans und ihr T-Shirt waren mit Gesteinsstaub bedeckt.

Sie hustete. War die Luft hier unten dünner, oder bildete sie sich das nur ein?

Sie hob ihre Taschenlampe an, in der Hoffnung, dass der Lichtschein dadurch weiter nach vorne drang. Sosehr sie auch in die Dunkelheit spähte, sie entdeckte keinerlei Anzeichen dafür, dass hier jemals andere Menschen gewesen waren. Keine Schienen, keine zurückgelassenen Werkzeuge oder Grubenwagen. Vielleicht war dieser Schacht schon frühzeitig abgeriegelt worden, weil er selbst für erfahrene Bergleute zu gefährlich war. Mein Gott, was machten sie hier?

»Glaubt ihr, dass es hier unten Fledermäuse gibt?«, ertönte Johnnys Stimme hinter ihr. »Ich hasse diese Viecher.«

»Halt die Klappe, Alter«, sagte Reed. »Du machst den Ladys Angst.«

»Fick dich!«, rief Joy zu ihm nach hinten. »Du hättest garantiert mehr Angst vor Fledermäusen als ich. Ich weiß, was für ein kleines Weichei du bist, da kannst du noch so sehr den starken Mann raushängen lassen.«

Er holte zu ihr auf und versetzte ihr einen scherzhaften Schubs, um ihr anschließend besitzergreifend die Hände um den Hals zu legen, während Joy sich mit einem umwerfenden Lächeln zu ihm umdrehte. So gingen sie ein paar Meter im Gleichschritt hintereinander her. Cora dachte, sie müsste sterben. Lief da etwas zwischen Joy und Reed? Etwas, was ihr bisher verborgen geblieben war?

Sie arbeiteten sich weiter durch die beengten Tunnel voran, von denen sich jeder zu weiteren Schächten auffächerte. Willkürlich wählten sie jeweils die nächste Richtung, bis sie schließlich eine große, offene Höhle erreichten.

»Wow«, sagte Johnny und betrachtete staunend den gewaltigen Hohlraum im Inneren des Berges. »Das ist ja genial! Hier sollten wir unbedingt im Frühjahr eine Party steigen lassen.«

»*Falls* wir je wieder den Weg nach draußen finden«, merkte Reed mit einem Grinsen an.

»Pst. Hört mal. Da ist Wasser«, unterbrach Joy die beiden.

Cora blieb stehen und hörte tatsächlich Wasser gluckern. Nachdem sie mit ihrer Taschenlampe in der Höhle herumgeleuchtet hatte, entdeckte sie einen horizontalen, gut sechzig Zentimeter breiten Spalt im Felsen. Sie ging hin, steckte ihren Arm in den Spalt und richtete den Strahl ihrer Taschenlampe nach unten.

»Seht mal, Leute, ein unterirdisches Wasserbecken!«, rief sie.

Die anderen spähten nach unten, wirkten jedoch nicht sonderlich beeindruckt. Beschämt über ihre kindliche Begeisterung trat Cora von dem Spalt weg.

Sie öffnete ihren Rucksack und zog die Picknickdecke hervor, die ihr Vater letztes Jahr in Nevada gestohlen hatte.

»Sollen wir uns hinsetzen und was rauchen?«, fragte sie und versuchte, dabei möglichst cool zu klingen. Reed gab schulterzuckend zu verstehen, dass er einverstanden war, woraufhin sie erleichtert aufatmete. Sie schien endgültig dazuzugehören.

Johnny hatte auf dem Weg zur Höhle ein paar trockene Äste gesammelt und in seinem Rucksack verstaut. Jetzt nahm er sie heraus, häufte sie zu einem kleinen Stapel und zog ein altes Schulheft hervor, aus dem er die Seiten riss, sie zusammenknüllte und unter die Äste schob.

»Algebra I«, verkündete er fröhlich.

Dann zündete er ein Streichholz an, entfachte damit das Feuer und kramte eine kleine Plastiktüte mit drei Joints aus seiner Tasche. Einen davon steckte er in den Mund, brachte ihn zum Brennen und gab ihn anschließend an Joy weiter. Während sie reihum daran zogen, verteilte Joy das Bier.

»Was braucht man mehr im Leben?«, fragte Reed und hob seine Bierdose. Die Flammen beleuchteten sein Gesicht – sein wunderschönes Gesicht, das mit einem einzigen Blick so viel Lebendigkeit, so viel Provokation ausdrücken konnte. Es war, als würde er zu Cora sagen: *Na los, komm zu uns ins echte Leben, so schlecht ist es hier nicht.*

Zum ersten Mal wünschte sie sich genau das. Vielleicht

bestand ihr Dasein doch aus mehr als nur daraus, ihre Geheimnisse zu bewahren, sich mühsam zu ernähren und den Fäusten ihres Vaters auszuweichen. In diesem Moment der Offenbarung kam Cora zum ersten Mal der Gedanke, dass sie tatsächlich eines Tages ihr eigenes Leben führen könnte, ohne ihren Vater, außerhalb seiner Kontrolle. Vielleicht sogar an der Seite von Reed.

Wenn ihr Vater das nächste Mal in eine andere Stadt weiterzog, konnte sie einfach hierbleiben. Das würde ihm gar nicht gefallen, aber wenn sie davonlief und sich eine Weile hier oben in der Wildnis versteckte, würde er die Suche nach ihr irgendwann aufgeben. Zur Polizei würde er sicher nicht gehen.

Cora lehnte sich nach hinten auf ihre Ellbogen und begann, von einer Hütte in den Wäldern zu träumen.

Plötzlich sprang Reed auf. Von Marihuana wurde er immer sehr zappelig, im Gegensatz zu den anderen, die es sich in wohliger Trägheit am Feuer gemütlich gemacht hatten.

»Seht, wo wir uns befinden, liebe Freunde, in Platons Höhle«, verkündete er mit gespielt bedrohlicher Stimme, während er wie ein verrückter Wissenschaftler die Fingerspitzen aneinanderlegte. Er ging zur Höhlenwand und streckte die Hände über seinem Kopf aus, um die höchste Stelle seines Schattens zu berühren.

»Du bist so ein schlechter Schauspieler, Reed«, sagte Joy unbeeindruckt und drehte sich auf die Seite. »Weckt mich, wenn er fertig ist, ja?«, murmelte sie.

Johnny kicherte. Er war jederzeit für eine kleine Showeinlage zu haben. Auch Cora setzte sich auf und kreuzte die Beine.

Aber Reed schien schon wieder die nächste Idee gekommen zu sein. Er ließ die Hände sinken und kam zu Cora, um sich neben sie zu hocken, ihren Fuß anzuheben und ihn in seinen Schoß zu legen. Nachdem er ihre Socke ein Stück heruntergezogen hatte, strich er mit den Fingern um ihren Knöchel, ganz langsam, in immer kleiner werdenden konzentrischen Kreisen.

Nicht aufhören, dachte sie. *Hör nie wieder damit auf.*

Irgendwie schaffte sie es dennoch, keine Miene zu verziehen. Pokerface.

»Du kennst doch das Höhlengleichnis, oder?«

Cora erschauderte unter seiner Berührung und konnte sich kaum auf seine Worte konzentrieren, riss sich jedoch aus ihrem benommenen Zustand und schob Reed von sich weg. Sie musste wenigstens ansatzweise die Unbeteiligte spielen.

»Ja, du Schwachkopf, schon kapiert. Ich nehme mal an, ich bin eine der Gefangenen?« Joys Beispiel folgend, verdrehte sie genervt die Augen.

Johnny prustete laut, und Cora drehte den Kopf in seine Richtung. Er kauerte vornübergebeugt auf dem Boden und lachte das typische, lautlose, stark verlangsamte Lachen eines Kiffers.

»Ja, Laura, ganz genau. Du bist eine der Gefangenen und musst den ganzen Tag die Schatten anstarren. Die Schatten herrschen über dich, du wirst regiert von Schatten. Die Wahrheit kannst du hingegen nicht sehen. Du siehst sie erst, wenn du ganz und gar von ihr geblendet wirst.«

Er nahm den Schal von seinem Hals. Ergriff ihre Hände.

Sie war immer noch wie betäubt von ihrem körperlichen Verlangen nach ihm. Ihre Hände waren schlaff.

Er drückte ihre Handgelenke gegeneinander und drehte ihre Handflächen nach oben. Nachdem er ihr in die Augen gesehen hatte, beugte er sich langsam über ihre Hände und küsste sie nacheinander.

Cora schloss die Augen und genoss das Gefühl seiner weichen Lippen auf ihrer Haut. Als sie die Augen wieder öffnete, sah sie, wie er langsam den Schal um ihre Handgelenke wickelte, ihn ober- und unterhalb ihrer Hände hindurchführte. Dann zurrte er ihre Arme fest zusammen und behielt das verbleibende Stück Schal in der Hand.

Mit der anderen Hand langte er nach unten zu ihren Füßen, zog ihr erst einen Schuh und dann den anderen aus und stellte sie ordentlich nebeneinander. Danach streifte er ihr aufreizend langsam die Socken ab, einen nach dem anderen.

Cora wusste nicht, wo das alles noch hinführen würde, aber bereits das Geschehene genügte, um sich lebenslang daran zu erinnern.

Johnny hielt sich die Hand vor den Mund, und Joy, die sein Gelächter trotzdem hörte, setzte sich auf und spähte neugierig zu ihnen herüber. Cora wagte es nicht, ihren Blick von Reed zu lösen, um zu sehen, wie Joy auf die seltsame Szene reagierte.

Behutsam wickelte Reed den Rest des Schals um ihre Fußgelenke, während er sie weiterhin anstarrte. Um seine Lippen spielte ein anzügliches Lächeln, und sein Blick wirkte unendlich verführerisch auf sie in diesem Moment. Dieser Blick war so durchtrieben und dreist und legte nahe, dass gleich etwas Abgründiges, Erotisches passieren würde. Cora erwiderte Reeds Lächeln mit einem gewissen Maß an verschämter Koketterie, zeigte ihm jedoch gleichzeitig, dass sie zu allem bereit war.

Während sie weiterhin wie gefesselt zu Reed aufsah, nahm sie aus dem Augenwinkel wahr, dass die anderen beiden leise aufgestanden waren und ihre Sachen zusammensuchten. Sie brachen auf und ließen sie mit Reed allein.

Ihr Herz machte einen Hüpfer, sie konnte ihr Glück kaum fassen. Ob Reed das alles wohl von Anfang an so geplant hatte, um mit ihr allein zu sein? Ihre Erregung war so groß, dass das Blut in ihren Ohren rauschte.

Er beugte sich über sie, kam noch näher an sie heran. Sie nahm seinen Duft wahr, roch neben dem süßlichen Marihuana ein unterschwelliges Moschusaroma. Als sie den Mund öffnete, um etwas zu sagen, legte er den Zeigefinger an seine perfekt geformten Lippen.

»Schschsch. Schsch.« Er lächelte beruhigend.

»Aber …«

Sanft presste er ihr die Hand auf den Mund und strich mit einer Fingerspitze zärtlich über ihre Unterlippe. Sie fiel fast in Ohnmacht unter seiner Berührung.

»Schschsch. Ich bin gleich wieder da«, flüsterte er ihr ins Ohr. Seine Zunge fuhr an der inneren Kante ihres Ohrläppchens entlang, bevor er sich zurückzog.

Dann schlich er leise aus der Höhle und ließ sie zurück, fest verschnürt, voller Ungeduld und Sehnsucht auf seine nächste Berührung wartend.

Aber er kehrte nicht zurück.

15

CORA HATTE ihr Stück Zitronenkuchen längst aufgegessen und sich dreimal Kaffee nachschenken lassen. Die Kellnerin wurde allmählich ungeduldig und wollte den Tisch an andere Gäste weitergeben, das war offensichtlich. Irgendwann musste sie wieder nach Hause aufbrechen, schließlich konnte sie den Geräuschen, die aus dem Zimmer nach unten drangen, nicht ewig ausweichen. Falls James immer noch bei dem Mädchen war, würde sie anfangen, das frisch geerntete Gemüse einzulegen. Und vielleicht die Schränke auswischen und die übrigen Kisten durchgehen.

Während sie an der Theke wartete, um ihre Rechnung zu begleichen, hatte sie auf einmal das eigenartige Gefühl, beobachtet zu werden. Nachdem sie rasch den Kopf gedreht hatte, begegnete sie für einen kurzen Moment dem Blick eines Mannes, der schräg gegenüber in einer Nische saß. Er sah sofort wieder weg und tat so, als wäre er in die vor ihm liegende Zeitung vertieft. Vielleicht war es ihm peinlich, dass sie ihn beim Starren erwischt hatte. Es war ein junger Mann mit Anzug und Krawatte, Marke Werbefachmann, auf eine nichtssagende Weise gutaussehend. Normalerweise hätte sich Cora einfach wieder weggedreht und ihn sofort vergessen, wäre da nicht ein Detail gewesen: Seine Augen waren von dem gleichen leuchtenden Blau, wie es *seine* damals gewesen waren.

Während die Erinnerungen auf sie einstürmten, machte sich ein ungutes Gefühl in ihrer Magengrube breit. Was hätte *er* wohl heute über sie gedacht? Und was hätte er von ihrem Leben mit James gehalten? Er hätte es nicht verstanden, hätte nur sein typisches boshaftes Lachen von sich gegeben und sie für verrückt erklärt.

Damals hätte niemand vorhersehen können, dass sich die Dinge einmal so entwickeln würden. Sie war ein unsicheres Ding gewesen, ein Niemand. Und heute? Heute stand sie über solchen Belanglosigkeiten. Sie war Teil von etwas Geweihtem, Heiligem. Dieser Jungspund im Anzug mit seinen vorgefassten Meinungen ließ sie kalt. Er hatte ja keine Ahnung, seine blauen Augen hatten noch nichts gesehen von der Welt. Was wusste er schon? Er hatte kein Recht, sein Urteil über den Atemberaubenden zu fällen.

»Wie geht es Mrs Johnson?«

Die Stimme erschreckte Cora. Sie fuhr zur Theke herum und stand der Frau aus der Bücherei gegenüber, der Frau, die ihr die Fotos von Julie gebracht hatte. Cora musste sich an der Kasse festhalten, um nicht das Gleichgewicht zu verlieren. Deshalb war ihr das Gesicht damals in der Bücherei so bekannt vorgekommen: Die Frau arbeitete hier im Diner als Kellnerin.

Eine Katastrophe.

Ihr Gegenüber schien nicht zu bemerken, dass etwas nicht stimmte. Die Frau stand einfach da, lächelte Cora an und wartete auf eine Antwort. Aber Cora blieb stumm, der Schreck saß noch zu tief. Ihr Schweigen dauerte lange genug, um sie beide nervös zu machen.

Schließlich räusperte sich die Kellnerin.

»Sechs siebenundvierzig«, sagte sie und wies mit dem Kinn auf Coras Handtasche. Offenbar nannte sie den Betrag bereits zum zweiten Mal.

»Ach ja, entschuldigen Sie.« Cora zog ihren abgenutzten

Geldbeutel aus der Tasche und faltete ein schmales Bündel Geldscheine auseinander. Dann reichte sie der Kellnerin eine zerknitterte Zehndollarnote.

»Und Mrs Johnson? Wie geht es ihr?«, fragte die Frau erneut.

Cora zwang sich, endgültig in die Gegenwart zurückzukehren. Es war wichtig, dass sie sich konzentrierte. Ihr Herz klopfte viel zu schnell. Sie musste die richtige Antwort geben.

»Es geht ihr … äh, es geht ihr ein bisschen besser neuerdings. Sie ist jetzt öfter wach.« Cora rang sich ein Lächeln ab.

»Ich weiß, dass Ihre Arbeit nicht einfach ist.« Die Kellnerin schüttelte den Kopf, während sie das Wechselgeld abzählte und es Cora reichte. »Meine Schwägerin arbeitet auch in der häuslichen Pflege. Harter Job. Ich ziehe den Hut vor Ihnen.«

»Na ja, die Arbeit hat auch ihre Vorteile«, murmelte Cora, unfähig, der Frau in die Augen zu sehen. Sie schob ihren Geldbeutel zurück in ihre Handtasche und wandte sich zum Gehen.

Doch die Frau konnte es nicht dabei belassen.

»Und ihrer entzückenden Nichte geht es auch gut?«

Weil Cora vor Schreck kein Wort hervorbrachte, nickte sie lediglich.

»Ihren Mann sehe ich ab und zu. Er ist Fernfahrer, nicht wahr? Viel unterwegs?«

Warum stellte ihr die Frau all diese Fragen? Ahnte sie etwas? Cora bemühte sich, nicht in Panik zu geraten. Sie hatte von Anfang an gewusst, dass es zu Situationen wie dieser kommen konnte, und James hatte ihr beigebracht, wie sie damit umzugehen hatte. Dennoch war sie nervöser als erwartet.

Jeder im Diner schien sie anzustarren. Der Feuerwehrmann an der Theke – drehte er sich nicht in ihre Richtung, um ihre Antwort zu hören? Der mexikanische Koch, spitzte er nicht ebenfalls die Ohren und ließ darüber die Eier in der Pfanne verschmoren? Und die Farmer, die am Fenster ihren Kaffee tranken, glotzten sie nicht alle herüber? Wusste etwa jeder hier Bescheid? War das alles eine einzige, große Falle?

»Er kommt und geht. Ich bin mittlerweile daran gewöhnt.« Immer vage bleiben, hatte ihr James eingeimpft. Liefere ihnen keine Fakten, anhand derer sie dich festnageln könnten.

»Oh, Sie Ärmste, ich weiß genau, wie das ist. Ich war nämlich auch dreißig Jahre mit so einem verheiratet.«

Cora war verwirrt. Meinte die Kellnerin damit etwa …? Nein, natürlich nicht. *Das* konnte sie nicht meinen.

»Wie sich herausstellte, hatte er in jedem Hafen eine Braut, wie es so schön heißt«, fuhr die Frau fort. »Vor drei Jahren habe ich die Scheidung eingereicht.« Jetzt war sie diejenige, die errötete. »Oh, entschuldigen Sie, ich wollte damit nicht andeuten, dass …«

»Nein, nein, das dachte ich auch nicht. Ich verstehe schon.« Cora nutzte das Unbehagen der Kellnerin aus und wandte sich erneut zum Gehen. Doch die peinliche Situation reichte offenbar nicht, um diese zum Schweigen zu bringen.

»Wissen Sie, Mrs Johnson hat früher immer auf mich und meine Schwester aufgepasst, als wir noch klein waren. Eine nette alte Dame. Ich würde sie gerne irgendwann besuchen.

Dienstags zum Beispiel, da habe ich frei. Vielleicht könnte ich demnächst bei Ihnen vorbeikommen und Mrs Johnson eine Hühnersuppe bringen?«

Cora lief es eiskalt über den Rücken. Ihr war klar, dass sie eine Sekunde zu lang zögerte und dass dieses Zögern verdächtig wirkte, aber sie war vorübergehend sprachlos und musste sich zwingen, die Worte hervorzustoßen.

»Natürlich, kein Problem. Allerdings rufen Sie besser vorher an, für den Fall, dass sie einen schlechten Tag hat. Damit sie nicht die ganze weite Strecke umsonst fahren.«

»Ist gut, das mache ich.« Endlich trat hinter Cora ein Pärchen an die Theke, das ebenfalls bezahlen wollte. Dem Himmel sei Dank, dachte Cora, als der Blick der Kellnerin an ihr vorbeiwanderte.

»Ach, hallo! Wie geht es Ihrem Baby, Tanya?«, flötete die Frau, bevor sie sich noch einmal flüchtig Cora zuwandte.

»Einen schönen Tag noch! Ich melde mich.« Zum Abschied winkte sie lächelnd. Von der Bedrängnis, in die sie Cora gebracht hatte, hatte sie offensichtlich nichts mitbekommen.

Cora nutzte die günstige Gelegenheit, um eilig das Lokal zu verlassen. Auf der ganzen Rückfahrt tadelte sie sich dafür, dass sie sich wieder in die Stadt gewagt hatte. Sie hätte zu Hause bleiben müssen, um keine Begegnungen dieser Art zu riskieren. Was, wenn diese Frau nicht lockerließ? Wenn sie darauf bestand, Mrs Johnson zu besuchen? Wenn sie neugierig wurde, die Polizei rief?

Als sie die Einfahrt heraufkam, lag das Haus im Dunkeln. James' Lastwagen stand nicht im Hof, aber das hieß nichts. Vielleicht hatte er ihn hinter der Scheune abgestellt und lauerte drinnen auf sie, bereit, sich auf sie zu stürzen, sobald sie etwas nicht genau nach seinen Vorstellungen erledigte. So hatte er früher immer ihren Glauben auf die Probe gestellt. Sie fragte sich, ob sie ihm heute überhaupt noch genug bedeutete, um sich diese Mühe zu machen. Schließlich hatte er jetzt wichtigere Dinge zu tun.

Wachsam betrat sie das Haus und lauschte. Kein Geräusch war zu hören. Sie hängte ihren Schlüsselbund zurück an den Haken und ging leise durch die Küche, spähte den Flur entlang ins Speisezimmer, öffnete die knarrende Wohnzimmertür. Nichts. Es war vollkommen still.

Vielleicht war er oben im ersten Stock, zum Beispiel im Badezimmer. Für einen kurzen Moment stellte sie sich sein Gesicht unter Wasser vor, blau und aufgeschwemmt. Sie erschauerte und schüttelte das Bild ab. Was war nur los mit ihr?

Plötzlich war lautes Klopfen zu hören. Cora zuckte zusammen, sämtliche Muskeln spannten sich an.

War ihr die Kellnerin vielleicht bis hierher gefolgt? War sie so fest entschlossen, Mrs Johnson den angekündigten Besuch abzustatten? Hatte sie womöglich die örtliche Polizei zu Hilfe gerufen? Oder hatten die Ermittler aus Mamaroneck und das FBI doch noch die Farm aufgespürt?

Dann wurde Cora plötzlich klar, woher das Klopfen kam: Es war nur das Mädchen, das auf den Boden hämmerte. Sie entspannte sich und ließ die Schultern sinken. Die junge Frau wusste bestimmt, ob James da war oder nicht. Wenn sie sich nicht sicher gewesen wäre, hätte sie keinen Mucks von sich gegeben. Da er aber offenbar aus dem Haus war, erwartete sie vermutlich, dass sie etwas zu essen bekam, oder wollte die üblichen Forderungen an Cora stellen: nach einem Kissen, einer Zahnbürste, einer weiteren Decke. Sobald James nicht da war, verwandelte sie sich regelrecht in eine Bettlerin.

Cora seufzte und blickte zur Treppe, bereit, sich in ihr Schicksal zu fügen, in die endlosen, schwermütigen Tage, die sie von nun an erwarteten. Sklavin des Herrn, Dienerin der Sklavin.

16

IN IHREN DUNKELSTEN STUNDEN dachte Julie Dinge, die sie eigentlich nicht denken wollte. Dass so etwas nicht ausgerechnet *ihr* passieren sollte, beispielsweise. Dass es – *wenn* es schon passieren musste, *wenn* die Welt aus Gut *und* Böse bestehen musste –, jemand anderen hätte treffen sollen, der weniger zu verlieren hatte als sie.

Sie war so hübsch, so intelligent. Das sagten alle. Und sie investierte so viel Fleiß in alles, was sie anpackte. Im Gegensatz dazu hatte es an ihrer Highschool eine lange Reihe fauler, zu nichts zu gebrauchender Mädchen gegeben – Jenny Vargas, Elaine Terrence, Maggie Sullivan, um nur drei zu nennen –, Mädchen, die ohnehin nichts aus ihrem Leben machen würden. Warum hatte es nicht stattdessen *sie* getroffen?

»Julie, du bist widerlich«, ermahnte sie sich flüsternd.

Aber manchmal konnte sie einfach nicht anders. Es fiel ihr unendlich schwer, die schlechten Gedanken zu verdrängen. Dazu zählte auch die Erinnerung daran, wie er das erste

Mal Hand an sie gelegt hatte, als er noch in der Nacht ihrer Entführung zu ihr ins Zimmer gekommen war. Seine glühenden Hände auf ihrem kalten Körper hatten sich unwiderruflich in ihr Gedächtnis eingebrannt – wie er die ganze Zeit gelacht und ihr Gesicht gepackt hatte, damit sie nicht den Blick abwenden konnte.

Julie versuchte, dieses Bild tief in ihrem Inneren zu vergraben, doch es war immer das erste, das zu ihr zurückkam. Wie viele Demütigungen sie auch seither hatte ertragen müssen – und davon hatten sich inzwischen so viele angehäuft, dass sie für mehrere Leben gereicht hätten –, die Erinnerung an jenes erste Erlebnis schmerzte am meisten. Es war einfach so schockierend gewesen, so ganz anders als alles, was sie sich für sich selbst erträumt hatte. Wie konnte er es wagen, ihr so etwas anzutun? Wie konnte er?

Über die anfängliche Panik und die zu nichts führende Ungläubigkeit war sie längst hinweg. Inzwischen war sie einfach nur noch wütend. Und Wut war besser. Sie fühlte sich gut an, wenn sie in ihrem Herzen brannte, auf ihrem Gesicht, in ihren Augen.

»Sie wird mir helfen zu überleben«, sagte sie sich und schürte diese Wut noch, steigerte sich in einen wohltuenden Zorn hinein, während sie im Zimmer auf und ab ging und spürte, wie sich die Energie in ihrem Körper ausbreitete, wie sie in ihre Hände floss, ihren Verstand stählte.

Mit Hilfe dieser Energie hatte sie einen Plan geschmiedet, der nach jenem letzten fatalen Gespräch mit der Frau immer mehr Gestalt annahm. Julie war nicht vorbereitet gewesen auf den Ausgang dieses Gesprächs, aber er hatte ihr geholfen, ein besseres Gespür dafür zu entwickeln, mit wem sie es zu tun hatte.

Sie würde den Plan schon bald in die Tat umsetzen. Ihr Magenknurren verriet ihr, dass die Frau jeden Moment mit dem Essen erscheinen würde. Der Mann war seit mehreren Tagen verschwunden, und ohne ihn folgte ihre Existenz wieder einer vorhersehbaren täglichen Routine. Also wartete sie wie eine Spinne auf Beutefang.

»Der Krieg hat begonnen.« Dieses Mal war sie bereit.

Und tatsächlich drehten sich ein paar Minuten später die Schlüssel in den vier Schlössern. Julie nahm ihre Position ein, mit erhobenen Händen und auf Knöchelhöhe gekreuzten Beinen. Die Frau kam herein, stellte das Tablett auf den Boden und stand wartend da, wobei sie ungeduldig mit ihrem Schlüsselbund herumklapperte und die Wand hinter Julie anstarrte. Offenbar war ihr die Ohrfeige immer noch peinlich.

Auf dem Teller befanden sich eine halbgegessene Scheibe Toast, ein Eigelb sowie eine Handvoll grüne Bohnen. Julie trank und aß hastig, einerseits, damit alles genauso wirkte wie immer, aber auch, weil ihr Körper nach Nahrung gierte. Dann nahm sie wieder ihre Position auf dem Bett ein und machte sich bereit, die Worte zu sagen, die sie sich zurechtgelegt hatte.

»Erbitte Erlaubnis zu sprechen«, sagte sie unterwürfig.

»Ja?« Der Tonfall der Frau war schroff.

»Ich wollte nur loswerden, dass ich darüber nachgedacht habe, was Sie zu mir gesagt haben. Sie hatten recht.« Julie sprach ernsthaft, und es klang halbwegs überzeugend. Kein Wunder, nachdem sie so lange geübt hatte.

Die Frau sah sie verständnislos an.

»Was habe ich denn gesagt?«

»Dass für mich bisher alles leicht war im Leben Dass ich

keine Ahnung hatte, wie die Welt wirklich ist. Und dass ich noch viel lernen muss.« Julie wagte kaum zu atmen aus Angst, wieder ihr Leben aufs Spiel zu setzen, wenn sie die Frau in ein Gespräch verwickelte. Das Messer wölbte sich in deren Schürzentasche, und Julie hoffte, dass es auch dort blieb.

Die Frau verlagerte ihr Gewicht auf den anderen Fuß, stemmte eine Hand in die Hüfte und drehte ihren Kopf halb zur Seite.

»Freut mich zu hören«, sagte sie unverbindlich. Obwohl sie sich Mühe gab, es nicht zu zeigen, war klar, dass ihr Julies zerknirschter Tonfall gefiel. Jetzt wusste Julie, wie sie diese Frau ködern konnte.

»Meine Gedanken waren … wissen Sie, ich habe bald Geburtstag …«

»Oh, meine herzlichsten Glückwünsche«, unterbrach die Frau sie und hob mit gespielter Überraschung die Hände. Julie wäre am liebsten quer durchs Zimmer gestürzt und hätte ihr das nur notdürftig unterdrückte Grinsen aus dem Gesicht gekratzt. Stattdessen holte sie tief Luft.

Immer das Ziel im Blick behalten, ermahnte sie sich.

»Ich musste an meinen letzten Geburtstag denken, und mir sind Dinge über mich klargeworden, auf die ich ohne Sie vielleicht nie gekommen wäre.«

Eisiges Schweigen.

»Es war eine Überraschungsparty. Mein Freund Mark …« Sie brach ab. Es fiel ihr schwer, seinen Namen in Gegenwart dieser Frau auszusprechen. Die Entführung hatte ihr Leben in zwei Teile gerissen, die nicht das Geringste miteinander zu tun hatten.

»Er hat die Party für mich organisiert«, fuhr sie fort und

dachte daran, wie er vor dem Eingang des Restaurants, in dem ihre Freunde schon unter dem Tisch kauerten und warteten, stehen geblieben war. Seine blauen Augen hatten gefunkelt, als er sich vorgebeugt hatte, um sie zu küssen. Dabei hatte er ihr wie immer die Hand unters Kinn geschoben und mit einem Finger ihr Gesicht angehoben.

Sie schüttelte den Kopf, um die schmerzhafte Erinnerung zu vertreiben. Die Geschichte von ihrer Geburtstagsparty musste sie dennoch weitererzählen, denn nur mit einer wahren Begebenheit konnte sie der Frau ihr früheres Leben vor Augen führen und ihr klarmachen, dass sie ein echter Mensch war, den man aus seinem Umfeld gerissen hatte, und nicht nur eine Figur in dem kranken Spiel, das der Mann und sie trieben.

»Alle meine Freunde waren da. Manche waren nur für diesen Abend aus ihren Colleges im ganzen Land angereist. Die meisten kenne ich schon mein Leben lang. Sarah, Theo, Beatrice, Chloe, Sampson.« Sie verstummte kurzzeitig, weil ihre Stimme beim Aufzählen der Namen versagte.

»Wir sind zusammen aufgewachsen, haben als Kleinkinder zusammen auf dem Spielplatz am Mitchum Park gespielt, in der dritten Klasse zusammen das Einmaleins geübt, in der achten für Algebra II bei Miss Vaughn gepaukt.«

Das Gesicht der Frau war blass geworden, ihre Mundwinkel zuckten. Julie musste aufpassen, dass sie es nicht übertrieb.

»Und?«, fragte die Frau ungeduldig.

»Na ja, ich habe es geschafft, mir und allen anderen den Abend zu verderben. Natürlich habe ich mich gefreut, meine Freunde zu sehen, aber ich habe das alles irgendwie als selbstverständlich betrachtet. Mein Verhalten war so was von kindisch. Den Großteil der Party habe ich damit verbracht, eine Papierserviette in kleine Fetzen zu reißen und an meinem Long Island Ice Tea zu nippen.« Sie hielt inne. »Nicht einmal ein würdiges Geburtstagsgetränk.«

»Ich bin dann sogar früher gegangen.« Sie sah Marks entgeistertes Gesicht vor sich. Der Arme hatte ihr Verhalten zu überspielen versucht, indem er zu den anderen zurückgekehrt war und gute Miene zum bösen Spiel gemacht hatte. »Ich weiß nicht einmal mehr, warum. Der Grund war irgendetwas Belangloses. Wahrscheinlich haben mir die Leute nicht genug Aufmerksamkeit gewidmet, obwohl es doch meine Party war. Ich war so dumm und selbstsüchtig. Und kindisch.«

»Worauf willst du hinaus?« Der Blick der Frau wanderte immer wieder zur Tür. Julie durfte sie nicht gehen lassen. Jetzt noch nicht.

»Dieses Verhalten war nichts Ungewöhnliches bei mir. Erst jetzt, wo ich vielleicht nie wieder eine Geburtstagsparty feiern werde, wird mir bewusst, dass ich immer alles für selbstverständlich genommen habe. Ich dachte, ich könnte es mir leisten, meine Mitmenschen an den Rand des Wahnsinns zu treiben. Ein strahlendes Lächeln, ein unschuldiger Augenaufschlag, und schon haben sie mir verziehen und mich in den Arm genommen, und alles war wieder gut. Inzwischen sehe ich die Welt mit anderen Augen. Die Botschaft ist angekommen: Ich will mich wirklich ändern.«

Irgendetwas brodelte hinter der gleichgültigen Fassade der Frau, etwas, das Julie nicht interpretieren konnte. Freute sie sich denn nicht über Julies Schuldeingeständnis? War sie nicht froh darüber, dass Julie für jene Laster büßte, die sie selbst am meisten zu hassen schien?

»Du glaubst also, du bist deswegen hier? Als Strafe des Schicksals dafür, dass du dich bei einer Party danebenbenommen hast? Weißt du, genau das ist dein Problem. Du siehst dich als Mittelpunkt von allem, dabei spielt deine Vergangenheit überhaupt keine Rolle, genauso wenig wie der Mensch, der du warst, oder deine Erfahrungen. Die Strände und Karussells und Ballettaufführungen. Die Leute, die dich geliebt haben. Nichts davon ist von Bedeutung.« Sie stand auf. »Für dich ist der Zug abgefahren, du kannst dich nicht mehr ändern. Wozu auch? Dein Schicksal steht fest.«

Julie schluckte. Sie war sich sicher, nie über Strände, Karussells oder Ballettaufführungen geredet zu haben. Woher wusste die Frau das alles?

Konzentrier dich, dachte sie. *Konzentrier dich einfach.* Ihre ursprüngliche Strategie war fehlgeschlagen, sie musste also eine andere Taktik probieren. Und dieses Mal würde sie mit allen Tricks arbeiten.

Sie nahm ihren ganzen Mut zusammen und sah der Frau direkt in die Augen.

»Und was ist mit *Ihnen?* Ist es für Sie auch zu spät, sich zu ändern?«

Julie sah wieder den beängstigenden Ausdruck in den Blick der Frau zurückkehren.

»Ich brauche mich nicht zu verändern. Ich habe den Pfad bereits gefunden.«

Diese Antwort legte irgendeinen Schalter in Julie um.

»Ach ja? Das soll der Pfad sein? Mit einem Psychopathen verheiratet zu sein? Ich sehe doch, wie er Sie behandelt. Und Sie finden das gut?«

Julies Herz klopfte schneller. War sie zu weit gegangen?

»Du hältst jetzt besser den Mund.« Die Augen der Frau hatten sich zu Schlitzen verengt.

»Ihre Drohungen machen mir keine Angst. Glauben Sie, mein jetziges Leben ist es wert, daran festzuhalten? Na los, tun Sie mit mir, was Sie wollen. Bringen Sie mich um. Aber vorher erzählen Sie mir Ihre Geschichte, denn die würde mich wirklich brennend interessieren. Was für ein entsetzliches Trauma hat dazu geführt, dass Sie in diesem Dreckslоch gelandet sind? Das Leben muss Ihnen ziemlich übel mitgespielt haben.« Julie legte eine dramatische Pause ein. »Sie wehren sich ja nicht einmal.«

Das Gesicht der Frau lief knallrot an, ihre Nasenlöcher blähten sich.

»Wie kannst du es wagen?« Ihre Hand schoss zu ihrer Schürzentasche.

»Dabei sollten Sie das unbedingt, wissen Sie. Sich wehren. Ich bin schon dem Tod geweiht, bei mir lohnt es sich nicht mehr. Bei Ihnen schon. Sie haben sämtliche Möglichkeiten. Es steht in Ihrer Macht, sich zu retten.« Julie verstummte und beobachtete die Reaktion der Frau.

»Und mich auch«, fügte sie hinzu.

Ein Schatten glitt über das Gesicht der Frau, deren Haut plötzlich aschfahl wirkte.

Julie ertappte sich dabei, dass ihr diese verhasste Frau ein wenig leidtat. Ich muss verrückt sein, dachte sie voller Abscheu.

Keine von ihnen rührte sich, bis die Frau schließlich das Tablett aufhob, das Zimmer verließ und die Tür hinter sich zuschlug. Die klappernden Absätze ihrer altmodischen Schuhe entfernten sich.

Endlich war Julie zu ihr durchgedrungen. Jetzt musste

der Gedanke, den sie ihr eingepflanzt hatte, eine Weile einwirken, in ihrem Kopf gären wie ein Zaubertrank. Julie war sich sicher, dass die Frau über ihre Worte nachdenken würde, wenn sie sich an diesem Abend schlafen legte, wenn sie am nächsten Morgen ihrer Arbeit im Haushalt nachging und anschließend unbeholfen die Treppe hinaufstolperte.

Nachdem sie wieder allein war, saß Julie lange reglos auf dem Bett. Die Frau irrte sich. Es war nicht zu spät für sie, sich zu ändern. Das würde sie niemals akzeptieren.

Wenn sie doch nur eine weitere Chance bekäme, eine einzige, wertvolle Chance! Sie würde ein vollkommen anderer Mensch sein und jedes unsensible und undankbare Verhalten der Vergangenheit wiedergutmachen. Sie würde Mark jeden Tag sagen, wie wunderbar er war und wie sehr sie ihn zu schätzen wusste. Sie würde ihre Eltern gewissenhaft jeden Abend um acht Uhr anrufen und sich nie wieder über ihre neugierigen Fragen aufregen. Sie würde die Wäsche ihrer Mitbewohnerin waschen und ihre Kleider nicht mehr auf dem Boden verstreuen und jeden Abend das Geschirr abspülen.

Kurzum: Sie würde der verdammte Sonnenschein im verdammten Leben ihrer Mitmenschen sein!

17

DREISSIG KILOMETER außerhalb von Stillwater zwängte sich Adam in die Essecke einer makellos sauberen Vorstadtküche, während Melissa Kruger, geborene Lassiter, ihm gegenüber Platz nahm. Sie war zwölf gewesen, als ihr Bruder ermordet worden war. Seither waren ihre Haare dunkler geworden, und ihre Gesichtszüge hatten das entwickelt, was man vielleicht Charakter nennen konnte. Sie ähnelte kaum noch dem Mädchen auf den Fotos, die Adam sich auf Mikrofilm in der Bibliothek angesehen hatte. Melissa Kruger war diejenige gewesen, die ihm vor zwei Jahren den Atlas geschickt hatte, zusammen mit einem Brief, in dem sie ihn drängte, diesem Hinweis nachzugehen. Allerdings hatte sie sich geweigert, ihn zu treffen oder mit ihm zu telefonieren. Und nun hatte sie ihn doch noch angerufen. Aus irgendeinem Grund hatte sie ihre Meinung geändert und war bereit, mit ihm zu reden.

»Ich habe etwas für Sie«, hatte sie am Telefon angekündigt, und Adam war sofort zu ihrem Haus gefahren.

Jetzt saß er da und schirmte sich die Augen vor der Morgensonne ab, die quer über den Walnusstisch fiel und ihm ins Gesicht schien. Hoffentlich ergab sich endlich eine neue Spur.

»Mir wäre es lieb, wenn Sie meinen Namen aus der Sache heraushalten würden. Meine Kinder gehen zur Schule … Sie wissen schon. Ich möchte nicht, dass die ganze Geschichte von vorne anfängt.«

Adam nickte. »Ich werde tun, was ich kann.«

Das musste ja eine brandheiße Information sein, die sie für ihn hatte.

Sie bückte sich nach einem Karton, der vor dem Erkerfenster auf dem Boden stand, und stellte ihn auf den Tisch.

»Nur zu«, forderte sie Adam auf, offensichtlich froh, diesen lange gehüteten Schatz an ihn abtreten zu können

Adam gab sich Mühe, ruhiger zu wirken, als er sich fühlte. Langsam hob er den Deckel des Kartons ab und legte ihn beiseite. Darin befand sich ein in türkisfarbenes Seidenpapier gewickelter, rosaweiß gestreifter Rucksack.

»Den Atlas habe ich damals in diesem Rucksack gefunden. Ich dachte, dass Ihnen das reicht, aber offensichtlich nicht, da der Fall ja immer noch unaufgeklärt ist.«

Adam ignorierte die kaum verhohlene Kritik und zog ein Paar Einweghandschuhe aus seiner Tasche. Vielleicht gelang es ihm, nach so langer Zeit einen Fingerabdruck zu entnehmen. Das wäre ein Anfang gewesen, denn er besaß bisher nicht einmal ein Foto von Laura Martin. Ein Fingerabdruck wäre eine echte, konkrete Verbindung zu ihr gewesen und hätte alles ändern können.

»Die Handschuhe werden Sie nicht brauchen«, sagte Melissa Kruger ein wenig verlegen. »Nachdem ich den Rucksack damals gefunden habe, habe ich ihn in die Waschmaschine gesteckt. Die Gegenstände darin habe ich abgewischt. Ich weiß, dass das für Ihre Zwecke ungünstig ist. Tut mir leid.«

Adam legte seine Hände zurück auf den Tisch und spürte, wie ihm das Blut aus dem Gesicht wich. Konnte denn nicht *ein Mal* etwas glattgehen?

»Warum haben Sie das getan?«

»Ich dachte … na ja, zuerst hatte ich geplant, den Rucksack in den Müllcontainer hinter dem Supermarkt zu werfen, aber irgendetwas hat mich zurückgehalten. Mir ging es nicht darum zu beweisen, wer ihn umgebracht hat. Daran habe ich damals gar nicht gedacht, denn ich hatte sie ja nicht in Verdacht. Ich wollte nur nicht, dass man den Rucksack mit meinem Bruder in Verbindung bringt. Zwischen den beiden sind Dinge passiert, die nicht ans Licht kommen sollten.«

»Ich erinnere Sie nur ungern daran, Melissa, aber für Ihren Bruder hätte es doch ohnehin keine Rolle mehr gespielt.«

»Für meine Eltern hätte es sehr wohl eine Rolle gespielt. Reed wäre in ihrer Erinnerung nicht mehr derselbe gewesen, wenn die ganze Wahrheit über ihn herausgekommen wäre. Er hätte sicher gewollt, dass ich das Geheimnis für mich behalte. Außerdem war das Mädchen sowieso schon lange verschwunden, und damals glaubte niemand ernsthaft, dass sie etwas mit den Morden zu tun haben könnte. Ein unschuldiges junges Ding wie sie? Erst Jahre später wurde mir klar, wie naiv wir alle gewesen sind.«

»Und was glaubten Ihre Eltern?«

»Dass die Morde mit Drogen im Zusammenhang standen, genau wie alle anderen auch. Sie gaben Joy die Schuld und dachten, Reed wäre einfach zur falschen Zeit am falschen Ort gewesen. Ich wusste es besser.«

»Hat denn niemand Verdacht geschöpft, als das Mädchen kurz danach die Stadt verließ?«

Melissa Kruger zuckte mit den Schultern.

»Wir wussten alle, dass sie weitergezogen war. In der Schule sind eine Zeitlang Witze über das merkwürdige Timing kursiert, aber das war es dann auch schon.«

»Und warum stellen Sie mir den Rucksack jetzt doch noch zur Verfügung?«

»Meine Mutter ist vor drei Monaten gestorben, und mein Vater hat Alzheimer. Reed selbst war es egal, was andere über ihn dachten. Das hier ist die einzige Spur, der nie jemand nachgegangen ist. Sie ist meine letzte Hoffnung.«

»Verstehe. Wo haben Sie den Rucksack eigentlich gefunden?«

»In seinem Zimmer, unter dem Bett. Als damals plötzlich die Leichen auftauchten, war ich so aufgebracht, dass ich mich unter sein Bett verkroch. Dort hatten wir immer zusammen gelegen, als wir noch kleiner waren – wenn unsere Eltern sich stritten oder wenn wir Angst vor einem Gewitter hatten. Es war unser gemeinsamer Zufluchtsort. Und genau dort lag der Rucksack. Ich wusste, dass er ihr gehörte, weil ich ihn schon an ihr gesehen hatte. Nachdem ich einen Blick hineingeworfen hatte, verstand ich, was Sache war.«

Sie holte tief Luft.

»Die beiden waren ein paarmal zusammen bei uns zu Hause gewesen, und ich hatte sie beobachtet. Deshalb kapierte ich sofort, was los war. Hören Sie, der Ausdruck schwarzes Schaf ist noch untertrieben für meinen Bruder, aber den Tod hatte er trotzdem nicht verdient.«

»Natürlich nicht.« Adam hielt nachdenklich inne. »Mein Bauchgefühl sagt mir, dass Sie recht haben, was das Mädchen angeht. Allerdings bin ich bei meinen Ermittlungen schon so oft auf die falsche Fährte geraten, dass ich lieber vorsichtig bin.«

Sie wies mit dem Kinn Richtung Rucksack.

»Bitte, Sie werden schon sehen. Der Inhalt des Rucksacks beweist nicht, *dass* sie es war, aber er erklärt, *warum* sie es getan haben könnte.« Sie machte eine Pause. »Versprechen Sie mir nur eins: Was auch immer Sie über Reed herausfinden, bedenken Sie, dass er nur ein Jugendlicher war, der sich mit den falschen Leuten eingelassen hatte. Er war bestimmt kein Unschuldslamm. Trotzdem: Seine Mörderin verdient es, bestraft zu werden.«

Ihr Gesicht verzog sich. Sie war kurz davor, in Tränen auszubrechen, schaffte es jedoch, sie zurückzuhalten.

»Mein Beileid«, flüsterte Adam.

»Den Brief hat niemand sonst gesehen. Ich hoffe, er hilft Ihnen weiter.«

Adam nahm den Rucksack vom Tisch und stellte ihn zwischen seine Beine. Dann öffnete er den rosa Plastikreißverschluss – der Rucksack war aus billigem, aber langlebigem Kunststoff von der Sorte, die noch auf den Mülldeponien zurückbleiben wird, wenn der Mensch längst ausgestorben ist. Im Inneren des Rucksacks befanden sich zwei Schulbücher – ein Mathematikbuch und eine Ausgabe von *A Separate Peace* von Tom Stoppard – sowie ein roter Plastikgeldbeutel.

Er griff zuerst nach dem Geldbeutel, der weder Geld noch einen Ausweis enthielt, nur eine abgenutzte Ausleihkarte von einer Bücherei in Reno.

Als Nächstes zog Adam das Mathebuch aus dem Rucksack und blätterte es durch. Ganz vorne klemmte ein Umschlag.

Er blickte zu Melissa auf, und sie nickte. Der Umschlag war an Reed adressiert, in einer Handschrift, die Adam sofort erkannte. Es war die gleiche wie auf den Schriftproben, die er in anderen Städten und anderen Schulen gesammelt hatte. Auch das Gekritzel an den Rändern des Atlas stammte aus der gleichen Feder. Der Umschlag war aufgerissen.

»Hat *er* den Brief gelesen? Oder Sie?«, fragte Adam.

»Er war bereits geöffnet, als ich ihn gefunden habe.«

Adam vergaß für einen Moment die Frau, die vor ihm saß. Endlich hielt er etwas Bedeutsames in den Händen. Er nahm den Brief aus dem Umschlag und las ihn schweigend.

Lieber Reed,
da Du nicht mit mir sprechen willst, schreibe ich Dir diesen Brief. Du verdienst es, die Wahrheit zu erfahren.

Zwei ganze Seiten füllte ihre schnörkelige, krakelige Schrift. Als Adam fertig gelesen hatte und den Brief zurück in den Umschlag schob, zitterten seine Hände.

Jetzt kannte er Lauras Geheimnis. Und er wusste, dass Reed Lassiter es ebenfalls gekannt hatte.

18

AN DIESEM ABEND lag Cora allein im Bett und lauschte dem trockenen Laub, das vor ihrem Fenster raschelte. Die Luft strich sanft über ihre Haut, klar und erfrischend. Der Herbst war ihre liebste Jahreszeit, aber sie hatte niemanden, mit dem sie ihre Freude teilen konnte. James war seit fünf Tagen verschwunden.

Sie war dabei, langsam wegzudämmern, als sie plötzlich das laute Jammern des Mädchens hörte. Was machte es zu dieser späten Stunde noch für einen Lärm?

Cora seufzte. Diese junge Frau war eine echte Nervensäge und trieb sie in letzter Zeit zunehmend in den Wahnsinn. Just in dem Moment, in dem Cora es sich nach einem langen Tag im Bett gemütlich machte, musste sie Ärger machen – natürlich. Cora rollte sich zur Seite und zog sich das Kissen über den Kopf, doch der Lärm ließ sich nicht ignorieren. Schließlich gab sie auf, schob die Bettdecke beiseite und schlüpfte in ihre Hausschuhe und den Bademantel.

Auf dem Flur war es dunkel, als sie auf Zehenspitzen in das leere Zimmer zwischen ihrem Schlafzimmer und dem Zimmer des Mädchens schlich. Hier drinnen roch es nach Talkumpuder und Reinigungsalkohol. James und sie hatten noch immer nicht die Sauerstoffflasche, das Pflegebett und die Ersatzkartuschen weggeräumt, weshalb kaum genug Platz an der Wand war, um ins Nebenzimmer zu lauschen.

Cora fand eine freie Stelle und raffte Bademantel und Nachthemd, um sich auf den Boden zu kauern. Das Mädchen war direkt auf der anderen Seite der Wand. Es weinte heftig.

Cora legte beide Hände an die Tapete und spreizte langsam die Finger. Räumlich gesehen trennte sie fast nichts, und doch waren sie Welten voneinander entfernt.

Dort drüben lauerte sie: die Nervensäge, die Plage.

Wie hatte nur alles so schiefgehen können?

Cora seufzte. Sie musste dafür sorgen, dass Ruhe einkehrte. Also stand sie auf, ging auf den Flur hinaus und hämmerte an die Tür des Mädchens.

»Beruhige dich da drinnen!«

Aber das Schluchzen ging weiter.

Gereizt schob Cora die Klappe auf, die James auf Augenhöhe in die Tür gesägt hatten. Durch die Plexiglasscheibe starrten ihr die verzweifelten Augen der jungen Frau entgegen.

»Tut mir leid«, jammerte sie. »Ich kann nicht anders.«

Cora murmelte verärgert vor sich hin, während sie die Tür aufschloss und ins Zimmer trat. Die Gefangene saß auf dem Bett, hatte die Knie angezogen und schluchzte mit gesenktem Kopf, statt ihre Position einzunehmen. Bei James hätte sie das nicht gewagt.

Cora würde strenger werden müssen mit ihr.

»Hör auf mit diesem Unsinn, du bist jetzt lange genug hier. Akzeptiere endlich dein Schicksal, Mädchen.«

»Niemals werde ich das hier akzeptieren«, stieß die junge Frau wütend hervor. »Lieber wäre ich tot.«

Schön wär's. Cora betrachtete den dünnen Hals des Mädchens, den heftigen Puls, der darin schlug. Es wäre so einfach gewesen, zuzudrücken und dem ständigen Hämmern gegen Tür und Wände ein Ende zu machen.

»Dieser Wunsch wird sich schon bald erfüllen, wenn du nicht aufpasst. Du bist seiner Gnade ausgeliefert und nur noch am Leben, weil er dich beschützt. Er glaubt, du wärst Teil der Offenbarung. *Ich* bin mir da nicht so sicher. Du hoffst und betest lieber, dass er dieses Mal recht behält.«

Die junge Frau wurde blass, und Cora dachte schon, sie würde in Ohnmacht fallen. Stattdessen streckte sie die Hand aus und klammerte sich Halt suchend an Coras Nachthemd. Cora verdrehte genervt die Augen, ließ es jedoch zu. Die Gefangene war heute sichtlich geschwächt.

»Sie dürfen das alles nicht glauben«, flehte sie. »Ist Ihnen denn nicht klar, dass er sie manipuliert und nach seiner Pfeife tanzen lässt? Sie sind nichts als seine Sklavin.«

Cora legte ihre Hand auf den Arm der jungen Frau, griff dann in ihre zerzausten Haare und zog eine Strähne in die Länge. Auch in diesem Zustand war das Mädchen noch hübsch.

»Nicht seine Sklavin. Seine Jüngerin. Inzwischen bin ich die einzige, aber das war nicht immer so. Damals, in Stover, gab es viele von uns, mehr als zwanzig. Ich habe das Paradies am Ende des Pfads gesehen. Ich habe es gesehen. Und wir werden wieder dorthin gelangen. Wir werden das Königreich neu errichten.«

Das Mädchen wich vor ihr zurück, aber Cora wollte, dass es endlich verstand, worum es hier ging. Sie war nicht dumm und würde auch nicht zulassen, dass sie dafür gehalten wurde. Während sie zögernd überlegte, wie viel sie der jungen Frau erklären sollte, ergriff sie deren Hände, die weich und zart waren wie die eines Kindes.

»Es war wunderbar. Jeder hat zur göttlichen Familie beigetragen, was er konnte. So haben wir friedlich Seite an Seite gelebt und mit unserer gemeinsamen Arbeit dem Auserwählten gedient. Er hat uns Kraft und spirituelle Nahrung gespendet.«

Cora sah James' Gesicht vor sich, das damals vor Liebe gestrahlt hatte. Wenn er ihr beim abendlichen Gebetskreis den goldenen Becher der Vergebung gereicht oder ihr auf dem Acker den Pflug abgenommen hatte, damit sie unter der brennenden Sonne nicht so schwer schleppen musste, waren sie eins gewesen.

»James und ich haben die anderen angeleitet und sie zur Rechtschaffenheit geführt, in vollkommener gegenseitiger

Harmonie. Er brauchte nichts zu sagen. Ich kannte seine Gedanken, seine Wünsche, jede seiner Sehnsüchte, genauso wie er meine kannte. Wir haben den Himmel auf Erden geschaffen.«

Das Mädchen hatte aufgehört zu weinen und starrte Cora mit geröteten Augen an.

»Wenn es so toll war, warum sind die anderen Jünger dann nicht mehr hier?«

»Sei still, Mädchen.«

»Sie haben sich aus dem Staub gemacht, nicht wahr?«

»Halt den Mund.«

Cora ließ die Hände des Mädchens los und richtete sich auf.

»Sie sind geflüchtet, nicht wahr? Haben das Weite gesucht, nachdem sie erkannt haben, wie er wirklich ist.«

»Du verstehst das nicht, Mädchen. Der Teufel hat ihre Seelen geholt.«

»Wenn die anderen Jünger ihm entkommen konnten, können Sie das auch. Wir können zusammen von hier abhauen.«

»Ketzer und Gotteslästerer allesamt. Sie haben sich überwältigen lassen von Zweifel und Sünde.«

»Oder sie sind zur Vernunft gekommen.«

»Nein. Sie waren böse, haben die Wände unseres Wohnwagens beschmiert. Beleidigungen, Drohungen – oh, was haben sie für perverse Dinge geschrieben. Sie nannten ihn … nein, ich werde es nicht aussprechen.« Cora spürte, wie ihre große Leidenschaft für James zurückkehrte und ihren Körper wie ein Stromschlag durchzuckte.

»Alles, wofür wir gearbeitet und Opfer gebracht hatten, war dahin.« Sie sagte es an das Mädchen gewandt, als ob es sie verstehen könnte. »Damals, nachdem die Jünger uns verlassen hatten, kamen die dunklen Geister, und der große Kampf begann. Diese Verräter sind schuld.«

»Sie meinen, dass er damals angefangen hat zu trinken und Drogen zu nehmen? Dass er verrückt geworden ist? Denn bei Verstand ist er nicht, das ist Ihnen doch wohl klar, oder?«

»Lügnerin! Gotteslästerin!« Cora hob die Hand, um das Mädchen zu schlagen, bremste sich jedoch und bemühte sich um Fassung. Es war ungerecht, James für sein jetziges Verhalten zu verurteilen. »Was, meinst du wohl, wird passieren, wenn ich ihm erzähle, was du gerade gesagt hast?«

Das Mädchen erwiderte ihren Blick.

»Ich glaube nicht, dass Sie das tun werden. Ich glaube, Sie haben noch immer eine gute Seite.«

Cora drehte sich weg, weil ihr das Bedauern einen Stich ins Herz versetzte. Dieses Mädchen musste gesandt worden sein, um sie auf die Probe zu stellen.

»Du verstehst das nicht. Die dunklen Geister zwingen ihn, Dinge zu tun, die er für schändlich halten würde – die er für schändlich *hält*, wenn er wieder zu Sinnen gekommen ist. Wir müssen glauben. Ich wünschte, ich könnte dir die große Schönheit beschreiben, die uns beide erwartet, wenn die Offenbarung sich erst einmal erfüllt hat.«

Cora hielt inne und sah das Mädchen traurig an.

»Ich war auch einmal wie du. Es dauert, bis man das Wort verstehen kann. Du vergeudest deine Zeit damit, die Vergangenheit zu analysieren, über Reue und Schuld nachzugrübeln und darin nach einem Sinn zu suchen. Du wirst ihn dort nicht finden, nur sinnlosen Schmerz. Aber es gibt noch einen anderen Weg, es gibt den Pfad. Verbanne alles Vergangene aus deinem Kopf und sei frei.«

Cora fühlte sich machtlos, unfähig zu formulieren, was sie der jungen Frau begreiflich machen wollte. Sie konnte natürlich nicht abschätzen, dass ihr derzeitiges Leid nur die Brücke zu etwas weit Größerem war. Cora selbst fiel es schwer genug, sich das immer wieder bewusstzumachen.

In diesem Moment erkannte Cora, dass sie versagt hatte. Sie hatte James im Stich gelassen, die Offenbarung, sich selbst. Sie hatte zugelassen, dass Kleinigkeiten – ihre eigenen Sehnsüchte und Wünsche, ihre belanglosen Beschwerden – überlagerten, was sie tief in ihrem Herzen für richtig und wahr hielt. Indem sie sich ihren unreinen Gedanken hingegeben hatte, war sie vom Pfad abgekommen. Sie nahm sich vor, von nun an wieder eine bessere, stärkere Jüngerin zu sein.

Cora streckte die Hand aus und berührte die magere Wange des Mädchens, fuhr mit der Fingerspitze eine tief eingegrabene Falte nach.

»Es wird ein magischer Moment sein, wenn die Offenbarung eintritt. Warte es ab. Du wirst noch lernen, dein Schicksal anzunehmen. Du wirst den goldenen Sonnenaufgang sehen, und das helle Licht von tausend Sternen wird den Pfad erleuchten.«

Das Mädchen schüttelte nur mit zugekniffenen Augen den Kopf. Warum war es so fest entschlossen, sich dem Wort zu widersetzen?

Cora wandte sich zum Gehen.

»Du hast mir heute Abend geholfen, wieder Kraft zu schöpfen. Ich sehe jetzt alles klarer als zuvor. Vielleicht hast du noch eine andere Bestimmung, die sich uns bisher nicht offenbart hat. Das ist etwas Gutes. Ein Geschenk.«

Die junge Frau saß schweigend da. Ihre Brust hob und senkte sich, und ihre Lippen bebten. Cora ließ sich dazu herab, ihr beim Hinausgehen zuzulächeln, bevor sie die Tür hinter sich verschloss. Mit festen Schritten ging sie zurück ins Schlafzimmer, ermutigt, inspiriert und mit erneuerter Inbrunst.

Möglicherweise war doch noch nicht alles verloren. Möglicherweise war dies ein neuer Anfang.

19

REED WARTETE vor der ersten Stunde an ihrem Schließfach, aber sie ignorierte ihn und weigerte sich, den Blick zu heben. Nie wieder würde sie mit ihm sprechen. Vielleicht würde sie einfach nicht mehr in die Schule kommen und ihren Vater überreden, dass es Zeit war weiterzuziehen.

Reed beugte sich über ihre offene Schließfachtür und strich ihr mit einem Finger leicht über die Wange.

»Das war nicht so nett von mir, oder?« Er lächelte auf seine typische Art, die suggerierte, dass das Leben für ihn ein einziger großer Witz war.

Sie sagte kein Wort, fest entschlossen, ihn im Regen stehen zu lassen.

»Ach, komm schon, Laura. Na gut, das war gemein, aber ich konnte einfach nicht anders. Es war eine spontane Eingebung. Ich dachte mir: Was würde passieren, wenn ich einfach abhauen würde? Das wäre doch völlig irre, ein existentialistischer Akt. Es war so verdammt *falsch*, dass ich gar nicht anders konnte, verstehst du?«

Er packte ihren Arm und zog sie zu sich heran. Cora war wütend auf sich selbst, weil sie sich von ihm einlullen ließ, konnte jedoch nicht verhindern, dass ihr Körper auf ihn reagierte.

»Das war echt … du hast mich echt verletzt, Reed. Ich kann nicht mehr … ich glaube nicht, dass wir noch Freunde sein können.« Noch während sie es sagte, wusste sie, dass das nicht stimmte.

»Lass uns heute Abend was zusammen machen. Nur du und ich. Ich kenne eine Stelle unter einer Brücke, die ist sogar noch unheimlicher als die Höhle.« Er beugte sich vor und flüsterte ihr ins Ohr, während er sanft an ihren Haaren zog. »Ich fessle dich und lasse dich dort.«

»Das ist nicht witzig«, protestierte sie, hob jedoch den Blick zu ihm. War es zu früh, ihm zu verzeihen? Gab sie damit ihre Würde auf?

»Ich weiß«, sagte er und legte ihr den Arm um die Taille. Sie versteifte sich, und er ging auf Abstand und musterte sie mit seinen gefühlvollen blauen Augen, die ausnahmsweise einmal ernst blickten.

»Laura, es tut mir leid. Das war echt scheiße, was ich da getan habe. Irgendwie … irgendwie baue ich ständig nur Mist. Um anzugeben, oder was auch immer. Ich versaue immer alles.«

Er schloss die Augen und hielt seinen Nasenrücken zwischen Daumen und Zeigefinger, während er den Kopf schüttelte.

»Kannst du mir verzeihen? Ich wollte dir nicht weh tun.«

Cora antwortete nicht. In ihrer Kehle hatte sich ein Knoten gebildet. Obwohl sie sich dagegen wehrte, tat Reed ihr leid. Sie wusste, wie das war. Auch sie versaute immer alles.

»Treffen wir uns heute Abend, wenn dein Vater eingeschlafen ist, in Joys Wohnung? Sagen wir um zehn?«

Sie nickte unsicher. Er lächelte ihr zu, gab ihr einen zarten Kuss auf die Wange und machte sich dann auf den Weg in sein Klassenzimmer.

Sie konnte den Blick nicht von ihm abwenden, während er stolz und unbeugsam den Flur entlang davonging. Dieser Junge war böse, das stand außer Zweifel, aber es war eine Bosheit, der sie nicht widerstehen konnte. Ihr Verstand riet ihr, sich von ihm fernzuhalten, ihn links liegenzulassen, doch sie wusste, dass sie ihm bis ans Ende der Welt gefolgt wäre, wenn er es von ihr verlangt hätte.

An diesem Abend folgte sie zunächst einmal seinem Vorschlag und wartete in Joys Wohnung auf ihn. Natürlich kam er zu spät. Sie dachte schon, er hätte sie sitzengelassen, und wollte gerade ihre Jacke anziehen und gehen, sich selbst für ihre Dummheit verfluchend, als er mit seinem üblichen durchtriebenen Grinsen hereinmarschierte und ihr eine Tüte Chips hinhielt. Er selbst kaute geräuschvoll mit vollem Mund und roch nach Alkohol.

Es war klar, dass er keinerlei Respekt vor ihr hatte. Cora wurde schwer ums Herz.

»Nein, danke«, sagte sie. Was dachte er sich nur bei diesem Verhalten? Es war dämlich von ihr gewesen herzukommen. Trotzdem zog sie ihre Jacke wieder aus, während er sich auf die Couch setzte, um sich den Schuh zu binden.

»Lass die Jacke an, wir bleiben nicht hier«, verkündete er und lächelte verschmitzt.

Sie traten in die Nacht hinaus. In dieser Gegend ging man um Mitternacht eigentlich nicht mehr draußen spazieren. Statt Gehwegen gab es Straßengräben, und die einstöckigen Backsteinhäuser lagen überwiegend im Dunkeln. Nur in einigen Fenstern flackerten noch Fernseher.

»Darf ich fragen, wohin wir gehen?« Ihr Herz klopfte immer heftiger. Auf keinen Fall würde sie noch einmal auf seine Tricks hereinfallen.

»Unter eine Brücke. Hab ich dir doch gesagt.«

Sie blieb stehen.

»Und was passiert dann? Hast du wieder vor, mir eine Falle zu stellen?« Er zupfte an ihrem Ärmel, aber sie rührte sich nicht vom Fleck. »Ich meine es ernst, Reed. Sag mir, was du vorhast.«

»Nein, ich schwöre. Ich schwöre, dass ich dich nicht allein lassen werde. Komm jetzt. Am See gibt es einen Staudamm, und ich weiß, wie man in die unterirdischen Gänge kommt.« Er hielt inne. »Jetzt hast du mir die ganze Überraschung verdorben.« Reed wirkte ernsthaft eingeschnappt, doch Cora nahm ihm den gekränkten Gesichtsausdruck keine Sekunde ab.

Sie gingen um die Straßenecke zu einem heruntergekommenen silbergrauen Honda, den er dort geparkt hatte.

»Hast du neuerdings ein Auto? Reed, du darfst doch noch gar nicht fahren. Wo hast du die Karre her?« Sie hoffte inständig, dass das Auto nicht gestohlen war. Auf keinen Fall wollte sie wieder auf einer Polizeiwache landen.

»Ausgeliehen. Entspann dich. Ich habe den Führerschein meines Bruders dabei. Funktioniert immer.« Mit übertriebener Galanterie öffnete er ihr die Beifahrertür.

Obwohl sie es eigentlich besser wusste, stieg sie ein und ließ sich von ihm durch ein Labyrinth aus kurvigen Straßen kutschieren. Bald hatte Cora keine Ahnung mehr, wo sie sich befanden, was es ihr erschweren würde, nach Hause zu kommen, wenn Reed doch wieder so etwas wie im Steinbruch vorhatte.

Schließlich lenkte er den Wagen auf einen leeren Parkplatz, und sie stiegen aus. Seite an Seite stellten sie sich ans Geländer und sahen zu, wie das Wasser eindrucksvoll über den Rand des Staudamms nach unten donnerte. In gleichmäßigen Abständen angebrachte Schweinwerfer beleuchteten den Sprühnebel.

»Für ein öffentliches Bauprojekt nicht schlecht, was? Die Tunnel, die ich dir zeigen will, sind jedenfalls der Wahnsinn.«

Er führte sie zu einer Betontreppe, die über mehrere Ebenen nach unten führte. Es roch moderig, als hätte in der Schleuse bis vor kurzem noch Wasser gestanden. An den Wänden hingen raffinierte Gebilde aus grünem Schlick.

Cora fröstelte.

»Ist dir kalt?« Er zog seine Jacke aus und legte sie ihr um die Schultern. Der Geruch, der daraus hervorstieg, war berauschend. Sein Geruch.

Sie kamen zu einer verrosteten Metalltür, die von einem Keil ein Stück offen gehalten wurde. Auf einem roten Schild stand: »Gefahr: Betreten verboten!«

»Komm. Aber sei vorsichtig. Die Tür geht nur ungefähr zwanzig Zentimeter auf. Hoffentlich sind wir heute allein.«

Cora überlegte, was sie wohl hinter dieser Tür erwartete. Vielleicht lauerten Joy und Johnny dort drinnen und begrüßten sie mit ihrem üblichen Lachen, einem Lachen, das Cora unmissverständlich klarmachen sollte, dass sie immer noch eine Außenseiterin war und womöglich auch immer bleiben würde. Der Staudamm war so weit abgelegen, dass die drei mit ihr tun konnten, was sie wollten. Sie erschauderte insgeheim und hoffte, dass das nicht Reeds Plan war.

Doch selbst wenn, sie wäre das Risiko in jedem Fall eingegangen.

Als sie ihren Körper durch die schmale Türöffnung schob, stellte sie erleichtert fest, dass der dahinterliegende Raum leer war. Auf einer Seite der Tür brannte das trübe, gelbliche Licht einer Industrielampe, und auf der anderen Seite verlief vom Boden bis zur Decke ein Kupferrohr, aus dem es leise zischte. An einem Bedienfeld auf halber Höhe der Wand glühte eine rote Kontrollleuchte.

»Sehr einladend«, bemerkte Cora mit einem Lachen.

Reed lächelte und setzte ohne ein Wort seinen Rucksack ab.

»Einen Moment, bitte«, sagte er und zog eine Decke, eine kleine Laterne und eine Schachtel Streichhölzer hervor. Nachdem er den Docht der Laterne angezündet hatte, breitete er schwungvoll die Decke aus.

»Romantisch, oder?« Er forderte sie auf, sich zu setzen.

Mit einem Lächeln nahm sie Platz und lehnte den Rücken gegen die kalte, harte Wand. Der Wunsch, ihn zu berühren, wurde immer stärker.

»Hast du Gras dabei?« Sie brauchte jetzt etwas, um ihre Nerven zu beruhigen.

»Nö, aber Bier.« Er reichte ihr eine Dose und zog eine

zweite für sich aus dem Rucksack. Sie machten ihre Dosen auf und tranken einen Schluck, bevor sie eine Weile schweigend dasaßen. Cora wartete darauf, dass er zuerst das Wort ergriff. Das war er ihr schuldig.

Endlich drehte er den Kopf zu ihr.

»Ich habe dich heute aus einem bestimmten Grund mit hierhergenommen, Laura Martin.« Während er das sagte, berührte er sanft ihre Nase und rückte langsam näher an sie heran. Ihre Haut kribbelte. Er zog eine Schachtel Zigaretten hervor und bot ihr eine an. Als sie den Kopf schüttelte, steckte er die Schachtel wieder weg.

»Du bist ein Rätsel«, begann er. »Ein sehr eigenartiges Rätsel. Und das kann nicht so bleiben. Ich will die Wahrheit über dich erfahren.«

Cora verspannte sich. Konnten sie nicht einfach nur knutschen?

»Die Wahrheit? Du bist echt der letzte Mensch, der noch an so was glaubt«, sagte sie und hoffte, das Thema damit beenden zu können.

»Jetzt mal Spaß beiseite …« Er verstummte, griff nach ihrer Hand, hielt sie ans Licht und drehte ihre Handfläche nach oben, um sie eingehend zu mustern. »Woher bist du gekommen? Wo lebst du? Warum gibt es keine nette Mutter, die sich um ein missratenes Mädchen wie dich kümmert?«

Sie zog ihre Hand weg, als könnte er ihre Geheimnisse aus den Linien ihrer Haut herauslesen.

»Das geht dich überhaupt nichts an.«

»Oha!« Jetzt war sein Interesse erst recht geweckt. »Klingt nach einer interessanten Story. Was ist passiert?«

Sie antwortete nicht, sondern saß nur da und starrte in

ihre Hand. Für einen kurzen Moment fragte sie sich, ob die Antworten vielleicht doch dort zu finden waren.

»Hallo? Laura? Was ist passiert?«

Sie sah ihm in die Augen. Wenn sie sich ihm öffnete, war er vielleicht in Zukunft netter zu ihr. Vielleicht brachte es sie näher zueinander. Es sei denn, ihm gefiel nicht, was er hörte.

Sie legte sich auf den Boden, zog eine Ecke der Decke glatt und rollte sich auf die Seite. Dann öffnete sie den obersten Knopf ihres Oberteils und lächelte. Sie kam sich sehr mutig vor.

»Nettes Ablenkungsmanöver, Laura Martin, aber ich möchte es wirklich wissen.«

Sie seufzte.

»Um die Wahrheit zu sagen, ich weiß es selbst nicht so genau. Allerdings kann ich es mir halbwegs denken, angesichts der Tatsache, dass wir ständig auf der Flucht sind.« Sie zögerte und überlegte, ob sie noch deutlicher werden sollte. Dann holte sie tief Luft.

»Ich glaube, mein Vater hat mich meiner Mutter weggenommen. Du weißt schon, wie bei diesen Sorgerechtsfällen, von denen man immer in den Nachrichten hört. Manchmal stelle ich mir vor, wie sie irgendwo da draußen verzweifelt nach mir sucht. Mir gefällt der Gedanke, dass mich jemand wirklich liebt. Von ganzem Herzen.« Vielleicht verstand er den Hinweis.

»Du glaubst also, du wurdest entführt? Wow, das ist ja ein Riesending. Vermisstes Kind, Suchmeldung und so weiter … Warum gehst du nicht zur Polizei?« Zum ersten Mal bröckelte seine Fassade der Coolness. Die Antwort schien ihn aufrichtig zu interessieren.

»Weil ich mich täuschen könnte. Was, wenn mein Vater doch die Wahrheit sagt und meine Mutter mich tatsächlich nicht wollte und daher ihm überlassen hat? Wenn ich zur Polizei gehe, ist er angepisst, und ich stehe allein da. Nein, danke.« Sie fröstelte und rückte ein wenig von ihm ab. »Keine Ahnung. Vielleicht suche ich ja irgendwann nach meiner Mutter, wenn ich älter bin. Bis dahin würde ich gern auf jedes Familiendrama verzichten.«

Sie setzte sich auf und knöpfte ihr Oberteil wieder zu. Allmählich dämmerte ihr, was Reed mit der ganzen Aktion bezweckte. Er hatte ihr doch wieder eine Falle gestellt – natürlich.

»Hast du mich deshalb mit hierhergenommen? Haben dich die anderen beiden geschickt, damit du mir irgendwelche dunklen Geheimnisse entlockst? Damit ihr drei etwas habt, womit ihr mich demütigen könnt? Hat ja prima funktioniert. Jetzt kannst du ein großes Plakat in der Schule aufhängen. Oder es gleich per Lautsprecher bekanntgeben.« Sie stand auf. Irgendwie würde sie schon den Weg nach Hause finden.

»Moment mal, ganz langsam. Ich erzähle es niemandem weiter. Entspann dich.« Er griff nach ihrer Hand und zog sie zurück auf den Boden.

»Es ist nicht meine Absicht, dir irgendwie zu schaden, Laura. Ich will dich nur besser kennenlernen, das ist alles. So was machen Menschen nun mal – sie stellen sich gegenseitig Fragen über ihr Leben, die Verhältnisse, aus denen sie kommen …« Er näherte sich ihrem Gesicht. »Über ihre sehnlichsten Wünsche, die sie irgendwann noch in den Wahnsinn treiben werden.« Er nahm wieder ihre Hand und legte sie auf sein Herz. »Spürst du es?«

Sie spürte seinen Herzschlag, die festen Muskeln seiner Brust. Plötzlich war alles andere vergessen. Dieses Mal war er es, der sein Hemd aufknöpfte und ihre Hand hineinschob, auf seine warme, glatte Haut.

Mit der freien Hand fing er an, langsam ihr Oberteil aufzuknöpfen, wobei er jedes Mal sanft am Stoff zog. Dann strichen seine Finger behutsam an der Innenseite ihres BHs entlang.

»Entspann dich einfach. Wir reden jetzt über gar nichts mehr.«

Er beugte sich über sie, und dann berührten sich ihre Lippen.

20

JULIE LAG auf dem Bett und starrte zum Fenster. Sie war heute zu müde, um aufzustehen und sich an den Holzbrettern zu schaffen zu machen. Ihre Arme und Beine waren ganz schwach vor Erschöpfung, denn Schlaf war ein weiterer Luxus, der ihr neuerdings verwehrt war. Wie sehr ihr Körper sich auch danach sehnte, ihre Gedanken hielten sie wach. Die ganze Nacht wurde sie abwechselnd von Panik und Verzweiflung heimgesucht, während sie dalag und über ihre Optionen nachgrübelte, oder vielmehr ihre fehlenden Optionen.

Heute war Montag, zumindest nach ihrem Kalender. Es brachte ein wenig Ordnung in ihre Welt, wenn sie die

Tage nachverfolgte, auch wenn sie für ihren Kalender einen willkürlichen Anfang hatte festlegen müssen. »Montags«, »mittwochs« und »freitags« machte sie Sport. Dehnübungen, Sit-ups, Hampelmannsprünge. Ihre Muskeln verkümmerten immer mehr, und auch wenn es schwerfiel, bei so wenig Nahrung die nötige Energie aufzubringen, wusste Julie, dass sie in der Lage sein musste, wegzurennen, falls sie je die Chance dazu bekam.

Heute war sie zu erschöpft. Die Frau gab ihr immer weniger zu essen, aber ihre Müdigkeit lag hauptsächlich darin begründet, dass sie emotional ausgelaugt war. Der Gedanke, einfach aufzugeben, wurde immer verlockender, auch wenn sie nicht wusste, was das überhaupt hieß. Schließlich hatte sie auch bisher nicht viel Kampfgeist bewiesen.

Sie drehte sich auf den Rücken und starrte statt zum Fenster zur Decke empor, um durch den neuen Blickwinkel ein wenig Abwechslung in den öden Morgen zu bringen.

Geistesabwesend streckte sie die Hand aus, um ihren juckenden Unterarm zu kratzen. Plötzlich ertastete sie etwas Seltsames. Sie senkte den Blick, richtete sich dann ruckartig auf und hob entsetzt die Hände vors Gesicht.

Sie waren über und über mit Spinnen bedeckt.

»O Gott!«

Julie sprang aus dem Bett. Es mussten an die hundert Tiere sein, die über ihre Handflächen krabbelten, ihren Handrücken, ihre Finger. Winzige schwarze Spinnen mit roten Augen, die ihre Haut kitzelten und bereits anfingen, ihre Arme hinaufzukrabbeln. Bald würden sie ihren ganzen Körper bedecken, würden ihre Nase, ihre Augen und ihren

Mund mit ihren haarigen kleinen Spinnenkörpern verstopfen.

Nein, es waren nicht nur hundert, es mussten Tausende sein. Bald würde jeder Zentimeter ihrer Haut voller Spinnen sein.

»O Gott, geht weg!«

Hektisch fegte sie die Tiere auf den Boden. Am liebsten hätte sie laut geschrien, aber sie hielt sich zurück. Ihre beiden Kidnapper waren zu allem fähig – sie brachten es fertig, die Spinnenplage zu bekämpfen, indem sie Julie mit Bleiche übergossen oder sie anzündeten. Besser, sie kümmerte sich selbst darum.

Die krabbelnden schwarzen Punkte hatten inzwischen ihre Kleider erreicht und verschwanden in den Falten ihres Sweatshirts, krochen unter dem Gummizug ihrer Jogginghose durch. Sobald sie die Tiere an einem Arm losgeworden war, tauchten zwischen ihren Fingern neue auf, eine weitere in die Schlacht ziehende Kampfeinheit.

»Ich schwöre, dass ich jedes einzelne von euch Scheißtieren umbringe. Ich schwöre es bei Gott.«

Julie streifte so schnell wie möglich ihre Kleider ab und schlug mit ihrem Sweatshirt aufs Bett, knallte es mit aller Macht gegen das eiserne Bettgestell. Überall flogen Spinnen herum.

Das alte Haus musste vollkommen mit Spinnen verseucht sein. Wahrscheinlich hatte sie auf einem Nest gelegen.

Mit zitternden Händen hob sie ihre Jogginghose vom Boden auf und warf sie in das Waschbecken in der Zimmerecke. Dann drehte sie den Wasserhahn auf und ertränkte die Biester, sah befriedigt zu, wie Dutzende von ihnen zusammengerollt auf dem Wasser trieben.

»Verreckt, ihr Mistviecher. Verreckt alle.«

Doch sobald sie eine Ladung Spinnen getötet hatte, erschienen weitere. Sie blickte auf ihre nackten Füße hinunter. O Gott, jetzt waren sie zwischen ihren Zehen und krabbelten von dort ihre Beine herauf. Sie waren schon fast an ihren Knien. So fest sie konnte, schlug sie auf ihre Unterschenkel und streifte die kleinen blutverschmierten Kadaver am Boden ab.

»Wie können hier plötzlich so viele Spinnen auf einmal sein?«

Julie kniff die Augen zu und wünschte, sie könnte sich selbst vom Planeten Erde tilgen, sich einfach auslöschen. Dann machte sie die Augen wieder auf.

Die Spinnen waren weg. Genauso unvermittelt, wie sie aufgetaucht waren, waren sie wieder verschwunden. Wie von Zauberhand. Keine Spur mehr von ihnen auf Julies Haut oder auf dem Boden.

Sie stand nackt und zitternd mitten im Zimmer. Ihre Gedanken rasten.

Was zur Hölle war das? Das ergibt doch keinen Sinn.

Voller Panik sah sie unter ihren Armen und auf der Rückseite ihrer Beine nach, hielt sich die Hände vors Gesicht und starrte sie an. Sie schluckte und holte tief Luft. Dann bückte sie sich und spähte angestrengt auf den Linoleumboden, suchte vergeblich nach Spuren der Invasion. Als Nächstes ging sie zum Waschbecken und wagte es kaum, hineinzublicken. Sie nahm ihre klatschnasse Hose heraus und hielt den tropfenden Stoff ans Licht. Nichts.

»Das kann nicht sein, nein, auf keinen Fall.«

Was ihr nun allmählich dämmerte, war schlimmer als jede Insektenplage, schlimmer als eine Million Spinnen.

Das kann einfach nicht sein!

Auf einmal war nichts dringender, als diese verdammten Spinnen wiederzufinden. Nicht eine Sekunde lang würde sie akzeptieren, dass sie sich das Ganze nur eingebildet hatte.

»Nein, Julie, beruhige dich. Die Spinnen waren echt. Sie müssen echt gewesen sein.«

Sie warf sich auf den Boden und suchte auf Händen und Knien nach Spuren von Spinnenkadavern, hielt Ausschau nach überlebenden Tieren, die zurück zu ihrem Nest krabbelten. Dann ging sie zum Bett und zog das Laken und die Decke weg, nahm jeden schmuddeligen Zentimeter Stoff und Matratze unter die Lupe.

Sie fand keinen einzigen Hinweis auf die Insekten.

Ungläubig ließ sie sich auf die nackte Matratze sinken.

»Ich bin am Ende«, sagte sie und schüttelte den Kopf.

Nachdem sie sich das Laken vom Boden geschnappt hatte, schmiegte sie ihre Wange hinein und brach in Tränen aus.

»Ich werde verrückt. Ich bin es schon. Absolut, vollkommen verrückt. Die beiden haben gewonnen. Dank ihnen bin ich ein Fall für die Klapsmühle. Halluzinationen sind wahrscheinlich erst der Anfang.«

Sie stand auf, um im Zimmer auf und ab zu gehen, fuhr sich mit den Fingern durch die zerzausten Haare und presste so fest die Hände gegen ihren Kopf, dass sie das Gefühl hatte, ihre Ohren in ihren Schädel hineinzudrücken.

»So fängt es also an. Ich werde immer mehr wie eines dieser entführten Mädchen, die man aus dem Fernsehen kennt. Willenlose Zombies, die in langen Gewändern in der Öffentlichkeit herumlaufen und nicht einmal an Flucht denken, während sie mit frommem Lächeln und glasigen Augen irgendeine beschissene Religion propagieren.«

Was, wenn sie begann, diesen ganzen mystischen Blödsinn über Geister und die Mächte des Universums zu glauben? Wenn sie begann, in Zungen zu sprechen?

Dann hatte sie eine noch schlimmere Zukunftsvision. Erschrocken blieb sie stehen und klammerte sich am Bettgestell fest.

»O mein Gott. Was, wenn ich wie *diese Frau* werde?«

Ihr lief die Zeit davon. Sie musste sich irgendwie aus diesem Zimmer befreien.

Aber zuerst musste sie sich hinlegen und nachdenken. Im Grunde gab es nur eine Möglichkeit. Sie musste die beiden umbringen. Ja, sie musste es irgendwie schaffen, ihre Entführer zu töten. Vor ihrem inneren Auge erschien das Gesicht des Mannes, und sie malte sich aus, mit welchem Vergnügen sie ihm Tausende blutige Schnittwunden zufügen oder ihm den Schädel einschlagen würde, oder noch besser, ihn bei lebendigem Leib begraben und zusehen würde, wie seine Hände durch die Erde hindurch nach ihr zu greifen versuchten, wenn ihn die Todesangst übermannte. Wenn *er* die Furcht zu spüren bekam, mit der Julie jeden Tag leben musste.

Und die Frau genauso. Diese Schlampe.

»Ich trete sie, bis sie tot ist, und reiße ihr die Haut von ihrem dicklichen Gesicht. Ich … ich …«

Julie setzte sich keuchend auf. Sie musste damit aufhören. *Sie musste sofort damit aufhören.*

Sie hob ihr Sweatshirt vom Boden auf und zog es über.

Was passierte mit ihr? War sie dabei, sich in ein Monster zu verwandeln? Warum ließ sie zu, dass die Dunkelheit Besitz von ihr ergriff? Woher kamen diese düsteren Gedanken, diese gewalttätigen Gelüste, diese abscheulichen Bilder? Sie musste sich dagegen zur Wehr setzen, denn wenn sie hier drinnen den Verstand verlor – wenn sie tatsächlich sein religiöser Zombie wurde, seine Jüngerin –, würde sie den Tag der Rache ganz sicher nie erleben. Dann hätte er über sie gesiegt, hätte sie zum Tier gemacht, genau wie er eins war.

Und dann kam ihr ein noch viel schlimmerer Gedanke. Was, wenn sie – eine unerträgliche Vorstellung – *tief in ihrem Inneren schon immer so gewesen war*?

Was, wenn dies ihr wahrer Charakter war, der zum Vorschein kam, sobald sie die Geborgenheit ihres Vorstadtparadieses verließ und nicht mehr über die gewohnten Annehmlichkeiten verfügte: ihr schickes Zimmer, Laptop und Handy, ihren Autoschlüssel, ihre Designerkleider? War dies ihr wirkliches Ich, wenn es hart auf hart kam?

Wurde sie schlicht *bösartig*, wenn sie Entbehrungen und Leid ausgesetzt war?

Julie war immer davon ausgegangen, dass sie ein guter Mensch war. Sie hatte ihr Leben lang alles richtig gemacht, sich an die Regeln gehalten, niemandem etwas getan. Was war nur aus ihr geworden? Oder war das etwa bei jedem Menschen so? Gab es so etwas wie »Gut« und »Böse« gar nicht, sondern nur die jeweiligen äußeren Umstände? War der Charakter eines Menschen also doch nicht unveränderlich, wie sie immer geglaubt hatte?

Alle ihre selbstzufriedenen Ideale standen plötzlich in Frage. Sie wusste nicht einmal mehr, wer sie war, und das jetzt, wo sie stark sein musste. Wo sie sich zusammenreißen musste.

Julie legte sich wieder aufs Bett und starrte an die Decke,

während sie tief ein- und ausamtete und sich an die Ränder der Matratze klammerte, bis ihre Finger schmerzten. Nach einer Weile schob sie ihre Hand zwischen Bett und Wand und zog Pu aus der Spalte, in die er gefallen war.

»Mein süßer Pu.« Sie vergrub ihr Gesicht in der Fleecedecke und weinte. »Wo bleiben die alle? Wo ist die Polizei? Wo sind meine Eltern? Wo ist Mark? Haben mich alle aufgegeben?«

Wo blieb das Sondereinsatzkommando, die Männer in Kampfausrüstung, die die Türen eintraten und sie aus dem Haus trugen? Sie würden eine halbbekleidete, bleiche, am Boden zerstörte Frau vorfinden. Eine Verwahrloste mit zotteligen Haaren und genügend traumatischen Erfahrungen, um ihr Leben lang nicht mehr froh zu werden. Eine Person, die alles getan hätte, um zu überleben. Verwunden, töten – egal, wen. Eine brutale, beschädigte Hülse von einem Menschen, der niemals über seine Erlebnisse hinwegkommen würde.

Julie stand auf. Ihre Beine und Hände zitterten, und sie sank geschwächt auf die Knie.

Das hatten ihr diese beiden Bestien angetan. Sie hatten ihr alles genommen, sogar ihr innerstes Ich. Aber sie würden nicht ungeschoren davonkommen, selbst wenn sie Julie umbrachten und Hunderte Meter tief verscharrten.

Sie kroch zu der Wand, die sie die »Südwand« getauft hatte. Um sich den Glauben daran zu bewahren, dass sie weiterhin in der normalen physischen Welt existierte, dass dieser Raum kein Kubus war, der allein durchs Weltall schwebte, in seinem eigenen losgelösten Universum, hatte sich Julie eine gewisse räumliche Orientierung verordnet. Nein, dieses Zimmer war nicht losgelöst. Es war mit dem

Rest des Hauses verbunden, und das Haus war mit dem Boden verbunden, der sich wiederum um den ganzen Erdball erstreckte, auch dort, wo ihre Eltern jetzt waren. Wo Mark war. Ihre Wohnung. Wo ihr eigenes Bett stand mit den daneben gestapelten Büchern, die darauf warteten, dass sie zurückkehrte.

Julie legte die Hände an die Wand, presste an verschiedenen Stellen die Fingerspitzen dagegen. Während ihr die Tränen übers Gesicht strömten, kroch sie weiter durchs Zimmer und berührte jeden Gegenstand, drückte ihre Finger dagegen, so fest sie konnte. Dann stand sie auf und drehte sich im Kreis, spuckte auf den Boden, auf die Gartenstühle, das Bett, ihre Hände, verrieb den Speichel überall.

Wenn diese Leute sie wirklich umbrachten, wenn sie es nie wieder lebend aus diesem Raum herausschaffte, dann würde sie wenigstens ihre Fingerabdrücke hinterlassen, ihren Speichel, ihre DNA auf jeder möglichen Oberfläche. In wilden Kreisen wirbelte sie herum, berührte alles.

»Da habt ihr es, das bin ich, ihr Arschlöcher. Ich bin nicht verschwunden. Ich bin echt, ich existiere. Und ich hinterlasse überall meine Spuren.«

21

SIE WAREN den ganzen Winter hindurch in Minnesota geblieben, genau wie Cora gehofft hatte, und nun machte sich endlich der Frühling bemerkbar. Cora zog ihren unförmigen Pullover dennoch nicht aus. Aus gutem Grund. Noch kannte niemand ihr Geheimnis, aber schon bald würden alle Bescheid wissen.

Es war früh am Morgen, und sie beugte sich im Wohnwagen über den Campingkocher und versuchte, ihn zum Brennen zu bringen, damit sie ihrem Vater Kaffee kochen konnte. Er lag schlafend auf der schmuddeligen Matratze im hinteren Teil des Wohnwagens, einen Arm über das Gesicht gelegt. Seine Kleider waren zerknittert und schmutzig, und der schale Geruch nach Bier verpestete den kleinen Wohnraum.

Dieses Hemd habe ich gerade erst gewaschen, dachte sie und seufzte frustriert. Wenn er besser darauf achtgegeben hätte, hätte er es noch ein paar Tage tragen können.

Ihr Vater hatte einen Bluterguss am Arm, und sein Ellbogen war blutbeschmiert. Er musste an irgendeiner nicht sichtbaren Stelle eine Schnittwunde haben. Sobald er wach war, würde sie ihm helfen, sich ein wenig auf Vordermann zu bringen. Er musste sich heute unbedingt auf Arbeitssuche machen, und das ging nicht, wenn er aussah wie ein Obdachloser.

Die Lage wurde allmählich ernst. So knapp bei Kasse waren sie schon seit Monaten nicht mehr gewesen, und Cora brauchte dringend Geld. Normalerweise kam sie mit dem wenigen aus, das sie zur Verfügung hatte. Bei niemandem reichte das Geld länger als bei ihr, aber dieses Mal hatte sie die Grenzen ihres Einfallsreichtums ausgereizt.

Ihr Vater rollte sich zur Seite und murmelte im Schlaf.

In diesem Moment ging der Kocher doch noch an, und Cora blies vorsichtig in die Flamme und stellte den Topf mit Wasser auf. Dann zog sie ihren Pullover enger um ihren

Hals und rieb sich die eiskalten Hände, Nachwirkungen eines brutalen Winters, von dem sie geglaubt hatte, er würde niemals enden.

Sie blieb neben dem Kocher stehen und achtete darauf, dass die Flamme nicht wieder ausging.

»Cora, bist du hier?«

»Ich bin hier, Vater«, antwortete sie leise, während sie das einzige saubere Geschirrtuch zusammenlegte und auf die Arbeitsplatte neben der Spüle legte. Sie verspürte eine eigenartige Mischung aus Gereiztheit und Zärtlichkeit, als sie sich zu ihm umdrehte. »Wie fühlst du dich?«

»Ach, ich werd's überleben.« Er setzte sich auf, vergrub den Kopf in seinen Händen und rieb sich die Augen. »Diesen Scheißkerl bringe ich um. Ich reiße ihm die verdammten Augen raus.«

»Sag so was nicht. Er hat es sicher nicht so gemeint.« Sie hatte keine Ahnung, wovon er sprach, wusste jedoch aus Erfahrung, dass das auch keine Rolle spielte. Es war immer die gleiche Geschichte. Zum Glück erkannte er seine Widersacher am nächsten Tag meist nicht wieder, so dass keine Gefahr drohte.

»Vielleicht wäre es an der Zeit, deinen Alkoholkonsum ein bisschen einzuschränken. Du solltest langsam wieder ans Arbeiten denken. Wir haben nur noch dreiundsiebzig Dollar. Die werden etwa eineinhalb Wochen reichen, und das auch nur, wenn wir sie uns gut einteilen.«

Er ignorierte sie einfach.

»Ich hab Hunger. Was haben wir da?«, fragte er, ohne sich aus dem Bett zu rühren.

Cora ging zu dem kleinen Kühlschrank hinüber.

»Nicht viel.« Der Kühlschrank war leer bis auf einen offenen Joghurtbecher. Sie hob den Deckel an und schloss ihn schnell wieder, als sie sah, dass die Oberfläche des Joghurts mit leuchtend blauen Punkten übersät war. Kurzerhand warf sie den Becher in den Müll, band die Mülltüte zu und hob sie aus dem Eimer. »Heute Abend kann ich dir was mitbringen, aber es wird später. Wir haben nach der Schule noch ein Projekt.«

Er grunzte verärgert.

»Genug mit der Schule. Was du brauchst, ist ein Job. Sag doch einfach, dass du schon älter bist.«

Jetzt war sie es, die ihn ignorierte.

Ihr war aufgefallen, dass er heute schlimmer aussah als sonst und dass das Zittern, das ihn sonst erst später am Tag heimsuchte, bereits eingesetzt hatte.

»Vielleicht ist es Zeit weiterzuziehen«, knurrte er. »Dieser Ort kotzt mich an. Scheißhinterwäldlerkaff am Arsch der Welt. Wir waren schon viel zu lang hier.«

Cora rutschte bei diesen Worten das Herz in die Hose. Sie war noch nicht bereit, Stillwater zu verlassen. Aber das spielte vorerst keine Rolle, denn bevor sie nicht mit Reed gesprochen hatte, konnte sie ohnehin keine Entscheidung treffen. Ihre ganze Zukunft lag in seiner Hand. Sie stand an einer Weggabelung.

Ihr Vater versuchte aufzustehen. Er schleuderte die Decke beiseite und rollte sich mühsam auf den Bauch, wie ein gestrandeter Wal. Cora wandte sich ab. Er bot einen beschämenden Anblick.

Als sie das nächste Mal in seine Richtung blickte, lag er auf der Seite und hatte die Augen einen Spalt geöffnet. Sie spürte, wie er ihre Bewegungen durch den Wohnwagen verfolgte.

Der Kaffee war fertig, und sie schenkte ihm zuerst eine Tasse ein. Milch hatten sie keine mehr. Cora wusste, dass ihr Vater seinen Kaffee nicht gern schwarz trank. Tja, in Zeiten wie diesen würde ihm nichts anderes übrigbleiben. Sie brachte die Tasse zum Bett, stellte sie vorsichtig auf dem Nachttisch ab und half ihm, sich aufzusetzen und den Rücken gegen das Kissen zu lehnen.

Das Blut von seinem Ellbogen verschmierte das Laken. Darum würde sie sich später also auch noch kümmern müssen.

Da ihr Vater sich nicht bewegte, reichte sie ihm den Kaffee an, doch er war so schwach, dass er nicht einmal die Tasse halten konnte. Bevor er den ganzen Inhalt verschüttete, nahm sie ihm die Tasse wieder ab und beobachtete mit Sorge, wie sein Kopf zurück ins Kissen sank und wie ihm die Augen zufielen.

Ein oder zwei Minuten stand sie da und betrachtete seinen schlaffen, aufgedunsenen Körper. Ohne jede Vorwarnung kam ihr der Gedanke, dass sie ihn problemlos hätte umbringen können, wenn sie gewollt hätte. Sie hätte ihn mit dem Kissen ersticken oder mit bloßen Händen seinen Hals packen und mit aller Kraft zudrücken können. Oder ihn mit dem Fleischermesser erstechen, das sie ganz hinten in einer Schublade versteckt hatte, damit er es nicht fand, wenn er betrunken war. Er brachte kaum genug Kraft auf, um sich zu bewegen, geschweige denn, um sich zu wehren. Es wäre die Lösung so vieler ihrer Probleme gewesen.

Sie schüttelte den Kopf. *Hör auf. Schluss mit solchen Gedanken.*

Sie hielt ihm vorsichtig die Kaffeetasse an die Lippen, und er nahm einen lauten, schlürfenden Schluck.

»Viel zu heiß«, beschwerte er sich mürrisch und zog den Kopf weg.

Aus einem Impuls heraus hob er die Hand, um nach Cora zu schlagen, bevor er sie wieder sinken ließ, vielleicht weil ihm seine verwundbare Lage klargeworden war. Mit kleiner, mitleiderregender Stimme sagte er: »Ach, Cora, was würde ich nur ohne dich tun? Du bist alles, was ich habe. Der Rest der Welt kann mich mal.«

Sofort hatte sie Gewissensbisse wegen ihrer vorherigen Gedanken. In Wahrheit hätte sie nie etwas getan, was ihm geschadet hätte. Er brauchte sie. Und er war die einzige Familie, die sie besaß.

Erst jetzt merkte sie, dass er weinte, dass ihm tatsächlich Tränen übers Gesicht strömten. Das war schon länger nicht mehr vorgekommen. Der Anblick brach ihr das Herz, auch wenn sie wusste, dass ihr Vater in regelmäßigen Abständen in Selbstmitleid versank.

»Ich bin ganz allein, Cora. Das war immer schon so, bis du in mein Leben kamst. Lass mich nicht allein. Lass mich niemals allein.« Seine Stimme war nur noch ein jämmerliches Wimmern. So wurde er manchmal, wenn er betrunken war, nie jedoch, wenn er nüchtern war. Wie ein Blinder streckte er mit zitternden Fingern die Hand nach ihr aus.

Wider besseres Wissen ließ sich Cora erweichen und schlang die Arme um ihn, während sich auch ihre Augen mit Tränen füllten. Den ganzen Winter hatte sie mit so vielen Problemen zu kämpfen gehabt, und es war lange her, dass sie ihren Vater so zahm und kleinlaut erlebt hatte, fast schon liebevoll für seine Verhältnisse. Wenn er doch nur einmal so sein könnte, wenn sie ihn brauchte, nicht nur, wenn er in dieser morgendlichen Katerstimmung war und sich selbst bemitleidete. Sie liebte seine so selten aufblitzende gefühlvolle Seite. Mehr brauchte sie nicht, um glücklich zu sein. In solchen Momenten war er ganz bei ihr, allerdings nur, bis es Zeit für den nächsten Drink war.

Nach seiner mitleidheischenden Ansprache sank er wieder ins Kissen zurück und bedeutete Cora mit einem Wedeln seiner Hand, dass er sie nicht mehr brauchte. Sie brachte die Kaffeetasse zur Spüle, drehte den Wasserhahn auf und wartete, bis heißes Wasser kam.

Es dauerte nicht lange, bis er wieder weggedämmert war, ein Zustand, der fast den ganzen Tag andauern würde, wie sie wusste.

Sie räumte die gespülte Tasse weg, ging nach draußen und setzte sich mit ihrer eigenen Kaffeetasse auf die ausklappbare Eingangstreppe. Von dort starrte sie auf den Wald, in dem jetzt im Frühjahr die jungen Kiefern sprossen, auf die Wohnmobile und Wohnwagen, die verstreut auf dem Gelände standen. Hier und da brannten morgendliche Feuer, und vor jeder Behausung hingen Wäscheleinen, an denen ausgefranste, bis zur Farblosigkeit gewaschene Kleider in der kühlen Brise flatterten.

Eine grauhaarige Frau mit langen Zöpfen schrubbte vor dem benachbarten Wohnwagen einige Handtücher in einem Eimer. Sie blickte auf und begrüßte Cora mit einem Winken und einem breiten, herzlichen Lächeln. Diese alternden Hippies ließen sich durch nichts aus der Ruhe bringen. Cora erwiderte den Gruß freundlich, aber distanziert. Ihr Vater und sie wollten weder auffallen noch allzu enge Freundschaften knüpfen. Wenn sich in einem Wohnwagenpark eine zu gemeinschaftliche Atmosphäre entwickelte, fingen die Leute an, neugierig zu werden, und das konnten sie nicht gebrauchen.

Cora nahm einen Schluck Kaffee und wünschte sich wieder einmal, sie könnte sich an ihre Mutter erinnern. Ihr waren nur ein paar unzusammenhängende Erinnerungsfetzen geblieben. Die schmalen Finger ihrer Mutter, die ihr die Winterjacke zuknöpften. Ihre eigenen kleinen Hände, die ein Spielzeugboot in einen Bach setzten, und ihr Aufschrei, als das Boot davontrieb. Seepocken an den Seitenwänden eines Docks, vor dem Cora schwamm, mühsam den Kopf über Wasser haltend, während eine Frauenstimme von weither nach ihr rief. Kleine Zeitschnipsel, die ihr entschlüpften, wenn sie sie fester zu greifen versuchte.

Coras Vater weigerte sich, ihr von ihrer frühen Kindheit zu erzählen. Er sagte nur immer wieder, sie solle nicht ihre Zeit damit vergeuden, an ihre Mutter zurückzudenken.

Was verbarg er vor ihr?

In ihren gemeinsamen Habseligkeiten nach Antworten zu suchen war sinnlos, denn ihr Vater hatte bis auf die Landkarten sämtliche Papiere und Dokumente verbrannt. Es war, als wäre Cora einfach irgendwann seinem Kopf entsprungen, die faule Frucht, die vom verrotteten Baum fiel.

Wie konnte sie ein Kind in dieses Umfeld setzen?

Dieses Dilemma hatte sie sich ganz allein selbst zuzuschreiben. Sie war in etwas hineingeraten, aus dem sie keinen Ausweg mehr fand. Dass es dazu gekommen war, war nicht direkt Absicht gewesen, aber sie hatte auch nicht über die Konsequenzen nachgedacht. Irgendetwas in ihrem Inneren wollte offenbar, dass alles in einer Katastrophe endete. Dass alles explodierte.

Und heute würde sie Reed die Neuigkeit überbringen.

Sie würde es gleich nach der Schule erledigen, würde sich mit ihm in Joys Wohnung treffen, falls er sich dazu bereit erklärte. Falls nicht, hatte sie ihm einen Brief geschrieben, in dem sie ihm alles erklärte. Sie las ihn noch ein letztes Mal durch, bevor sie ihn in ihren Rucksack steckte.

Da du nicht mit mir sprechen willst, schreibe ich Dir diesen Brief. Du verdienst es, die Wahrheit zu erfahren.

Sie hatte keine Ahnung, wie er reagieren würde. Sie wusste ja nicht einmal genau, wie sie selbst zu der Sache stand. Nur eins wusste sie: dass ihr fast jeder mögliche Ausgang der Geschichte große Angst einjagte.

Cora war nicht dumm. Es hatte Zeiten gegeben, in denen sie geglaubt hatte, dass Reed und sie einander nahestanden, dass er sie vielleicht sogar liebte. Zum Beispiel damals, als er ihr im strömenden Regen auf dem Parkplatz hinterhergerannt war, nur um sich von ihr zu verabschieden. Oder als er mit ihr in der Schulbücherei geblieben war und sie mit heimlichen Küssen zwischen den Regalen von ihren Hausaufgaben abgelenkt hatte.

Aber dann war er im Winter wochenlang völlig abwesend gewesen, hatte nur vor sich hin gestiert, nicht mit ihr geredet und sich geweigert, gemeinsame Pläne zu schmieden. Sie war sich seiner nie sicher, konnte nie wissen, ob er wirklich mit ihr zusammen sein wollte. Trotzdem nahm sie, was sie kriegen konnte.

Anfangs hatte sie das Baby gewollt, wie ein Kind einen verwahrlosten Welpen will, den es auf der Straße findet. Das Baby war etwas, das Reed und sie gemeinsam geschaffen hatten. Nicht unbedingt aus Liebe. Nein, vielleicht nicht aus Liebe, aber aus der eigenartigen Dynamik heraus, die zwischen ihnen existierte. Wenn sie ehrlich war, wusste sie tief in ihrem Inneren trotzdem, dass aus Reed und ihr niemals eine Familie werden würde. Das Kind mit in ihr jetziges, jämmerliches Leben zu integrieren und es bei sich und ihrem Vater in dem beengten Wohnwagen aufzuziehen war allerdings auch keine Option. Zumal ihr Vater sie umbringen würde, wenn er herausfand, dass sie schwanger war.

Eins war klar: Cora würde nicht zulassen, dass dieses Baby genauso schlimme Dinge erlebte wie sie. Lieber würde sie abtreiben. Vielleicht hatten die Leute ja recht, wenn sie an Reinkarnation glaubten. Vielleicht bekam ihr Kind eine neue Chance und landete mit ein bisschen Glück in einem schöneren, sichereren Umfeld.

Cora wusste es nicht. Sie wusste es einfach nicht. Ratlos ging sie in den Wohnwagen, holte ihren Rucksack und machte sich auf den Weg zur Straße, die in die Stadt hineinführte.

Heute war der Tag, an dem sich alles entscheiden würde.

22

ADAM HIELT vor einem reizlosen Betongebäude und schaltete den Motor aus. Auf die Glastür starrend, ordnete er seine Gedanken. Er hatte kein Recht, hier zu sein. Selbst wenn er inzwischen rehabilitiert und wieder im Amt gewesen wäre – und das war er nicht –, hätte er sich hiermit außerhalb seines Kompetenzbereichs bewegt. Die große Gefahr war, dass die Behörde ihm auf den Zahn fühlte. Dass sie in seinem

Revier anrief und genauestens seine Dienstnummer überprüfte. Im schlimmsten Fall wurde er verhaftet, weil er sich als Polizeibeamter ausgab.

Adam wischte seine Bedenken beiseite und griff nach seiner Aktentasche, um eine gefälschte Dienstmarke daraus hervorzuziehen. Er hatte Kontakte aus seinen Zeiten als verdeckter Ermittler bemühen müssen, um eine derart echt aussehende Marke aufzutreiben.

Bei seiner heutigen Aktion musste er darauf bauen, dass die Sozialarbeiterin, mit der er verabredet war, es mit den Vorschriften nicht ganz so genau nahm. Und dass sie ihm nicht zu viele Fragen stellte. Er musste an ihr gutes Herz appellieren. Schließlich wollte sie bestimmt gern einem ehemaligen Schützling helfen, Formalitäten hin oder her.

Seine Google-Suche hatte nicht viel Nützliches über sie zutage gefördert. Vor einigen Jahren hatte sie eine Auszeichnung von der Landesverwaltung erhalten, auf deren Internetseite deshalb eine Kurzbiographie über sie stand. Angela Martinez. Nettes Mädchen aus der Gegend, Einserschülerin. Studiert hatte sie an der Ostküste, bevor sie eineinhalb Jahre in New York City gelebt hatte. Danach war sie in die Heimat zurückgekehrt. Letztes Jahr war sie Zweite geworden beim Firmenlauf ihrer Behörde. Nicht gerade Informationen, mit denen sich ein komplexes psychologisches Profil erstellen ließ.

Allerdings wiesen sie bereits diese wenigen Anhaltspunkte als jemanden aus, der es mit allem sehr genau nahm, weshalb die bevorstehende Begegnung Schweißausbrüche bei Adam auslöste.

Wenn er sie dazu bewegen konnte, ihm zu helfen – und das hoffte er inständig –, konnte sie sicher dazu beitragen, die Leerstellen in Laura Martins Geschichte zu füllen. Und wenn er besonders viel Glück hatte, fand sich in ihren Unterlagen sogar ein Foto oder ein Fingerabdruck.

Er nahm seinen ganzen Mut zusammen und öffnete die Autotür.

Im Inneren des Gebäudes machte bereits der wuchtige Empfangstresen deutlich, wie naiv Adam bezüglich der zu überwindenden bürokratischen Hürden gewesen war. Diese Behörde war eine Festung voller Akten und Besprechungsräume. Um ein Haar hätte er kehrtgemacht und die Flucht ergriffen. Aber er konnte jetzt nicht einfach einen Rückzieher machen.

»Angela Martinez«, sagte er mit leicht bebender Stimme. »Ich habe einen Termin. Mein Name ist Adam Wilson.« Inzwischen nannte er sogar schon einen falschen Nachnamen. Wie tief war er bloß gesunken?

Für die Frau am Empfang, eine matronenhafte Dame mit gefärbten Haarspitzen, deren Namensschild sie als »Hilda« auswies und die gerade genüsslich ein paar Maischips knabberte, war sein Anliegen offenbar eine unverschämte Belastung, denn sie seufzte tief, bevor sie mit ihrem Stuhl zu einem Terminkalender rollte, der auf einem zweiten Schreibtisch bereitlag. Dort angekommen, setzte sie die Brille auf, die ihr an einer juwelenbesetzten Kette um den Hals hing, hielt sich den Kalender mit ausgestrecktem Arm vors Gesicht und blinzelte angestrengt.

»Ah ja, hier steht es. Gut, nehmen Sie Platz. Sie werden aufgerufen.«

Adam ging zu einer langen, mit einer rostigen Metallstange verbundenen Plastikstuhlreihe und setzte sich. Er griff nach einem Exemplar der ausliegenden Wochenzeitung *Austin Messenger* und blätterte sie durch. Statt Nachrichten waren hauptsächlich Konzertankündigungen verschiedener Bands abgedruckt. Adam musste schmunzeln. Bevor er Deirdre kennengelernt hatte, war er fast drei Jahre lang bei keinem Konzert mehr gewesen, geschweige denn im Kino oder auf einer anderen kulturellen Veranstaltung, die nichts mit seiner Suche zu tun hatte. Zielstrebigkeit und Pflichtbewusstsein, das war es, was den jungen Polizeianwärtern heutzutage fehlte.

Als sein Name aufgerufen wurde, war Adams Zuversicht zurückgekehrt. Er hatte es immerhin bis hierhergeschafft. Nachdem er noch einmal seine Hose glattgestrichen und in seiner Brusttasche nach seiner gefälschten Dienstmarke getastet hatte, war er bereit. *Du machst das schon*, sprach er sich selbst Mut zu.

Hilda führte ihn auf einem langen, strahlend weißen Flur bis zur dritten Tür auf der rechten Seite. Nachdem er zaghaft geklopft hatte, öffnete ihm eine große Brünette Anfang fünfzig im enganliegenden Tweedkostüm mit frisch aufgetragenem Lippenstift.

Sie bat ihn nicht herein, was ihn sofort aus der Fassung brachte. Rasch zog er seine Marke hervor und nannte den dazugehörigen Namen. Sie warf einen flüchtigen Blick darauf und bedeutete ihm dann, ihr ins Zimmer zu folgen.

Erst als sie sich ihm gegenübersetzte, bedachte sie ihn der Form halber mit einem knappen Lächeln – eine professionelle Gefälligkeit, mehr nicht. Diese Frau war definitiv eine Pedantin.

»Also, Officer Wilson. Ich habe die Akte herausgesucht, um die Sie gebeten hatten. Sie haben Glück. Derart alte Unterlagen werden normalerweise in unserem Depot in

Marfa eingelagert, aber diese Akte habe ich hierbehalten. Ich bewahre sie in meinem persönlichen Aktenschrank auf.« Sie strich ihr makellos glattes braunes Haar zurück.

Ein vielversprechender Start.

»Und warum haben Sie die Akte hierbehalten?«

»Immer der Reihe nach. Weshalb interessieren Sie sich für den Fall?«

Ihre Gegenfrage war verständlich. Adam würde ihr die Wahrheit sagen, mehr oder weniger.

»Weil er möglicherweise mit einem Verbrechen in Verbindung steht, das sich vier Jahre später in Minnesota ereignet hat.«

»Und wie genau haben Sie Kenntnis von dem Fall erlangt?«

Auch auf diese Frage war er vorbereitet.

»Ich darf unsere strafrechtlichen Ermittlungen natürlich nicht gefährden, aber ich kann Ihnen verraten, wie ich auf Sie gekommen bin. Ich bin im Zuge meiner Ermittlungen der Spur dieses Mädchens – Elsa Sanders – gefolgt und so auch auf Austin gekommen, wo sie auf die Thornton Middle School ging. Es ist mir gelungen, die inzwischen pensionierte Vertrauenslehrerin der Schule, Wanda Munro, ausfindig zu machen, die sich erinnerte, einen Anruf von Ihnen erhalten zu haben – ich nehme an, Sie haben bei Fällen, die mit Schülern ihrer Schule zu tun hatten, häufiger zusammengearbeitet. Jedenfalls sei es eine ungewöhnliche Situation gewesen, die ihr deshalb bis heute im Gedächtnis geblieben sei. Sie hat mir allerdings keinerlei Details genannt.«

»Gilt Elsa Sanders in dem Verbrechensfall, in dem Sie ermitteln, als Verdächtige?«

Er schüttelte den Kopf.

»Nur als Person von besonderem polizeilichen Interesse. Vorerst.«

Miss Martinez nickte, sagte jedoch nichts. Stattdessen trommelte sie mit ihren langen Fingernägeln auf die Metalloberfläche ihres Schreibtischs. Dann schob sie einen Stapel Papiere gerade.

»Officer …«

»Wilson«, ergänzte er hilfsbereit.

»Officer Wilson. Sie sind sich sicher darüber im Klaren, dass ich nicht einfach Unterlagen zu einem Jugendamtfall von vor über zwanzig Jahren an einen Polizisten aus Minnesota herausgeben kann. Diese Akte ist versiegelt und …«

»Ich weiß. Mir ist durchaus bewusst, dass es sich um eine schwierige Situation handelt.«

»›Schwierig‹ trifft es nicht ganz. Ich kann Ihrer Bitte schlicht und ergreifend nicht nachkommen.« Sie lehnte sich auf ihrem Stuhl zurück, schloss die Augen und rieb sie mit ihren Handballen.

»Hören Sie«, sagte sie nach einer Pause. »Es gibt natürlich einen Grund dafür, dass ich die Akte hierbehalten habe. Auch für mich war dieser Fall etwas Besonderes, weil mich der Gedanke nicht loslässt, dass … nun ja, dass ich den Fall vielleicht zu rasch abgeschlossen habe, das Mädchen zu schnell aufgegeben habe. Trotzdem: Mir sind die Hände gebunden.«

»Ma'am, ich verstehe, dass Sie nur Ihre Pflicht tun, aber es geht um Leben und Tod. Ihre Information könnte …«

»Ich kann nicht. Auf keinen Fall.«

Eine Weile saßen sie schweigend da und starrten sich an. Adam wusste, dass ihm nichts anders übrigblieb, als sich geschlagen zu geben und dankbar zu sein, dass er die Behörde nicht in Handschellen verließ. Er wollte gerade aufstehen und sich bei ihr für ihre Zeit bedanken, als sie sich räusperte und erneut das Wort ergriff.

»Können Sie mir sagen, was aus ihr geworden ist? Geht es ihr gut?«

Nun kam doch noch Bewegung in die Sache. Adam ging auf, dass diese Frau womöglich bereit war, mit ihm zusammenzuarbeiten, wenn ihr Name dabei außen vor blieb. Voraussetzung war allerdings, dass ihre Schuldgefühle groß genug waren.

»Ich weiß es nicht, wenn ich ehrlich bin. Das gehört auch zu den Dingen, die ich herausfinden möchte. Wenn ich verstehen will, was damals passiert ist, muss ich Elsas kriminelle Vorgeschichte kennen.«

»Ihre kriminelle Vorgeschichte, soso. Officer Wilson, bei dem Fall ging es keineswegs um …«

Sie unterbrach sich.

»Noch einmal: Ich wünschte, ich könnte Ihnen bei Ihren Ermittlungen helfen, aber ohne gerichtliche Anordnung kann ich leider nichts tun.« Sie kaute unglücklich auf ihrer Lippe herum. Er sah ihr an, wie gerne sie ihm alles erzählt hätte.

Adam hatte plötzlich eine Idee.

»Sie haben die Akte also da. Darf ich Sie etwas fragen? Als ich angerufen habe, haben Sie sie da aufgeschlagen? Um ihr Gedächtnis aufzufrischen?«

Sie setzte sich aufrecht hin und zog ihre Kostümjacke zurecht. Ihre Hand wanderte wieder zu ihrer Frisur. Sie war nervös. Aufgewühlt. Reif für Adams Vorstoß.

Ohne den Blick von ihm abzuwenden, schob sie ihre

Hand unter einen Stapel Papiere und zog eine vergilbte Aktenmappe mit verschlissenen Ecken hervor, um sie ganz nach oben zu legen.

»Ja, das habe ich in der Tat.«

»Ist das die Akte, um die es geht?«

»Vielleicht.«

»Könnte ich einen Kaffee haben, Miss Martinez? Ich glaube, ich habe vorhin Kaffee gerochen, als ich den Flur entlanggegangen bin.« Sie bewegte keinen Muskel. Adam wagte kaum zu atmen. Sie verstanden einander.

Langsam stand sie auf, diesmal ohne ihn anzusehen.

»Natürlich. Entschuldigen Sie mich kurz. Ich bin gleich wieder da.«

Sie verließ ihr Büro und zog fest die Tür hinter sich zu. Ohne auch nur eine Sekunde zu zögern, griff Adam nach der Aktenmappe und schlug sie auf.

Für einen Moment saß er reglos da, fassungslos über das, was er las. Dann kam er wieder zur Besinnung, zog sein Handy hervor und fotografierte alle drei Seiten des Berichts ab. Er hatte mehr erwartet, aber da es keine Verhaftung gegeben hatte, enthielt die Akte weder Fotos noch Fingerabdrücke. Nachdem er die Mappe wieder zugeklappt hatte, legte er sie zurück auf den Stapel.

Kurz darauf kehrte Angela Martinez zurück und nahm wieder hinter ihrem Schreibtisch Platz. Sie hatte keinen Kaffee mitgebracht.

Adam stiegen die Tränen in die Augen. Obwohl er es zu verbergen versuchte, hielt sie ihm eine Schachtel Papiertaschentücher hin und sah ihn fragend an.

»Ganz schön sensibel für einen Polizisten.«

»Warum haben Sie sie gehen lassen?«

»Wie gesagt: Mir blieb nichts anderes übrig. Ich konnte nichts beweisen, und die Polizei war nicht an dem Fall interessiert. Am Ende musste ich dem Mädchen glauben und mich darauf verlassen, dass sein Widerruf die Wahrheit war.«

Sie verstummte und starrte einige Sekunden ins Leere. Vielleicht überlegte sie, ob sie ihm noch mehr anvertrauen konnte.

»Das war einer der größten Fehler meiner beruflichen Laufbahn. Obwohl ich ein ungutes Bauchgefühl hatte, habe ich sie ziehen lassen.«

Sie hielt inne.

»Ich hoffe, Sie finden sie. Und ich hoffe, dass es ihr gutgeht.«

Adam stand unvermittelt auf.

»Vielen Dank, dass Sie sich die Zeit genommen haben. Ich lasse Sie jetzt wieder in Ruhe arbeiten.«

Er ging, ohne ihr zum Abschied die Hand zu schütteln. Wenn diese Frau damals, als es darauf angekommen war, etwas unternommen hätte – wenn sie ihrem Instinkt gefolgt wäre oder sich auch nur an das übliche Prozedere gehalten hätte –, wäre alles Nachfolgende nie passiert. Dann wäre alles anders gekommen.

Beim Hinausgehen umklammerte er sein Handy so fest, dass seine Finger weiß wurden, während er das soeben in Erfahrung Gebrachte zu verarbeiten versuchte.

Elsa Sanders oder Laura Martin – wie auch immer sie in Wirklichkeit hieß – hatte behauptet, als Kind entführt worden zu sein. Das hatte sie einem Mädchen aus ihrer Klasse erzählt, das es wiederum seinen Eltern erzählt hatte. Später hatte sie ihre Geschichte dann widerrufen und war dadurch offensichtlich durchs Netz des Sozialsystems geschlüpft. Aber was, wenn es die Wahrheit gewesen war?

In der Akte hatte außerdem gestanden, dass sie im selben Jahr geboren worden war wie Abigail. Diese Übereinstimmung gab Adam zu denken. Gut möglich, dass die Schicksale der beiden Mädchen ähnlich verlaufen waren, was wiederum nur eins heißen konnte: dass ihm Lauras Fall nicht zufällig in die Hände gefallen war. Plötzlich sah er die Fakten in einem anderen Licht. Laura Martin mochte eine Mörderin sein, aber sie war auch ein Opfer, und sein familiärer Hintergrund verlieh ihm eine einzigartige Eignung dafür, diese komplexe Dynamik zu verstehen.

Wenn es stimmte – wenn sie tatsächlich entführt worden war –, war dieser Fall mehr als nur Zufall. Dann war er seine Bestimmung.

23

ER KAM ZU SPÄT, aber das überraschte sie nicht. In der Schule war er ihr wieder einmal ausgewichen, weshalb sie ihm Zettel in sein Schließfach legen musste. Auf dem letzten hatte sie das Wort »WICHTIG« dreimal unterstrichen und mit gleich mehreren Ausrufezeichen versehen. Daraufhin hatte er einen Zettel auf ihren geklebt, auf dem nur zwei Buchstaben gestanden hatten: »OK«.

Die Umstände verhießen also nicht gerade eine herzliche Begrüßung.

Sie hatte den Schlüssel unter der Fußmatte hervorgeholt, die Tür zu Joys Wohnung aufgeschlossen und ihre Schuhe ausgezogen, um sich mit untergeschlagenen Beinen auf die Couch zu setzen und zu warten. Endlich drehte sich der Türknauf, und Reed spazierte herein, mit unergründlichem, unbeteiligtem Gesichtsausdruck. Gegen ihren Willen schmolz Cora bei seinem Anblick dahin und hatte plötzlich das Gefühl, dieses Baby um jeden Preis behalten zu müssen, allein schon, um seine wunderbaren Gene in der Welt zu verbreiten.

Aber sein Verhalten war so kühl, dass ihr das Herz in die Hose rutschte. Der Versuch, mit ihm zu sprechen, war vergebliche Liebesmüh. Sie hätte direkt in die Abtreibungsklinik gehen und ihn aus der Sache heraushalten sollen. Die Neuigkeit von ihrer Schwangerschaft würde auch nichts ändern zwischen ihnen. Sie war drauf und dran, einfach zur Tür hinauszurennen und dieses Geheimnis wie alle anderen für sich zu behalten.

Doch ein winziger Teil von ihr klammerte sich noch immer an die Hoffnung, dass ihr Traum von einer heilen Familie wie durch ein Wunder Wirklichkeit werden würde.

Sie lächelte ihm zaghaft zu.

»Danke, dass du gekommen bist«, sagte sie und lud ihn ein, sich neben sie zu setzen.

Er ließ seinen Rucksack mit einem dumpfen Knall auf den Boden fallen, zog seine Jacke aus und warf sie neben Cora auf die Couch. Er selbst blieb stehen.

»Was soll das alles?«, fragte er und zog eine Schachtel Zigaretten aus der Tasche. Ohne ihr eine anzubieten, zündete er sich eine an. Dann blies er den Rauch in ihre Richtung und machte sich nicht die Mühe, sich dafür zu entschuldigen oder ihn beiseitezuwedeln. Da Zigarettenqualm nicht gut für das Baby war, wich sie ihm aus und rutschte ans Ende der Couch.

»Ich habe dir etwas Wichtiges mitzuteilen«, sagte sie.

»Das habe ich mir nach deiner Nachricht schon fast gedacht. Nicht nur einfach ›wichtig‹, sondern ›WICHTIG‹. Also raus mit der Sprache.« Er setzte sich endlich, allerdings nicht auf die Couch, sondern auf einen Sessel. Während er seine Fingernägel musterte, zog er erneut an seiner Zigarette.

»Ich bin schwanger«, platzte sie heraus. So hatte sie es ihm eigentlich nicht erzählen wollen. Sie schluckte und wartete voller Angst auf seine Reaktion. Ihre Augen taten weh, weil sie so lange nicht geblinzelt hatte.

Zum ersten Mal sah er sie ernsthaft an.

»Was? Was sagst du da?«

Sie starrte nur zurück. Es gab nicht viel zu erklären.

Er schnaubte.

»Behauptest du etwa, es wäre von mir?« Wie kalt er war. Entsetzlich kalt.

»Natürlich ist es von dir. Wofür hältst du mich?«

»Keine Ahnung. Ich behalte dich ja nicht ständig im Auge. Ich weiß nicht mal, wo du wohnst oder was du so den ganzen Tag treibst. Nach allem, was mir bekannt ist, könnte das Kind genauso gut von deinem Vater sein.«

Sein letzter Satz war schlimmer als ein Schlag ins Gesicht, schlimmer als jede Reaktion, die sie sich im Vorfeld hätte ausmalen können.

»Glaub mir, es ist von dir.«

Mit fahrigen Hände drückte Reed seine Zigarette in einem überquellenden Aschenbecher auf dem Boden aus.

»Ich verstehe nicht, wie du das zulassen konntest, Laura. Dämlicher geht's ja wohl nicht. Und was hast du jetzt vor?«

»Reed, ich …« Sie rutschte näher an ihn heran und versuchte, seine Wange zu streicheln, aber er packte ihr Handgelenk und hielt sie davon ab.

»Laura, das ist eine ernste Angelegenheit.«

»Natürlich ist das eine ernste Angelegenheit.«

»Dann hör auf herumzualbern. Du musst die Sache aus der Welt schaffen. Wie viel Geld hast du?«

»Nicht viel. Nicht genug.« Cora geriet in Panik. Reeds Frage war berechtigt: Was hatte sie jetzt vor? Sie dachte an das Gesicht ihres Vaters, wenn er davon erfuhr. War eine Abtreibung zum jetzigen Zeitpunkt überhaupt noch möglich, oder war es bereits zu spät? Sie hatte es zu lange hinausgeschoben, sich darum zu kümmern, und jetzt zerfiel alles um sie herum.

Reed raufte sich die Haare. Sie hatte ihn noch nie so erlebt.

»Meine Güte, Laura, so wird das nichts.« Er starrte sie einen Moment lang an, ohne dass sie seinen Gesichtsausdruck deuten konnte. Dann seufzte er.

Die Tür ging auf, und Joy und Johnny schlenderten herein. Joy war offenbar auf Speed und zwirbelte sich mit zuckenden Fingern die feuerroten Haare. Auch Johnny wirkte hibbelig und konnte kaum stillstehen. Sein Gesicht war gerötet und seine Pupillen geweitet. Cora sah die beiden ungläubig an. Das musste das schlechteste Timing aller Zeiten sein.

»Was macht ihr denn für lange Gesichter?«, fragte Joy mit einem schiefen Grinsen. Niemand sagte etwas, bis das Schweigen unerträglich wurde.

»Sie ist schwanger«, murmelte Reed schließlich.

Joys Blick schoss zu ihm.

»Von dir?«, fragte sie mit zusammengebissenen Zähnen.

Reed zuckte mit den Schultern.

Joy holte tief Luft.

»Du verdammtes Arschloch. Du hast mir gesagt, dass da nichts lief. Und du …« Sie drehte sich zu Cora um und funkelte sie an. »Was glaubst du eigentlich, wer du bist?«

Mit einem wütenden Knurren packte Joy Cora am Pullover und zerrte sie von der Couch. Fachmännisch grub sie an einem bestimmten Druckpunkt die Nägel in Coras Nacken, während sie mit der anderen Hand ihr Ohr ergriff und es nach hinten drehte. Unerwartet heftig schoss der Schmerz durch Coras Kopf. Sie hob ihren Rucksack vom Boden auf und versuchte, sich loszureißen und wegzulaufen, konnte sich jedoch nicht befreien.

»Mann, Joy, was machst du da? Leute, lasst uns in Ruhe darüber reden!«, flehte Cora. An Gewalt war sie gewöhnt, aber normalerweise wusste sie, wann sie damit zu rechnen hatte. Das Schockierende an diesem Angriff war seine Plötzlichkeit.

»Da gibt es nichts zu reden, Laura. Dass du schwanger bist, geht gar nicht. Wir müssen etwas dagegen unternehmen.«

Reed und Joy sahen sich quer durchs Zimmer in die Augen. Er nickte kaum merklich.

Joy zerrte Cora zur Tür hinaus, während die anderen beiden ihr langsam folgten. Cora versuchte mit aller Macht, sich zu befreien, doch je mehr sie sich bewegte, desto größer wurde der Schmerz, der von ihrem Ohr ausging. Schließlich holte sie voller Verzweiflung mit ihrem Rucksack nach

Joy aus. Reed fing ihn ab, riss ihn ihr aus den Händen und hängte ihn über die eigene Schulter.

»Reed, was tust du da? Hilf mir!« Er wich beharrlich ihrem Blick aus.

Johnny schloss zu ihnen auf, bog Cora die Arme auf den Rücken und hielt sie fest. Dann stieß er sie vorwärts, und die Karawane setzte sich in Bewegung. Während Cora dahinstolperte und sich bemühte, auf den Beinen zu bleiben, wurde ihr klar, dass sie keine Chance hatte gegen diese drei.

Sie passierten ein hölzernes Tor hinter dem Wohnkomplex und betraten ein verlassenes, umzäuntes Gelände. Selbst wenn die Bewohner der umliegenden Häuser in ihren Gärten gewesen wären, hätten sie nicht viel mitgekriegt, denn der Zaun war fast zwei Meter hoch und die Latten so dicht gesetzt, dass völlige Ungestörtheit garantiert war.

Irgendwo in der Ferne bellte ein Hund, und Cora hörte ein Auto auf der Straße vor dem Gebäude vorbeifahren.

Voller Panik ließ sie den Blick über die Fenster im rückwärtigen Teil des Wohnkomplexes schweifen, in der Hoffnung, jemanden zu entdecken, der gerade in den Garten hinaussah. Sämtliche Vorhänge waren zugezogen. Nur im dritten Stock bewegte sich ein Vorhang, wurde dann jedoch ebenfalls hastig geschlossen. Die betreffende Person wollte offenbar nicht in etwas hineingezogen werden.

Ob ihr jemand zu Hilfe kommen würde, wenn sie laut und lang genug schrie? Nein, nicht in diesem Viertel. Vielleicht nirgendwo.

Cora sah sich verzweifelt in alle Richtungen um, auf der Suche nach einem zweiten Ausgang, nach einem Fluchtweg, für den Fall, dass es ihr gelang, sich loszureißen. Der Garten war völlig verwahrlost, nur hier und da versuchte junges, sprießendes Gras, sich zwischen Schlamm und Steinen seinen Weg zu bahnen. In einer Ecke entdeckte sie einen Haufen Kies und einen Stapel bröckelnder Betonblöcke. Aber der einzige Weg nach draußen war der, den sie gekommen waren.

Es gab kein Entrinnen.

Joy stieß Cora mit dem Bauch voran zu Boden, und Cora sorgte sich flüchtig um ihr Baby, bis ihr klar wurde: Es würde bald kein Baby mehr geben. Dafür würden sie sorgen.

Johnny kniete sich neben sie, drückte ihr Gesicht in den feuchten Schlamm und hielt es dort fest. Sie bekam keine Luft mehr und glaubte zu ersticken. Kurz bevor sie ohnmächtig wurde, ließ er ihren Kopf wieder los.

Reed ließ sich auf ein Knie herab, kam mit dem Mund dicht an ihr Ohr heran und flüsterte leise hinein, wie er es früher immer getan hatte. Nur dass er dieses Mal nicht mit ihr flirtete.

»Tja, du hättest auf mich hören sollen, was das Thema Sex und Sünde betrifft, Laura. Du schmutzige, verdorbene Hure«, zischte er.

Dann ging er davon, mit ihrem Rucksack, der immer noch über seiner Schulter hing, und ließ Joy und Johnny allein mit ihr.

24

CORA ZÄHLTE flüsternd die Stufen mit, als sie das Tablett hinauf zum Zimmer des Mädchens trug. Seit Wochen hielt sie sich an den festen Vorsatz, auf dem Pfad der Rechtschaffenheit zu bleiben. Da James jedoch nicht da war, um die Botschaft immer wieder zu bekräftigen, entglitt sie ihr nach und nach, das spürte sie. Sie hasste sich selbst für ihre Schwäche und konnte ihre Gedanken dennoch nicht reinhalten. James beharrte darauf, dass ihnen das Mädchen zu einem göttlichen Zweck gesandt worden war, aber Cora kam nicht umhin, verbittert darüber zu sein, dass sie dieses junge Ding tagein, tagaus bedienen musste.

Die Morgenration bestand aus einer Schüssel mit Resten von Coras Mahlzeiten der letzten zwei Tage. Fett, das sie vom Knochen geschnitten und in einer Pfanne mit dem übrig gebliebenen Spinat gebraten hatte. Haferbrei, der sich zu einer trockenen, zähen Masse verfestigt hatte. Ein Becher Wasser aus der Regentonne, mit zwei winzigen Fruchtfliegen, die tot auf der Oberfläche trieben. Es war ihr einziger Trost, dass das Mädchen niemals eine Sonderbehandlung bekam, es niemals besser hatte als die Tiere im Stall. Wenigstens versorgten die Cora mit Nahrung. Das Mädchen hingegen nahm nur. Und es verwirrte sie, manipulierte ihren Verstand.

Cora klopfte an die Tür, um die Aufmerksamkeit des Mädchens zu erregen, während sie durch die Klappe ins Zimmer spähte. Sie wartete darauf, dass die Gefangene ihre übliche Position einnahm, aber sie blieb auf dem Bett liegen, während das Bettlaken ein Knäuel auf dem Boden bildete. Cora klopfte noch einmal. Das Mädchen würde sich schon bewegen. Es war keine gute Idee, sie einfach zu ignorieren.

Endlich richtete die junge Frau sich langsam und mühsam auf. Sie wirkte völlig benommen.

Gewiss, es war furchtbar früh am Morgen, aber warum sollte das Mädchen ausschlafen dürfen? Das war hier schließlich nicht das Hilton oder irgendein schickes Day Spa, in dem man den ganzen Tag faul herumlag. Solche Orte hatte das Mädchen während seines kurzen, verhätschelten Lebens bestimmt häufiger besucht, weshalb es nichts anderes kannte. Nun ja, hier konnte es seinen Horizont erweitern.

Cora drückte mit einem energischen Stoß die Tür auf. Sofort schlug ihr der Gestank nach Erbrochenem entgegen. Sie bedeckte sich Nase und Mund mit ihrer Schürze, machte, dass sie aus dem Zimmer kam, und knallte die Tür hinter sich zu.

Widerliches Tier, dachte sie, während sie die Schlösser wieder verriegelte.

»Was hast du getan, Mädchen?«, rief sie durch den Schlitz.

»Ich … ich glaube, ich bin krank«, brachte die junge Frau mühsam hervor.

Cora knirschte erbost mit den Zähnen. In diesem Haus passierte ständig etwas, was sie aufhielt.

Sie stellte das Tablett auf den Boden, schob es mit dem Fuß in eine Ecke und machte sich auf den Weg die Treppe hinunter, um Eimer und Lappen zu holen, wobei sie aufgebracht vor sich hin murmelte.

Das Mädchen führte eindeutig etwas im Schilde, aber Cora Jenkins würde ganz sicher nicht auf seine Tricks hereinfallen. Sie wusste, wie hinterhältig junge Frauen sein konnten.

Nachdem sie mit einem Eimer und einem Haufen alter Lumpen zurückgekehrt war, schloss sie das Zimmer auf, marschierte hinein und ließ die Sachen neben dem Bett auf den Boden fallen, wobei sie überall Wasser verspritzte. Sie war nicht so dumm, chemische Reinigungsmittel in dieses Zimmer zu bringen. Das war vermutlich genau das, was die junge Frau wollte. Sie wollte Cora ein beißendes Putzmittel in die Augen spritzen, ihr die Schlüssel und das Messer entreißen und dann den Spieß umdrehen und Cora in diesem Raum voller Erbrochenem einsperren. Aber das konnte sie vergessen. Dafür war Cora bei weitem zu schlau.

Sie baute sich vor der gekrümmt daliegenden jungen Frau auf und starrte auf den leblos wirkenden, zitternden Körper hinab.

Sie sah wirklich furchtbar blass aus. Trotzdem.

»Mach das sauber«, befahl Cora, während sie abrupt kehrtmachte und wieder zur Tür hinausmarschierte.

Auf dem Flur lehnte sie sich gegen die Wand und fing an zu zählen. Es widerstrebte ihr nachzusehen, ob das Mädchen gehorchte. Sie hatte schon genug zu erledigen und keine Zeit für diesen Unsinn.

Nachdem sie bis dreißig gezählt hatte, warf sie dennoch einen prüfenden Blick durch die Klappe in der Tür.

Die junge Frau gab sich Mühe, das musste sie ihr lassen. Sie hatte sich vom Bett auf den Boden gerollt und wischte die zähe, gräuliche Flüssigkeit auf, obwohl sie dabei die ganze Zeit über würgen musste. Cora verdrehte die Augen, verspürte jedoch auch einen flüchtigen Stich. Was war das – Mitleid?

Falls es wirklich Mitleid war, musste sie dagegen ankämpfen. Das Mädchen simulierte doch nur.

Dann kam Cora auf einmal ein ganz anderer Gedanke. Ihr wich das Blut aus dem Gesicht, und sie grub die Fingernägel in ihre verschränkten Arme.

War es etwa passiert? Hatte sich die Offenbarung erfüllt?

Während sich in ihrem Kopf noch alles drehte, beobachtete Cora, wie die junge Frau halbherzig auf dem Boden herumwischte und so tat, als wäre sie zu schwach für diese Aufgabe. Sie würde sie zwingen, alles sauberzumachen, bevor sie mit dem Tablett das Zimmer betrat. Solange würde Cora draußen stehen bleiben, auch wenn sie dadurch noch länger auf Gewissheit warten musste.

Sie hämmerte an die Tür.

»Beeil dich. Und mach es richtig. Wisch jeden kleinsten Rest auf.« Coras Stimme klang unerwartet zittrig.

Die junge Frau versuchte, sich zu beeilen, bis sich plötzlich ihr ganzer Körper verkrampfte. Sie öffnete den Mund und erbrach sich erneut auf den Boden.

Cora verzog das Gesicht. *So viel Erbrochenes, überall.*

Wenn es so weiterging, würde sie den ganzen Tag mit Putzen verbringen. Das Mädchen würde es niemals schaffen, alles zu beseitigen, bevor das Zeug auf dem Boden eintrocknete, daher würde Cora gezwungen sein, diese Aufgabe zu übernehmen. Sie würde das Mädchen ans Bett fesseln und das Erbrochene mit dem Lumpen aufnehmen müssen. Was für ein Triumph für die junge Frau: zuzusehen, wie Cora zu ihren Füßen den Boden schrubbte.

Allmählich war Cora mit ihrer Geduld am Ende. Sie musste ins Zimmer hinein und die Wahrheit in Erfahrung bringen.

Nachdem sie den Raum betreten hatte, schloss sie die Tür hinter sich ab und ermahnte sich zur Vorsicht. Die junge Frau war trotz ihres geschwächten Zustands äußerst lebendig. Als zusätzliche Absicherung griff sie nach dem Schnappmesser in ihrer Schürzentasche. Sie konnte hervorragend damit umgehen, die Gefangene kam also besser nicht auf dumme Gedanken.

Als sich ihre Blicke quer durchs Zimmer trafen, sah Cora die Angst im Gesicht des Mädchens aufflackern. O ja, diese Angst war berechtigt. Sie zeugte von gesundem Menschenverstand.

Langsam näherte sich Cora der jungen Frau, während diese sich vergeblich damit abmühte, die feuchte Sauerei um sich herum zu beseitigen. Irgendwann wurde es Cora zu bunt. Sie zog die junge Frau an ihrem spindeldürren Arm vom Boden hoch und stieß sie aufs Bett. Den rutschigen Boden unter ihren Füßen ignorierend, drückte sie den mageren Körper mühelos mit einem Arm auf die Matratze und riss mit der anderen Hand das Sweatshirt hoch. Das Mädchen wehrte sich mit letzter, nachlassender Kraft, trat um sich und versuchte, sich aufzusetzen, doch Cora war stärker und fast doppelt so schwer. Sie überwältigte die junge Frau ohne große Anstrengung.

Als sie den skelettartigen Körper unter dem weiten Shirt erblickte, zuckte sie entsetzt zurück. Von der gesunden jungen Frau, die James vor ein paar Monaten ins Haus gebracht hatte, war nichts mehr übrig, sie war nur noch Haut und Knochen, ihr bleiches Fleisch mit Wunden und blauen Flecken übersät.

Und noch etwas sah Cora, nämlich das, was sie befürchtet hatte. Sie war faul gewesen, hatte sich nicht genügend bemüht, James von seinem Irrtum abzubringen. Jetzt war es zu spät. Zwischen den vorstehenden Hüftkochen der jungen Frau wölbte sich ihr Unterleib zu einer kleinen Beule. Sie war schwanger, die Offenbarung hatte sich erfüllt. Vielleicht war sie also *doch* die Auserwählte.

Cora sah plötzlich Reeds blaue Augen vor sich, ihren eigenen vorgewölbten Bauch, den ihr weiter Pullover kaum noch verborgen hatte, ihr Baby, das sie sich in lebhaften Tagträumen ausgemalt hatte. *Sie* war diejenige, die ein Kind hätte haben sollen. Nicht dieses Mädchen. Cora schob die Erinnerungen von sich, bevor sie zu große Macht über sie erlangten.

Die junge Frau hatte den Kampf mittlerweile aufgegeben und lag schwer atmend da, mit vor Panik weit aufgerissenen Augen. Ihr schien die Gefährlichkeit der Situation bewusst zu sein.

Ohne nachzudenken, holte Cora aus und schlug der jungen Frau mit aller Kraft ins Gesicht. Sofort flammte ein roter Abdruck auf deren Wange auf. Ihre Hände schossen hoch, und sie verzog vor Schmerzen das Gesicht. Dann flossen sie wieder, die unvermeidlichen Tränen. Konnte diese Heulsuse denn nie aufhören zu weinen?

Cora ignorierte die Tränenfluten und beugte sich näher heran. Sie sahen sich in die Augen. Das Universum hatte seine Entscheidung getroffen. Sie waren jetzt aneinandergebunden.

Die junge Frau vergrub das Gesicht in den Händen und schluchzte hysterisch. Dann sprang sie plötzlich auf und krümmte sich, um sich erneut zu übergeben. Cora wich angeekelt zurück, aber es gelang dem Mädchen, das Erbrochene wieder herunterzuschlucken.

Sie sah schrecklich aus. Die Haare klebten in den Tränen und dem Rotz auf ihrem Gesicht, und ihre Augen glichen denen eines wilden Tiers, das in der Falle saß und zum Angriff bereit war. Cora wusste, was alles passieren konnte, wenn sie sich jetzt nicht richtig verhielt. Wenn sich die junge Frau zu sehr in ihre Verzweiflung hineinsteigerte, würde sie nicht mehr rational denken und aufhören, in ihrem eigenen Interesse zu handeln. Sie würde unnötige Risiken eingehen, was sie umso gefährlicher machen würde.

Cora musste sie dringend beruhigen, schon zu ihrer eigenen Sicherheit. Sie zog sie zum Bett und setzte sich daneben.

»Schsch. Versuch, dich zu entspannen. Atme.« Es widerstrebte Cora zutiefst, mit tröstenden Worten auf einen Menschen einzureden, den sie so sehr hasste, aber sie wusste, dass ihr nichts anderes übrigblieb. Sanft schob sie die langen, rötlichgoldenen Strähnen aus dem klebrigen Gesicht des Mädchens und wartete, bis das Schluchzen langsam zu einem unregelmäßigen Schniefen abflaute.

Diese durchtriebene junge Frau, die normalerweise so ein großes Mundwerk hatte und jede Gelegenheit ergriff, mit Cora ein Gespräch anzufangen, sich mit ihr »anzufreunden«, sie auf ihre Seite zu ziehen, war jetzt nur noch ein kleinlautes Häufchen Elend. Trotz der widrigen Umstände konnte Cora nicht umhin, sich über diesen kleinen Triumph zu freuen.

Doch die Freude hielt nicht lange an, denn ihre Ratlosigkeit war größer. Vor zwei Jahren hatte James sie mitten in der Nacht aufgeweckt und aus dem Haus gezogen, um ihr den Sternenhimmel zu zeigen. Mit funkelnden Augen hatte er ihr erklärt, er habe eine Vision von einem göttlichen Kind gehabt und wisse nun endlich, wie die Offenbarung eintreten werde. Nachdem er ihre Schultern gepackt hatte, war er vor ihr auf die Knie gesunken. Es werde eine schwere Last für sie werden, aber er wisse, dass sie die nötige Kraft besitze, um sie zu tragen. Sie hatte ihn ehrfürchtig angestarrt und sich geschmeichelt gefühlt, weil er so sehr an sie glaubte. Von da an hatte ihr Interesse allein der göttlichen Familie gegolten, der neuen Gemeinschaft, die sie hier auf der Farm aufbauen würden. Sie hatte sich vorgestellt, wie sie und James am Kopfende des Tisches sitzen würden, ein himmlisches Königspaar, das über sein neues Paradies herrschen würde, ein Paradies wie jenes, das einmal gewesen war. Coras Seele war wie beflügelt gewesen.

Aber jetzt, da sich James' Prophezeiung bewahrheitet hatte, da die Offenbarung Wirklichkeit geworden war, empfand sie nicht so, wie sie hätte empfinden sollen. Sie verspürte keine Euphorie, keine Erhebung ihres Geistes. Ihr Herz war so unrein, wie es immer schon gewesen war.

Cora wusste nur eins: Sie konnte nicht zulassen, dass die Gefangene sie ersetzte. Niemals würde Cora ihre Dienerin sein und tatenlos zusehen, wie sie sich ihren Mann schnappte, ihr Haus, ihren Platz am Kopfende des Tischs.

Die junge Frau verwechselte Coras unaufrichtige Gesten offenbar mit echtem Mitgefühl und lehnte sich an sie. Sie legte ihren übelriechenden Kopf an Coras Schulter und schlang ihren schlaffen Arm um Coras Hals. So schluchzte sie in Coras Kleid und klammerte sich verzweifelt daran fest.

»Helfen Sie mir«, flüsterte es. »Bitte helfen Sie mir.«

Cora versteifte sich.

Sie würde diese junge Frau umbringen. Sie würde sie umbringen, genau wie ihren kleinen Bastard.

Trotzdem legte sie ganz langsam den Arm um die junge Frau, drückte sie an sich und wiegte sie vor und zurück, vor und zurück, während auch ihr die Tränen in die Augen stiegen.

So blieben sie lange Zeit auf dem Bett sitzen.

25

ADAM SASS STEIF auf einem Plastikstuhl, der kaum stabil genug wirkte, um sein Gewicht auszuhalten. Als er probeweise ein wenig herumrutschte, bog sich der Formschalensitz gefährlich durch. Dennoch ließ er die vergitterte Schiebetür nicht aus den Augen, die jeden Moment aufgehen musste. Die Geräuschkulisse jenseits der Tür war ohrenbetäubend. Fast ununterbrochen war das Scheppern von Metall zu hören, durchsetzt von einem lauten Summton, der in unregelmäßigen Abständen und immer dann ertönte, wenn Adam gerade nicht damit rechnete. Außerdem hallten Gelächter, heftiges Weinen und dumpfe, frustrierte Schreie den Flur entlang. Dieser Ort wirkte mehr wie ein Irrenhaus als wie das, was er war: ein Frauengefängnis in Connecticut.

Endlich erhaschte er einen Blick auf einen hellbraunen Ärmel, aus dem eine verstümmelte Hand ragte. Er hatte Zeitungsberichte über den Prozess gelesen. Ursache der Verstümmelung war irgendeine Maschine, die ihr Opfer in Gang gesetzt hatte, während es sie um Gnade angefleht hatte. Wenigstens diese kleine Rache war dem armen Kerl noch gegönnt gewesen. Laut Aussage des Gerichtsmediziners hatte er die Verletzung, die die Maschine ihr zugefügt hatte, höchstwahrscheinlich noch mitangesehen, bevor er verblutet war.

Sie nahm gegenüber von Adam auf der anderen Seite der Gitterstäbe Platz und zog mit ihrer gesunden Hand eine Zigarette aus ihrer Hosentasche.

Joy Marcione höchstpersönlich, in ihrer ganzen kaputten, ausgemergelten Pracht.

Ihre Haare standen in ungleichmäßigen, bunt gefärbten Büscheln vom Kopf ab, und ihre wild umherschießenden Augen waren rot gerändert. Das linke umgab ein blauschwarzes Hämatom.

»Sind bei mir angekommen«, sagte sie und hob die Schachtel Zigaretten hoch, die er ihr hatte zukommen lassen. »Danke. Haben Sie Feuer?« Ihr schiefes Lächeln zog sich über ihre vernarbte Wange nach oben, als sie sich auf ihrem Stuhl zurücklehnte und einen Fuß unter den Körper zog. Adam wusste, dass es eigentlich verboten war, durch die weiß gestrichenen Gitterstäbe zu greifen, die Gefangene und Besucher voneinander trennten. Ein Blick in beide Richtungen verriet ihm jedoch, dass diese Regel von fast allen Anwesenden ignoriert wurde. Neben ihm hielt ein stark tätowiertes Gangmitglied ein Feuerzeug durchs Gitter und gab der Frau, die ihm gegenübersaß, Feuer. Adam folgte seinem Beispiel.

Während Joy ihre ersten Züge genoss, zog er sein Notizbuch hervor und schrieb ihren Namen und das Datum in ordentlichen Blockbuchstaben auf eine Seite. Dann sah er sie an und musste ein Lächeln unterdrücken. Sein Gegenüber wies auf den ersten Blick nur noch wenig Ähnlichkeit mit dem Mädchen auf, das Laura Martin in ihrem Brief beschrieben hatte: einer toughen, einschüchternden Göre, die keinerlei Gnade kannte. Er rief sich in Erinnerung, dass diese Frau eine lebenslange Haftstrafe für einen besonders grausamen Mord absitzen musste.

In den damaligen Polizeibefragungen hatte sie stur darauf beharrt, nichts über den Fall zu wissen, aber nachdem Adam Lauras Brief gelesen hatte, war ihm klar, dass das nicht stimmen konnte. Diese Jugendlichen waren eine verschworene Clique gewesen. Joy musste also irgendetwas mitbekommen haben.

»Danke, dass Sie sich zu diesem Gespräch bereit erklärt haben«, begann er. »Wie Sie ja schon aus meinem Brief – na ja, aus meinen *Briefen* – wissen, ermittle ich im Fall der Stillwater-Morde, und dafür ist es äußerst wichtig, dass ich Laura Martin ausfindig mache.« Er verlagerte sein Gewicht auf dem Stuhl und beobachtete aufmerksam Joys Gesicht, um zu sehen, ob es sich bei der Erwähnung des Namens veränderte.

Sie lachte.

»Tja, das kann ich mir vorstellen. Laura Martin. Wie ich diese Schlampe vermisse.« Sie blies den Rauch über die Schulter hinweg nach hinten, und der Stummel ihres kleinen Fingers zuckte, als sie die Asche auf den Linoleumboden schnippte. »Grüßen Sie sie von mir, wenn Sie sie finden. Und richten Sie ihr aus, dass sie mich mal besuchen kommen soll. Andererseits …« Sie lachte schroff und stieß dabei noch mehr Rauch aus. Diesmal vergaß sie, dabei den Kopf wegzudrehen. »*Wenn* Sie sie finden, Mr Supercop, dann bedeutet das wohl, dass sie mir hier drinnen Gesellschaft leisten wird und ich es ihr selbst sagen kann.«

Adam stellte sich plötzlich vor, er würde hier sitzen und darauf warten, dass Abigail ihm gegenüber hinter den Gitterstäben Platz nahm. Wie seine Mutter sich wohl gefühlt hätte, wenn ihre Tochter hier gelandet wäre, weil sie durch irgendein unbeschreibliches Trauma vom rechten Weg abgekommen war? Er schob die Vorstellung beiseite. Warum kamen ihm solche Gedanken?

»Ist das etwa Sarkasmus, den ich da heraushöre?«, fragte er und starrte auf Joy Marciones lange, schwarz lackierte Fingernägel.

»Sarkasmus. Schickes Wort.« Sie grinste, fuhr mit der Zunge ihre obere Zahnreihe entlang und leckte sich dann langsam die Lippen. »Ich verarsche Sie doch nur ein bisschen. Wie könnte ich jemanden mögen, der meine besten Freunde umgebracht hat?« Sie beugte sich vor. »Ich hasse diese Schlampe.«

»Sie glauben also, dass Laura Martin Ihre Freunde umgebracht hat?«

»Ich weiß es.«

»Woher?«

Sie lächelte.

»Für diese wertvolle Information möchte ich erst einmal ein Gegenangebot hören. Ich kooperiere normalerweise nicht mit Bullen. Warum sollte ich jetzt plötzlich reden, nachdem ich die ganze lange Zeit den Mund gehalten habe?«

Adam rutschte unbehaglich auf seinem Stuhl herum. Er war nicht in der Lage, ihr irgendetwas anzubieten, aber das musste sie ja nicht wissen. Zumal sich seine Position sofort ändern würde, sobald er diesen Fall aufgeklärt hatte.

»Wenn Sie mir erzählen, was damals passiert ist, und sich bereit erklären, diese Aussage vor Gericht zu wiederholen, spreche ich mit der Staatsanwaltschaft und dem Bewährungsausschuss. Ich kann nichts versprechen, aber ich denke, ich kann bewirken, dass Sie erneut vor den Ausschuss treten dürfen. Soweit ich informiert bin, lief es beim letzten Mal nicht so gut.«

Sie blies einen Rauchkringel in die Luft.

»Ja, die mögen mich da nicht so gerne.«

Sie schien ihre Optionen abzuwägen.

»Hören Sie, ich verrate Ihnen, was Sie wissen wollen, Mr Supercop, aber ohne schriftlichen Deal sage ich nicht vor Gericht aus.«

Er nickte. »Das reicht mir.«

Sie setzte sich aufrecht hin und sah ihm in die Augen.

»Also, es ist so: Ich habe mit ihr *gesprochen*, direkt danach. Sie war so naiv zu denken, dass ich ihr helfen würde, trotz allem, was passiert war. Wahrscheinlich hatte sie sonst niemanden, an den sie sich wenden konnte.« Joy drückte ihre Zigarette aus, ließ sie jedoch für später auf der Ablage liegen.

Adams Herz raste. Sie wusste wirklich etwas. Vielleicht kam er nun endlich an echte, vor Gericht verwertbare Beweise. Joy Marcione war natürlich nicht gerade die verlässlichste Zeugin. Zusammen mit dem bisher Herausgefundenen genügte ihre Aussage möglicherweise trotzdem für eine Anklage. Allerdings stimmte ihn die Aussicht darauf, ein armes entführtes Mädchen hinter Gitter zu bringen, das ein Irrer quer durchs ganze Land geschleift hatte, nicht unbedingt froh. Das war nicht der Triumph, den er sich all die Jahre ausgemalt hatte.

»Erzählen Sie mir doch einfach genau, was damals vorgefallen ist.«

»Na ja, es war so, dass ich an dem Tag großes Glück hatte. Ich hätte nämlich eigentlich auch mit Reed und Johnny in der Wohnung sein sollen. Wir waren direkt nach der Schule dort verabredet. Und was passiert? Ich muss nachsitzen, weil ich … äh … in der dritten Stunde Misty Runyons Haare angezündet habe. Ach, kommen Sie«, sagte sie, nachdem sie seinen entsetzten Blick aufgefangen hatte. »Nicht schlimm, nur die Spitzen. Hinterher hat sich ja dann auch herausgestellt, dass es der beste Streich war, den ich je jemandem gespielt habe. Na ja, jedenfalls habe ich Lila zur Wohnung vorgeschickt, damit sie den anderen beiden sagt, dass sie auf mich warten sollen, bevor sie runter zum Staudamm gehen, um sich mit Stokes zu treffen.«

»Lila McIntyre, meinen Sie?«

»Ja. Genauso gut hätte es mich erwischen können. Mann, habe ich ein schlechtes Gewissen deswegen. Sie war das totale Zufallsopfer – zur falschen Zeit am falschen Ort. Lila *kannte* Laura noch nicht mal.« Joy ließ sich die nächste Zigarette anzünden und nahm einen genüsslichen Zug. Sie wirkte ganz und gar nicht, als würde es ihr leidtun.

»Und Stokes?«

Joy erstarrte.

»Habe ich Stokes gesagt? Habe ich doch gar nicht, oder?«

»Vorname?«

»Äh nein, ich glaube, da haben Sie was falsch verstanden.« Sie funkelte Adam böse an, der sich den Namen trotzdem notierte und ihn dreimal unterstrich. Er kam in der Polizeiakte nicht vor, aber Adam würde diesen Kerl schon irgendwie aufspüren.

»Na ja, jedenfalls bin ich nach dem Nachsitzen sofort wie geplant zur Wohnung gegangen. Mein Gesicht hätten Sie mal sehen sollen, als ich die Tür aufmachte.« Joy versuchte zu lachen, brachte jedoch nur einen Hustenanfall zustande und wedelte den Zigarettenrauch von ihrem Gesicht weg.

»Man konnte kaum noch ein Stück Haut erkennen, so viel Blut war überall. Im ganzen Zimmer waren Klumpen verstreut – Gewebe und Eingeweide und *Innereien* und so was alles. Das Blut hatte den Teppichboden schon völlig durchtränkt, obwohl überall Müll herumlag. Wir hatten es nicht so mit Ordnung. Neben dem Sofa hatte sich zum Beispiel ein großer Haufen Mars-Verpackungen angesammelt, und ein paar Ratten waren gerade dabei … Na ja, ich erspare Ihnen die Einzelheiten.« Sie sah Adam an, der angewidert die Stirn runzelte.

»Ich dachte immer, mich könnte nichts schockieren, aber um ehrlich zu sein, bin ich vollkommen ausgerastet. Ich meine, allein schon der Gestank …« Sie rümpfte die Nase. »Mein erster Gedanke war: Scheiße, das ist meine Wohnung. Ich hatte damals schon … äh … eine ziemliche Liste an Einträgen im Jugendstrafregister und wollte nicht in die Sache hineingezogen werden. Außerdem waren die drei ja sowieso tot. Die brauchten keinen Krankenwagen mehr. Also bin ich nach Hause gerannt und habe mich dort verkrochen.«

»Und was war mit Laura?«

»Wie gesagt: Sie kam später angerannt und hat mich um Hilfe angefleht. Konnte kaum sprechen, so außer sich war sie. Ich meine, komm schon, sie hatte überall Blut an sich kleben. Das war eine Scheißsauerei.«

»Wie kam sie auf die Idee, dass Sie ihr hätten helfen können?«

»Sie war angeblich vor ihrem Vater geflüchtet und wollte,

dass ich sie verstecke oder ihr Geld gebe oder so was. Einen genauen Plan hatte sie nicht.«

Adam nickte, um Joy zum Weitersprechen zu ermutigen.

»Wir waren beide total am Ausflippen. Echt jetzt. Das waren die ersten Leichen, die ich je gesehen hatte. Und ich *kannte* diese Leute, das waren meine *Freunde*. Wer weiß … vielleicht wäre ja alles ganz anders für mich gelaufen, wenn ich damals nicht so … Sie wissen schon, so traumatisiert gewesen wäre.« Sie zwinkerte. »Das Argument habe ich vor dem Bewährungsausschuss natürlich auch schon gebracht. Hat nicht gezogen.«

»Und? Haben Sie ihr geholfen?«

»Auf keinen Fall!«

»Warum haben Sie nicht die Polizei gerufen?«

»Bei meinem Sündenregister hätten die Bullen doch gleich gedacht, dass ich was damit zu tun habe, vor allem, wenn sie das ganze Blut von Lauras Kleidern bei mir zu Hause gefunden hätten. Das war echt ein genialer Schachzug von ihr, wenn ich so im Nachhinein darüber nachdenke.«

»Und was ist dann passiert? Ist sie einfach wieder gegangen?«

»Ja. Ich habe sie nie wiedergesehen. Sie hatte das Glück, dass direkt danach die Frühlingsferien losgingen. Als die Schule wieder anfing, hatten die Bullen längst irgendeine andere Theorie. Ein in die Hose gegangener Drogendeal oder so was. Ich war einfach nur erleichtert, dass niemand mit dem Finger auf mich gezeigt hat.«

»Warum hat sie es getan, was glauben Sie?«

Joy zuckte mit den Schultern.

»Könnte ich echt nicht sagen. Allerdings war das Mädchen ehrlich gesagt ziemlich besessen von Reed. Sie ist uns ständig hinterhergelaufen und hat sich ihm total dämlich an den Hals geworfen. Im Grunde hat sie ihn richtig gestalkt.«

»Und er war nicht an ihr interessiert?«

»Nie im Leben. Ich meine, die Aufmerksamkeit hat ihm natürlich schon gefallen, aber er wäre nie auf ein Mädchen wie sie abgefahren. Niemals. Er war was Besonderes und sie bloß ein Niemand. Das ist ihr wahrscheinlich selbst irgendwann klargeworden, und dann ist sie durchgedreht.« Sie machte eine Pause. »Verdammt schade um Reed und die anderen.«

Noch während sie es sagte, ertönte ein summender Signalton, und die Insassen standen auf, um zu gehen. Joy stopfte den Stummel der beiseitegelegten Zigarette in ihre Tasche.

»Man sieht sich, Mr Supercop. Viel Glück beim Aufspüren meiner alten Freundin.« Sie beugte sich dicht an die Gitterstäbe heran. »Ich schlage vor, Sie suchen in der Hölle nach ihr.«

26

JULIE ROCH das Erbrochene schon gar nicht mehr, und selbst wenn, wäre es ihr egal gewesen. Alles, woran sie dachte, war die Abscheulichkeit, die in ihrem Bauch heranwuchs. Unruhig ging sie im Zimmer auf und ab und trug mit ihren nackten Füßen die Schmutzschicht auf dem schmuddeligen

Boden ab, während sie leise vor sich hin murmelte. Dabei lag ihre Hand auf ihrem Bauch, nicht um ihn zu schützen, sondern um sich selbst davon zu überzeugen, dass das alles wirklich passierte.

Die Pu-der-Bär-Decke hatte sie zusammengelegt und unter ihr Kissen gestopft. Der arme Pu sollte nicht hören, was sie sagte.

»Okay, Julie, Zeit, sich den Fakten zu stellen: Du bist in der Hölle angekommen. Eigentlich war es auch vorher schon schlimm genug, aber was hast du getan, um *das hier* zu verdienen?«

Mit allem anderen wäre sie vielleicht irgendwann klargekommen. Sie hätte sich angepasst, sich abgefunden, hätte womöglich gelernt, in dieser grotesken Welt zu leben, indem sie ein stumpfsinniger Zombie wurde, der im ersten Stock dieses heruntergekommenen Hauses langsam, aber sicher den Verstand verlor. Doch das hier? Das war zu viel.

Sie brachte es nicht einmal fertig, das Ding in ihrem Bauch gedanklich als Baby zu betrachten. Wenn sie es sich vorstellte, sah sie *ihn* vor sich. Ein Monster, eine schaurige Bestie von einem Fötus mit klauenförmigen Händen und *seinem* lachenden, affenähnlichen Gesicht. O ja, es war der Teufel, den sie in sich trug.

Was alles noch schlimmer machte, war der Umstand, dass Julie sich immer schon gewünscht hatte, eines Tages Kinder zu bekommen. Aber doch nicht so. Statt über Vitamine und Schwangerschaftsyoga nachzudenken und Bücher wie *Ein Baby kommt* zu wälzen, spürte sie diese Wucherung in sich, diesen Tumor, der in ihrem Inneren Gift verbreitete.

»Moment mal, Julie, nicht so schnell. Kannst du die Situation nicht irgendwie zu deinem Vorteil ausnutzen? Ist es nicht möglich, dass er von Anfang an nur dieses Kind von dir wollte?« Sie erschauderte vor Ekel. »Vielleicht bist du lediglich eine Art Gefäß für seinen degenerierten Samen und hast deine Mission hiermit erfüllt?« Bei diesem Gedanken hätte sie sich am liebsten erneut übergeben. Sie fuhr sich mit den Händen übers Gesicht, rubbelte fest ihre Haut.

»Julie, bleib stark. Du musst dich jetzt konzentrieren.«

Sie hätte ihre Eltern gebraucht, damit sie ihr mit Rat und Tat zur Seite standen, hätte jemanden gebraucht, der ihr half, über das weitere Vorgehen zu entscheiden, eine Freundin, einen Therapeuten, einen Vertrauenslehrer. Stattdessen musste sie ganz allein zurechtkommen.

»Denk nach. Was wäre, wenn du einfach so tust, als würdest du mitspielen? Ihm sagst, deine Meinung hätte sich geändert, weil alles ganz anders geworden sei mit der Schwangerschaft? Die Macht seiner Worte plötzlich ihre volle Wirkung auf dich entfaltet hätte, die Macht seiner – wie nennt er sie noch gleich – ›ekstatischen Mondprophezeiungen‹? Dass du dich geehrt fühlen würdest, den Erben dieses himmlischen Königreichs in dir zu tragen? Ist es das, was sie von dir hören wollen?«

Aber was, wenn sie sich irrte? Was, wenn das alles Teil einer rituellen Opferung war?

Vielleicht stammte daher ja das Blut in den Bodenritzen. Was, wenn eine Schwangerschaft in diesem Zimmer einem Todesurteil gleichkam?

Sollte sie der Frau drohen oder sie anflehen? Sollte sie sich wehren oder fügen? In ihrem Kopf schwirrten zu viele Gedanken herum, um zu entscheiden, welchen Kurs sie einschlagen sollte.

»Angenommen, es passiert erst einmal nichts und das Kind kommt zur Welt. Dann würde es doch nicht in diesem Zimmer leben, oder? Sie würden nicht zulassen, dass du es behältst.« Ihr versagte die Stimme. Nein, sie würden es ihr wegnehmen.

Die Vorstellung, was mit einem Baby geschah, das diese beiden Bestien aufzogen, war ihr unerträglich. Sie würden es quälen, auf ihre eigene, kranke Weise. Was auch immer von Julies Genen übrig war, würde ausgetrieben und durch Boshaftigkeit ersetzt werden. Dann würde dort draußen auf der Welt ein Teil von ihr herumlaufen, ein kleines Satelliten-Ich, das an der Seite dieser beiden Monster Gräueltaten beging.

»Nein, sie dürfen das Kind niemals in die Finger kriegen. Ich darf nicht zulassen, dass sie es mir wegnehmen.« Die Blutlinie dieses furchtbaren Mannes durfte nicht fortgesetzt werden.

Tief in ihrem Herzen wusste sie, dass es nur eine mögliche Schlussfolgerung gab. Sie hatte es nicht wahrhaben wollen, doch es war Zeit, den Tatsachen ins Auge zu sehen. Die Erkenntnis traf sie so unvermittelt, dass sie sich aufs Bett setzen musste. Wenn sie nicht rechtzeitig die Flucht ergreifen konnte, gab es nur einen Plan B. Sie würde ihr Kind töten müssen.

Und diese Tötung durfte kein abstrakter Gedanke sein, sondern musste konkret geplant werden. Es musste direkt nach der Geburt passieren, damit ihr keine Zeit für Gefühle oder Zweifel blieb. Sie würde dem Kind das Genick brechen oder es mit einem Kissen ersticken. Julie hatte schon öfter Neugeborene gesehen, und sie waren ihr so zerbrechlich vorgekommen, dass sie Angst gehabt hatte, sie auch nur im Arm zu halten. Es konnte nicht schwer sein, ein derart fragiles Wesen umzubringen, aber sie würde den Akt des Tötens jeden Tag in Gedanken üben müssen, damit sie ihn, ohne nachzudenken, ausführen konnte, wenn die Zeit gekommen war.

»Aber es wird *sein* Genick sein, das du brechen wirst, *sein* Mund und *seine* Nase, die du verstopfen wirst.«

Ihren Kidnappern würde sie sagen, es sei eine Totgeburt gewesen, und dann sollten die beiden mit ihr machen, was sie wollten. Wenn sie sie umbrachten – dann hätte sie es in jedem Fall sogar verdient. Was Julie vorhatte, war falsch, das wusste sie genau. Aber sie wusste auch, dass es keinen anderen Ausweg für sie gab.

»Ich werde eine Mörderin sein«, flüsterte sie. Bei dem Wort wurde ihr schlecht.

Sie legte sich im Dunkeln auf den Boden, mitten im Zimmer, und presste schluchzend eine Wange gegen die Dielen.

Ihr Entschluss stand dennoch fest. Es gab keine Alternative, keinen anderen Weg.

Eine Art innere Ruhe ergriff von ihr Besitz. So musste sich ein Henker fühlen, der seine Aufgabe zwar als schrecklich empfand, jedoch überzeugt war, den einzig rechtmäßigen und moralisch richtigen Weg zu gehen. Das Töten ihres Kindes war wider die Natur, aber es musste sein.

Denn was in ihr heranwuchs, war der Tod. Der Tod, nicht das Leben.

27

»AUTOUNFALL«, sagte Cora und wich den Blicken aus, als sie drei Wochen später wieder in der Schule auftauchte. »Ich bin gerade erst aus dem Krankenhaus entlassen worden.« Niemand stellte ihr Fragen. Ein Blick in ihr Gesicht, und die Sekretärin stempelte ihr ein rotes »Entschuldigt« in ihr Heft und schickte sie ihrer Wege.

Wenn sie jemand anderes gewesen wäre, jemand Nettes und Beliebtes, jemand, der beim Geschichtsclub mitmachte oder beim Spielmannszug, hätte sie sicher mit mitfühlenden Umarmungen und tröstenden Worten auf dem Schulflur und »Gute Besserung«-Zetteln an ihrer Schließfachtür rechnen können. Wie Millie Mason, nachdem sie beim Cheerleaden gestürzt war und sich den Arm gebrochen hatte, oder Cy Parsons, nachdem sein älterer Bruder bei einem Leichtflugzeugabsturz ums Leben gekommen war.

Für Cora galten andere Gesetze. Sie war entweder unsichtbar für ihre Mitschüler oder erhielt Aufmerksamkeit von der unwillkommenen Sorte. Manchmal schoben sich Gruppen von Zehntklässlerinnen an ihr vorbei, dicht gedrängt wie siamesische Zwillinge, die Hände vor die Gesichter gehalten, um ungestört miteinander zu tuscheln.

Einmal näherte sich ihr ein Schüler aus dem Footballteam, um ihr etwas ins Ohr zu flüstern.

»Schlampe«, zischte er und klatschte dann seine grinsenden Freunde ab, die ihn offenbar zu dieser Mutprobe angestachelt hatten.

Vielleicht kannten alle in der Schule die Wahrheit, vielleicht auch nicht. Jedenfalls hatte Cora ihren dünnen sozialen Schutzschirm verloren, nachdem ihre missratene kleine Clique sie gewaltsam aus ihrer Mitte verbannt hatte.

Sie fühlte sich buchstäblich wie ein geprügelter Hund. Höchste Zeit, dass sie aus Stillwater verschwand.

»Du hast selbst gesagt, dass es Zeit ist weiterzuziehen«, flehte sie ihren Vater beim Frühstück an.

»Stimmt. Wir ziehen ja auch weiter. Irgendwann demnächst.« Mit diesen Worten leerte er sein zweites Bier des Morgens. Seine Eier hatte er nicht angerührt.

»Wie wäre es mit Florida?«, drängte sie. »Du hast doch immer gesagt, dass du an einem warmen Ort leben willst. Wir könnten in einem Nationalpark campen.«

Er beugte sich vor und grinste boshaft.

»Wir brechen auf, wenn ich dazu bereit bin.« Ihm war anzusehen, wie viel Spaß ihm das Ganze machte.

Cora wusste genau, wie er tickte. Es war ein Fehler gewesen, ihm zu zeigen, wie sehr sie wegwollte. Jetzt konnte er sie genüsslich damit quälen und seine kleinen Spielchen spielen.

Sie stand auf, um den Tisch abzuräumen. Er hatte kaum etwas zu ihren blauen Flecken und ihrem Hinken gesagt, hatte überhaupt nicht bemerkt, was mit ihr los war. Wenn sie ihn nicht bald überzeugte, würden sie womöglich noch monatelang hierbleiben.

Ungehalten ließ sie die Teller in die Spüle gleiten und drehte den Wasserhahn voll auf.

Im Grunde wusste sie, was sie tun musste: ihm alles erzählen. Manchmal funktionierte es nur so. Man musste alles in die Luft jagen, um danach wie neugeboren aus der Asche emporzusteigen. Es war Coras einziger Trumpf im Ärmel.

Sie setzte sich wieder zu ihrem Vater. Während er das dritte Bier aufmachte, holte sie tief Luft und klammerte sich Halt suchend an der Stuhlkante fest. Ihr Herz schlug wie verrückt. Besser, sie brachte es jetzt gleich hinter sich bevor sie die Nerven verlor.

Sag es.

»Du verstehst das nicht«, presste sie hervor. »Die haben mein Baby umgebracht.«

Na also. Es war heraus.

Doch als sein kalter Blick zu ihr schoss, durchlebte sie einen Moment blanker Panik. Sie beobachtete sein Gesicht und wartete auf die Explosion, bereit, die Hände zu heben und sich gegen ihn zu verteidigen.

Aber er sagte nichts und tat auch nichts. Er trommelte nur mit den Fingern auf den Tisch und starrte über ihre Schulter hinweg in die Ferne. Sie konnte nicht einschätzen, was hinter seinen ausdruckslosen Augen in ihm vorging, und das jagte ihr mehr Angst ein als seine üblichen Tobsuchtsanfälle. Noch nie hatte sie ihn so ernst erlebt, so kontrolliert.

»Erklär mir das bitte«, sagte er schließlich.

Mit zitternder Stimme erzählte sie ihm die ganze schreckliche Geschichte. Sie flehte ihn weinend um Verzeihung an, schwor hoch und heilig, dass sie nie wieder etwas falsch machen würde, dass sie von jetzt an ein pflichtbewusstes, braves Mädchen sein würde. Wenn sie nur aus Stillwater verschwinden und so tun könnten, als wäre nichts passiert, würde alles wieder gut werden.

Er hatte genug gehört und hob die Hand, um sie zum Schweigen zu bringen.

»Ich muss erst noch etwas erledigen. Dann fahren wir. Richtung Osten, nach Virginia.«

Cora seufzte erleichtert auf und wischte sich mit dem Ärmel den Schweiß von der Stirn. Sie schloss die Augen und schickte ein stummes Dankesgebet gen Himmel. Er hatte sie noch nicht einmal geschlagen. Vielleicht liebte er sie ja doch und hatte Mitleid mit ihr.

Noch am selben Tag fing sie an, ihre Sachen zu packen.

Und dann, zwei Wochen später, stürzte endgültig alles in sich zusammen.

Als sie von der Schule nach Hause kam, fiel ihr auf, dass in ihrem Wohnwagen Licht brannte. Sie verlangsamte ihre Schritte. Wer war da im Wohnwagen? Ihr Vater war tagsüber normalerweise unterwegs oder schlief im Dunkeln seinen Rausch aus. War jemand eingebrochen?

Ausgerechnet jetzt, wo sie so nah dran waren, die Stadt zu verlassen? Konnten die letzten paar Tage nicht ohne weitere dramatische Ereignisse vergehen?

Cora schlich um den Wohnwagen herum, um durch das schmuddelige Fenster über dem Bett hineinzuspähen. Sie konnte nichts erkennen, aber im Inneren des Wagens klirrten Gläser. Nachdem sie die Plastiktüte, in der sie seit neuestem ihre Bücher transportierte, unters Hinterrad gelegt hatte, kehrte sie zur Tür zurück, bereit, den Einbrecher zu stellen. Alles, was sie besaß, war in diesem Wohnwagen.

Sie riss die Tür auf und hob die Fäuste.

Es war ihr Vater. Mit ausdruckslosem Gesicht stand er da, in einen schmutzigen Arbeitsoverall gekleidet und mit einer abgenutzten Umhängetasche über der Schulter. Sein Verhalten und sein Aufzug verhießen nichts Gutes.

»Du bist spät dran«, sagte er. »Wir haben viel zu erledigen.«

Er packte sie beim Arm und zog sie aus dem Wohnwagen und nach vorn zu seinem Pick-up. Der Anhänger war bereits abgekuppelt, und der Schlüssel steckte im Zündschloss.

»Steig ein«, befahl er, ohne sie anzusehen. Dann legte er den ersten Gang ein und steuerte den Truck rumpelnd die holprige Straße zum Highway hinauf.

»Wo fahren wir hin?«, fragte sie voller Angst. Er hatte diesen gefühllosen, kalten Ausdruck in den Augen.

»Das wirst du schon sehen.«

Für die Menge Alkohol, die er seinem Geruch nach getrunken haben musste, waren seine Fahrkünste noch ganz in Ordnung.

Sie überquerten die Brücke in die Stadt und fuhren die Main Street entlang. Da es vor einiger Zeit geregnet hatte, waren die Straßen glatt und dunkel, und in den Bäumen entlang der Gehwege hingen noch die Regentropfen. Die Backsteingebäude der Innenstadt ragten schutzbietend zu beiden Seiten auf, und Cora hatte das Gefühl, dass ihr nichts passieren konnte, solange sie hier, im geschäftigen Einkaufsviertel, blieben.

Sie kamen an dem gewaltigen Betonklotz vorbei, in dem die Stillwater Highschool untergebracht war. Irgendwie tat es ihr auch leid, ihr hiesiges Leben hinter sich lassen zu müssen. Wenn die Sache mit Reed nicht so furchtbar schiefgegangen wäre, hätte alles anders werden können. Dann hätte sie ihr Nomadendasein aufgeben und Wurzeln schlagen können.

Ihr Vater bog links ab, und Coras Herz begann zu klopfen. Es war der Weg zu Joys Wohnung. Aber von der wusste ihr Vater nichts, oder etwa doch? Wie konnte er davon erfahren haben? Vielleicht hatte er die letzten beiden Wochen damit verbracht, Nachforschungen anzustellen. Er war schlauer, als er auf den ersten Blick wirkte. Sein Kleinverbrecherhirn brachte manchmal Erstaunliches zustande.

Warum hatte sie ihm bloß die Namen ihrer ehemaligen Freunde verraten? War sie vielleicht wütender gewesen, als ihr bewusst gewesen war? Hatte sie insgeheim gehofft, er würde Rache üben? Was auch immer in ihr vorgegangen war, als sie ihm ihr Geheimnis anvertraut hatte, das, was er offenbar vorhatte, wollte sie auf keinen Fall.

»Vater? Wo fahren wir hin? Bitte sag es mir!« Ihre Verzweiflung wuchs.

Sie näherten sich der Abzweigung nach rechts, die zu Joys Wohnung führte, aber er fuhr zu schnell, um die Kurve zu schaffen. Cora atmete auf. Vielleicht irrte sie sich ja, und er hatte ein anderes Ziel im Sinn.

Dann riss er in letzter Sekunde das Steuer herum und bog doch noch rechts ab. Jetzt war jeder Irrtum ausgeschlossen. Panisch spähte sie zu seiner Umhängetasche auf dem Boden.

»Vater, was ist in der Tasche? Was hast du vor?«

Draußen war inzwischen ein Häuserblock schäbiger als der andere, bis Cora schließlich Joys Wohngebäude in der Ferne auftauchen sah. Blitzartig kehrten die Erinnerungen an ihren letzten Aufenthalt zurück. An den Schrecken. Ihr Atem beschleunigte sich. Sie konnte den Anblick dieses Gebäudes nicht mehr ertragen, wollte es niemals wiedersehen. Ihr wurde schwindelig, und ihre Hände begannen zu zittern.

»Vater, ich kann nicht dorthin zurück. Bitte zwing mich nicht.« Sie winselte jetzt wie ein Hund, den jemand getreten hatte.

»Halt den Mund. Du musst dich damit auseinandersetzen. Keiner darf mein Fleisch und Blut auf diese Weise demütigen.«

»Nein, Vater, ich brauche keine Rache. Mir geht es gut. Ich werde diesen Leuten einfach aus dem Weg gehen und in Zukunft vorsichtiger sein. Ich werde jeden Tag nach der Schule sofort nach Hause kommen. Es war ein Fehler, dass ich versucht habe, Freunde zu finden. Ich verspreche, dass mir das nie wieder passieren wird. Von jetzt an gibt es nur noch dich und mich, Vater, hörst du? Das ist für mich das Beste«, sprudelte es zusammenhanglos aus ihr hervor.

Mit bebenden Händen griff sie nach der Umhängetasche und öffnete sie.

Die Alarmglocken in ihrem Kopf schrillten jetzt noch lauter. In der Tasche befanden sich nur drei Gegenstände: ein Hammer, ein Paar Handschuhe und das Fleischermesser – das Messer, das sie immer sorgsam vor ihm versteckt hatte. Er musste die ganze Zeit gewusst haben, wo es war.

»Vater, das ist doch verrückt! Wir können nicht mit diesen Sachen da hineinmarschieren. Selbst wenn wir ihnen nur damit drohen, könnten wir dafür ins Gefängnis wandern. Weißt du nicht mehr, was in Nevada passiert ist?«

»Sei still, Cora. Ich weiß, was ich tue. Und ich weiß, was *du* tust. Es ist dein Chaos, und du wirst es beseitigen.«

»Was meinst du damit?« Sie schrie jetzt vor lauter Panik und packte seinen Arm, um ihn dazu zu zwingen, von der Straße abzubiegen. Er schüttelte sie ab und schlug ihr mit der flachen Hand gegen den Kopf. Weil er dabei den Blick von der Straße nehmen musste, scherte der Pick-up heftig zur Seite aus, und erst im letzten Moment gelang es Coras Vater, das Steuer wieder herumzureißen.

Nun sah er sie mit glühenden Augen an.

»Du tust, was ich dir sage. Entweder er oder du, hast du mich verstanden?« Er stieß es so wütend hervor, dass der Speichel in alle Richtungen flog.

Cora drückte sich in die schmale Ritze zwischen dem zerrissenen Kunstledersitz und der Autotür und zog verängstigt den Kopf ein. Was hatte er vor? Wie hatte sie es nur geschafft, sich in eine solche Lage zu bringen?

Und dann war der Moment gekommen. Sie hielten vor der Wohnung, und er riss ihr die Tasche aus den Händen. Ohne ein Wort stieg er aus, ging um den Pick-up herum und holte ein dünnes, aufgerolltes Seil von der Ladefläche.

Dann öffnete er schwungvoll die Beifahrertür.

Cora war wie gelähmt und konnte – nein, *wollte* – sich nicht bewegen. Unter keinen Umständen würde sie sich an dieser Sache beteiligen. Sie würde bei der ersten Gelegenheit versuchen, ihrem Vater zu entwischen und Reed zuzurufen, dass er sich in Sicherheit bringen sollte.

Ihr Vater packte sie grob am Arm und zerrte sie aus dem Auto. Er war stark, und der Alkohol machte ihn noch stärker. Nachdem er ihr die Seilrolle in die Hand gedrückt hatte, beugte er sich so dicht an ihr Ohr, dass sie seinen heißen Atem auf ihrer Wange spürte.

»Du hast Schande über uns gebracht mit deinem skandalösen Verhalten, Cora. Was heute hier passiert, ist deine Schuld. Entweder du kommst jetzt mit, oder ich verspreche dir, dass dein Leben nicht mehr lebenswert sein wird. Du glaubst, diese Leute hätten dir etwas angetan? Warte, bis du siehst, was ich *ihnen* antue.«

Cora wusste, dass sie ihre panische Angst niederringen musste. Hier ging es um mehr als nur um ein paar blaue Flecken.

»Was du vorhast, ist keine gute Idee, Vater. Sie werden dich verhaften und deine Fingerabdrücke nehmen, und dann werden sie sie mit all den anderen … Vorfällen aus deiner Vergangenheit abgleichen. Du darfst nicht ins Gefängnis. Was soll ich denn ohne dich tun?«

»Genau deshalb mache ich mir ja auch nicht die Finger schmutzig. Das wirst du für mich erledigen.«

Cora spürte, wie ihr ganzer Körper eiskalt wurde.

Ihr Vater zog die Handschuhe aus der Tasche und zwängte seine Finger hinein.

Als sie keine Anstalten machte, sich zu bewegen, riss er drohend die Faust hoch. Sie zuckte zusammen und hielt sich schützend die Hände vor den Kopf.

»Komm jetzt«, knurrte er durch zusammengebissene Zähne.

Sie trottete ihm mit bleischwerem Kopf hinterher und hoffte, dass sie die Situation irgendwie unter Kontrolle bringen konnte, sobald sie in der Wohnung waren. Ihr blieb ohnehin keine andere Wahl, als ihm zu folgen, denn er zerrte sie unerbittlich hinter sich her. Denk nach, Cora, ermahnte sie sich. Sie musste eine Lösung finden, bevor die Ereignisse sich überschlugen und sie nichts mehr tun konnte.

Ihr Vater klopfte an die Wohnungstür. Niemand öffnete.

Dem Himmel sei Dank, dachte sie erleichtert. Reed, Joy und Johnny kamen normalerweise jeden Tag her, aber vielleicht war das Schicksal ausnahmsweise einmal auf ihrer Seite. Wenn sie aufrichtig hätte beten können, wäre sie sofort an Ort und Stelle auf die Knie gesunken. Stattdessen fing sie stumm an zu zählen. Eins, zwei, drei, vier … Bei zehn machte ihr Herz einen kleinen Freudensprung. Die drei waren in Sicherheit.

»Es ist niemand hier, Vater. Lass uns gehen. Wir kommen ein anderes Mal wieder«, flehte sie.

Er sah sie nicht an, starrte nur auf die Tür und ballte immer wieder die Fäuste, als wollte er sich durch reine Willenskraft Zugang verschaffen.

»Bitte. Sie sind heute nicht gekommen.« Sie zog an seinem Ärmel.

In diesem Moment ging knarrend die Tür auf, und Reed Lassiter lächelte ihnen entgegen. Offenbar hatte er jemand anderen erwartet.

28

CORA STAND über das schlafende Mädchen gebeugt in der Dunkelheit und umklammerte ihr Messer, während sie sich innerlich Mut zusprach. Sie verharrte schon viel zu lange so. Ihre Hände zitterten unkontrolliert, aber ihr restlicher Körper wollte sich nicht bewegen.

Sie ermahnte sich, ihr Vorhaben zu Ende zu bringen. *Ich muss es tun.*

Die junge Frau rollte sich auf die Seite und murmelte mit halb im Kissen vergrabenem Gesicht vor sich hin. Wie Cora sich danach sehnte, ihr diese rote Blüte von einem Mund zu stopfen. Sie gänzlich auszulöschen und diese ganze Episode zu vergessen.

Allerdings war ihr dieser Plan von ihrem Schlafzimmer aus deutlich einfacher vorgekommen.

Sie stand noch eine Minute reglos da und versuchte, ihren ganzen Mut zusammenzunehmen, aber wenn sie sich vorstellte, wie das Messer das glatte rosige Fleisch durchbohrte, kehrten ihre Gedanken ungewollt zu jenem Tag in Stillwater zurück. Der raue Schmerzenslaut, als sich das Messer herabsenkte, der metallische Geruch des Blutes, das in zähen, klebrigen Pfützen auf dem Boden gerann. Das Entsetzen in seinen Augen.

Sie erschauderte und schob das Schnappmesser, ihre Schwäche verfluchend, wieder in ihre Schürzentasche zurück.

Dann seufzte sie. Was sollte sie denn jetzt tun?

Bald würde James zurückkommen, und was dann? Was, wenn er sie jetzt, wo das Mädchen ihm das Kind schenkte, das *sie* ihm nie hatte schenken können, komplett verstieß?

Wo sollte sie hingehen? Wie sollte sie leben?

James und sie hatten zwei Koffer am Rand des hinteren Feldes vergraben, als Teil ihres ursprünglichen Fluchtplans. Allerdings enthielten diese Koffer nur wenige Gebrauchsgegenstände – einige Kleidungsstücke und Konserven –, mit denen sich Cora maximal eine Woche über Wasser halten konnte. Nur James kannte das Versteck ihrer finanziellen Notreserven.

Ihr blieb also nichts anderes übrig, als darauf zu vertrauen, dass James sich an all die wunderbaren Details der Offenbarung erinnern würde. Denn es stand geschrieben, dass sie mit ihm vereint und dass ihre Seelen für alle Ewigkeit miteinander verflochten waren. Sie war die rechtmäßige Ehefrau. Bestimmt würde er sich daran erinnern.

Aber die junge Frau war schön oder würde es zumindest wieder sein, wenn sie ihre Gesundheit zurückerlangte. Und sie war nicht dumm, anders als ihre Vorgängerin, die zu nichts zu gebrauchen gewesen war. Sie hätte James niemals zufriedengestellt und nicht einen Tag an seiner Seite überlebt.

Diese Gefangene hingegen …

Cora musste dafür sorgen, dass sie ihre Stellung kannte und akzeptierte. Das war ihre einzige Möglichkeit.

Sie beugte sich über die schlafende junge Frau, bis ihre Gesichter nur noch wenige Zentimeter voneinander entfernt waren. Dann verharrte sie einen Moment und lauschte ihren gleichmäßigen Atemzügen, roch ihren ungewaschenen Körper, spürte die Wärme, die sie ausstrahlte.

»Wach auf«, sagte sie plötzlich.

Das Mädchen schreckte aus dem Schlaf und richtete sich kerzengerade auf. Als es Cora sah, kroch es in die Ecke, in der das Bett von zwei Wänden begrenzt wurde, und rollte sich dort zu einer Kugel zusammen.

Cora knipste das Licht an.

»Geh in deine Position«, herrschte Cora sie an, entschlossen, sie diesmal unter strikter Kontrolle zu behalten.

Die junge Frau gehorchte sofort. Obwohl sie noch immer benommen war, hob sie beide Arme über den Kopf und kreuzte die Beine auf Knöchelhöhe.

»Ich habe dir etwas Wichtiges zu sagen«, verkündete Cora.

Die junge Frau nickte zaghaft, als wüsste sie nicht, ob diese Geste erlaubt war.

»Es ist deine und meine Bestimmung, zu ertragen, was immer auf uns zukommt. Unsere Pflicht zu tun.« Das Gesicht der Gefangenen blieb ausdruckslos, aber Cora konnte sich die Verachtung lebhaft ausmalen, die sie hinter der teilnahmslosen Fassade empfand. Diese junge Frau fällte über alles ihr Urteil, heckte ständig Verschwörungen aus und schmiedete Pläne. »Auch jetzt noch, da die Offenbarung sich offensichtlich auf falsche Weise erfüllt hat.«

»Falscher geht es nicht«, stimmte ihr das Mädchen mürrisch zu.

»Es ist meine Schuld. Ich habe James enttäuscht. Wegen einer Jugendsünde konnte ich ihm selbst kein Kind schenken. Erkennst du, wie wir für unsere Sünden bestraft werden? Mag der Tag der Abrechnung auch noch so lange auf sich warten lassen, irgendwann tritt die Strafe ein.«

Die junge Frau schniefte, ihr Blick wurde starr.

»Meine Strafe *ist* bereits eingetreten.«

Cora ging über diese Respektlosigkeit hinweg und sprach weiter.

»Ich weiß, dass du mich verurteilst. Anders, als du denkst, war mein Leben nicht dazu bestimmt, so zu sein, wie es jetzt ist. Alles sollte anders werden durch die Farm. Wir wollten hier eine neue Gruppe Jünger um uns scharen und in Frieden auf diesem Land leben.« Coras Stimme wurde leiser, als sie an frühere Zeiten im Kreis ihrer gemeinsamen Anhänger zurückdachte. »Aber die Jünger kamen nie, und James wurde ungeduldig. Er sagte, wir müssten die göttliche Familie auf andere Weise erweitern.«

Bei diesen Worten begann das Mädchen zu wimmern.

»Die Offenbarung kam eines Nachts zu ihm: Wir würden eine Dienerin des Herrn finden, deren Körper jung und fruchtbar war. Durch das Mysterium des Universums würde das göttliche Kind unser werden.«

Cora umklammerte ihren Bauch, die Stelle, an der einst das Herz ihres Kindes geschlagen hatte. Es war alles zu viel für sie.

Plötzlich wurde sie von der Ungeheuerlichkeit der Offenbarung überwältigt, sank auf die Knie, faltete die Hände und blickte zur Decke empor. In diesem Moment vergaß sie ihren Entschluss, ihre Wut, sogar die ehrfurchtgebietende Rolle, die sie hatte spielen wollen.

»Wenn ich doch nur nicht gesündigt hätte, dann wäre all dies nie passiert.«

Aus dem Augenwinkel sah sie, dass die junge Frau vom Bett auf den Boden krabbelte. Cora wollte jetzt nicht darüber nachdenken, dass sie sich ihren Anweisungen widersetzte. Die junge Frau kroch noch näher an Cora heran, ganz langsam, schien vorzufühlen, wie weit sie gehen konnte. Cora ließ es zu. Sie war müde, abgekämpft. Nichts spielte mehr eine Rolle.

Das Mädchen schob seinen Arm um Coras Schultern und streichelte ihr Gesicht. Cora wich erst zurück, entspannte sich dann jedoch. Das Streicheln tröstete sie. Es fühlte sich gut an. Seit Ewigkeiten hatte sie niemand mehr liebevoll berührt. Sie dachte an Reeds Arme, die um ihren Körper gelegen hatten, an seine Stimme in ihrem Ohr.

Sie war schon so lange allein.

Das Gesicht der jungen Frau war voller Anteilnahme, machte Cora aber trotzdem nervös. Sie drehte sich weg und ließ den Blick durch den Raum schweifen.

»Ich hatte es verdient, zusehen zu müssen, wie er Brett für Brett dieses Zimmer baute und mein Haus schändete«, murmelte sie, nachdem ihr Blick an dem mit dicken Planken zugenagelten Fenster hängen geblieben war.

Die junge Frau umarmte sie noch fester.

»Schon gut«, sagte sie leise. »Schon gut.«

Cora konnte den Herzschlag des Mädchens durch ihre

Kleider spüren und fühlte sich an das gleichmäßige Pochen unter Reeds warmer Haut in jener Nacht am Staudamm erinnert. Wie schön es gewesen wäre, sich ganz dem Trost einer menschlichen Umarmung hinzugeben.

Aber nein, nicht von ihr.

Sie stieß die junge Frau weg. Sie brauchte sie nicht. Nachdem Cora sich aufrecht hingesetzt hatte, strich sie sich die Kleider glatt.

»Reed hätte über all das gelacht«, murmelte sie. »Er und die anderen, wenn sie noch leben würden.« Sie schüttelte den Kopf. »Wenn er das Kind doch nur gewollt hätte. Dann hätte ich sie beide retten können.«

»Reed? Wer ist Reed?«

»Sei still. Wage es nicht, seinen Namen in den Mund zu nehmen. Du bist unwürdig.«

»Welches Kind?«, flüsterte das Mädchen. »Hatten Sie und Reed ein Kind zusammen? Was ist mit den beiden passiert? Sie können es mir erzählen.«

Beschämt darüber, dass sie zu viel gesagt hatte, packte Cora die junge Frau bei den Schultern und grub ihre Finger in die Falten ihres Sweatshirts. Nachdem sie sie auf die Füße gezerrt hatte, hielt sie ihr Gesicht zwischen den Händen und drückte es fest zusammen. Das Mädchen stöhnte.

»Vergiss Reed und das Baby. Dieses Kind gehört nicht dir, hörst du mich. Du bist nur ein Gefäß, ohne jede Ansprüche. Es steht geschrieben, dass James und ich eins sind. ›Die Ehefrau leidet, doch in diesem Leiden wird sie reich belohnt werden.‹ Verstehst du mich?«

»Ja, ja, ich habe verstanden«, sagte das Mädchen und nickte eifrig. »Ich lerne, mein Schicksal anzunehmen, genau wie Sie gesagt haben.«

Cora stand keuchend da und starrte die junge Frau an. Sie fühlte sich jetzt besser, weil die Tatsachen zwischen ihnen auf dem Tisch lagen und weil sie sah, dass die Gefangene sich zu fügen begann. Wenn sie wirklich verstand, worum es ging, und kooperierte, würde alles gut werden.

Cora stieß das Mädchen zurück aufs Bett und setzte sich daneben. Sie musste sich beruhigen. Während sie langsam und bewusst ein- und ausatmete, spürte sie, wie sich ihr Puls allmählich normalisierte. Sie schlang die Arme um ihren Körper und wiegte sich sanft vor und zurück. Alles würde gut werden. Es war nichts passiert. James wusste noch nicht einmal von den Neuigkeiten. Es blieb immer noch Zeit, alles zu regeln.

Sie drehte sich langsam zu der Gefangenen um und musterte ihren ausgedörrten Körper, ihr farbloses Gesicht, ihre glanzlosen Haare. Die junge Frau ließ Cora nicht aus den Augen, war offensichtlich völlig eingeschüchtert. Vielleicht stellte sie doch nicht die gefürchtete Bedrohung dar.

In jedem Fall musste Cora jetzt noch keine Entscheidung treffen. Sie würde auf James warten. Er würde schon wissen, was zu tun war, und alles wieder in Ordnung bringen. Ihr Verstand war widerspenstig, voller unreiner Gedanken. Allzu oft verlor sie aus Angst, ihre Stellung einzubüßen, das Wesentliche aus den Augen. Dabei musste sie sich nur an ihr Gelübde erinnern, an ihre Pflicht. Vor allem aber musste sie James alles gestehen und sich seiner Gnade anheimgeben.

Wenn er doch nur bald nach Hause kommen würde!

Bevor sie doch noch vom rechten Weg abkam und dieses Mädchen umbrachte.

29

MIT DEIRDRES HILFE war es nicht allzu schwer gewesen, Grim Stokes ausfindig zu machen. Es stellte sich heraus, dass er in Stillwater geblieben war und den Familienbetrieb übernommen hatte, ein Netzwerk aus kleineren Drogengeschäften und heruntergekommenen Stripclubs entlang des Highway 81. Nachdem Stokes Senior sozusagen in den Vorruhestand getreten war und es sich im Zellenblock A der Justizvollzugsanstalt von Faribault bequem gemacht hatte, war Grim in ungewöhnlich jungen Jahren vom Highschooldealer zur Nummer eins im Ort aufgestiegen, und zwar sehr erfolgreich, nach allem, was man hörte. Das Geschäft florierte.

Sein Büro befand sich im hinteren Teil der nobelsten Oben-ohne-Bar der ganzen Gegend, einem frei stehenden Gebäude an der Kreuzung zwischen State Road und County Road etwa acht Kilometer außerhalb der Stadt. Das geriffelte Plastikschild über dem Eingang war mit roten Leuchtbuchstaben beklebt, die das Wort »Scooters« ergeben hätten, wäre das »c« nicht längst heruntergefallen. Da es Dienstagmittag war, hatte Adam nicht mit Kundschaft gerechnet, aber der Parkplatz stand voller Pick-ups – aktuellen Modellen mit getönten Scheiben und schlüpfrigen Aufklebern auf dem Heck.

Als er aus dem hellen Tageslicht in die dunkle Bar trat, war er für einige Sekunden wie geblendet, doch sobald sich seine Augen an das Dämmerlicht gewöhnt hatten, wappnete er sich und näherte sich der Barkeeperin, einer unterernährten jungen Frau in weißer abgeschnittener Jeans und aufreizend zwischen den Brüsten verknotetem Oberteil. Sie trug einen Cowboyhut, und ihre braunen, unfachmännisch gesträhnten Haare waren zu zwei großen Kringeln gedreht, die ihr auf die Schultern fielen. Gewaltige falsche Wimpern umrahmten ihre schokoladenbraunen Augen, und auf ihren Lippen glitzerte hellrosa Lipgloss.

»Hallo! Was kann ich für Sie tun, Mister?«, fragte sie und zwinkerte ihm übertrieben lasziv zu.

Adam zwang sich zu einem Lächeln.

»Ich suche Grim Stokes, und man hat mir gesagt, ich könnte ihn hier finden.«

Das Gesicht der Frau wurde schlagartig ernst.

»Weiß er, dass Sie kommen?«, fragte sie und wandte ihre Aufmerksamkeit demonstrativ wieder den Messingzapfhähnen zu, die sie vor seinem Eintreffen poliert hatte.

»Nein. Könnten Sie ihm bitte sagen, dass mich Joy Marcione an ihn verwiesen hat? Eine alte Freundin.«

Die junge Frau ließ widerwillig ihr Geschirrhandtuch sinken und sprach den Stammgast an, der zwei Barhocker neben Adam ein Nickerchen hielt.

»Ray, ich bin gleich wieder da. Kannst du die Bar und den Eingang für mich im Blick behalten?«, fragte sie und warf ihre Haare nach hinten.

Der langhaarige Mann mit der Jeansweste hob seinen Kopf gerade genug, um zustimmend zu grunzen, bevor er ihn wieder auf seine muskulösen, stark tätowierten Unterarme sinken ließ.

Zwei Minuten später kehrte die Barkeeperin zurück, schüttelte den Kopf, als sie den schlafenden Ray sah, und griff wieder nach ihrem Geschirrhandtuch.

»Er empfängt Sie hinten«, erklärte sie und beäugte Adam argwöhnisch, während sie mit dem Daumen in die Richtung zeigte, aus der sie gerade gekommen war.

Adam bahnte sich seinen Weg durch das Labyrinth aus verchromten Stühlen und lackierten Tischen, die alle auf die Bühne ausgerichtet waren. Ein paar Betrunkene hatten ihre Stühle dicht an den zentralen Laufsteg herangezogen, auf dem eine kaum volljährige Wasserstoffblondine mit gelangweiltem, geistesabwesendem Gesichtsausdruck ihren nackten Rücken an einer Stange rieb. Ihr Blick blieb an Adam hängen, dem mit jahrzehntelangem Abstand jüngsten Mann in der Bar, aber er fixierte fest sein Ziel, eine Metalltür an der hinteren Wand des Saals, die ebenso Lackschwarz gestrichen war wie die Wände.

Bevor er sie jedoch erreicht hatte, ging sie wie von selbst auf und gab eine noch dunklere Höhle von einem Raum preis. Adam machte einen Schritt hinein, doch bevor er seine Umgebung erfassen konnte, hatte er einen muskulösen Arm um den Hals liegen und den Lauf eines Revolvers an der Schläfe.

Wehrlos und unbewaffnet brachte er nur noch einen kurzen Schrei hervor, bevor seine Kehle zusammengedrückt wurde. Voller Panik versuchte er, sich zu orientieren. Der fensterlose Raum war üppig möbliert mit türkischen Teppichen in Rot und Gold sowie einem überdimensionalen Mahagonitisch mit gedrechselten Beinen und aufwendigen Intarsien. Dahinter saß in einem gewaltigen Ledersessel ein großer Mann mit zurückgegelten braunen Haaren und langem Vollbart, der eine Zigarette in den mit Ringen geschmückten Fingern hielt. Die Ärmel seines Flanellhemds waren hochgerollt und entblößten tätowierte Arme.

Der Mann, der Adam würgte und ihm gleichzeitig die Arme auf dem Rücken fixierte, wog mindestens hundertzwanzig Kilo und war ganz in schwarzes Leder gekleidet. Ein zweiter Schlägertyp, der sein Zwilling hätte sein können, stand auf der anderen Seite der Tür bereit. Beide sahen den Riesen hinter dem Schreibtisch an und warteten auf Anweisungen.

»Was wollen Sie hier?«, fragte Grim ruhig und nahm einen Zug von seiner Zigarette, bevor er sie in einem Porzellanaschenbecher in Form eines Schwans ausdrückte.

»Joy Marcione war der Meinung, dass Sie mir vielleicht helfen können.«

Der Rausschmeißer presste seinen Arm noch stärker gegen Adams Hals.

»Warum sollte diese Schlampe Sie ausgerechnet hierher zu mir schicken? Es sei denn, sie hätte Sie auf dem Kieker. Hat sie irgendein Interesse an Ihrem Tod?«

Adam schüttelte so gut es ging den Kopf.

»Wo treibt sich dieses jämmerliche Stück Scheiße eigentlich heutzutage herum?«, erkundigte sich Grim. »Hoffentlich ist sie längst unter der Erde. Andererseits war sie von der Sorte, die sich selbst aus dem Grab noch irgendwie zurück ins Leben buddeln würde. Bei einer Zombie-Apokalypse würde sie garantiert in der ersten Reihe mitlaufen.« Er stand auf und ging um den Schreibtisch herum, wodurch seine mageren, in hautenge Skinny-Jeans gehüllten Beine und seine in knallorangefarbenen Turnschuhen steckenden Füße sichtbar wurden.

»Sie sitzt im Gefängnis«, stieß Adam keuchend hervor.

Auf einmal grinste Grim so breit, dass man Angst bekam, sein Gesicht würde in zwei Hälften brechen.

»Gefängnis – noch besser! Das ist die beste Neuigkeit des Tages.« Er tat so, als würde er seinen nicht vorhandenen Hut in die Luft werfen.

»Sie sind Grim Stokes?«, wagte sich Adam vor.

»Wie sind Sie denn darauf gekommen?« Er gab dem Schlägertypen mit einem Nicken zu verstehen, dass er Adam loslassen konnte, woraufhin ihn dessen Kollege zunächst nach Waffen absuchte.

»Dieser adrette Bursche sieht nicht aus, als könnte er viel Schaden anrichten, oder?«, bemerkte Grim an seine Türsteher gewandt. Adam schämte sich plötzlich für sein hellblaues Oxfordhemd und die Jeans, die er schon seit fünf Jahren besaß.

»Bleibt in der Nähe, Jungs, vielleicht könnt ihr noch was lernen. Wie heißen Sie, junger Mann?«

»Adam Miller.« Ihm entschlüpfte versehentlich der echte Name.

»Und was haben Sie mit Joy zu tun? Hat sie Ihnen auch einen Millionendeal vermasselt? Oder wollte sie nur schnelles Geld?« Er musterte Adam von Kopf bis Fuß und versuchte offenbar einzuschätzen, ob er als Geldquelle taugte.

»Keins von beidem. Ich bin auf der Suche nach Informationen zu einem Mordfall und dachte, sie könnte mir weiterhelfen.«

Die beiden Türsteher standen auf und rückten wieder näher an ihn heran. Adam hatte eindeutig das Falsche gesagt.

»Sind Sie ein Bulle?«, fragte Grim mit schief gelegtem Kopf. »Im Allgemeinen geben sich Polizisten hier nämlich von Anfang an als solche zu erkennen. Das ist nur fair, finden Sie nicht auch?«

»Äh nein. Kein Bulle. Jedenfalls nicht mehr.« Adam hielt es bei diesem Kerl für ratsamer, wenn er die Karten offen auf den Tisch legte. »Ich war mal einer, aber sie haben mich rausgeworfen.«

Die Schlägertypen zogen sich zurück, und auch Grim entspannte sich sichtlich.

»Und jetzt was? Sind Sie darauf aus, sich ein bisschen Geld dazuzuverdienen? Geht es darum? Ich habe mehrere Exbullen auf meiner Gehaltsliste. Normalerweise komme ich ganz gut mit ihnen klar. Sie eignen sich nützliche Fähigkeiten in der Polizeischule an und finden dann im Arbeitsalltag heraus, dass es besser bezahlte Jobs gibt. Bei mir zum Beispiel.«

Für einen kurzen Moment stellte sich Adam eine solche Zukunft vor: sich für immer in Stillwater niederzulassen, für einen zweitklassigen Drogendealer zu arbeiten, die Wochenenden dort draußen auf einem Barhocker neben Ray zu verbringen, nie seine Mutter zurückzurufen … Nein, so tief würde er nicht sinken.

»Nein, danke. Wie gesagt: Ich ermittle in einem Mordfall.«

»Als Privatmann? Inoffiziell sozusagen? Aus Spaß? Oder ist das Ganze ein Rachefeldzug?«

»Die Gründe sind persönlich.«

»Okay«, akzeptierte Grim seine Antwort. Dann schien er in Gedanken eine Liste durchzugehen. »Welcher Mordfall?«

»Reed Lassiter, Lila McIntyre, Johnny …«

»Lassen Sie mich direkt an dieser Stelle einhaken«, sagte Grim und trat mit erhobenem Finger auf Adam zu. »Dieser Fall ist nämlich auch für mich persönlich, falls Sie verstehen, was ich meine. Das waren meine Leute, nicht bloß Geschäftskontakte. Sie wagen sich da an eine todernste Sache.«

Adam wusste nicht, was er darauf sagen sollte. Er stand wie angewurzelt da.

Grim starrte ihn eine Weile wortlos an, wobei ihm die Augen fast aus den Höhlen sprangen. Dann holte er tief Luft und ging langsam zurück zu seinem Sessel. Er bedeutete Adam, auf einem der Ohrensessel gegenüber seinem Schreibtisch Platz zu nehmen.

»Raus mit euch«, sagte Grim unvermittelt zu seinen Aufpassern, die blitzschnell das Weite suchten.

Nachdem sich Grim in seinem Sessel zurückgelehnt hatte, zog er eine weitere Zigarette hervor, zündete sie jedoch nicht an. Er hielt sie einfach nur zwischen den Fingern, als hätte er sie vergessen.

»Ich glaube nicht, dass ich Ihnen helfen kann«, sagte er schließlich. »Ich habe nämlich selbst keine Ahnung, was damals passiert ist.«

»Joy glaubt zu wissen, wer die drei getötet hat«, platzte Adam heraus und bereute es sofort.

Sobald Grim Joys Namen hörte, zogen sich seine Brauen zu einer wütenden Linie zusammen. Sein Gesicht lief knallrot an.

»Joy, soso. Hat sie Ihnen etwa verklickert, dass es diese Laura war?«

Adam zögerte. Er hatte keine Ahnung, in welche Gewässer er hier hineinwatete. Normalerweise war er Zeugen gegenüber sparsam mit Informationen, aber in diesem Fall war er bereits einen Schritt zu weit gegangen und konnte nicht mehr zurück.

»Ja, genau das hat sie gesagt«, gab er zu.

»Laura. Das war ein ganz spezieller Charakter.«

»Wie meinen Sie das?« Adam merkte auf. Vielleicht stand er endlich vor einem Durchbruch.

»Na ja, ich bin nie so ganz schlau aus ihr geworden. Obwohl ich es wirklich versucht habe.«

»Waren Sie mit ihr befreundet?«

»Nicht direkt, aber ich kannte sie. Sie gehörte ein paar Monate zur Clique. Manchmal haben wir alle bei Joy rumgehangen, manchmal auch am Staudamm, wo ich so eine Art kleine Geschäftsstelle hatte. Eng befreundet waren wir ganz sicher nicht. Ich habe sie trotzdem im Auge behalten. Man weiß schließlich nie.«

»Wie meinen Sie das?«

»Na ja, ich hatte damals den einen oder anderen Deal am Laufen. Das war allseits bekannt, deshalb bestreite ich es nicht. Und dann taucht wie aus dem Nichts dieses neue Mädchen auf. Keiner wusste, woher sie kam, wo sie wohnte, was es mit ihr auf sich hatte. Das war mir irgendwie unheimlich, deshalb habe ich zusammen mit einer Freundin, die im Sekretariat der Schule arbeitete, nachgeforscht. Keine Unterlagen, keine schulische Vergangenheit. Für ihr fehlendes Krankenblatt hat sie irgendwelche religiösen Ausnahmeregelungen geltend gemacht. Geheimniskrämerei war mir schon immer suspekt. Ich will wissen, was mit den Leuten los ist, das war schon damals so. Vor allem mit den Leuten, mit denen meine Freunde abhängen. Ich hatte das ungute Gefühl, dass sie eine Drogenfahnderin war und dass ich kurz davor war, von ihr hochgenommen zu werden. Also bin ich ihr gefolgt.«

»Und?«

Er schüttelte den Kopf, verschränkte die Hände über dem Bauch und lehnte sich zurück.

»Sie war keine Drogenfahnderin. Auf keinen Fall. Falls doch, hatte sie die beste Tarnung, die ich je erlebt habe. Das Lustige war, dass sie sogar ein ziemlicher Gutmensch war, soweit ich das erkennen konnte. Ein eigentlich nettes Mädchen, das sich mit den falschen Leuten eingelassen hatte.

Ich fand heraus, wo sie wohnte, draußen im Wohnwagenpark an der County Road 67. Dort habe ich ein bisschen herumgeschnüffelt. Ich hatte eine Klientin vor Ort, eine ältere Hippiefrau, die ständig Nachschub von meinem … meiner *Ware* brauchte, wenn Sie so wollen. Also steckte ich ihr ein paar Gratisrationen dafür zu, dass sie für mich die Ohren spitzte und die Sache im Auge behielt. Sie parkte ihren Wohnwagen direkt nebenan. Gut möglich, dass sie sogar den Müll und die Post der beiden durchwühlt hat.« Er grinste. »Von ihr wusste ich, dass sie vorhatten abzuhauen. Und wohin sie wollten.«

Adam konnte kaum glauben, was er da hörte.

»Ob sie dort auch wirklich hingefahren sind, weiß ich nicht. Sie hatten schon eine Weile gepackt, bevor es zu den Morden kam, und jede Menge Zeug weggeworfen. Die Leute waren zur damaligen Zeit noch nicht so vorsichtig mit ihren persönlichen Informationen, auch nicht so misstrauische Leute wie diese beiden.«

Er lehnte sich zurück und starrte über Adams Kopf hinweg. »Wenn ich ehrlich bin, dachte ich immer, dass Joy bei den Morden ihre Hände im Spiel hatte. Aber wir waren befreundet, und ich hatte damals dämliche Vorstellungen von Treue und Vertrauen. Wahrscheinlich hatte ich zu oft

Das Messer am Ufer gesehen.« Er lachte in sich hinein. »Es kam mir also ganz gelegen, dass die Gerüchteküche einem Mädchen die Schuld gab, das zu diesem Zeitpunkt bereits tausendfünfhundert Kilometer weit weg war. Ich habe einfach den Mund gehalten und der Sache ihren Lauf gelassen.«

Adam brachte die nächsten Worte nur mit Mühe hervor, weil seine Lippen vor Aufregung bebten.

»Jetzt machen Sie es nicht so spannend. Wohin sind die beiden gefahren?«

Grim zog ein Päckchen hervor, das nach Tabak aussah, aber vermutlich etwas anderes enthielt, und fing an, sich einen Joint zu drehen.

»Warum sollte ich Ihnen das sagen?«

»Warum nicht? Was kümmert es Sie, wenn ich beweisen kann, dass sie die Täterin war?«

»Das ist nicht die richtige Frage. Die richtige Frage lautet: Was haben Sie von der Sache, wenn Sie doch kein Bulle mehr sind? Worum geht es Ihnen?«

»Vielleicht stellen sie mich wieder ein, wenn ich den Fall nach all den Jahren löse.« Adam zuckte mit den Schultern.

Grim sah ihn so nachdenklich an, als würde er über ein grundlegendes Mysterium der Menschheit nachgrübeln.

»Wirklich? Macht es Ihnen so viel Spaß, Leute in den Knast zu bringen?«

Adam lief tiefrot an und dachte, dass er das zu seinen aktiven Zeiten gern ein bisschen öfter getan hätte.

»Verstehe. Also, folgender Deal: Ich verrate es Ihnen, aber ich will, dass wir in Kontakt bleiben. Man weiß nie, wann man ein bisschen Unterstützung von einem Freund und Helfer gebrauchen kann. Vorausgesetzt natürlich, Sie schaffen es tatsächlich zurück in den Dienst. Falls ja, verlasse ich mich darauf, dass Sie sich an mich erinnern.«

»Ich wüsste nicht, wie ich Ihnen dann behilflich sein könnte.«

»Man weiß nie, mein Freund. Man weiß nie.« Grim wirkte sehr zufrieden mit sich.

Adam zögerte. War er wirklich bereit, einen Pakt mit dem Teufel einzugehen, nur um seine Suche fortsetzen zu können? Er hatte noch nie auch nur den kleinsten Hinweis darauf erhalten, wohin Laura und ihr Vater nach den Morden geflüchtet waren. Im Grunde blieb ihm also gar nichts anderes übrig, als einzuschlagen und darauf zu vertrauen, dass Grim niemals auf ihn zurückkam.

»Gut, einverstanden.«

Jetzt wirkte Grims Lächeln zum ersten Mal aufrichtig.

»Roanoke. Dahin wollten sie. Das konnte ich mir deshalb so gut merken, weil ich mal mit einem Mädchen von dort zusammen war. Lauras Vater hatte in Roanoke Familie, oder zumindest eine Schwester. Wie gesagt: Ich habe keine Ahnung, ob sie wirklich hingefahren sind. Und falls ja, sind sie sicher längst nicht mehr dort.«

»Wissen Sie den Namen der Schwester?«

»Ich habe ihn sicher irgendwo gehört oder gelesen, aber das ist zwanzig Jahre her. Vielleicht erkenne ich ihn, wenn Sie ihn mir nennen.«

Adam schüttelte enttäuscht den Kopf. Also doch eine Sackgasse.

»Würde sich diese Hippiefrau daran erinnern?«

Grim lachte.

»Mehr als fraglich bei ihrem täglichen Konsum an ›Naturkräutern‹. Sie können es ja versuchen. Es gibt sie nämlich noch. Sie ist steinalt, aber das Gras hält sie jung. Ihr Name ist Jewel, und ihre Behausung können Sie nicht verfehlen, glauben Sie mir. Aber seien Sie nett zu ihr, sie ist immer noch eine gute Kundin.«

Während Adam den Parkplatz überquerte und wieder hinter dem Steuer seines Autos Platz nahm, verfluchte er sich dafür, dass er völlig umsonst seine Seele verkauft hatte. Roanoke. Ohne den Namen der Schwester brachte ihn das auch nicht weiter. Er googelte den Ort und sah, dass er rund hunderttausend Einwohner hatte. Nun hing der weitere Verlauf seiner Ermittlungen von einer mit Drogen vollgepumpten alten Frau ab, die in einem Wohnwagenpark hauste und sich bestimmt nicht an einen Namen erinnerte, den sie vor zwanzig Jahren aus einer Mülltonne gefischt hatte.

30

CORA GING über die knarrenden Holzdielen zu der Kommode, auf der sie den Zettel abgelegt hatte. Er war an diesem Morgen eingetroffen, ein Brief von James, auf die Rückseite eines Supermarkt-Kassenbons gekritzelt. Früher waren seine Botschaften mystisch und mysteriös gewesen. Jetzt waren sie simpel. Er brauchte Geld.

Diese Tatsache an sich war nicht weiter überraschend, aber ihr sank dennoch das Herz in die Hose, nachdem sie die Nachricht ganz gelesen hatte. Er wies sie an, innerhalb der nächsten zwei Wochen mindestens zweihundertfünfzig Dollar aufzubringen und sie an eine Western-Union-Adresse in Lewiston, Idaho, zu schicken. James würde also nicht so bald zurückkommen und sie auf den Pfad zurückführen. Er überließ sie sich selbst.

Egal, sie wusste auch ohne ihn, dass sie ihre Pflicht tun musste. Aber woher sollte sie derart viel Geld nehmen? Als ob sie nicht auch so schon genug Probleme hätte.

Ohnehin besaß sie kaum genug, um die Farm am Laufen zu halten, geschweige denn, um Geld für die im Januar fällige Grundsteuer beiseitezulegen. Wenn erst einmal der Winter Einzug gehalten hatte, mussten sie Futter für die Tiere kaufen. Außerdem hatte Cora dieses Jahr nicht genug Feuerholz hacken können, weil sie meist allein gewesen war, weshalb sie mindestens ein Klafter Holz von den Nachbarn würde kaufen müssen.

Und dann würde irgendwann die Rechnung für den Schneepflug kommen, und zu allem Überfluss waren auch noch die Gaspreise gestiegen. Sie konnte auch diesen Winter wieder die meisten Zimmer unbeheizt lassen und sich warm einpacken, aber ein bisschen Wärme brauchte sie schon, wenn sie nicht erfrieren wollte. Wahrscheinlich erwartete er genau das von ihr – dass sie erfror –, damit er seine Thekenrechnung bezahlen konnte oder was er sonst für profane Ausgaben in Idaho angehäuft haben mochte.

So durfte sie nicht denken. Auch wenn ihre Gedanken sich noch so sehr im Kreis drehten und ihre Panik immer größer wurde – sie musste an ihn glauben. Denn welche Begründung gab es für ihre Taten, für den Schaden, den sie gemeinsam angerichtet hatten, wenn er nicht heilig war? Wenn er nicht einer höheren Macht gehorchte, die die Gewalt rechtfertigte, die er an so manchem Ungläubigen und an seinen Dienerinnen ausübte? Natürlich war er heilig. Alles andere war undenkbar.

Sie faltete seinen Zettel zu einem kleinen Viereck zusammen und legte ihn vorsichtig auf den lila Samt ihres Schmuckkästchens mit integrierter Spieluhr, die »An der schönen blauen Donau« gespielt hatte, bevor Cora sie überdreht hatte. Dann ging sie zum Kleiderschrank, öffnete die Tür und ließ sich auf die Knie nieder, um mehrere alte Schuhpaare und diverse von Motten durchlöcherte Wollpullover beiseitezuschieben, die von den Bügeln gerutscht waren. Ganz hinten in einer Ecke, hinter der schwarzen Mülltüte, befand sich ein schmales abschließbares Kästchen, in dem sie ihr Bargeld aufbewahrte. Sie fummelte den dazugehörigen Schlüssel aus ihrem Schuh und schloss das Kästchen auf.

Nachdem sie die zerknitterten Geldscheine gezählt hatte, legte sie sie auf kleine, ordentliche Stapel. Dann griff sie nach dem verschlissenen Wirtschaftsbuch, das sie in Mrs Johnsons Arbeitszimmer gefunden hatte, und betrachtete die Zahlen des letzten Winters. Es stand ohnehin schon schlecht um ihre Finanzen. Aber zusätzliche zweihundertfünfzig Dollar? Unmöglich.

Wenn James so weitermachte, konnte er sie die Farm kosten. Irgendwann würde der Gerichtsvollzieher an die Tür klopfen und Geld von Cora verlangen, das sie nicht hatte. Was dann?

Am Vorabend hatte sie erneut die Kisten in der Abstellkammer durchsucht. Dabei war dieses Unterfangen eigentlich zwecklos, weil sie sich in dem Secondhandladen auf der Main Street nicht wieder blicken lassen konnte. Ihr letzter Besuch war ein Desaster gewesen. Sie hatte das Tafelsilber auf den Ladentisch gelegt, und Mrs Eldridge hatte es ans Licht gehalten und genauestens betrachtet. In diesem Moment war Cora siedend heiß eingefallen, dass sie die Initialen vergessen hatte.

»Moment mal, das ist doch das Familiensilber der Johnsons!« Mrs Eldridge hatte Cora erstaunt angesehen. »Es ist seit drei Generationen in Familienbesitz, und jetzt will Mrs Johnson es plötzlich verkaufen?«

Cora hatte sich gerade noch einmal herausreden können, aber wenn sie nun mit weiteren Kleidungsstücken oder dem Porzellanservice mit seinem markanten Wedgwood-Muster in den Laden kam, wurde der alte Drachen garantiert misstrauisch.

Wenn James ihr doch nur verraten würde, wo sein Notgroschen versteckt war! Dass er genügend Geld besaß, wusste sie. Er hatte es an verschiedenen Stellen entlang ihrer geplanten Fluchtroute vergraben, für den Fall, dass alles aufflog und sie abhauen mussten. Zweihundertfünfzig Dollar hätten ihm sicher nicht weh getan. Aber nein, stattdessen bürdete er ihr die Aufgabe auf, die Summe aufzubringen. Er erwartete von ihr, dass sie Einfallsreichtum bewies, und wusste, dass sie irgendeine Möglichkeit finden würde.

Für einen kurzen Moment überlegte sie, wie viel Geld sie verlangen konnte, wenn sie das Mädchen gegen Lösegeld freiließ. Sie glaubte nicht, dass sie mutig genug war, einen derart kühnen Plan durchzuziehen. Falls doch, hätte sie genug Geld gehabt, um sich abzusetzen und viele Jahre lang ein komfortables Leben zu führen. Allerdings hätte sie dafür bereit sein müssen, James und die Farm hinter sich zu lassen.

Sie bremste sich und holte tief Luft. Derlei Gedanken waren wieder einmal der Beweis dafür, dass sie durch und durch böse war, immer bereit, ihr nahestehende Menschen zu verraten. Wie damals ihren Vater. Sie interessierte sich nur für sich selbst, das war die Wirklichkeit, die sie nicht wahrhaben wollte. Nein, dieses Mal würde sie ihre Loyalität unter Beweis stellen, auch wenn James sich seinerseits nicht immer an die Verpflichtungen hielt, die sie von ihm erwartete. Ihr würde schon etwas einfallen.

Seufzend legte sie das Geld zurück in das Kästchen und schob es zurück in sein Versteck, um anschließend Mrs Johnsons pfirsichfarbenen Wollmantel mit Wasserfallkragen davor zu drapieren.

Ihr fiel die alte Musiktruhe ein, mit integrierter Stereoanlage und Fernseher. Eine solche Musiktruhe hatte sie einmal im Antiquitätenladen an der Elm Street gesehen und sich sofort danach erkundigt. Ein Sammlerstück aus den sechziger Jahren, hatte man ihr gesagt. Es sollte zweihundert Dollar kosten. Seltsam, dass die Leute bereit waren, ihr Geld für Schrott auszugeben, der nicht einmal mehr funktionierte.

Der Gedanke heiterte sie auf. Die alte Musiktruhe der Johnsons war besser in Schuss als die aus dem Antiquitätenladen. Dafür würde sie mindestens einen Anteil von hundert Dollar bekommen, und das war immerhin ein Anfang. Vielleicht würde sich James vorerst mit diesem Betrag zufriedengeben, wenn sie ihm versicherte, dass der Rest in Kürze folgen würde.

Doch dann schüttelte sie verzweifelt den Kopf. Es gab einen Haken an diesem Plan. Einen großen Haken.

Die Musiktruhe stand im Zimmer des Mädchens.

Cora konnte das Mädchen natürlich ans Bett fesseln, aber wie wollte sie die schwere Truhe allein aus dem Zimmer tragen? Sie konnte wohl kaum dem Nachbarsohn ein paar Dollar in die Hand drücken, damit er ihr half, denn was hätte sie zu ihm sagen sollen? Beachten Sie das gefesselte Mädchen in der Ecke gar nicht? Dafür war selbst dieser begriffsstutzige Trottel nicht dumm genug.

Trotzdem, sie musste eine Möglichkeit finden. Ihr blieb keine andere Wahl.

31

AM SELBEN NACHMITTAG lenkte Adam seinen Wagen langsam die holprige, unbefestigte Straße entlang, die zu Keshler's Campground and Trailer Resort führte. »Resort« war eindeutig eine Beschönigung der Tatsachen, aber vielleicht waren die Verhältnisse vor zwanzig Jahren noch besser gewesen. Zumindest hoffte Adam das, während er schaudernd den Müll betrachtete, der überall herumlag. Einmal musste er anhalten, um einen heruntergefallenen Ast aus dem Weg zu räumen, unter dem er ein totes Opossum fand. Es rottete mindestens schon ein paar Tage vor sich hin und war bereits voller Maden. Offenbar war die Zufahrt nicht sehr frequentiert.

Auch auf dem Gelände selbst parkten nicht viele Campingfahrzeuge, vielleicht sechs oder sieben. Da es Spätherbst war, nahm Adam an, dass die Kurzzeitcamper sich rechtzeitig vor der kalten Jahreszeit aus dem Staub gemacht hatten. Die übrig gebliebenen Wohnwagen waren eindeutig dauerhaft hier stationiert. Einige hatten rostige Räder und platte Reifen, bei zweien oder dreien stand kein Auto mehr daneben, und ein Bewohner schien jede Hoffnung aufgegeben zu haben, diesen Ort je wieder zu verlassen, denn sein Wohnwagen war auf Zementblöcke aufgebockt. Um sämtliche Gefährte wucherte das Unkraut. Hier schien es niemand allzu genau zu nehmen mit der Gartenpflege.

Adam parkte im hohen Gras und stieg aus, wobei er an Grims Worte dachte, dass der Wohnwagen der alten Hippiefrau leicht zu identifizieren sei. Er sah sich um und entdeckte einen beleibten Mann unbestimmten Alters, der oben ohne vor einem cremefarben-gelben Wohnmobil in seinem Gartenstuhl lümmelte und aus einer in zerknittertes braunes Papier gewickelten Flasche trank. Er beobachtete Adam ohne jedes Interesse, nickte ihm jedoch zu, bevor er den nächsten Schluck nahm.

Und dann sah Adam, was Grim gemeint hatte, denn vor ihm tauchte ein kleiner, in psychedelischen Regenbogenfarben gestrichener Airstream-Wohnwagen auf, von der Sorte, wie man sie nicht mehr oft sah, seit die meisten Althippies Investmentbanken oder Technologieunternehmen gegründet hatten. An dieser Frau war die Kehrtwende, die ihre Generation vollzogen hatte, offensichtlich vorbeigegangen.

Als Adam sich dem bunten Wohnwagen näherte, entdeckte er ein kleines Feuer, das in einer Mulde auf dem Stellplatz brannte. An einem improvisierten Gestell hing ein gusseiserner Topf, in dem eine grünlichbraune Pampe brodelte, dem Aussehen nach eine Mischung aus Linsen und Schlamm. Die Wäsche der Frau hing an einer Schnur, die zwischen Wohnwagen und einer schräg in den Boden gerammten Metallstange gespannt war. Längst verblichene mehrfarbige Röcke und hauchdünne Tuniken flatterten in der Brise wie die Nationalflaggen irgendeines menschenleeren Landes.

Adam stieg vorsichtig über einen Stapel alter Kaschmirdecken, um zum Wohnwagen zu gelangen. Dabei fiel ihm auf, dass neben den Steinen, die die Feuerstelle begrenzten, ein kleines, mit Schnitzereien verziertes Holzkästchen stand, in dem die Bewohnerin vermutlich ihre Marihuana-Vorräte samt Zubehör aufbewahrte.

Hier musste er richtig sein. Er klopfte zaghafter an die Wohnwagentür, als er es getan hätte, wenn er noch die Autorität der Polizei im Rücken gehabt hätte. Seufzend wartete er ab.

Als niemand zur Tür kam, klopfte er noch einmal. Erschrocken zuckte er zusammen, als hinter ihm plötzlich eine sanfte Stimme ertönte.

»Friede, mein Bruder.«

Er drehte sich um und sah eine Frau vor sich, die der älteste noch lebende Mensch auf Erden sein musste. Sie trug wallende Kleider wie die an der Wäscheleine und ein Paar primitive Lederespadrilles und lächelte ihm voller Glückseligkeit zu. Ihre grauen Haare waren zu zwei losen, mit Stoffstreifen zugebundenen Zöpfen geflochten, und vor ihrer Brust baumelten drei lange Holzperlenketten Die Frau war dünn und sehnig und wirkte, als könnte ihr nichts etwas anhaben. Das jahrelange harte Leben auf dieser Müllkippe schien sie mit großer Widerstandskraft ausgestattet zu haben. Vielleicht lag es aber auch am vielen Gras, das sie rauchte. Jedenfalls verströmte sie eine Aura der Unverwüstlichkeit und zeigte nicht die geringste Angst vor diesem Fremden, der da in ihren Wohnbereich eindrang.

»Ich bin auf der Suche nach Jewel.«

»Dann haben Sie sie soeben gefunden.« Sie lächelte weiter, während ihre blauen Augen ihn neugierig abschätzten. »Setzen Sie sich doch zu mir.« Sie breitete in einer vagen Willkommensgeste die Arme aus und wies mit dem Kinn auf die Teppiche, die neben der Feuerstelle auf dem Boden lagen.

Adam zögerte, weil er sich fragte, welches Ungeziefer wohl darin lauerte, überwand sich jedoch und ließ sich vorsichtig am Rand eines Teppichs nieder. Die Frau setzte sich neben ihn und griff nach dem Holzkästchen. Dann hielt sie inne.

»Welche spirituelle Macht führt Sie zu mir, junger Mann?« Mit anderen Worten: Sie wollte wissen, ob er ein Polizist war.

»Grim Stokes.«

Bei der Erwähnung dieses Namens verspannten sich ihre Schultern leicht, aber sie fühlte sich trotzdem sicher genug, um das Kästchen zu öffnen. Darin befanden sich eine kleine, aufwendig verzierte silberne Pfeife, ein rotes Plastikfeuerzeug von der Tankstelle und ein verschließbares Tütchen mit Gras. Sie hob die Pfeife hoch und sah ihn fragend an. Als er ablehnend den Kopf schüttelte, zuckte sie mit den Schultern und setzte ihre Vorbereitungen fort.

»Braucht er irgendetwas?«

»Nein, ich komme nicht von ihm. Er hat mir nur verraten, wo ich Sie finde.«

Sie schwieg und konzentrierte sich darauf, die Pfeife auszuleeren und sie mit einem schmutzigen Lappen zu reinigen, den sie irgendwo aus ihren Röcken hervorholte. Adam verzog unbemerkt das Gesicht.

»Ich suche Laura Martin. Sie hat früher mal hier gewohnt, oder?«

Die Frau blickte von ihrer Pfeife auf und verharrte reglos.

»Laura …« Ihr Blick schweifte über das Gelände und folgte den Bäumen hinauf zu den Wolken. »Eine arme Seele. Immer unterwegs von einem Ort zum anderen. Möge sie Frieden finden auf ihren Reisen mit dem Wind.«

»Ja, sie ist ziemlich viel herumgekommen«, bestätigte Adam und rutschte unbehaglich vom Teppich aufs Gras. »Das macht es auch so schwierig, sie zu finden. Es geht um einen alten Mordfall.«

»Was wollen Sie dann mit *ihr*?« Die Hippiefrau legte ihre Pfeife beiseite und betastete die Perlen um ihren Hals. »Sie hätte keiner Fliege etwas zuleide tun können. Laura war ein liebes Mädchen. Ihr Vater dagegen …«

Sie sah Adam tief in die Augen und sagte dann leise: »Was sie gebraucht hätte, wäre die Freiheit. Ich hoffe, sie hat sie mittlerweile gefunden.«

Adam hatte sich in den letzten Tagen mit ganz ähnlichen Gedanken getragen. Die alte Frau streckte die Arme aus und nahm seine glatten Hände in ihre rauen.

»Werden Sie ihr helfen oder ihr weh tun?«, fragte sie ernst.

Adam spürte, wie er errötete. Wie sollte er diese Frage beantworten, ohne seine Absichten preiszugeben? Wusste er überhaupt selbst, was seine Absichten waren?

Die Hippiefrau starrte ihn immer noch an.

»Sie brauchen nicht zu antworten. Ich sehe es. Ich sehe,

was Sie vorhaben.« Sie schloss die Augen, ohne seine Hände loszulassen.

»Wie kann ich Ihnen helfen?«, fragte sie schließlich, hob den Blick zum Himmel und entließ dann seine Hände, um wieder nach ihrer Pfeife zu greifen. Nachdem sie sie zu ihrer Zufriedenheit gereinigt hatte, stopfte sie sie und zündete sie an. Sie bot ihm den ersten Zug an, und er lehnte erneut mit einem Kopfschütteln ab.

»Ich brauche den Namen ihrer Tante. Der Tante, die den beiden aus Roanoke geschrieben hat. Ich weiß, dass das lange her ist, hatte aber trotzdem gehofft, dass Sie mir etwas dazu sagen könnten.«

Die alte Frau lehnte sich zurück und stieß langsam den Rauch aus. Ihm fiel auf, dass das Weiße ihrer Augen eine hellrosa Tönung annahm. Seine Hoffnung schwand. Bei der Menge Gras war es unwahrscheinlich, dass die Frau sich noch an ihren eigenen Namen erinnerte, geschweige denn an einen Namen, den sie vor zwanzig Jahren auf einem Umschlag gelesen hatte.

»Sie wissen also Bescheid. Ich schäme mich für das, was ich damals für Grim getan habe. Es war falsch von mir, mich nur wegen meiner Drogengelüste in eine hinterhältige Schnüfflerin zu verwandeln.«

»Das könnte uns aber jetzt von Nutzen sein. Wissen Sie den Namen der Tante noch? Oder in welcher Straße sie wohnte? Irgendetwas?«

»O ja, ich weiß ihren Namen noch. Natürlich weiß ich ihn noch.« Sie nahm einen weiteren langen, genüsslichen Zug und starrte wie hypnotisiert in das prasselnde Feuer.

Adam sah sie erstaunt an. Halluzinierte die Frau, oder erinnerte sie sich wirklich?

»Es war so ein schöner, poetischer Name, dass er mir bis heute im Gedächtnis geblieben ist. Ein Name der Erde und des Himmels. Ich habe sogar meine rotweiß getigerte Katze danach benannt. Leider ist sie eines Tages über den Regenbogen gegangen.«

Die Frau war ins Schwafeln geraten.

»Können Sie mir den Namen sagen?«, hakte Adam behutsam nach.

»Tomorrow.«

»Wie bitte?«

»Das war ihr Name. ›Tomorrow‹. Magisch, nicht wahr?«

»Tomorrow?«, fragte Adam skeptisch. Die Frau war völlig benebelt. »War das ihr Vor- oder ihr Nachname?«

»Ich erinnere mich nur noch an Tomorrow. Hoffentlich hilft Ihnen das auf Ihrer Reise.« Wieder bot sie ihm etwas zu rauchen an, und wieder schüttelte er den Kopf. Sie legte die Pfeife auf einem Stein ab und stand auf, um ihre eigenartige Schleimsuppe umzurühren.

Adam nutzte die Gelegenheit und erhob sich ebenfalls, um der Frau zum Abschied die Hand zu geben. Statt sie zu ergreifen, umarmte sie ihn und legte zu seiner Beschämung ihren Kopf an seine Brust.

»Wenn die Zeit gekommen ist, werden Sie wissen, was zu tun ist. Das spüre ich«, flüsterte sie. Adam fröstelte, als hätte sie ihn mit einem bösen Bann belegt oder seine Seele verflucht.

Zurück in seinem Hotel, suchte er im Internet wie besessen nach dem Namen Tomorrow in Roanoke. Ohne Erfolg. Möglicherweise hatte sich Jewel so viele Gehirnzellen weggeraucht, dass man sich auf ihre Erinnerung nicht mehr verlassen konnte, oder sie hatte bei ihrem tiefen Blick in seine Augen erkannt, dass seine Absichten doch nicht rein waren, und ihn deshalb auf eine falsche Fährte gelockt. Der Grund spielte keine Rolle. Er hatte in Stillwater nur seine Zeit vergeudet und war der Wahrheit keinen Schritt näher gekommen.

Wie hatte er nur jemals glauben können, dass er Laura Martin aufspüren konnte? Es gab keine schulischen Unterlagen über sie, kein Vorstrafenregister, keine Hinweise auf in Anspruch genommene Sozialleistungen, nur ständige Namenswechsel und Aufenthalte im ganzen Land. Seine Suche war aussichtslos und würde nie zum Erfolg führen.

Die ganze Nacht warf er sich auf seiner klumpigen Matratze hin und her und fror, weil die Heizung in seinem Zimmer zwar laut war, aber kaum funktionierte. Die Straßenlaternen vor dem Fenster schienen durch die bräunlich-beigen Vorhänge herein, und eine von ihnen flackerte unregelmäßig, als wollte sie ihn foltern. Adam zog die dünne, muffig riechende Decke bis zum Kinn hoch. Was sollte er jetzt tun? Nach Hause zurückkehren? Sich eingestehen, dass er ein Versager war?

Er rollte sich zur Seite und erwartete fast, Deirdre neben sich vorzufinden. Dann tastete er nach seinem Handy auf dem Nachttisch. Es war zwei Uhr morgens. Um diese Zeit konnte er sie unmöglich anrufen. Es überraschte ihn, wie sehr er mittlerweile an ihr hing, wie sehr er sie brauchte. Er schaltete sein Handy aus und lag da und starrte in die Dunkelheit.

Und dann fiel es ihm plötzlich ein. Seit er am Nachmittag den vermeintlichen Namen der Tante gehört hatte, spukte etwas in seinem Kopf herum. Jetzt war es, als hätten sich die Wolken gelichtet und würden wieder die Sonnenstrahlen durchlassen, wie auf dem Gemälde auf Jewels Wohnwagen.

Er sprang aus dem Bett und nahm die Kälte überhaupt nicht mehr wahr. Vor seinen Kartons mit Polizeiakten kniete er sich hin, zog hastig den Atlas hervor und blätterte durch seine harten, zerknitterten Seiten. Er wusste, dass er es irgendwo gesehen hatte, schließlich hatte er das Buch Tausende Male durchforstet. Aber wo genau?

Und dann entdeckte er sie, die flüchtig hingekritzelte Notiz, auf Seite 82. Es war nicht Lauras Handschrift, und dennoch stand es da: »Tamara: 6 547 291«. Obwohl jemand die Zahlen weggekratzt hatte, war sich Adam sicher, sie richtig ablesen zu können. Die Vier war möglicherweise eine Neun, was sich schnell nachprüfen ließ. Das musste der Name sein, den die Hippiefrau gemeint hatte. Nicht Tomorrow, sondern Tamara, und er wusste auch, welche Ortsvorwahl er mit der in den Atlas gekritzelten Telefonnummer kombinieren musste. Die Ortsvorwahl von Roanoke.

32

DER TAG BEGANN mit Schritten auf der Treppe zur falschen Zeit. Julies Gefangenschaft unterlag eigentlich einem strengen Zeitplan, an den sie sich längst gewöhnt hatte: zweimal täglich ein Tablett mit Nahrung, zweimal wöchentlich ein Eimer warmes Seifenwasser, zweimal monatlich frisch gewaschene Kleidung. Jede Abweichung war ein Nervenkitzel, weil sie bedeutete, dass Julie zu spontanen Entscheidungen gezwungen war, die ihr Schicksal vielleicht für immer besiegelten. Daher lauschte sie nun beklommen auf die Schritte und stellte sich vor, wie diese elende Schlampe unbeholfen die Treppe hinaufpolterte. Und tatsächlich hörte sie, wie sie an der letzten Stufe stolperte und sich gerade noch rechtzeitig wieder fing, um das Ende der Treppe zu erreichen.

Sie war heute viel zu früh dran. Irgendetwas lag in der Luft.

Sekunden bevor die Frau bei der Tür angekommen war, rappelte sich Julie auf und setzte sich in Position, darauf wartend, dass zur üblichen Überprüfung ihres Gehorsams die Klappe aufgeschoben wurde. Aber dieses Mal blieb die Kontrolle aus. Was hatte das zu bedeuten?

Die veränderte Erscheinung der Frau war Julies nächster Anhaltspunkt dafür, dass etwas nicht stimmte. Sie hatte sich an diesem Tag besonders viel Mühe mit ihrem Aussehen gegeben – ohne großen Erfolg, wie Julie fand. Zum ersten Mal stand kein einziges Haar von ihrem braunen Haarknoten ab, der heute vor Gel glänzte, mit akribischer Symmetrie auf dem Oberkopf festgesteckt und zusätzlich mit Spray fixiert war.

Dazu trug die Frau Make-up, blauen Lidschatten und ein pfirsichfarbenes Rouge, das sie noch älter und unfreiwillig komisch aussehen ließ, wie eine billige Varietédarstellerin, die nach ihrem Auftritt das Abschminken vergessen hatte. Ihr übertrieben zurechtgemachtes Gesicht stand in krassem Gegensatz zu ihrer Arbeitskleidung, einem Carhartt-Overall, unter dem sie ein zu großes schwarzweiß kariertes Flanellhemd trug. Nichts davon ergab einen Sinn, und genau das verstärkte Julies Panik.

Doch ihr fiel noch etwas anderes auf. Ungläubig beugte sie sich vor und sah noch einmal genauer hin. Durch die übliche gleichgültige Maske der Frau schimmerte heute ein Hauch von Angst, den sie vergeblich zu verbergen versuchte. Julies Instinkt erwachte und räkelte sich. Wie eine Raubkatze im Dschungel witterte sie Schwäche. Leise Hoffnung kroch aus ihrem Herzen und breitete sich kribbelnd bis in ihre Fingerspitzen aus.

Die alte Hexe würdigte Julie kaum eines Blickes, während sie einen großen Leinenbeutel vor dem Bett abstellte und sich daneben auf den Boden kniete, um mit beiden Händen hineinzugreifen. Sie zog ein dünnes, aufgerolltes Seil hervor und danach eine altmodische Schneiderschere, wie Julie sie aus dem Handarbeitsunterricht an ihrer früheren Schule kannte. Sie wusste, wie scharf solche Scheren waren und welchen Schaden sie anrichten konnten.

Die Frau legte die Schere vor dem Bett ab, nur Zentimeter von Julies nackten Zehen entfernt. Mit beinahe wollüstiger Sehnsucht starrte Julie auf das Schneiderwerkzeug und malte sich aus, wie sie es in die Brust der Frau rammte und davonrannte, während diese hinter ihr mit dem Tod rang.

Doch genau in dem Moment, in dem sie hätte handeln und sich auf die Schere stürzen müssen, bekam sie es mit der Angst zu tun und machte einen Rückzieher. Sie schaffte es einfach nicht, im entscheidenden Moment den nötigen Mut aufzubringen. Und dann war die Gelegenheit auch schon vorbei, denn die Frau nahm die Schere in ihre schwieligen Hände, rollte eine Länge Seil ab und schnitt es ab. Die

Schere wanderte zurück in den Beutel, der anschließend außer Julies Reichweite geschoben wurde.

»Heute ist ein großer Tag, denn ich biete dir eine einmalige Chance.« War es ein Lächeln oder ein hinterhältiges Grinsen, das sich auf dem Gesicht der Frau ausbreitete?

Julie unterdrückte ein verächtliches Schnauben. Was für eine »Chance« ihr die Frau auch bieten mochte, sie war ganz sicher nicht zu ihrem Vorteil. Sie versuchte, ihren Stimmbändern eine angemessen respektvolle Antwort abzuringen, brachte jedoch kein Wort hervor und saß einfach nur mit offenem Mund da.

»Heute darfst du dich mir gegenüber beweisen«, fuhr die Frau fort. »Du willst doch immer, dass ich dir vertraue, und jetzt habe ich eine Aufgabe für dich, die mir zeigen wird, ob ich das auch kann. Vermassle es nicht, Mädchen. Diese Gelegenheit kommt nie wieder.«

Julie wartete ungeduldig darauf, dass die Frau endlich zum Punkt kam. Ihre Übelkeit war zwar mittlerweile abgeklungen, aber ihr Bauch wurde immer größer. Für langfristige Pläne blieb ihr bald keine Zeit mehr. Jede Chance konnte daher ihre letzte sein.

»Danke, Ma'am«, sagte sie mit unterwürfig gesenktem Kopf.

Für einen Moment herrschte Schweigen. Dann enthüllte die Frau endlich, was sie vorhatte.

»Wir tragen heute die Musiktruhe nach unten.«

Julie hob überrascht den Kopf.

Ich werde dieses Zimmer verlassen.

Eins stand für sie fest: Sobald sie einmal draußen war, würde sie niemand mehr lebend zurück in diesen Kerker bekommen. Vor lauter Erregung breiteten sich rote Flecken auf Julies ganzem Körper aus, während ihr gleichzeitig die Schweißperlen auf die Stirn traten. Da die Frau nichts davon merken sollte, brachte sie mühsam ihren Gesichtsausdruck unter Kontrolle. Sie würde ein unbeschriebenes Blatt sein, ein leeres Gefäß, eine Projektionsfläche für das unerklärliche Vertrauen, das ihr diese Verrückte plötzlich entgegenbrachte.

Alles andere würde sich später ergeben. Jetzt musste sie erst einmal über diese Türschwelle.

»Komm bloß nicht auf dumme Gedanken«, warnte die Frau. »Ich habe für alles vorgesorgt.« Sie betrachtete besorgt die Musiktruhe, als würde sie zum ersten Mal ihre gewaltigen Ausmaße wahrnehmen.

Die Truhe war riesig, erschreckend riesig in Julies Augen. Dieses schwere hölzerne Möbelstück war unverhofft zum Zünglein an der Waage geworden, das über ihr weiteres Schicksal entscheiden würde. Was, wenn sie es nicht schafften, es hochzuwuchten, geschweige denn, es zu tragen? Julie redete sich ein, dass Menschen in Notsituationen übermenschliche Kräfte entwickeln konnten. Sie schafften es, Autos von verunglückten Personen zu hieven, Bärenangriffe abzuwehren oder steile Felsklippen zu erklimmen. Und wenn dies keine Notsituation war, dann wusste sie es auch nicht. Julie brauchte ein Wunder. Sie *verdiente* ein Wunder.

Die Frau seufzte. »Leicht wird es nicht, aber ich denke, wir können es schaffen.«

Julie nickte langsam und hoffte, dass die Frau das Feuer nicht bemerkte, das in ihren Augen loderte.

»Ja, Ma'am«, stieß sie wie im Fieber hervor. In ihrem

Inneren war plötzlich alles in Bewegung: rauschendes Blut, zuckende Geistesblitze, zündende Synapsen, kollidierende Zellströme.

»Stillhalten«, befahl die Stimme der Frau wie aus weiter Ferne.

Ein plötzlicher Ruck an ihrem Fußknöchel zwang Julie, sich aus ihrem Rauschzustand zu lösen und nach unten zu blicken. Diese blöde Schlampe war dabei, ihr das Seil ums Bein zu wickeln und es derart festzuziehen, dass ihr die Blutzufuhr abgeschnürt wurde. *Das* war also ihre Vorsichtsmaßnahme. Egal, Julie würde auch dieses Hindernis bezwingen. Nichts kann mich aufhalten, dachte sie, während sie mit starrem Blick zusah, wie die Frau das Seil zum fünften Mal um ihre Wade schlang.

Viel zu spät ging ihr das wahre Ausmaß dessen auf, was die Frau da tat: Sie band Julies Bein mit ihrem eigenen Bein zusammen.

Jetzt stieg Übelkeit in Julie auf, zum ersten Mal seit Tagen, doch sie schluckte die Galle tapfer herunter. Für Schwäche war keine Zeit, denn das andere Ende des Seils war bereits mehrmals um die Wade der Frau gewickelt und mit einem komplizierten Knoten befestigt worden. Die beiden Frauen waren nun miteinander verbunden, auf unumstößliche Weise.

Die Konsequenzen waren Julie sofort klar: Sie würde mit einem toten Gewicht am Bein fliehen müssen, würde die Frau irgendwie bewusstlos machen und ihren fetten, reglosen Körper hinter sich herziehen müssen, bis sie ein Telefon gefunden oder es die Zufahrtstraße hinuntergeschafft hatte, um ein vorbeifahrendes Auto anzuhalten. Aber notfalls würde sie den leblosen Körper auch so lange mitschleifen, bis ihr die Haut in Fetzen herunterhing, um in die nächstgelegene Stadt zu gelangen.

Nachdem sie offenbar zufriedenstellend mit einer Seillänge Abstand aneinandergefesselt waren, schob die Frau Julie auf die Musiktruhe zu und positionierte sie so, dass sie diejenige sein würde, die rückwärts die Treppe hinunterging und das meiste Gewicht trug. Julie akzeptierte ihre Rolle bereitwillig, begierig darauf, dass es endlich losging.

Die obere Kante der Musiktruhe ragte etwa fünf Zentimeter vor, und Julie schob so gut es ging die Finger darunter. Sie hatte das Möbelstück nicht wirklich gut im Griff, aber es musste reichen.

»Eins, zwei, drei«, zählte die Frau, woraufhin sie die Truhe gleichzeitig hochstemmten. Sie erhob sich nur wenige Zentimeter über den Boden und war eindeutig schwerer, als sie beide erwartet hatten, doch sie schafften es, sie mit kurzen, schnellen Schritten zu tragen, mussten sie aber spätestens alle zwei Meter absetzen, um zu verschnaufen.

Julie keuchte bereits vor Anstrengung, als sie gerade mal die Tür erreicht hatten.

Übermenschliche Kräfte, dachte sie immer wieder, um sich anzuspornen.

Die Frau zog den Schlüssel aus einer Tasche ihres Overalls, und dann war es so weit: Die Tür stand offen.

Auf der anderen Seite lockte der dunkle Flur, und noch ein Stück weiter machte Julie die oberste Stufe der Treppe aus, die im Nichts zu verschwinden schien.

O Gott, die Treppe.

Sie war das Schönste, was Julie je gesehen hatte, diese mit abgetretenem rotem Blümchenteppich ausgelegte Treppe mit ihrem Eichenholzgeländer, das ihr den Weg in die

Freiheit wies. Ihre Augen konnten so viel Pracht kaum ertragen.

»Für Begeisterung besteht kein Anlass, Mädchen«, sagte die Frau, als könnte sie ihre Gedanken lesen. »Denk dran.« Sie hob ihr Bein.

»Ja, Ma'am«, erwiderte Julie leise und drehte sich weg, um die Entschlossenheit in ihrem Blick zu verbergen.

»Und jetzt gehst du langsam rückwärts aus dem Zimmer«, instruierte die Frau sie. »Ich zähle die Schritte mit, damit wir uns synchron bewegen. Keine Fehler.«

Julie nickte. Ihr rechter Fuß überquerte zuerst die Schwelle zum Paradies, und dann zog sie auch den anderen nach. Ihre Freude war so überwältigend, dass sie die Augen schließen musste.

Ich bin außerhalb des Zimmers.

Wenn sie doch nur einen Augenblick hätte stehen bleiben können, um dieses köstliche Gefühl zu genießen, doch dazu war keine Zeit. Sie musste weiter rückwärtsgehen, und sie musste sich vor allem beruhigen. Die Frau hatte recht: Erregung war fehl am Platz. Sie führte nur zu Fehlern.

Aber wie sollte Julie ihren Plan in die Tat umsetzen? Beim Tragen der Truhe war deutlich zu merken, dass die Frau mindestens doppelt so stark war wie sie. Bei einer körperlichen Konfrontation hätte Julie auf jeden Fall den Kürzeren gezogen. Was sie brauchte, war eine Waffe.

»Eins, zwei, drei, Schritt«, wiederholte die Frau immer wieder monoton, während die kleine Karawane sich langsam den Flur entlangbewegte und schließlich die oberste Stufe der Treppe erreichte.

Julie tat so, als müsste sie sich über die Schulter umsehen, um ihre nächsten Schritte abzuschätzen. Verzweifelt versuchte sie, einen Blick auf das zu erhaschen, was sie am Fuß der Treppe erwartete. Sie wusste, dass die Treppe in der Küche mündete, aber ihre Erinnerung an deren Grundriss stammte noch aus der Nacht ihrer Entführung und war daher diffus. Sie wollte herausfinden, ob sich etwas in Reichweite befand, ein Messer, ein Hammer, eine gusseiserne Pfanne, irgendetwas. Doch alles, was sie erspähte, war der Treppenabsatz. Die Küche war noch nicht in Sicht.

Als sie die Musiktruhe vorsichtig die Treppe hinabzulassen begannen, verlagerte sich deren Gewicht hauptsächlich auf Julies Oberarme, Schultern und ihren Rücken. Ihr ganzer Körper erzitterte unter der Belastung, und die Schmerzen trübten ihr Denkvermögen. Sie brauchte einen Plan, aber unter diesen Umständen war Nachdenken unmöglich.

Auf dem Treppenabsatz, auf dem die Treppe eine Kehrtwendung vollzog, wurde Julie gegen die rot tapezierte Wand gepresst und bekam kaum noch Luft, zumal der untere Teil der Musiktruhe unangenehm gegen ihren Bauch drückte. Schweiß lief ihr auf beiden Seiten das Gesicht hinunter, und ihre Brust hob und senkte sich heftig. Sie schob sich langsam nach rechts, woraufhin über ihrer Schulter ein gerahmtes Foto von der Wand fiel und neben ihr in der Ecke landete, mit dem Bild nach oben.

»Lass es liegen«, blaffte die Frau sie an.

Julie gehorchte, bildete sich jedoch ein, in den Augen der jungen Frau, die ihr aus der verblichenen Fotografie unter der zersprungenen Glasscheibe entgegenblickte, ein aufmunterndes Funkeln wahrzunehmen. Ein gutes Omen, beschloss sie.

Nachdem sie sich von dem Bild losgerissen hatte, fiel ihr

Blick auf das Seil, das sie und die Frau verband. Es war zu lang und daher beim Tragen der Truhe zunächst hinter ihnen hergeschleift worden. Jetzt war es die Treppe heruntergerutscht und zum Großteil auf Julies Füßen gelandet. Sie brauchte nur einen falschen Schritt zu machen oder sich ein wenig zu schnell zu bewegen, und schon würde sie stürzen und von der schweren Truhe begraben werden. Nach allem, was sie durchgemacht hatte, würde sie auf diese absurde Weise ihr Ende finden? Zerschmettert von einem Stück Trödel aus dem Jahre 1965?

In diesem Moment kam ihr eine Idee.

»Können wir … können wir einen kurzen Moment Pause machen, Ma'am? Ich kann nicht … ich muss kurz verschnaufen.« Sie stieß die Worte abgehackt und keuchend hervor.

»Gut.« Auch die Frau brauchte offenbar eine Pause. Sie stellte ihre Seite der Truhe ab, stemmte die Hände in die Hüften und streckte den Rücken durch, wobei sie die Ellbogen hinter sich zusammenführte wie ein ruhender Schmetterling. Auch sie atmete schwer, war jedoch deutlich weniger erschöpft.

Julie konnte sich kaum ausruhen, weil immer noch das untere Ende der Truhe auf ihren Armen lastete. Sie stellte einen Fuß auf und balancierte die Truhe für einen Moment auf ihrem gebeugten Knie, bevor sie sie wieder anhob, um ihr Bein zu entlasten.

Dann bereitete sie ihren Angriff vor. Ohne das Gesicht der Frau aus den Augen zu lassen, schob sie ihren Fuß unter das Seil und wickelte es sich ums Fußgelenk, bis es nur noch etwa dreißig Zentimeter Spiel hatte. Das Schicksal würde darüber entscheiden, ob die Sache gutging. Julie war zuversichtlich, dass es heute auf ihrer Seite war.

»Genug ausgeruht. Weiter geht's. Wenn wir das Ding aus dem Haus getragen haben, schieben wir es hinten auf die Ladefläche des Autos. Die Klappe steht offen.«

»Ja, Ma'am.«

Die Frau hob ihr Ende der Truhe wieder an und fasste es so fest, dass ihre Fingerknöchel weiß wurden. Julie tat dasselbe und manövrierte die Truhe vorsichtig noch ein paar Stufen die Treppe hinunter, den Blick fest auf die klobigen Schuhe der Frau gerichtet. Nachdem diese den ersten Schritt vom Treppenabsatz herunter gemacht hatte, riss Julie heftig an ihrem mit dem Seil umwickelten Fuß, schob die Musiktruhe so hoch sie konnte über das Treppengeländer und warf sich rückwärts die Treppe hinunter.

Beide Frauen stürzten nach unten, und Julie nahm alles nur noch in Zeitlupe wahr. Die roten Wände verschwammen mit schwarzweißen Karos und nackter Haut. Dann drang der Krach von splitterndem Glas an ihre Ohren, als die Musiktruhe irgendwo unterhalb von ihr auf dem harten Boden landete und zerbrach. Kurz bevor auch ihr Kopf auf den Boden knallte, schoss ihr ein schneidender Schmerz in den Rücken und wanderte ihre Wirbelsäule hoch. Irgendetwas spritzte ihr ins Gesicht.

Sie hob die Hand, um ihre Verletzungen abzutasten, doch noch bevor ihre Hand ihre Haut berührte, wurde alles schwarz.

33

CORA WACHTE von dem lauten Klopfen auf, das in ihren Ohren dröhnte und in ihrem Kopf widerhallte, als würden tausend winzige Hämmer von innen ihren Schädel bearbeiten. Sie zwang sich, die Augen zu öffnen. Alles war in milchigen Dunst gehüllt, und ihr Blick wanderte unstet umher. Nachdem sie die Augen ein wenig zusammengekniffen hatte, erkannte sie endlich den Deckenventilator, der sich über ihr drehte.

Wieder das Klopfen. Sie vermochte nicht zu sagen, ob es aus ihrem Kopf kam oder von draußen. Dann dämmerte es ihr.

Die Tür. *Jemand ist an der Tür.*

Cora stemmte sich vom Boden hoch, aber ihr Rücken verkrampfte, woraufhin sie wie ein Fisch auf dem Trockenen wieder hinunterplumpste. Erst jetzt fiel ihr auf, dass ihre Haut an hundert verschiedenen Stellen brannte. Ihre Schläfe pochte sowohl von innen her als auch von außen. Sie hob die Hand ans Gesicht. Als sie sie zurückzog, klebten kleine Glassplitter daran.

Was war passiert? Wo war sie?

Langsam kehrte die Erinnerung zurück. Sie waren die Treppe hinuntergestürzt.

Unter großer Anstrengung drehte sie den Kopf. Wenige Meter entfernt lag das Mädchen ausgestreckt auf dem Küchenboden, zum Glück noch immer bewusstlos, und ein Stück versetzt davor erkannte Cora ihr wertvolles, vollkommen zerstörtes Sammlerstück. Der Bildschirm war völlig zerschmettert und gab den Blick auf unzählige Ventile und Kabel frei. Selbst der hölzerne Rahmen war schief und teilweise zersplittert, so dass die darunterliegende Spanplatte zum Vorschein kam.

Es war vorbei. Jetzt würde sie die zweihundertfünfzig Dollar nie zusammenbekommen. James würde sie umbringen.

Erschöpft ließ sie den Kopf zurück auf den Boden sinken.

In diesem Moment ertönte erneut das Klopfen an der Tür.

Ihr erster Impuls bestand darin, reglos liegen zu bleiben, bis derjenige von allein wieder ging. Aber draußen stand ihr Auto mit offener Heckklappe, die Person wusste also, dass sie zu Hause war. Vermutlich war es irgendein Störenfried, der sich Sorgen um sie machte. Vielleicht brach er sogar ins Haus ein, um sie zu retten, oder rief – schlimmer noch – die Polizei. Es sei denn, es *war* die Polizei, die da klopfte.

Wie auch immer, sie musste sich darum kümmern.

Zum Glück war sie so umsichtig gewesen, die Haustür abzuschließen, und zum Glück war es nicht das Mädchen, das als Erste aufgewacht war. Wenn die Tür offen gewesen wäre, hätte der Besucher – wer auch immer es war – einfach hereinspazieren können und wäre Zeuge des Desasters geworden. Dann wäre wirklich alles vorbei gewesen.

Coras Herz schlug heftig in ihrer Brust, als sie an die möglichen Auswirkungen dachte. Wie hatte sie nur dieses Risiko eingehen können? Und alles nur, weil James nicht mit Geld umgehen konnte. Es war seine Schuld, dass es so weit gekommen war.

Diese Gedanken mussten bis später warten. Zuerst musste sie diese Situation hinter sich bringen.

»Einen Moment!«, rief sie matt. »Ich bin gleich da.«

Ihr Herz raste, als sie sich in eine sitzende Position hochquälte. Mit schmerzverzerrtem Gesicht hielt sie sich den Kopf. Ihr rechtes Handgelenk war geschwollen, fühlte sich jedoch nicht gebrochen an. Wahrscheinlich verstaucht. Die Schmerzen würden ihr eine ganze Weile erhalten bleiben, aber wenigstens war sie nicht tot. Jedenfalls nicht, bis James nach Hause kam.

Sie kam auf alle viere und krabbelte Richtung Tisch, soweit es das Verbindungsseil zuließ. Mühsam zog sie sich an der Tischkante hoch.

Hinter der Tür meldete sich eine Stimme.

»Ich bin es, Ellie Rainey. Aus dem Diner. Ich wollte anrufen, aber Ihr Telefon ist nicht angeschlossen. Ich habe eine Hühnersuppe für Mrs Johnson dabei.«

Cora erstarrte, unfähig, sich zu bewegen oder der Frau zu antworten. Irgendwann musste sie reagieren, das war ihr klar.

»Alles in Ordnung bei Ihnen da drinnen?«, erkundigte sich die Stimme.

»Ja, ja, alles gut. Nur einen Moment, bitte.«

Cora zwang sich in eine aufrechte Position, obwohl sich jeder Muskel in ihrem Körper dagegen sträubte. Die Musiktruhe würde vorerst bleiben müssen, wo sie war, aber sie musste dringend die junge Frau aus der Küche schaffen. Ihr Blick wanderte die Treppe hinauf, und sie stellte sich vor, wie sie den schlaffen Körper die ganze weite Strecke nach oben schleppte. Es würde eine Ewigkeit dauern, und sie war sich nicht sicher, ob ihr schmerzendes Handgelenk so lange mitspielte. Ihr blieb also nichts anderes übrig, als das Mädchen in die Speisekammer zu schleifen und das Beste zu hoffen.

Sie näherte sich dem am Boden ausgestreckten Körper

der jungen Frau und legte ihr zwei Finger an den Hals. Der Puls war schwach, aber vorhanden. Cora verspürte Erleichterung, obwohl es auf lange Sicht womöglich besser für sie gewesen wäre, wenn das Mädchen den Sturz nicht überlebt hätte.

Sie schob die Hände unter die Arme der jungen Frau und hob ihren schlaffen Oberkörper an. Obwohl die Speisekammer nur wenige Meter entfernt war, kam Cora die Strecke kilometerlang vor, zumal sie an einer Lücke im Vorhang vorbeiführte. Falls diese neugierige Frau genau im falschen Moment einen Blick durchs Fenster hereinwarf – tja, dann hatte Cora ein ernsthaftes Problem.

Sie setzte sich rückwärts in Bewegung. *Immer ein Fuß hinter den anderen.* Irgendwie würde sie es schon schaffen. Mit einem Ruck hob sie die junge Frau höher, deren Kopf zur Seite fiel. Sie stöhnte leise.

»Sei still. Sei *still*«, flüsterte Cora eindringlich und hoffte, dass das Mädchen während der letzten Monate gelernt hatte, den Klang ihrer Stimme zu fürchten.

Der Körper der jungen Frau hing wie ein Sack in Coras Armen. Selbst in seinem ausgemergelten Zustand war er schwerer, als sie erwartet hatte.

Cora seufzte und nahm über die Schulter hinweg das Stück Küchenboden in Augenschein, das sie noch passieren mussten. Ihr blieb nichts anderes übrig, als die junge Frau durch die dort verteilten Glassplitter zu ziehen. Hoffentlich weckten die zusätzlichen Schnitte und Kratzer sie nicht auf.

Ein Fuß hinter den anderen.

Just in dem Moment, als sie den Eingang zur Speisekammer erreicht hatten, klopfte die aufdringliche Frau erneut. Wenigstens klang es diesmal weniger energisch.

»Sind Sie sicher, dass alles in Ordnung ist? Soll ich Hilfe holen? Brauchen Sie …«

»Nein«, unterbrach Cora sie schroff. Dann milderte sie ihren Tonfall etwas ab und fügte hinzu: »Es ist alles gut. Ich muss nur kurz etwas hoch zu Mrs Johnson bringen. Fünf Minuten.«

Sie zerrte die junge Frau in die Speisekammer. Da diese nicht ganz hineinpasste, klappte Cora ihren Oberkörper vor und rollte sie auf die Seite, so dass ihr Rücken gegen die großen Einmachgläser auf dem untersten Regalbrett stieß. Die Speisekammer war nur durch einen schweren Stoffvorhang von der Küche getrennt. Immerhin reichte er bis ganz auf den Boden, das Mädchen war also vorerst vor neugierigen Blicken verborgen. Aber das war nur eine äußerst provisorische Notlösung. Cora musste beten, dass sie genügte.

Nachdem sie den Vorhang zugezogen hatte, setzte sie sich auf den Küchenboden und fummelte fieberhaft an dem Knoten an ihrem Bein herum. Sie hatte das Seil nach getaner Arbeit einfach wieder durchschneiden wollen, doch die Schere war noch oben im Zimmer. Also zerrte sie am Knoten, der sich immer enger zusammenzuziehen schien.

Hastig öffnete sie erneut den Vorhang und suchte die Regale der Speisekammer ab. Irgendwo musste doch ein Schneidewerkzeug zu finden sein. Ihr Blick fiel auf eine Küchenschere auf dem obersten Regalbrett, die zusammen mit anderen Küchenutensilien in einer Dose steckte. Cora zog den Hocker, der in einer Ecke der Kammer stand, näher heran und stieg hinauf, aber das Seil hielt sie zurück. Ihr fehlten fünfzehn Zentimeter.

Also kletterte sie wieder herunter und schob die Beine des Mädchens näher an den Hocker heran, bevor sie ihn erneut erklomm. Die Griffe der Schere waren immer noch zu weit weg, doch sie erreichte gerade so mit den Fingerspitzen den Rand der Dose. Nachdem sie sie näher an die Kante des Regals gezogen hatte, fiel sie mitsamt Schere laut klappernd zu Boden.

Mit eingezogenen Schultern verharrte Cora auf dem Hocker und wartete darauf, dass Ellie wieder an die Tür klopfte. Diesen Krach hatte sie mit Sicherheit gehört.

Stille.

Cora spähte aus dem kleinen Fenster der Speisekammer nach draußen und sah, dass Ellie von der Veranda zurückgetreten war und sich mit der Hand die Augen abschirmte, während sie zu den Fenstern im ersten Stock hinaufstarrte.

Verdammt. Warum konnte diese Frau sich nicht um ihren eigenen Kram kümmern?

Cora schnappte sich die Schere, schnitt das Seil durch und wickelte es von ihrer Wade. Dann überprüfte sie erneut den Puls des Mädchens. Er war langsam, aber die junge Frau lebte noch. Jetzt konnte Cora nur hoffen, dass sie bewusstlos blieb, bis sie die Frau losgeworden war. Auf keinen Fall durfte diese Ellie Rainey das Haus betreten.

Cora warf einen Blick in den kleinen Spiegel am Fuß der Treppe und erschrak. Hastig wischte sie sich das Blut von der Wange. Ihre Haare hatten sich teilweise aus dem Knoten gelöst und standen steif und spröde vom Haarspray nach oben. Rasch drehte Cora die Strähnen wieder ein und steckte sie fest. Das am Morgen aufgetragene Make-up sah furchtbar aus. Sie hatte geglaubt, es würde ihr Mut machen und ihr ein Gefühl der inneren Stärke verleihen, doch in Wahrheit wirkte sie damit nur albern.

Sie war ein menschliches Wrack, aber es half alles nichts.

Nachdem sie sich die Hände am Hosenboden abgewischt hatte, humpelte sie zur Haustür und massierte sich dabei geistesabwesend das verletzte Handgelenk.

Sie öffnete die Tür nur wenige Zentimeter, auch wenn das sicher verdächtig wirkte. Trotzdem, anders ging es nicht.

Als ihre Besucherin sah, dass endlich die Tür aufging, hastete sie wieder die Stufen herauf und nahm den dampfenden Schmortopf von der Bank neben der Tür, wo sie ihn zuvor abgestellt hatte. Sie hielt ihn Cora entgegen wie ein Brandopfer.

»Anscheinend habe ich Sie in einem ungünstigen Moment erwischt. Entschuldigen Sie, dass ich einfach hergefahren bin, ohne vorher anzurufen, aber wie gesagt: Ihre Leitung ist tot. Vielleicht ist es Ihnen noch gar nicht aufgefallen?«

Cora trat auf die Veranda hinaus, zog die Tür hinter sich zu und hielt sie mit beiden Händen fest.

»O nein, wirklich? Eigenartig. Da muss ich wohl einen Techniker rufen. Vielleicht ist es beim Gewitter letzte Woche passiert. Ich nutze das Festnetz so gut wie nie. Wir haben es nur noch für Notfälle.«

Die Frau nickte und spähte an Cora vorbei zur Tür.

»Haben Sie etwas dagegen, dass ich mit reinkomme? Dann kann ich das hier in der Küche abstellen. Wie geht es Mrs Johnson? Ist sie heute fit genug für einen kurzen Besuch?«

»Äh, nein. Heute leider nicht. Sie schläft gerade, weil sie eine unruhige Nacht hatte. Aber über die Suppe freut sie sich bestimmt. Machen Sie sich keine Umstände, ich nehme sie Ihnen ab.« Cora streckte die Hände nach dem Topf aus, mit dem Gefühl, gerade noch einmal davongekommen zu sein.

Doch als Ellie ihr die Suppe überreichte, fiel ihr Blick auf Coras Handgelenk, das inzwischen unübersehbar angeschwollen und blau angelaufen war.

»Ach je«, sagte sie und zog den Topf wieder zurück. »Mit diesem Handgelenk kann ich Sie unmöglich das schwere Ding tragen lassen. Was ist denn passiert?«

Cora wurde kalt ums Herz. Jetzt war alles verloren. Sie würde die Frau umbringen müssen, und was dann? In Gedanken zählte sie die Maßnahmen auf, die dann notwendig wurden: die Leiche vergraben, die Kleider verbrennen, den Schmuck in den Fluss werfen. Ihr Blick schoss über die Einfahrt. Sie würde Ellies Auto irgendwo im Wald abstellen und von sämtlichen Spuren, Fingerabdrücken und sonstigen DNA-Rückständen säubern müssen. Wenn irgendjemand wusste, dass sie hierhergefahren war …

Dann sah Cora plötzlich, dass noch jemand in Ellies Auto saß.

»Oh, wer ist das denn?«, fragte sie, bemüht, die Panik aus ihrer Stimme zu verbannen.

»Ach, das ist nur mein Mann Fred. Er kann Zeitung lesen, während wir im Haus sind. Mein Auto ist schon seit Wochen in der Werkstatt, deshalb bin ich auf ihn als Chauffeur angewiesen. Wir sind frisch verheiratet, es macht ihm also noch Spaß, mich herumzukutschieren«, erklärte sie lachend und errötete. »Fred ist mein dritter Mann. Aller guten Dinge sind drei.«

»Fred«, wiederholte Cora leise und wägte fieberhaft ihre Chancen ab, heil aus dieser misslichen Lage herauszukommen.

»Lassen Sie mich nur schnell die Suppe hineinbringen, dann fahre ich wieder. Ich möchte Ihre Zeit nicht zu lange in Anspruch nehmen und komme dann einfach ein anderes Mal wieder, um Mrs Johnson zu besuchen. Vielleicht können wir jetzt schon einen Termin ausmachen?«

»Natürlich«, antwortete Cora völlig überrumpelt.

Ellie hatte bereits die Hand an der Türklinke, und Cora hätte sie offen angreifen müssen, um sie jetzt noch vom Haus fernzuhalten. Ihr blieb nichts anderes übrig, als diese Schlacht verlorenzugeben, um vielleicht doch noch den Krieg zu gewinnen.

Ellie machte die Tür auf und schnappte bei dem Anblick, der sich ihr bot, überrascht nach Luft. Cora schloss die Augen und überlegte fieberhaft, was sie jetzt tun sollte.

»Ach du meine Güte, was ist denn hier passiert?«, rief Ellie und eilte zur Küchentheke, um den Topf dort auf ein Geschirrtuch zu stellen. Verwirrt drehte sie sich zu Cora um.

Cora starrte unterdessen auf den Küchenboden und sah ihn nun, da sie eine Zeugin hatte, mit ganz neuen Augen. Nicht genug damit, dass die Musiktruhe völlig zerschmettert war, es zog sich auch eine unübersehbare Spur aus Blutstropfen quer durch die Splitter und Holzteile, die überall herumlagen.

»Warten Sie, ich hole Fred.« Ellie beeilte sich, zurück zur Tür zu kommen.

»Nein, bitte. Ich habe bereits einen Aufräumdienst bestellt, der sich darum kümmern wird. Die ärgern sich bestimmt, wenn sie ihr Geld nicht kriegen.« Cora lachte nervös. »Die Männer müssten eigentlich gleich hier sein. Ich hatte schon auf sie gewartet und dachte, sie wären es, als es an der Tür klingelte. Sehen Sie«, sagte sie und zeigte auf die Schneise, die sie mit dem Körper des Mädchens durch die

Glassplitter gezogen hatte. »Ich habe schon angefangen, ein bisschen aufzuwischen, weil ich nicht wollte, dass sie das Haus in diesem Zustand sehen.«

Ellie lächelte und wirkte zum ersten Mal halbwegs entspannt. Sie schien Cora die Geschichte abzukaufen.

»Ach so, verstehe. Ich dachte schon, bei Ihnen wäre irgendetwas Seltsames im Gange, und war drauf und dran, die Polizei anzurufen.« Sie hielt inne und schob einige Holzsplitter mit der Schuhspitze herum.

»Wie ist das Ganze denn passiert?«, fragte sie. »Sie haben doch hoffentlich nicht versucht, dieses Monstrum allein durchs Haus zu tragen?« Erschrocken sah sie Cora an.

»Ehrlich gesagt doch. Normalerweise schaffe ich solche Sachen problemlos allein, aber diesmal habe ich meine Kräfte wohl überschätzt.«

Cora hörte das Mädchen leise stöhnen. Sie musste lauter sprechen, um es zu übertönen.

»Das war wirklich dumm von mir«, fuhr sie fort und stellte sich zwischen Ellie und die Speisekammer.

»Bitte versprechen Sie mir, dass Sie mich anrufen, wenn wieder einmal so etwas ansteht. Dann sage ich Fred, dass er Ihnen helfen soll.«

»Das mache ich auf jeden Fall.«

Ellie starrte immer noch sichtlich perplex auf den Küchenboden.

»Oh, da ist ja Blut!« Sie beugte sich hinunter und wischte mit der Fingerspitze über einen Blutstropfen auf dem Boden.

Cora schluckte.

»Ist das von Ihnen? Ach, deshalb ist Ihr Handgelenk so dick! Sie haben sich verletzt«, sagte sie und trat näher an

Cora heran, deren Kopfwunde just in diesem Augenblick wieder anfing zu bluten.

»Kommen Sie, Fred und ich fahren Sie ins Krankenhaus. Sie müssen sich untersuchen lassen.«

Cora machte einen Schritt zurück.

»Nein, nein, nicht nötig. Mir geht es gut, wirklich.«

»Ihnen geht es gar nicht gut. Sehen Sie sich Ihr Handgelenk an. Das könnte gut und gerne gebrochen sein.«

Cora hörte ein Rascheln aus der Speisekammer. Wahrscheinlich kam das Mädchen allmählich wieder zu sich und bewegte sich dort drinnen. Ellie konnte jeden Moment darauf aufmerksam werden.

Cora packte die überraschte Kellnerin kurzerhand bei der Schulter und schob sie höflich, aber energisch zur Tür.

»Ernsthaft, mit mir ist alles in Ordnung. Wissen Sie, was? Nachdem die Männer, die ich bestellt habe, mir beim Aufräumen geholfen haben, lasse ich mich von ihnen ins Krankenhaus fahren. Aber jetzt muss ich erst mal hierbleiben und ihnen die Tür aufmachen. Sie können sich sicher vorstellen, wie schwer es war, eine Firma zu finden, die die lange Anfahrt nicht scheut.« Sie lachte. »Außerdem ertrage ich dieses Chaos keine Minute länger. Das verstehen Sie doch, oder?«

Ellie blieb zögernd in der Tür stehen.

»Also gut. Dann komme ich in ein paar Tagen wieder, um meinen Topf abzuholen, und schaue bei der Gelegenheit, wie es Ihnen geht.«

»Nicht doch, wir wohnen hier so abgeschieden. Ich bringe Ihnen den Topf in den Diner, dann können Sie mich auf Schnittwunden und blaue Flecken untersuchen.« Cora zwang sich zu einem verschmitzten Lächeln.

»Na gut, machen wir es so. Dort können wir auch gleich einen Termin für meinen Besuch ausmachen. Aber ich warne Sie: Wenn Sie diese Woche nicht mehr vorbeikommen, stehe ich wieder bei Ihnen vor der Tür.«

»Keine Sorge, ich komme auf jeden Fall.«

Cora machte die Tür hinter Ellie zu und seufzte vor Erleichterung. Nachdem sie kurz durchgeatmet hatte, eilte sie ins Speisezimmer, von wo aus sie einen besseren Blick auf die Einfahrt hatte. Fred und Ellie saßen bei laufendem Motor in ihrem Buick und bewegten sich nicht vom Fleck. Ellie redete aufgeregt und mit den Händen fuchtelnd auf Fred ein, der ihr aufmerksam zuhörte.

»Komm schon, Fred«, sagte Cora laut. »Beruhige sie. Sag ihr, dass sie das verdammt nochmal nichts angeht.«

Plötzlich hörte Cora einen dumpfen Knall. Das Mädchen. Sie musste zurück in die Küche.

Dort angekommen, blieb sie erschrocken in der Tür stehen. Die junge Frau kroch mit schmerzverzerrtem Gesicht auf dem Bauch dahin, bewegte sich langsam durch die Glassplitter, auf dem schnellsten Weg zur Haustür.

Hatte Cora die Haustür wieder abgeschlossen, nachdem sie Ellie hinausbefördert hatte? Sie tastete ihre Hosentaschen ab. Der Schlüssel war nicht da. Ihr Blick schoss zum Türschloss, und dort steckte er. Die Freiheit baumelte unübersehbar vor der Nase der jungen Frau.

Mit zwei großen Schritten hatte Cora den Raum durchquert und war über die junge Frau hinweggestiegen. Während sie den Schlüssel aus dem Schloss riss, spähte sie aus dem Fenster und hielt Ausschau nach Ellie und Fred. Das Auto stand noch da, aber nun saß nur noch Fred darin. Wo war Ellie?

Cora blieb keine Zeit. Sie drehte sich um und zerrte die junge Frau an den Haaren vom Boden hoch, bevor sie sie um den Oberkörper packte und auf die Füße stellte. Anschließend zog Cora sie an den Armen von der Haustür weg. Die junge Frau war so schwach, dass sie sich kaum wehren konnte, aber es gelang ihr, um sich zu treten, so dass Cora Mühe hatte, sie in die richtige Richtung zu bugsieren.

Die Speisekammer hatte sich als ungeeignet erwiesen, Cora musste also einen besseren Ort finden, einen, der zumindest eine Tür hatte. Sie schleifte das Mädchen an der Speisekammer vorbei zum Gästebad, das sie nie benutzten. Die Toilette funktionierte nicht, weshalb der Raum hauptsächlich als Abstellkammer diente. In den Ecken häufte sich der Schmutz, und Cora entdeckte ein kleines Loch in der Wand, das mit Stoffresten ausgepolstert war. Offenbar hatten inzwischen die Mäuse Einzug gehalten.

Sie stieß das Mädchen in den Raum hinein, hievte hastig die drei mit Haushaltswaren gefüllten Kartons aus der Badewanne und stellte sie auf dem Boden ab. Unter Aufbietung all ihrer Kräfte stemmte sie die strampelnde junge Frau auf Hüfthöhe hoch und ließ sie über der mit bräunlichen Roststreifen durchzogenen Wanne wieder los. Beim Hinabfallen knallte der Kopf der jungen Frau so heftig gegen den geschwungenen Badewannenrand, dass sie erneut bewusstlos wurde. Um sicherzugehen, dass sie die Ohnmacht nicht nur vortäuschte, schlug Cora ihr so fest sie konnte ins Gesicht. Obwohl sich ein flammendroter Fleck auf ihrer Wange bildete, rührte sie sich nicht. Cora schloss die Tür und klemmte einen Küchenstuhl unter die Klinke.

Auf diese Weise hatte sie sich zumindest ein paar zusätzliche Minuten erkauft.

Sie eilte in die Küche zurück und blickte schwer atmend aus dem Fenster. Alles sah aus wie immer. Das Auto war verschwunden, und Hof und Garten lagen so reglos da, dass sie einem Gemälde glichen.

Was hatte Ellie getan, nachdem sie noch einmal aus dem Wagen gestiegen war? Hatte sie durch ein anderes Fenster ins Haus gespäht? Und wenn ja, was hatte sie gesehen? Waren ihr fehlende Familienerbstücke aufgefallen, die James und Cora verkauft hatten, um ihre Rechnungen zu bezahlen? Oder hatte sie Mrs Johnsons Rollstuhl auf dem Schrotthaufen hinter der Scheune entdeckt? Waren sie und ihr Mann eilig davongefahren, um die Polizei zu alarmieren?

Cora hatte James vor zu vielen Veränderungen gewarnt, aber er hatte möglichst schnell jede Spur der »dementen alten Schachtel«, wie er sie nannte, beseitigen wollen. Ihnen war gesagt worden, sie hätte keine lebenden Verwandten mehr und sei eine kauzige Greisin, um die sich kein Mensch mehr kümmere. Und nun war doch jemand aufgetaucht, der sich für die alte Dame interessierte. Diese Ellie Rainey war genau das, wovor Cora sich von Anfang an gefürchtet hatte. Wenn James und sie etwas anpackten, schien es immer einen Haken zu geben, irgendeinen Umstand, den sie nicht bedacht hatten und der all ihre Pläne zunichtemachte.

Cora wusste, dass sie nun tagelang keine Ruhe finden würde. Was für einen dämlichen Fehler hatte sie da nur begangen? Eigentlich hatte James diesen Fehler zu verantworten, weil er sie gezwungen hatte, derart kurzfristig eine so hohe Summe aufzubringen. Wegen seiner verdammten zweihundertfünfzig Dollar hatte sie alles aufs Spiel gesetzt. Alles.

Tja, diesen Betrag würde sie jetzt ganz sicher nicht mehr zusammenbekommen, dachte sie deprimiert und betrachtete noch einmal den zertrümmerten Haufen Holz in der Küche. Dann sank sie auf den Boden und fuhr mit dem Finger an der scharfen Kante einer Glasscherbe entlang, in der Hoffnung, dass der Schmerz den Kummer in ihrem Inneren betäubte.

Gleich morgen würde sie zur Western Union fahren und James fünfzig Dollar von ihren Ersparnissen schicken. Mehr war nicht drin. Sie würde ihm schreiben, dass der Rest folgte, sobald er verfügbar war. James würde ihr die Hölle heißmachen, selbst wenn sie die Summe irgendwann doch noch zusammenbekam.

Sie schüttelte den Kopf und stand auf. Es war Zeit, sich an die Arbeit zu machen. Das Mädchen musste wieder nach oben gebracht und das Chaos beseitigt werden.

34

ALS JULIE ZU SICH KAM, glaubte sie, in ihrem alten Mädchenzimmer zu sein. Es dauerte einen Moment, bis sie die Abwesenheit ihres Himmelbetts mit seinem hellblauen Rüschenbaldachin und den weißen Nachttischen mit den wie Teekannen geformten Porzellanlampen registriert hatte. Nein, dachte sie benommen, bei ihren Eltern war sie nicht.

Vielleicht war sie in ihrer Wohnung in der Stadt.

Sie hatte etwas Unglaubliches geträumt, von einem weißen Sandstrand mit kristallklarem Wasser, in dem sich ein schmerzlich schöner, tiefblauer Himmel spiegelte. Und von Mark, der lachend die Arme nach ihr ausstreckte. Sie hatten gemeinsam im Wasser geplantscht, waren durch die Wellen getaucht, und das Wasser war so warm gewesen wie in einer Badewanne. Die Sonne hatte auf Julie herabgebrannt, und sie hatte das Salz der Gischt geschmeckt, die um sie herumspülte.

Mark und sie waren händchenhaltend zurück ans Ufer gegangen, durch Felsen hindurch, die wie Unkraut vom Meeresboden emporwucherten und einen Pfad durch die Wellen bildeten. Auf einem sanft ansteigenden Weg waren sie vom Strand zu einem großen weißen Haus gewandert, das auf dem höchsten Punkt einer Klippe stand. Seine Fensterläden hatten gegen efeubewachsene Mauern geklappert, und seine Tore waren aufgeflogen und hatten sie willkommen geheißen. Es war das Haus von Julies Großeltern auf Nantucket, wo sie als Kind jeden Sommer verbracht hatte. Und dann auch wieder nicht. Dieses Haus war größer, prächtiger, ein Haus wie aus dem Märchen.

Mark und sie waren stehen geblieben, und ihre Füße waren im Sand versunken, während sich ihre Blicke getroffen hatten. Sie hatten sich umarmt, und plötzlich hatte Julie ein langes weißes Kleid getragen, das feucht an ihrem Körper klebte, und um ihre Gesichter hatten ihre Haare geweht.

Julie hatte sich wieder zum Haus umgedreht. In jedem Fenster hatte ein geliebter Mensch gestanden und sie lächelnd zu sich gewinkt.

»Sie warten auf uns.«

In dem Haus waren ihre Mutter gewesen, ihr Vater, ihr Bruder, ihre beste Freundin aus der Mittelstufe, ihr vor langer Zeit verstorbener Großvater. Sie war auf sie zugerannt, wobei sie immer noch Marks warme Hand in ihrer gehalten hatte.

Dann war der Traum verblasst, und sie hatte langsam das Bewusstsein zurückerlangt. Sie hatte sich dagegen gewehrt, hatte die Augen zugekniffen und versucht, in ihre Traumwelt zurückzukehren, ihren Traum wie einen Film zurückzuspulen und ihn dann bis zum Ende laufen zu lassen, doch er war fort, davongeweht ins Nichts.

Sie rollte sich zur Seite, schmiegte sich an die Matratze und klammerte sich lächelnd an die vergänglichen letzten Traumfetzen.

Es waren der faulige Geruch des Lakens und das weiche Kratzen der Fleecedecke an ihrer Haut, die sie zurück in die Realität beförderten. Das vertraute Gefühl der Beklemmung kehrte in ihre Brust zurück, worauf unweigerlich die Erinnerung an die letzten Monate folgte. Sie riss die Augen auf und setzte sich kerzengerade hin, sank jedoch sofort wieder mit dröhnenden Kopfschmerzen ins Bett zurück.

»Nein, nein, nein«, flüsterte sie. *Ich bin immer noch hier.*

Obwohl sich alles um sie herum drehte, erkannte sie, dass das Zimmer bis auf eine leere Stelle an der Wand unverändert war.

Die Musiktruhe. Stück für Stück kam nun auch die unmittelbare Vergangenheit zurück. Das Letzte, was Julie noch wusste, war, dass sie zusammen mit der Frau die Türschwelle überquert hatte. Der Rest war verschwunden. Wie war sie wieder hier in dieser Gefängniszelle gelandet, und warum schmerzte jeder einzelne Muskel ihres Körpers? Vorsichtig legte sie sich eine Hand in den Nacken, der sich schlimmer anfühlte als nach ihrem Autounfall im letzten Jahr.

Stöhnend ließ sie den Kopf zurück auf das plattgedrückte Kissen sinken.

Dann fiel ihr plötzlich das Baby ein. Voller Panik spreizte sie die Finger über dem Bauch und wartete reglos darauf, dass es sich bewegte. Sie fühlte sich wie eine Seiltänzerin, die hoch oben über einem Abgrund balancierte. War das Baby noch am Leben? Plötzlich war alles andere unwichtig. Mark, ihre Eltern, sogar der brennende Wunsch, von hier wegzukommen.

Warum bewegt es sich nicht?

In diesem Moment der bangen Ungewissheit wurde ihr bewusst, dass sie ihr Vorhaben niemals würde in die Tat umsetzen können. Sie konnte dieses Kind nicht töten, unter keinen Umständen. Wenn es sich nur endlich bewegte, würde sie es mit jedem Restchen Energie, das ihr zur Verfügung stand, beschützen, bis an ihr Lebensende. Sie würde jeden beliebigen Pakt mit jedem beliebigen Teufel schließen, um sein Überleben zu sichern, das schwor sie sich. Nichts von dem, was ihr widerfahren war, war die Schuld ihres Babys. Das Böse war nicht in seinem Erbgut verankert.

»Bitte, kleiner Wurm«, flüsterte sie, »bitte, bewege dich.«

Und dann spürte sie – endlich! – einen Tritt und atmete erleichtert auf.

»Gott sei Dank!«

Jetzt war sie diejenige, die sich nicht mehr bewegte. Eine ganze Weile verharrte sie reglos, lag nur da und hielt sich den Bauch, stellte sich dieses kostbare kleine Wesen mit seinen winzigen Fingern und Zehen vor. Es schwebte in ihrem Inneren, arglos und naiv. Mit geschlossenen Augen atmete sie tief ein und aus.

Wie hatte sie nur jemals den Wunsch verspüren können, diesem Kind etwas anzutun? Allmählich wurde sie verrückt hier drinnen, der schädliche Einfluss ihrer Entführer machte sich bemerkbar. Sie war dabei, sich in ein Tier zu verwandeln, in eine grausame, verkommene Mörderin. Ihr Verstand war in düstere Gefilde abgerutscht und hatte den Gedanken zugelassen, dass der Zweck die Mittel heiligte. Nur so hatte sie die abscheulichste Tat planen können, die überhaupt vorstellbar war. Um ein Haar hätte sie ein unschuldiges Baby umgebracht. Beim Gedanken daran, wie leicht es dazu hätte kommen können, lief ihr ein Schauder über den Rücken.

»Die treiben dich in den Wahnsinn, aber das darfst du nicht zulassen, Julie. Unter keinen Umständen.«

Dieses Kind war ein Überlebenskünstler, und genau das würde Julie auch sein. Wenn sie es erst einmal geschafft hatte, sie beide hier herauszubringen, würde das Baby ein Symbol für ihre Stärke sein, nicht für ihr Leiden. Und sie würde es schaffen. Sie musste zurück zu Mark, zu jenem Haus auf den Klippen, zu einem Ort, an dem die Wellen ungehindert an Land donnerten und es von jeder Sünde reinwuschen.

Als sie die Augen öffnete, fiel ihr Blick auf einen Gegenstand, der ihr vorher entgangen war. Auf der anderen Zimmerseite lag dicht an der Wand ein zusammengeknüllter Stoffbeutel. Zuerst erkannte Julie ihn nicht, aber irgendetwas an seinem Anblick ließ ihr keine Ruhe und beförderte schließlich die vergrabene Erinnerung zutage.

»Ich werd' verrückt«, murmelte sie.

Die Schneiderschere. Die Frau hatte vergessen, den Beutel aus dem Zimmer zu entfernen, und mit diesem Versäumnis ihr eigenes Verderben besiegelt. Was auch immer außerhalb des Zimmers passiert war, musste sie völlig durcheinandergebracht haben, denn bisher war sie immer so vorsichtig gewesen, hatte alles mehrfach überprüft, sogar die Tür mehrmals abgeschlossen. Und nun hatte sie endlich doch noch einen verhängnisvollen Fehler begangen. Da war es, das Wunder, auf das Julie gewartet hatte.

Obwohl ihr der ganze Körper weh tat, musste sie es irgendwie schaffen aufzustehen. Sie verlagerte ihr Gewicht auf die rechte Seite, um sich vom Bett zu rollen, stellte jedoch fest, dass es ihr aus irgendeinem Grund nicht gelang. Etwas stimmte nicht. Ihr linkes Bein bewegte sich nicht. Mit Entsetzen ging ihr auf, dass sie es nicht einmal mehr spürte.

Voller Panik schleuderte sie die Decke beiseite und erkannte sofort, was das Problem war. Ein Seil war ungefähr zehnmal um ihre Wade gewickelt, wie eine primitive Gladiatorensandale, und das Ende dieses Seils war am Bettpfosten festgebunden. Durch das kreuzförmige Muster der Schlingen drückte sich das Fleisch, das bereits blau verfärbt war. Diese dämliche Alte hatte sie gefesselt und das Seil dabei so festgezogen, dass die Durchblutung abgeschnitten war. Von Taubheit konnte keine Rede mehr sein. Ihr linkes Bein war wie ein angenähtes Puppenbein, schlaff und völlig nutzlos.

»Okay, Julie. Ganz ruhig.« Sie versuchte, mit den Zehen zu wackeln, und nahm eine Bewegung wahr. »Es ist noch nicht zu spät. Alles ist gut.« Tief in ihrem Inneren war ihr klar, dass das nicht mehr lange so bleiben würde.

Sie schluckte und machte sich am Knoten des Seils zu schaffen, auf der Suche nach einem Schwachpunkt, einem Hohlraum, den sie nutzen konnte, um das dichte Seilgeflecht zu lösen. Nach einer Weile gab sie verzweifelt auf und ließ sich schwer atmend zurück ins Kissen sinken.

Warum hatte die Frau sie dieses Mal gefesselt? Warum ausgerechnet jetzt? Julie kannte die Antwort. Sie wusste, warum sich Verhaltensmuster unvermittelt änderten. Die Frau war in Panik geraten, hatte die Nerven verloren, und genau das konnte Julie zu ihrem Vorteil nutzen, wenn es ihr gelang, ruhig zu bleiben und rational zu denken.

Erneut packte sie den Knoten und zerrte fest daran. Dann tastete sie ihn mit unruhigen Händen ab, um herauszufinden, wo der Knoten begann. Vergeblich, nichts bewegte sich. Frustriert bearbeitete sie ihn mit den Fäusten. Obwohl das nicht das Geringste brachte, hätte sie vielleicht weitergemacht, hätte sie nicht die roten Striemen bemerkt, die sie damit auf ihrer Haut erzeugte, neue Verletzungen, die sie nicht einmal mehr spürte. Also hielt sie inne.

Nach einer kurzen Verschnaufpause machte sie sich erneut an die Arbeit, diesmal methodischer, wenn auch mit genauso wenig Erfolg. Dann versuchte sie eine neue Herangehensweise und schwang ihr rechtes Bein am Fußende über den Bettrahmen.

»Vergiss den Knoten, Julie, und zieh einfach das ganze verdammte Bett dort rüber«, knurrte sie.

Sie musste sich zwar auf schmerzhafte Weise verrenken, schaffte es jedoch, sich so zu platzieren, dass sie auf einem Bein nach hinten hüpfen und den Bettrahmen mit beiden Händen hinter sich herziehen konnte. Obwohl sie sich mit ihrem ganzen Gewicht dagegenstemmte, rührte sich das

Bett keinen Zentimeter vom Fleck. Sie beugte sich hinunter, um herauszufinden, warum es offenbar festhing.

Als sie den Grund sah, ließ sie sich frustriert zurück aufs Bett sinken. Die Bettpfosten waren mit Schraubbolzen am Boden befestigt.

»Dieser Scheißkerl hat an alles gedacht.« Ihr blieb nichts anderes übrig, als sich wieder über den Knoten herzumachen.

Sie musste sich konzentrieren. *Wenn* sie noch etwas retten konnte, dann ihr Verstand, und ganz sicher nicht ihre kaum vorhandene Kraft oder irgendein verzweifelter Wahn.

»Es gibt immer irgendeinen Trick. Na los, Jule, finde ihn.«

Leider konnten Knoten äußerst tückisch sein und sich umso fester zusammenziehen, je mehr man an ihnen zerrte. Das durfte sie auf keinen Fall riskieren. Wenn die Schlingen *noch* enger wurden, konnte sie ihr Bein abschreiben. Wundbrand, Fäulnis, schließlich die unvermeidliche Amputation – sie dachte lieber nicht an die Folgen.

Stattdessen versuchte sie, sich an die Segelstunden zu erinnern, an denen sie in den Sommerferien zwischen der achten und neunten Klasse teilgenommen hatte. Dabei hatten sie mindestens ein Dutzend verschiedene Seemannsknoten gelernt. Wenn sie damals doch nur besser aufgepasst hätte!

»Wenn du nicht so beschäftigt damit gewesen wärst, mit Marcus Cooperman zu flirten, könntest du jetzt vielleicht dein Leben retten.« Sie holte tief Luft. »Denk nach, verdammt!«

Es hatte den sogenannten Palstek gegeben, den Kopfschlag, die Achterschlinge. Alles lächerlich verglichen mit diesem Monstrum von einem Knoten. Sie betrachtete das aus Hanf geknüpfte, an eine Schlüsselblume erinnernde Gebilde noch einmal genauer.

Es sah ein wenig aus wie eine zu groß geratene Achterschlinge. Sie schob ruckelnd ihre Finger in die Mitte des Knotens und zupfte daran. Genau wie sie befürchtet hatte, zog er sich enger zusammen. Okay. Neue Strategie.

Wieder schloss sie die Augen und beschwor die ganze Konzentration herauf, zu der sie in ihrem Zustand in der Lage war. Unvermittelt schoss ihr ein Bild durch den Kopf, ein Puzzleteil aus ihrem Unterbewusstsein. Sie sah ein vergilbtes Foto hinter zerbrochenem Glas vor sich, dann ein Stück aufgerolltes Seil und ihren eigenen nackten Fuß.

Eine neue Entschlossenheit stieg in ihr auf, und im selben Moment wusste sie plötzlich die Lösung. Ihre Hände, die bisher gezittert hatten, wurden ganz ruhig. Voller Klarheit und Zuversicht ergriff sie das Seilende, das parallel zu ihrem Bein nach unten hing, und stemmte es nach oben in Richtung Knoten. Sie schob es unter einer Schlaufe hindurch und schaffte es so, diese zu lockern.

Nachdem sie auf diese Weise die erste Schlaufe gelöst hatte, sah Julie, dass es sich um eine Doppelkonstruktion handelte, also wendete sie die gleiche Strategie noch einmal an: parallel nach oben und unter der Schlaufe hindurch.

»Weiteratmen. Du packst das.«

Und dann war der Knoten plötzlich offen, wie durch das Wunder, auf das Julie die ganze Zeit gehofft hatte.

»Danke, wer auch immer über mich wacht. Danke.«

Für ausgiebigeren Dank blieb keine Zeit, denn ihr Bein war gespenstisch blau, mit weißen, tief in die Haut eingegrabenen Striemen. Sie musste es wieder zum Leben erwecken, und zwar sofort. Also massierte sie mit energischen Bewegungen ihren Oberschenkel, um das Blut dazu zu bringen, wieder bis nach unten in ihren Unterschenkel und ihren Fuß zu fließen. Energisch klatschte sie sich aufs Bein.

»Komm schon. Na los.«

Das Beste hoffend, warf sie das Seil beiseite und stieg aus dem Bett. Ihre Wade und ihr Fuß waren vollkommen gefühllos, sie spürte nicht einmal ein leises Kribbeln. Wenigstens hatte sie ihre Muskeln einigermaßen unter Kontrolle und konnte ein paar Schritte durchs Zimmer humpeln. So schwer und plump sich das betroffene Bein auch anfühlte, die Farbe kehrte bereits an einigen Stellen fleckig und unregelmäßig zurück.

Sie machte sich auf den Weg zu dem Stoffbeutel an der Wand, gekrümmt wie eine bucklige alte Frau, die Hand schützend auf ihren Bauch gelegt. Ihr gesundes Bein bewegte sich zu schnell, um den Rest ihres Körpers mitzunehmen, und sie geriet beinahe ins Straucheln. Dann hatte sie den Beutel endlich erreicht und stürzte sich auf ihn. Mit beiden Händen griff sie hinein und dachte zunächst, er wäre leer und ihr Gedächtnis hätte sie im Stich gelassen, bis sie in den Falten des unteren Saums doch noch auf Metall stieß. Triumphierend zog sie die Schneiderschere hervor und umklammerte sie fest, während sie ihre Freudentränen hinunterschluckte.

Sie träumte das alles nicht. Es war wahr: Sie hielt ihre Rettung in den Händen.

35

CORA TRUG eine Mülltüte bei sich, als sie die Toilette der Tankstelle betrat. Darin befanden sich ihre Kleider vom Vortag, steif und blutverkrustet. Sie waren bereits die halbe Nacht gefahren, deshalb ging sie davon aus, dass sie weit genug weg waren, um die Beweise loszuwerden. Das Glück wollte es, dass der Mülleimer fast voll war. Das Nachtpersonal würde ihn bald leeren müssen.

Um ganz sicherzugehen, warf Cora einen prüfenden Blick auf den Dienstplan hinter der Tür. »Claire S.« war um vier Uhr morgens für das Leeren der Abfalleimer zuständig. Vermutlich handelte es sich um das benebelt wirkende Mädchen im Flanellhemd, das gerade das Regal mit den Schmerzmitteln aufgefüllt hatte, als Cora durch den Verkaufsraum gegangen war. Mit seinen zu stark getuschten Wimpern und dem Grunge-Rock, der in voller Lautstärke aus seinen Kopfhörern dröhnte, hatte es nicht gerade wie jemand gewirkt, der viel von seiner Umgebung wahrnahm. Bestimmt würden ihm auch die blutroten, triefenden Turnschuhe entgehen, die in den Abfalleimer auf der Toilette gestopft waren.

Cora drückte die Mülltüte bis ganz nach unten durch und ignorierte die ekelhaften Dinge, mit denen sie dabei möglicherweise in Kontakt kam. Dann stellte sie sich vor den Spiegel und musterte ihr verquollenes Gesicht mit den Tränenspuren und den alten, bereits gelblich verfärbten Blutergüssen. Auch daran würde sich niemand erinnern. Es war unglaublich, wie leicht man sich um zwei Uhr morgens zwischen den buntschillernden Regalen einer Tankstelle verlor.

Ihre Augen starrten ihr rot und groß wie Untertassen entgegen, leer und ausgehöhlt. Innerlich spürte sie nichts. Ihr Herz schien zu einem harten Klumpen verdorrt zu sein, der nur noch auf die niederträchtigsten Impulse reagierte. Es war besser so. Sie musste die Kunst, alles in sich abzuschalten, perfektionieren. Gute Gefühle brachten sie nur in Schwierigkeiten. Sorgten dafür, dass Menschen sterben mussten.

Sie kniff die Augen zu und versuchte, die schrecklichen Erinnerungen auszulöschen. Die Hand ihres Vaters hatte sich um ihre geschlossen, und sie war nicht in der Lage gewesen, sich gegen seine Kraft zur Wehr zu setzen, als er das Messer in Reeds Fleisch gestoßen hatte. Dieser Moment war das Ende von allem gewesen.

Sie öffnete die Augen. Ihr blieb keine andere Wahl, als sich den Tatsachen zu stellen.

Inzwischen hatte man sicher Reeds Leiche gefunden, und sie bemühte sich vergeblich, sich nicht auszumalen, was mit ihm geschehen würde. Seine weiche, glatte Haut würde nackt sein, entblößt, den grellen Blitzen der Kamera ausgesetzt. Ein Laborassistent würde seine Blutergüsse erfassen, tausend Daumenabdrücke in Lila, und die Stellen, wo das Seil eingeschnitten hatte, ein halbes Dutzend violetter Striemen, die sich kreuz und quer über seine Drachentätowierung auf dem linken Bizeps zogen. Der Assistent würde ein Stahlmaß in die zerklüfteten Schnittwunden schieben, die sie seinem Rumpf zugefügt hatten, um ihre Tiefe und Breite auszumessen und anhand eventueller geriffelter Ränder zu erkennen, ob das Tatmesser gezackt gewesen war. Reeds Gesicht, dieses schöne, wie gemeißelt wirkende Gesicht, würde vollkommen starr auf dem Metalltisch liegen. Keine zu einem schiefen Lächeln verzogenen Mundwinkel mehr, um sie zu irgendeiner Schandtat zu verführen, keine geflüsterten Schweinereien, um sie schwindlig zu machen vor Lust, keine ironischen Blicke aus seinen strahlend blauen Augen, um sie durch und durch zu verderben.

Sie musste damit aufhören, musste an künftige Gefahren denken, nicht an den angerichteten Schaden. Für Rückblicke und Bedauern war es zu spät. Sie musste Reed vergessen und versuchen, sich mit dem Wissen zu trösten, dass sie wenigstens nicht erwischt werden würde.

Das Messer würde die Polizei niemals finden. Ihr Vater hatte es sauber geschrubbt und in den tosenden Fluss geworfen, als sie noch am Abend die Brücke überquert hatten. Sie hatte zugesehen, wie es durch die Nachtluft segelte, bis es nur noch ein kleiner Punkt war, ein Glitzern im Dunkeln. Den Aufprall konnte sie nicht erkennen, aber sie stellte sich vor, dass es wie ein olympischer Turmspringer ins Wasser geglitten war, vollkommen senkrecht, geschmeidig und ohne zu spritzen. Sie wusste, dass es weg war, versunken in den Tiefen des Flusses. Dort steckte es nun vermutlich im Grund, halb bedeckt von Sand, verborgen bis in alle Ewigkeit.

Ihre Fingerabdrücke und DNA-Spuren waren inzwischen sicher längst eingesammelt und in Plastikbeuteln verstaut, ohne je irgendjemandem zugeordnet zu werden. Ihr Vater hatte dafür gesorgt, dass keinerlei Aufzeichnungen oder Unterlagen über sie existierten. Sie war nie bei einem Arzt gewesen, nicht einmal bei der Schulkrankenschwester. Wenn der Schulfotograf da war, hatte sie kein Foto von sich machen lassen, und als der Sheriff in der fünften Klasse Fingerabdrücke von allen Schülern genommen hatte, hatte ihr Vater sie zu Hause behalten. Als hätte er bereits gewusst, dass dieser Tag irgendwann kommen würde. Sie war ein

Phantom, ein Geist, nichts als Dunst. Sie existierte ganz einfach nicht.

Das einzige Problem war der Rucksack, den Reed ihr weggenommen hatte. Egal, sein Inhalt genügte nicht, um sie aufzuspüren. Das mit dem Brief war natürlich Pech, aber sie konnte es nicht mehr ändern.

Cora wischte sich die Nase an ihrem Ärmel ab. Wie sollte es jetzt weitergehen? Ihr Vater war schon seit Stunden am Zittern und saß bestimmt längst wieder im Pick-up und schüttete Literflaschen Bier in sich hinein. Sie hatten kaum ein Wort miteinander gesprochen, seit sie am Abend aufgebrochen waren. Die Unwirklichkeit des Ganzen hatte sie beide in einen Schockzustand versetzt. Wenn er wie vermutet gerade ein Bier nach dem anderen kippte, würden sie in dieser Nacht nicht mehr weit kommen, bevor er sich endgültig ins Koma gesoffen hatte.

Coras praktische Seite übernahm langsam wieder das Kommando. Sie konnte es sich nicht leisten, über das Geschehene nachzudenken und ihren Schmerz zu verarbeiten, bevor sie sich nicht in einer neuen Stadt niedergelassen hatten und in Sicherheit waren. Aber zuerst mussten sie für den Rest dieser Nacht einen Ort abseits der Straße finden. Sie hatte keine Lust, am Morgen vom Schein der Taschenlampen geweckt zu werden, die ihren Wohnwagen nach Beweisen absuchten. Wenn sie doch nur ihren Atlas bei sich gehabt hätte. Wie dumm, dass er in diesem ganzen Chaos verlorengegangen war.

Sie wusch sich das Gesicht mit kaltem Wasser, putzte sich die Nase und stopfte sich zusätzliche Papiertücher in die Gesäßtaschen ihrer Jeans, für den Fall, dass die Tränen in der Nacht noch einmal zurückkamen.

Bevor sie die Tankstelle verließ, kaufte sie sich eine Tasse Kaffee und zwei Krakauer Würstchen von dem endlos kreisenden Drehspieß hinter der Verkaufstheke. Die trockenen, verschrumpelten, von Fettklümpchen durchzogenen Würstchen wurden wahrscheinlich schon seit Tagen warm gehalten, aber sie würden ihren Zweck erfüllen. Weder Cora noch ihr Vater hatten seit dem Frühstück am Vortag etwas gegessen.

Das Mädchen mit den Ohrstöpseln kassierte und sang irgendetwas von »The Killer in me«, während es das Wechselgeld in Coras offene Hand fallen ließ, ohne auch nur einmal Blickkontakt mit ihr zu suchen.

Umso besser.

Cora trug ihre Beute hinaus zum Auto und registrierte bestürzt den Haufen leerer Flaschen auf dem Boden vor dem Beifahrersitz. Niemals hätte sie gedacht, dass ihr Vater in derart kurzer Zeit so viel Bier trinken konnte. Schon jetzt war sein Blick glasig, und er schien Mühe zu haben, seine Zunge im Mund zu behalten. Angewidert wich sie vor ihm zurück. Es gab keine Alternative. Sie musste das Steuer übernehmen.

Nachdem sie ausgestiegen war und die Tür hinter sich zugeschlagen hatte, ging sie entschlossen zur Fahrerseite, stieg ein und schob ihren Vater energisch auf den Beifahrersitz hinüber. Sie nahm ihm die Kappe vom Kopf, setzte sie selbst auf und zog ihren Pferdeschwanz durch die Nackenschlaufe, in der Hoffnung, dass sie dadurch älter aussah.

Sie zuckte im Dunkeln mit den Schultern, nahm einen Schluck von ihrem dampfend heißen Kaffee und spuckte ihn quer übers Armaturenbrett. Er schmeckte bitter und verbrannt. Tja, was hatte sie erwartet? Fluchend wischte sie die widerliche Flüssigkeit mit dem Ärmel weg und spähte zu ihrem Vater hinüber. Er hatte nichts von alldem mitbekommen. Völlig weggetreten.

Tapfer hob sie erneut die Tasse mit der nur entfernt an Kaffee erinnernden Flüssigkeit an die Lippen und schluckte das Zeug hinunter. Nachdem sie sich mit dem Handrücken den Mund abgewischt hatte, klappte sie das Handschuhfach auf und wühlte darin herum, bis sie eine XXL-Packung Koffeintabletten gefunden hatte. Sie warf einen Blick auf das Verfallsdatum – gerade noch so – und nahm drei Tabletten, und dann zur Sicherheit noch eine vierte.

Plötzlich wollte sie so weit wie möglich weg sein. Sie musste Reed Lassiter und ihre dummen Hoffnungen hinter sich lassen, und zu diesem Zweck musste sie wach bleiben und den Wagen steuern, immer weiter in die Ferne. Sie würde fahren, bis sie ihr neues Zuhause erreicht hatten. Sie würde fahren, bis ihre Tränen vollständig getrocknet und ihre Blutergüsse verblichen und vergessen waren.

Sie würde fahren, bis sie vom Erdboden verschwunden waren.

36

ADAM BRAUCHTE drei Wochen, bis er eine Audienz bei der schwer erreichbaren Tamara Barron aus Roanoke, Virginia, bekam, und auch das gelang ihm nur mit Hilfe einer List. Sie ging nicht oft ans Telefon, und wenn doch, legte sie auf, sobald sie Adams Namen hörte. Sie hielt ihn von Anfang an für einen Polizisten, und sosehr er es auch abstritt, es gelang ihm nicht, sie von ihrer Überzeugung abzubringen. Insgeheim freute sich Adam darüber, denn es bewies, dass seine Arbeit ein wesentlicher Bestandteil von ihm war, dass sie ihm in Fleisch und Blut übergegangen und letztlich sein Schicksal war.

Am Ende hatte er beschlossen, nach Roanoke zu fliegen, um Laura Martins Tante persönlich gegenüberzutreten. Sie wohnte in einem verwinkelten, grün gestrichenen Cottage, das inmitten von Bäumen in den Bergen lag. Adam erklomm die siebenundzwanzig Stufen, die sich durch den Vorgarten schlängelten, und klopfte am Fliegenschutzgitter der Haustür. Im Inneren des Hauses erspähte er ein beengtes Wohnzimmer mit zwei kleinen weißen Sofas, auf denen sich bunte Kissen und grellgemusterte Patchworkdecken türmten, während die Wände vollhingen mit gerahmten Sinnsprüchen. Das Ganze wirkte niedlich, altmodisch und ein bisschen zu kitschig für seinen Geschmack.

Im Hintergrund lief leise ein schmalziger Hit aus den Achtzigern mit zu viel Saxophon, und in der Küche hinter dem Wohnzimmer schien jemand Geschirr abzuspülen.

Auf Adams Klopfen hin verstummte das Geklapper, doch es kam niemand zur Tür.

»Hallo?«, rief er. »Jemand zu Hause?«

Immer noch Stille.

»Hallo, hier ist Adam Miller. Wir haben miteinander telefoniert.«

Nichts, bis auf ein letztes Gläserklirren. Adam warf erneut einen Blick auf die Hausnummer, um sich zu vergewissern, dass er an der richtigen Adresse war. Er wusste, dass

Tamara Barron, eine pensionierte Grundschullehrerin, nie geheiratet hatte. Bei der Person in der Küche musste es sich also um sie selbst handeln, aber warum ignorierte sie ihn auf diese Weise?

Als er gerade aufgeben wollte, rührte sich doch noch etwas. Irgendwo tief im Inneren des Hauses knarrte eine Tür, und kurz darauf erschien eine grauhaarige Frau mit blinzelnden blauen Augen im Türbogen hinter dem Wohnzimmer. Sie teilte den Perlenvorhang, der darin hing, mit einer erhobenen Schrotflinte, die sie direkt auf Adam richtete. Nicht gerade das Verhalten, das er von einer Grundschullehrerin erwartet hätte.

»Was wollen Sie?«, fragte die Frau und kam mit festen Schritten und einer Mischung aus Verärgerung und Verwunderung im Blick auf die Haustür zu.

»Ich wollte nur … äh, ich wollte nur mit Ihnen über Ihren Bruder sprechen.«

»Ich sagte Ihnen schon, dass ich keinen Kontakt zu ihm habe. Mit dem Unfug, den er treibt, will ich nichts zu tun haben.«

Nur die Fliegengittertür trennte Adam vom Doppellauf der Remington-Flinte. Er schluckte und musste seinen ganzen Mut zusammennehmen, um stehen zu bleiben und sie zu überreden, ihn ins Haus zu lassen.

»Darf ich reinkommen? Ich verspreche auch, dass ich nicht beiße.« Er schenkte ihr ein hoffentlich charmantes Lächeln, wohlwissend, dass er oft eher kindlich als männlich und unwiderstehlich wirkte.

Sie musterte ihn von Kopf bis Fuß und ließ dann nach kurzem Zögern die Schrotflinte sinken.

»Also gut, kommen Sie rein. Aber vergessen Sie nicht,

dass ich mit dem Ding hier umgehen kann. Ich trainiere seit dreißig Jahren jeden Donnerstagnachmittag auf dem Schießplatz.«

»Ich vergesse es nicht«, versprach er und fröstelte leicht, als er die Fliegengittertür aufschob und ihr in ihr liebevoll gestaltetes Wohnparadies folgte, wo sie ihm einen Sessel in der Ecke anbot.

Sie selbst ließ sich auf einem der beiden Sofas nieder, nachdem sie eine ausgefranste, vermutlich selbstgehäkelte Decke mit türkis- und rosafarbenen Streifen beiseitegeschoben hatte.

»Entschuldigen Sie, dass ich Ihnen keinen Tee anbiete, aber ich denke nicht, dass Sie lange genug bleiben werden, um ihn zu trinken.«

Sie hielt Wort und behielt die Schrotflinte direkt neben sich auf dem Sofa.

»Das ist absolut in Ordnung«, sagte er und nickte. »Nur ein paar Minuten.«

»Was interessiert Sie an meinem Bruder?«

»Ich suche nicht nach ihm, sondern nach seiner Tochter. Damals nannte sie sich Laura Martin.«

Die alte Dame zuckte leicht zusammen, als sie den Namen hörte. Vielleicht wusste sie über die Familiengeschichte des Mädchens Bescheid. Möglicherweise hatte sie ihrem Bruder sogar bei der Entführung geholfen. Sie schlug die Beine übereinander, die unterhalb ihrer weißen Caprihose nackt waren, und starrte auf ihre unlackierten Nägel, ohne seinen Blick zu erwidern. Adam nahm sich vor, diese Frau – Grundschullehrerin hin oder her – genau im Auge zu behalten.

»Darüber müssen Sie mit meinem Bruder sprechen. *Falls* Sie ihn finden.« Sie sagte es ein wenig zu beiläufig.

»Das würde ich gern. Genau deshalb bin ich ja hier. Ich muss erst ihn finden, damit ich das Mädchen finden kann.«

»Ob Sie das wirklich können, steht in den Sternen. Ich habe sie jedenfalls nicht mehr gesehen, seit sie sieben war.«

Sieben. Genau wie Abigail. Er starrte Tamara Barron an, als könnte er sie mit seinem durchdringenden Blick erweichen. Aber ihr Gesicht blieb unergründlich.

»Was ist mit ihrer Mutter? Kennen Sie sie?« Er war fest entschlossen, weiter zu bohren, bis er auf irgendeinen Hinweis stieß.

Sie lachte nur über diese Frage.

»Ihre Mutter? Nein, absolut nicht. Mein Bruder und sie waren nicht wirklich lange zusammen. Er hat sie nie mit nach Hause gebracht. Von dem Mädchen hat er erst erfahren, als es zwei oder drei war.«

»Wie kam es dann, dass seine Tochter bei ihm aufwuchs?«

»Anscheinend hat die Mutter versucht, ihre Existenz vor ihm geheim zu halten, was ich ihr nicht wirklich verübeln kann. Durch ein paar alte gemeinsame Freunde bekam er Wind davon und zog sofort los, um sich seine Tochter zu holen. Meinen Bruder konnte man nicht aufhalten, wenn er sich etwas in den Kopf gesetzt hatte. Angeblich gab es einen großen Streit, aber am Ende bekam er das volle Sorgerecht zugesprochen. Behauptete er zumindest. Ich fand es ziemlich eigenartig, dass das Gericht so entschieden hatte. Kaum hatte mein Bruder das Mädchen bei sich, fuhr er jedenfalls los und zog seither von einem Ort zum anderen. Was das zu bedeuten hat, können Sie sich selbst ausrechnen.«

Adams Puls beschleunigte sich. Im Grunde hatte sie gerade zugegeben, dass ihr Bruder das Mädchen entführt hatte.

»Er war also auf der Flucht?«

Sie zuckte mit den Schultern. »Ich habe damals versucht, nicht allzu viel darüber nachzudenken.«

»Haben Sie ihm geglaubt, dass das Mädchen seine Tochter war?«

Die Frau schloss für einen Moment die Augen und seufzte.

»Ob ich es ihm geglaubt habe? Natürlich. Sie war wahrscheinlich nicht das einzige uneheliche Kind von ihm. Erst als er ernsthaft mit dem Saufen angefangen hat, ließ sein Interesse an Frauen allmählich nach. Seither will er nur noch Geld, immer nur Geld, die ganze Zeit. Das ist der Hauptgrund dafür, dass ich den Kontakt zu ihm abgebrochen habe. Ich hatte die Nase voll davon, wie eine Irre zu schuften und mir dann jeden Penny von ihm abbetteln zu lassen.«

»Soviel ich weiß, hat er vor rund zwanzig Jahren in Roanoke Station gemacht. Ist er immer noch hier?«, fragte Adam. Er nahm, was er kriegen konnte.

Sie lachte leise auf. Vermutlich war sie entspannter, weil Adam das Gespräch von ihrem wunden Punkt weggelenkt hatte.

»Nein, zum Glück nicht. Er war seit Jahren nicht mehr hier. Damals haben die beiden etwa ein halbes Jahr hier verbracht, bis es dann auf dem Campingplatz … na ja, es gab dort irgendwie Ärger, soweit ich das verstanden habe. Die Einzelheiten kenne ich nicht, aber ich glaube, das Mädchen und er hatten eine Art Zerwürfnis. Wenn er mir seither schreibt, ist von ihr nicht mehr die Rede.«

Adam spürte, wie die Farbe aus seinem Gesicht wich. Was, wenn er sich die ganze Mühe, Lauras Vater aufzuspüren, umsonst gemacht hatte, weil die beiden sich voneinander entfremdet hatten? Oder noch schlimmer: Was, wenn das nur die Geschichte war, die er seiner Schwester aufgetischt hatte, während er das Mädchen in Wirklichkeit umgebracht hatte? Es wäre ein abruptes und vor allem tragisches Ende für Adams lange Suche gewesen.

»Er schreibt Ihnen also noch?«

Sie hob eine Augenbraue.

»Wie sollte er mich sonst um Geld anbetteln?«

»Sie wissen also, wo er ist.«

Sie seufzte, stand auf und ging zum Fenster, um zu den Narzissen hinauszustarren, die unterhalb ihres Hauses wild den Abhang hinunter wucherten.

»Hören Sie, wenn ich eines nicht will, dann den Zorn meines Bruders erregen. Er hat ein aufbrausendes Temperament, und er trinkt immer noch und ist unberechenbar. Ich habe ihn zwar seit Jahren nicht mehr gesehen, aber man weiß nie, wann er als Nächstes auftaucht und Unheil anrichtet. Ich habe wirklich keine Lust darauf, dass er wegen irgendetwas sauer auf mich ist.« Sie drehte sich zu Adam um. »Sagen Sie mir die Wahrheit: Warum wollen Sie seine Tochter finden? Steckt sie irgendwie in Schwierigkeiten?«

Adam zögerte und ging in Gedanken mögliche Erklärungen durch, bis ihm eine einfiel, die vielleicht funktionierte. Sein Gefühl sagte ihm, dass diese Frau ihm nichts verraten würde, wenn er das Wort Mord erwähnte. Er brauchte eine rührselige Geschichte.

»Nein, überhaupt nicht. Es ist keine Polizeiangelegenheit, sondern eine private. Ich glaube, dass sie und ich aufseiten ihrer Mutter verwandt sein könnten. Da ich die Mutter jedoch nicht ausfindig machen konnte, suche ich jetzt nach Laura Martin. Meine Cousine braucht nämlich eine Knochenmarktransplantation, und wir können keinen geeigneten Spender finden.«

Die Frau ging zurück zu ihrem Sofa und ließ sich wieder darauf nieder. Mit auf die Knie gestützten Ellbogen und verschränkten Händen beugte sie sich vor. Ihr Blick war jetzt deutlich nachgiebiger.

»Verstehe.«

»Und natürlich würde die Familie sie gerne endlich kennenlernen.«

»Hm. Um ehrlich zu sein, wäre das Mädchen wahrscheinlich besser dran gewesen, wenn es bei ihrer Mutter geblieben wäre. Oder bei mir. Ich habe angeboten, sie großzuziehen.«

Adam musterte erneut das gemütlich eingerichtete Zimmer und empfand großes Mitleid mit Laura Martin. Was er gerade erfahren hatte, ließ alles noch einmal in einem anderen Licht erscheinen. Lauras Leben wäre vermutlich so viel besser verlaufen, wenn ihr Vater das Angebot seiner Schwester angenommen hätte. Wenn sie hier, in diesem friedlichen, behaglichen Zuhause aufgewachsen wäre, bei dieser gescheiten Frau, die eindeutig in der Lage war, sie beide zu beschützen, wäre alles anders gekommen.

Tamara Barron stand auf.

»Ich bezweifle, dass er irgendetwas über ihren derzeitigen Aufenthaltsort weiß, aber warten Sie.« Sie seufzte. »Ich verrate Ihnen, wo er ist. Vielleicht kann ich wenigstens einen Teil seiner Sünden ausmerzen, indem ich Ihnen in dieser Notlage helfe.«

Sie ging zu einem hellgelb gestrichenen Schreibtisch in der Zimmerecke, der mit Papieren übersät war. Nachdem sie einige davon zur Seite geschoben hatte, griff sie nach einem Bündel Briefen und sah sie durch. Die ausrangierten warf sie in eine offene Schublade.

»Hier. Das ist der aktuellste Brief, den ich von ihm habe. Er ist in New York. Ganz im Nordwesten des Bundesstaats, in Rochester.« Sie beugte sich vor und betrachtete blinzelnd die kleine Schrift auf dem Umschlag. »Northwoods Resort.«

Adam nahm den hochtrabenden Namen amüsiert zur Kenntnis und notierte ihn in seinem Notizbuch, das er anschließend zurück in seine Hemdtasche schob. Dann erhob er sich zum Gehen.

»Danke. Vielen, vielen Dank. Soll ich ihm etwas ausrichten oder ihm einen Brief von Ihnen mitbringen?«

»Ehrlich gesagt würde ich es vorziehen, wenn Sie meinen Namen aus der Sache heraushalten. Was auch immer er in Rochester treibt, er soll dabei bleiben. Ich habe seit über drei Monaten nichts von ihm gehört. Kein Mensch weiß, in was für Gaunereien er dort verwickelt ist, und ich will es auch nicht wissen.«

Adam ging allein zur Tür und achtete darauf, dass das Fliegengitter nicht zu laut hinter ihm zufiel. Er fuhr direkt zum örtlichen Flughafen, weil er vorhatte, ein wenig Geld zu sparen und die Nacht im Auto zu verbringen. Gleich morgen früh würde er den Mietwagen zurückbringen, bevor er in den Flieger stieg. Er musste zurück nach Stillwater und dann weiter nach Rochester. Noch mehr Flugtickets, noch mehr Mietwagen, noch mehr billige, schlechte Diner-Mahlzeiten.

Am Morgen hatte Adam seinen Kontostand überprüft und festgestellt, dass er zum ersten Mal unter die Fünftausenddollarmarke gerutscht war. Auch der Rest würde nicht mehr lange vorhalten, wenn er weiter in diesem Tempo Geld ausgab. Wären Laura und ihr Vater doch nur an einem verdammten Ort geblieben! Irgendwann in naher Zukunft würde Adam seine Mutter um Unterstützung bitten müssen, doch auch sie konnte es sich eigentlich nicht leisten, ihm seine Suche zu finanzieren. Lange würde sie sich also nicht mehr aufrechterhalten lassen. Ihm musste dringend der Durchbruch gelingen.

Am Flughafen angekommen, beobachtete er, wie die Maschinen starteten und landeten. Ihr Anblick beruhigte ihn. Die Welt kam einem so geordnet vor, wenn man zusah, wie sie auf der Startbahn warteten, bis sie an der Reihe waren, und sich dann in den Himmel erhoben, an Bord lauter ganz gewöhnliche Menschen auf dem Weg zu völlig normalen Anlässen – langweiligen Meetings, angespannten Familientreffen, feuchtfröhlichen Betriebstagungen. Wohingegen er, der seines Amtes enthobene und in Ungnade gefallene Expolizist, Jahre seines Lebens damit vergeudete, einem unauffindbaren Mädchen hinterherzujagen, das vor zwanzig Jahren in einer Kleinstadt ein Blutbad angerichtet hatte. Er würde die dunkle Seite seiner Persönlichkeit nie abschütteln, nie ein gewöhnliches Leben führen können. Das wusste er bereits jetzt, während er mit den Fingern aufs Lenkrad trommelte und dabei vor sich hin pfiff wie der Mörder aus dem Film *M – Eine Stadt sucht einen Mörder*. Als er sich seines Verhaltes bewusstwurde, hörte er abrupt damit auf.

Er schüttelte den Kopf. Wenn er sich jetzt entmutigen ließ und aufgab, war alles umsonst gewesen.

Frustriert fuhr er sich mit den Händen durch die Haare

und starrte über die riesige Asphaltfläche, auf der gerade die blauweißen Rollfeldlichter angingen.

»Laura Martin, wo bist du?«, flüsterte er in die Flughafenluft hinaus.

37

SIE HATTEN vor drei Wochen ihr neues Lager in Virginia aufgeschlagen, und noch immer hatte Cora hier mit keiner Menschenseele gesprochen. Sie weigerte sich, zur Schule zu gehen, darauf bauend, dass das Schuljahr vorbei sein würde, bevor jemand ihr Schwänzen der Schulbehörde meldete. Meist verließ sie kaum den winzigen Küchenbereich des Wohnwagens und verbrachte den Großteil ihrer Tage damit, mit angezogenen Knien in der Sitzecke neben der Spüle zu kauern und die Ereignisse des vergangenen Jahres in allen Einzelheiten Revue passieren zu lassen. Sie suchte nach dem entscheidenden Fehler, versuchte zu ermitteln, warum alles so schrecklich schiefgegangen war. Dass sie selbst daran schuld war, wusste sie bereits. Jetzt musste sie einen Weg finden, die destruktiven Kräfte in sich zu zügeln.

Unterdessen ließ ihr Vater sie in Ruhe. Er hatte genauso wenig Lust wie sie, sich dem Alltag mit all seinen praktischen Fragen und Belangen zu stellen. Beide standen sie noch ganz unter dem Einfluss dessen, was passiert war, waren orientierungslos und verwirrt. Er beobachtete sie mit seinen wässrigen Augen und wartete ab, wer von ihnen bei diesem fragilen Tanz den ersten Schritt wagte. Sie wussten einfach nicht, wie sie zueinanderstanden oder miteinander umgehen sollten. Keiner von ihnen schien sich entscheiden zu können, ob sie die Morde offen ansprechen oder Stillschweigen bewahren und die entsetzlichen Ereignisse für immer in Stillwater begraben lassen sollten.

Cora wusste, dass er von den gleichen Erinnerungen heimgesucht wurde wie sie. Wie sie die drei an die Stühle gefesselt hatten, die Panik und die Schreie und die Tränen. Bestimmt dachte auch er an den Moment, der in Endlosschleife in ihrem Kopf ablief: wie ihre Hand, umschlossen von der ihres Vaters, die Klinge in Reeds Fleisch bohrte. Sie hatte es nicht tun wollen, aber schuldig war sie trotzdem. Sie hasste sich für ihre Schwäche, für ihre dummen Fehler, die direkt in die Katastrophe geführt hatten.

Sie war sich sicher, dass auch ihr Vater jede Nacht hochschreckte, aus dem Schlaf gerissen durch brutale Bilder von Blut und Knochen und Fleisch. Dass er die gleiche niederschmetternde Reue empfand, die bei jedem neuen Tagesanbruch Coras Herz erfüllte – dieses »Wenn doch nur«, das die grausamen Bilder auszulöschen versuchte, es jedoch nicht schaffte, weil sie wie Schaum in einem reißenden Strom nach oben stiegen. Dass er die gleichen drei Gesichter sah, die nachts, wenn Cora keinen Schlaf fand, vor ihrem inneren Auge schwebten. Vielleicht wichen sie deshalb dem Blick des jeweils anderen aus, nahmen ihre Mahlzeiten zu unterschiedlichen Zeiten ein, verließen den Wohnwagen, sobald der andere hereinkam.

Trotz der schrecklichen Erinnerungen stellte Cora mit Überraschung fest, dass sie den alten Wohnwagenpark vermisste. Sosehr sie es auch vermieden hatte, dort engere Kontakte zu knüpfen, die Vertrautheit der Hippiefrau von nebenan und des autistischen Kindes drei Wohnwagen weiter hatte ihr einen gewissen Trost gespendet. Natürlich war das nicht mit einer Familie vergleichbar, aber diese Menschen hatten eine Konstante gebildet, und das war etwas, was Cora vor Stillwater nie gekannt hatte.

Erschrocken hielt sie in ihren Gedanken inne. Stillwater – da war er wieder, dieser Name. Sie hatte eigentlich vorgehabt, ihn komplett aus ihrem Gedächtnis zu verbannen. Die Morde hatten landesweit für Schlagzeilen gesorgt, wenn auch nur für einen oder zwei Tage, doch es hatte gereicht, um ihren Vater in den Wahnsinn zu treiben. Er hatte ihr nagelneues, frisch gestohlenes Starthilfekabel gegen ein altes Transistorradio eingetauscht und den halben Tag damit verbracht, mit dem Ohr am Lautsprecher vor dem Wohnwagen zu sitzen, während das Radio im Halbstundentakt von Rauschen durchsetzte Wettervorhersagen und Nachrichten ausspuckte.

Die Vorfälle waren nur eine kurze Meldung gewesen, die schnell wieder in der Versenkung verschwand, verdrängt von einer Flut anderer, weitreichenderer Tragödien. Inlandsterrorismus, Explosionen in Chemiewerken, Hurrikans, Lawinen, Kriege. Niemand interessierte sich für drei Jugendliche aus der unteren Mittelschicht, die in irgendeiner vergessenen Bergarbeiterstadt im Hinterland Amerikas erstochen worden waren. Jedenfalls nicht, wenn es keine pikante Hintergrundgeschichte gab, einen Pädophilenring zum Beispiel oder einen düsteren Kult oder einen bekannten Serienmörder mit besonders perfider Vorgehensweise. Der Fall in Stillwater sah hingegen aus wie ein eskalierter

Drogendeal, daher verloren die Medien bald das Interesse daran. Zum Glück für Cora und ihren Vater.

Nachdem einige Zeit verstrichen war, ohne dass Neuigkeiten zu der Geschichte auftauchten, fiel ihrem Vater das Atmen wieder leichter. Es sah so aus, als wären sie noch einmal davongekommen, genau wie bei all seinen früheren, belangloseren Verbrechen. Cora merkte trotzdem, dass ihm die Sache weiterhin zu schaffen machte. Er blieb öfter für sich allein und unternahm sogar hin und wieder einen halbherzigen Versuch, nüchtern zu bleiben, was ihm manchmal immerhin bis zum Einbruch der Dunkelheit gelang. Cora wappnete sich dennoch bereits für den nächsten unweigerlichen Alkoholexzess.

Und tatsächlich konnte er sich bald schon nicht mehr beherrschen, wenn abends Leben in den Campingplatz kam. In Virginia hielt früh im Jahr das warme Wetter Einzug, und so wurde gemeinsam am Lagerfeuer getrunken. Was bereits lebhaft begann, wurde nach Mitternacht immer ungehobelter und endete irgendwann in völligem Chaos. Coras Vater schien fest entschlossen, der Betrunkenste von allen zu sein. Nur so konnte er vergessen. Cora beneidete ihn um diese Fluchtmöglichkeit, aber als er ihr eines Abends wortlos eine offene Flasche Gin reichte, schüttelte sie den Kopf. Sie *musste* sich erinnern, denn sie verdiente diese Strafe und wollte ihr ganzes Ausmaß spüren, wie schmerzhaft es auch war und wie lange es auch andauern würde.

Auf Cora wirkte sich die Hitze auf ganz andere Weise aus. Gezwungen, der unerträglich stickigen Luft im Wohnwagen zu entfliehen, breitete sie ihren Schlafsack am Rand ihres Stellplatzes aus und baute sich aus der letzten Mülltüte, die sie besaßen, ein provisorisches Lager. Sie genoss es, dort die ganze Nacht unter dem Sternenhimmel zu liegen und die Namen der Sternbilder aufzusagen, wenn sie wieder einmal nicht schlafen konnte: Großer Wagen, Kassiopeia, Kepheus. Die Sterne funkelten immer gleich über Coras Kopf, Nacht für Nacht, wo auch immer sie gerade lebte und was auch immer in ihrem Leben passiert war, unveränderlich, unempfindlich, unempfänglich für Wehmut oder Reue.

Wenn der Schlaf sich ihr besonders hartnäckig verweigerte, stand sie auf und lief in der Gegend herum, manchmal stundenlang. In den frühen Morgenstunden, wenn die Gelage endlich abflauten, wurde es still auf dem Platz, und sie liebte diese Zeit, wenn sie allein mit ihren Gedanken und den zirpenden Grillen und der schwarzen Nacht war, wenn sie über die Alkoholleichen dieser verlorenen Seelen stieg, in dieser schmutzigen Ecke im Nirgendwo.

Bei einem ihrer nächtlichen Streifzüge fiel ihr einige hundert Meter vom Rand des Campingplatzes entfernt, in einem Gebiet, zu dem der Zutritt eigentlich streng verboten war, ein Licht auf. Ein an einer Falschen Akazie angebrachtes orangefarbenes Schild kennzeichnete den Wald als Privateigentum, aber irgendjemand hatte sich dennoch hineingewagt. Irgendetwas ging dort vor sich.

Flackernd schien das Licht durch die gewundenen Stämme der Bäume. Eine tiefe Stimme murmelte etwas, woraufhin aus der Dunkelheit ein Chor von Stimmen mit »Amen« antwortete.

Cora schlich näher heran und kauerte sich ein Stück außerhalb der beleuchteten Lichtung hinter dichtes Gestrüpp. Ungefähr zehn verwahrlost wirkende Männer und Frauen unterschiedlichen Alters saßen im Schneidersitz um ein loderndes Feuer herum, mit geschlossenen Augen und zum

Gebet gefalteten Händen. Ein ätherisch aussehender Mann in einem schmutzig weißen langen Gewand stand am Rand des Sitzkreises – der Anführer, wie Cora vermutete. Um seinen Hals hing an einem feuerroten Band ein goldenes Amulett von der Größe einer Halbdollarmünze. Das Gesicht des Mannes war von seinen langen Haaren und seinem Vollbart bedeckt. Nur seine funkelnden Augen waren zu sehen, mit denen er seine Anhänger aufmerksam beobachtete.

Mit strenger Miene ging er leise vor sich hin murmelnd im Kreis herum, gefolgt von einem mageren jungen Mädchen, das nicht viel älter sein konnte als Cora und eine große silberne Schüssel hinter ihm hertrug. Die junge Frau war in ein ähnliches Gewand gekleidet wie er, nur dass ihres von einem verblichenen Armeegrün war. Ihr dickes Haar war zu einem züchtigen Knoten gebunden und mit einer Blumenkrone geschmückt. Sie hatte etwas Scheues an sich und ließ den Anführer nicht aus den Augen, als erwartete sie jederzeit ein geheimes Signal von ihm. Hin und wieder tauchte er seine Hände in die Schüssel ein, die sie trug, und berührte anschließend die Stirn eines Betenden.

Dann verkündete er mit donnernder Stimme: »Mag die Welt euch auch verurteilen, so prophezeie ich euch, dass das Universum für jeden von euch einen Platz bereithält, meine Jünger. Einen Platz, an dem allein die Geister entscheiden, was richtig und was falsch ist.«

Cora verdrehte die Augen. Solchen Unsinn kannte sie zur Genüge. Ständig streiften Missionare durch die Wohnwagenparks und Campingplätze, verteilten Flugblätter, faselten von der Liebe Gottes, dem Himmelreich und der Abkehr von irdischer Sünde. Cora und ihr Vater hatten sie immer ignoriert oder ihnen die Tür vor der Nase zugeschlagen, wenn sie es gewagt hatten, bei ihnen zu klopfen. Schließlich wussten sie, wie der Hase lief. Oft waren diese vermeintlichen Gottesmänner in Wirklichkeit nichts anderes als Bettler mit einer besonders raffinierten Betrugsmasche.

Cora beschloss, sich aus dem Staub zu machen, bevor sie dabei erwischt wurde, wie sie diese Leute heimlich beobachtete. Sie wollte sich nicht rechtfertigen oder die unvermeidlichen Angebote von Erlösung und innerem Frieden abwehren müssen.

Wieder schwoll die Stimme des Predigers an: »Schicksal! Es ist unser Schicksal, das Heilige vom Gottlosen zu unterscheiden.«

Bei diesen Worten stand seine mickrige Gefolgschaft vom Boden auf und hob in stummer Zustimmung die Hände. Er bedeutete seinen Jüngern, sich wieder zu setzen, um in Ruhe fortfahren zu können.

»Auf Erden gibt es sowohl Freude als auch Schmerz im Überfluss. Wir, die Auserwählten, werden über beides herrschen.«

Cora hatte genug gehört, aber kurz bevor sie sich zum Gehen wandte, schnappte sie ungläubig nach Luft.

Sie hatte ihren Vater im Kreis der Betenden entdeckt, genauso entrückt wie alle anderen. Die Hände des Predigers legten sich auf sein Gesicht, während er irgendein Gebet oder eine Beschwörungsformel sang.

Ihr wurde bewusst, dass sie ihren Vater seit mindestens zwei Tagen nicht mehr gesehen hatte. Sie hatte sich nicht viel dabei gedacht und war davon ausgegangen, dass er auf Sauftour war und in einem anderen Camp, bei diesem Leroy, übernachtete. Offenbar nicht. Erstaunt beobachtete sie die Szene, die sich vor ihr abspielte, die Schultern ihres

Vaters, die kaum merklich zitterten, ein untrügliches Zeichen dafür, dass er seit mehreren Stunden nichts mehr getrunken hatte. Mitten in der Nacht? Das ergab keinen Sinn.

Und siehe da, direkt neben ihm saß Leroy und blickte mit einem Ausdruck zu dem Prediger auf, der nur als religiöser Eifer interpretiert werden konnte.

Waren die beiden etwa auf diesen ganzen Hokuspokus hereingefallen? Das war wirklich das Letzte, was sie erwartet hätte.

Sie musste noch näher an das Feuer heran.

»Meine Visionen haben mir die Wahrheit offenbart. Sie haben das Mystische von allem Irdischen befreit. Höret die Worte und freuet euch.«

Geduckt kroch Cora im Schutz der Brombeersträucher auf den Kreis der Betenden zu. Sie kannte den Bärtigen nicht. Er musste irgendwann in der letzten Woche auf dem Campingplatz eingetroffen sein. Es hatte nur noch einen freien Stellplatz mit Stromanschluss auf der nördlichen Seite gegeben, dort stand vermutlich sein Gefährt.

Er war großgewachsen, und sie schätzte ihn auf Ende zwanzig. Obwohl er nicht unbedingt gutaussehend war, verstand sie, warum er auf die Leute so anziehend wirkte. Selbst aus der Ferne nahm man seine charismatische, verführerische Aura wahr, und seine Stimme besaß einen beruhigenden Unterton, tröstlich und einlullend, konnte aber auch urplötzlich zu einem kehligen Donnern anschwellen.

Cora gefiel nicht, was sie dort vor sich auf der Lichtung sah. Es gefiel ihr ganz und gar nicht. Ihr Vater war normalerweise niemand, der sich von solchen Gaunern übers Ohr hauen ließ, und dieser Pseudoprediger hatte etwas Gefährliches an sich, etwas, das man im Auge behalten und fürchten musste. Jeder Nerv ihres Körpers war in Alarmbereitschaft. Ihr Instinkt riet ihr zu flüchten, das Weite zu suchen, sich ihren Vater zu schnappen und mit ihm in eine andere Stadt weiterzuziehen.

Die warme Nachtluft frischte auf und blies ihr die Haare ins Gesicht. Sie strich sie hinter die Ohren und rieb sich die Arme, um ihre Gänsehaut zu vertreiben. Eine eigenartige Energie erfasste sie, wie ein feiner Nebel. Sie spürte, wie diese Energie in der Erde unter ihren Füßen pulsierte, wie sie um sie herumströmte, herbeigerufen vom Wind. Sie würde erst von ihr ablassen, wenn Cora sie mit aller Macht abschüttelte und davonrannte, doch stattdessen verharrte sie wie angewurzelt, außer Gefecht gesetzt von einer lähmenden Furcht.

Plötzlich blickte der Mann in ihre Richtung. Sie war sich sicher, dass er sie hier im Dunkeln, verborgen im dichten Unterholz, nicht sehen konnte, hielt jedoch vorsichtshalber vollkommen still. Er unterbrach seine Predigt. Ihr Herz klopfte schneller.

Konnte er sie etwa doch sehen?

Das war eigentlich unmöglich, aber sie hatte den Eindruck, dass er sie direkt anstarrte, durch sie hindurchsah, mit loderndem Blick. Dann brüllte er los, explodierte in einem Schwall unverständlicher Worte, einem furchterregenden, geheimnisvollen Kauderwelsch, düsteren, archaischen Zauberformeln in einer längst verlorenen Sprache.

»So steht es geschrieben im dunklen Buch der Zeit«, endete er und fuchtelte abschließend mit den Armen.

Alles war totenstill. Cora blinzelte. Einmal. Zweimal.

Dann rief er ihren Namen, mit jener donnernden Stimme, die am Ende jedes Worts noch lauter wurde.

38

CORA ZÖGERTE keine Sekunde. Sie machte auf dem Absatz kehrt und flüchtete, so schnell sie konnte, kämpfte sich durch ein Geflecht aus Ästen, die sie zu umzingeln und zurück zum Kreis der Betenden zu ziehen schienen. Die Kratzer an ihren Armen, ihrem Gesicht und ihren Händen ignorierte sie, denn sie hatte das Gefühl, um ihr Leben zu rennen. Irgendetwas auf jener Lichtung hatte sie eingeschüchtert, sie durch und durch erschüttert, und ihre Angst trieb sie dazu, sich möglichst weit davon zu entfernen.

Sie verfluchte ihren Vater dafür, dass er sich mit diesem Mann eingelassen hatte. Dass er sie zu diesem gottverlassenen Campingplatz geschleift hatte. Und sie verfluchte sie beide dafür, dass sie überhaupt aus Stillwater fortgegangen waren.

Cora rannte weiter, bis sie keine Luft mehr bekam. Dann strauchelte sie ins Lager zurück und hastete die Treppe zum Wohnwagen hoch. Nachdem sie die Tür hinter sich zugeschlagen hatte, bemühte sie sich, tief durchzuatmen und zu überlegen, wie sie sich vor dem Bösen schützen konnte, das dort draußen in der Nacht lauerte. Das Türschloss war nicht der Rede wert, und sie fand nichts, mit dem sie sich hätte verbarrikadieren können. Selbst in dem von Wänden umschlossenen Innenraum des Wohnwagens fühlte sie sich verletzlich und schutzlos.

Sie spähte durch die billige Plastikjalousie, die sie am hinteren Fenster angebracht hatten. Es war alles still auf dem Gelände. Hier und da brannte noch ein Lagerfeuer, aber von den meisten Feuerstellen stiegen nur noch mickrige Rauchsäulen zum Himmel auf. Zu ihrer Linken sackte ein sitzender Mann mit nacktem Oberkörper und aufgeknöpfter kurzer Hose zur Seite und rieb sich die Augen, bis seine Bewegungen langsamer wurden und seine Hand zu Boden sank. Rechts von Cora hatte sich ein einsames Eichhörnchen aus seinem Versteck gewagt, um ein paar Essensreste zu stibitzen, bevor die Menschen bei Tagesanbruch wieder aus ihren Behausungen kamen.

Cora atmete erleichtert auf. Niemand war ihr gefolgt. Der Bärtige hatte sie gehen lassen. Allerdings spielte es letztlich keine Rolle, ob er ihr gleich gefolgt war oder nicht. Er würde kommen und sie holen, das spürte sie.

Am schlimmsten für sie war, dass er ihren Namen kannte. Zumindest ihren neuen Namen – Caroline –, den sie willkürlich aus einem Groschenroman gepickt hatte, den sie im vergangenen Winter gelesen hatte. Ihr Vater tratschte anscheinend völlig grundlos über sie herum, eine andere Erklärung gab es nicht. Hatte er die Information von sich aus herausgerückt, oder hatte dieser Teufel sie aus ihm herausgequetscht?

Immer noch schwer atmend ging Cora die wenigen Schritte zum Waschbecken und füllte ein Glas mit Wasser. Es schmeckte metallisch, was die Bewohner des Campingplatzes auf die alten Wasserrohre schoben. Alles war falsch an diesem Ort. Wasser, das wie Blut schmeckte – ein unheilvolles Omen. Sie spuckte es wieder aus und ließ es, über den Abfluss gebeugt, ihr Kinn hinunterrinnen.

Dann wischte sie sich mit einem kleinen Handtuch den Mund ab und vergrub anschließend ihr Gesicht darin. Sie konnte sich nicht erklären, weshalb sie so heftig auf diesen

Mann reagierte. Vielleicht war es unlogisch, vielleicht hatte sie auch den Verstand verloren, aber ihrem Empfinden nach hatte ihr Vater sie verraten, indem er an diesem absurden Ritual teilgenommen hatte. Wenn sie sich nicht einmal mehr auf *ihn* verlassen konnte, was blieb ihr dann noch?

Sie rollte sich auf dem Bett im Heck des Wohnwagens zusammen und hielt sich schützend einen Arm vor die Augen. Ihr Vater konnte sich heute Nacht mit dem Schlafsack vor der Tür begnügen. Sie musste vergessen, was sie gesehen hatte, am besten, indem sie versuchte, sich auf die Erinnerung an Reeds Gesicht zu konzentrieren. Wenn sie nur intensiv genug an ihn dachte, besuchte er sie vielleicht in ihren Träumen. Er mochte unaufrichtig gewesen sein und nur vorgegeben haben, sich etwas aus ihr zu machen, aber in ihren Träumen liebte er sie, und das war immerhin etwas. Also machte sie die Augen zu und schloss die Außenwelt aus. Irgendwann fiel sie in einen unruhigen Schlaf.

Geweckt wurde sie von einem sanften Klopfen an der Tür. Tageslicht strömte durchs Fenster herein und fiel über ihr Gesicht. Es war definitiv nicht ihr Vater, der draußen stand. Wenn er hereingewollt hätte, hätte er die Tür aus den Angeln geschlagen oder so lange dagegengetreten, bis sie völlig verbeult war. Die Schrammen am Türrahmen bewiesen deutlich, zu was er in der Lage war. Nein, dieses Klopfen war ein fremdes Geräusch, und Cora wusste genau, von wem es stammte.

Er war also doch noch zu ihr gekommen.

Sie rührte sich nicht, in der Hoffnung, dass er wieder ging.

Aber das tat er nicht. Die Umrisse seiner Hände und Lippen waren durch die Milchglasscheibe der Tür zu sehen. Cora fröstelte und rutschte auf dem Bett weiter nach hinten.

Er benutzte seine leise, beruhigende Stimme, um sie einzulullen.

»Caroline, ich weiß, dass du da drinnen bist.«

Ja, das wusste er. Und auch sie wusste etwas: dass es kein Entrinnen gab. Langsam stand sie vom Bett auf, warf das schmutzige Laken beiseite und humpelte zum Waschbecken, um sich das Gesicht zu waschen. Im Spiegel entdeckte sie ihre zerzausten Haare und ihr rotes Gesicht. Sie kämmte sich und strich die Kleider glatt, die sie seit zwei Tagen ununterbrochen trug. Hoffentlich roch sie schlecht. Sie wollte ihn abschrecken, ihn verscheuchen wie einen unliebsamen Geist.

Während sie die Tür aufmachte und auf den Vorplatz hinaustrat, vermied sie es sorgsam, in seine Richtung zu schauen. Es war sein Blick, mit dem er Macht ausübte. Wie der Blick einer Medusa, die ihr Gegenüber zu Stein erstarren ließ.

Aus den Augenwinkeln nahm sie wahr, dass er heute nicht sein Gewand trug, sondern billige Jeans und ein kariertes Hemd im Westernstil, mit Druckknöpfen statt echten Knöpfen. Bestimmt von der Heilsarmee. Seine Füße steckten in abgewetzten Lederschuhen, die ihm mindestens eine Nummer zu groß waren. Und dann sein Geruch. Beißende Körperausdünstungen vermischt mit verbrannter Holzkohle, ein Andenken an das Lagerfeuer der vergangenen Nacht. Er war ein Niemand, ein Dieb. Ein Schurke, der ein Geschäft witterte.

Sie setzte sich auf einen Holzblock vor ihre verwaiste Feuerstelle. Ihr Vater musste ohne Frühstück aufgebrochen sein oder war wahrscheinlich gar nicht erst nach Hause gekommen.

Der Mann streckte die Hand nach dem Ahornbaum aus, der direkt neben dem Wohnwagen wuchs, und brach einen kleinen Ast ab. Dann ließ er sich auf ein Knie nieder, zog sein Messer hervor und begann zu schnitzen. Seine Hände waren geübt. Geschickt raspelte er kleine Holzsplitter weg und warf sie in die Feuerstelle.

Ihr Herz raste.

»Caroline.« Sein Messer verharrte, und er drehte sich um und warf ihr einen verschlagenen Blick zu. »Sag mal: Ist das dein richtiger Name?«

Mit schief gelegtem Kopf sah er sie an, strotzend vor Selbstsicherheit. Hatte ihr Vater ihm etwa ihren echten Namen verraten? Und was noch? Sie würde ihn umbringen, wenn er diesen Mann in ihre dunklen Geheimnisse eingeweiht hatte. Dafür hatten sie beide zu viel zu verlieren.

»Ja«, antwortete sie nachdrücklich. »Nach meiner Großmutter.«

Er lachte leise in sich hinein.

»Genau.« Er machte eine Pause und fuhr dann fort: »Wie auch immer. Ich bin James.«

Ihr Gesicht fühlte sich taub an. Weil sie nicht wusste, was sie mit ihren Händen tun sollte, fummelte sie am Saum ihres Oberteils herum, knetete ihn zwischen ihren Fingern. *Ein verräterisches Zeichen.* Sie ließ den Stoff los wie ein brennendes Stück Kohle.

Halt still. Gib nichts preis.

»Warum bist du letzte Nacht vor mir davongerannt?«

»Ich wollte nicht … ich wollte das, was Sie dort getan haben, nicht stören. Es geht mich ja nichts an.«

»Du hättest uns nicht gestört. Was wir tun, steht allen offen, Caroline. Du hättest näher kommen und dir anhören sollen, was ich zu sagen hatte.«

»Nein, schon gut. Nicht böse gemeint, aber Religion ist einfach nicht mein Ding.«

»Diese Religion ist keine gewöhnliche.«

Sie nickte und starrte in die Asche des letzten Feuers, unfähig, etwas zu sagen.

»Caroline, sieh mich an.«

Sie weigerte sich. Beharrte darauf, ihn nicht anzusehen. Diese Macht war ihr geblieben: ihn nicht anzusehen.

»Ca-ro-line.« Ein neckender Singsang, als wäre sie ein bockiges Kind, das seinem Blick auswich.

»Ich glaube, du weißt bereits, wie sehr du mich brauchst. Ich spüre eine starke Energie, die von dir ausgeht. Und ich bin mir sicher, dass du auch meine Energie spürst, die quer durch den Kosmos Kontakt zu dir aufnimmt. Du hast viel durchgemacht. Ich kann dir helfen. Ich verstehe dich. Kannst du mich bitte ansehen?«

Nein, konnte sie nicht. Stur starrte sie in die Asche hinunter, während ihre Haut sich abwechselnd heiß und kalt anfühlte. Sie würde ihn nicht ansehen. Irgendetwas stimmte mit ihm nicht. Er war böse.

»Wenn du es dir anders überlegst, weißt du ja, wo du mich findest. Komm zu mir. Verrate mir deinen echten Namen, dann weiß ich, dass du bereit bist. Das wird das Zeichen zwischen uns sein.«

Zu ihrer Erleichterung stand er auf und warf ihr den zu einem schmalen Stab geschnitzten Ast vor die Füße.

Sie rührte sich nicht, nachdem er gegangen war. Er hatte recht, was die Sache mit der Energie anging. Seine Gegenwart übte tatsächlich eine gewisse Macht auf sie aus. Er war die Flamme und sie der Nachtfalter, und sie wusste, dass sie sich von ihm fernhalten musste, weil er sie sonst verbrannte.

Sie hatte diesen Fehler bei Reed schon einmal begangen und aus ihm gelernt. Nachdem sie seinen geschnitzten Ast aufgehoben und gemustert hatte, brach sie ihn entzwei.

39

JULIE SETZTE SICH im Bett auf und nahm ihre Position ein, so gut es mit dem Fuß am Bettpfosten ging. Sie hielt ihn so, als wäre er immer noch dort festgebunden. Trotz der Kälte im Zimmer schwitzte sie.

Während die Frau sich der Tür näherte, schob sie eine Hand unter die Bettdecke, um die Schneiderschere zu berühren und sich erneut davon zu überzeugen, dass sie wirklich existierte und keine Halluzination war wie damals die Spinnen. Sie drückte ihre Handfläche gegen die Spitze der Schere und war sofort beruhigt, als sie den Schmerz spürte.

»Los geht's«, flüsterte sie.

Die Schritte kamen näher, die Frau war jetzt direkt vor der Tür. Julie holte tief Luft und hob beide Hände. Sie wusste, dass sie es schaffen konnte. Sie durfte sich nicht ausmalen, wie es sich anfühlen würde, durfte nicht zu viel darüber nachdenken. Stattdessen musste sie einfach handeln, sobald sich ihr die Gelegenheit bot. Und dann musste sie töten, ihr blieb keine andere Wahl.

Die Klappe wurde in Sekundenschnelle geöffnet und wieder geschlossen, bevor die Tür aufging. Julie zitterte und war unfähig, der Frau in die Augen zu blicken, während diese das Tablett mit dem Essen auf dem Bett abstellte und Julie das übliche Zeichen gab, dass sie anfangen konnte.

Julie würgte mühsam das Essen herunter. Die trockenen Brotkrusten waren ohnehin schon kaum essbar, aber heute war ihre Kehle auch noch trocken und eng vor Anspannung.

»Stimmt etwas nicht?«, stichelte die Frau. »Hast du keinen Hunger, oder ist das Essen nicht nach deinem Geschmack?«

»Danke, Ma'am. Es ist köstlich.« Julie schluckte kräftig und hoffte, dass das durchweichte Stück Brokkoli unten blieb.

»Wie du sicher gemerkt hast, habe ich dich fürs Erste gefesselt. Damit du dich nach dem Unfall nicht wieder verletzen kannst.« Julie wusste nicht, ob die Frau es ernst meinte oder sie auf den Arm nahm.

»Dem Unfall?«

»Mit der Musiktruhe.«

»Ich erinnere mich nicht.«

Die Frau starrte sie durchdringend an.

»Bist du … ist das Baby …?«

Julie legte unwillkürlich eine Hand auf ihren Bauch.

»Das Baby bewegt sich noch. Es kann trotzdem sein, dass es verletzt ist. Ich muss zu einem Arzt.«

Die Frau holte tief Luft.

»Du siehst völlig in Ordnung aus. Ein paar Beulen und blaue Flecken werden dich nicht umbringen.«

»Aber mein Bein. Ich spüre es nicht mehr. Vielleicht stimmt etwas nicht damit.«

Sieh nach. Zieh die Decke weg.

Als der Blick der Frau zu ihrem zugedeckten Bein wanderte, schob Julie unauffällig die Hand unter die Bettdecke. Ihre Kerkermeisterin ging auf den Bettpfosten zu und streckte die Hand aus. Zentimeter für wertvollen Zentimeter bewegte sie sich in Julies Angriffszone hinein, ohne etwas von der Gefahr zu ahnen.

Julie packte die Schere. Ihre Finger zitterten, als sie sich um die kühlen Metallgriffe schlossen. Die Frau zog die Decke weg und schnappte nach Luft, als sie sah, was das Mädchen vorhatte.

Rasend vor Wut riss Julie den Arm hoch, bereit zum Zustechen.

Aber die Frau war schnell und ihr Selbsterhaltungstrieb ungebrochen. Sie fuhr herum und fing Julies Arm in der Luft ab, quetschte ihr Fleisch zwischen ihren Fingern zusammen und grub unerbittlich die Fingernägel hinein. Mit der anderen Hand ergriff sie Julies Handgelenk und drückte fest gegen ihre zarten Knochen.

Julie schrie auf.

Die Frau löste einen Finger nach dem anderen von der Schere. Julie biss die Zähne zusammen, während ihr der Schweiß in Strömen über den Körper lief. Mit zitternden Armen rangen die beiden Frauen miteinander und kämpften um Kontrolle. Julie streckte den Kopf vor, um zuzubeißen, sobald sich ihr die Gelegenheit bot. Genau in diesem Moment zog die Frau ein letztes Mal kräftig an der Schere und riss sie ihr aus der Hand.

Sie fiel klappernd zu Boden, während die Frau Julie so

heftig zurück aufs Bett stieß, dass ihr Kopf gegen die Wand schlug. Gelähmt vor Panik lag Julie da und starrte ihre Widersacherin an. Bestimmt würde die Frau sie jetzt umbringen. Aus dieser Nummer konnte sie sich niemals erfolgreich herausreden.

»Ich hätte es nicht wirklich getan«, stammelte sie unter Tränen. »Sie haben mir Angst gemacht, deshalb wollte ich irgendwie dagegenhalten, aber ich hätte es nicht fertiggebracht.«

Die Frau machte keuchend einen Schritt zurück. Sie hob die Schere vom Boden auf und richtete sie drohend auf Julie.

»Du hast versucht, mich umzubringen«, stieß sie zwischen den Zähnen hervor.

Julie musste sich beeilen, eine überzeugende Entschuldigung vorzubringen.

»Ich hatte … ich hatte ursprünglich vor, die Schere zu gebrauchen, aber als es dann so weit war, wusste ich, dass ich es nicht konnte. Sie haben …«

»Du hast versucht, mich *umzubringen*.« Die Frau wirkte jetzt eher ungläubig als zornig.

»Ich hätte es nicht getan!«, rief Julie und zog sich das Laken bis unters Kinn, als könnte der dünne Stoff sie beschützen.

»Du hast einen Plan geschmiedet, wolltest mir eine Falle stellen. Du *hättest* es getan. Du hast es *versucht*.«

Die Frau schüttelte fassungslos den Kopf.

»Du widerliches, undankbares Biest. Weißt du nicht, dass ich dich hätte umbringen können, als ich das mit dem Baby erfahren habe? James hätte niemals etwas von deiner Schwangerschaft mitgekriegt. Aber ich habe dich nicht umgebracht. Ich habe mich um dich gekümmert, habe alles für dich getan. Ohne mich wärst du längst tot.«

»Ich bin Ihnen so dankbar – so dankbar für alles, was Sie für mich getan haben.«

»Und dann deine zuckersüßen Worte und dein falsches Mitleid … Jetzt wird mir klar, wie es wirklich in dir aussieht. Jetzt kenne ich dich.«

»Es tut mir leid. Es tut mir so leid.«

»Das sollte es auch. Du wirst genügend Zeit haben, hier oben ganz allein darüber nachzudenken. Ich war viel zu nachsichtig mit dir. Damit ist jetzt Schluss. Es ist vorbei. Was für ein törichtes Mitgefühl ich auch für dich empfunden haben mag, was auch immer ich in dich hineininterpretiert habe, es ist vorbei. Vergiss es. Jetzt weiß ich Bescheid. Du fügst dich nicht. Du nimmst nichts an. Du bist eine Heuchlerin.«

Sie machte Anstalten, das Zimmer zu verlassen. Julie versuchte es erneut.

»Es ist nicht so, wie Sie denken. Bitte verlassen Sie mich nicht. Es tut mir leid. Ich werde alles wiedergutmachen.«

Aber die Frau hörte ihr nicht mehr zu. Nachdem sie wütend aus dem Zimmer gestürmt war, brach Julie in Tränen aus. Wie hatte es nur so weit kommen können? Sie hatte es vermasselt. Ihr stundenlanges Analysieren, Nachdenken, Pläneschmieden – alles umsonst! Sie hatte sich für unheimlich schlau gehalten, für ein echtes Superhirn. Und nun lag alles in Trümmern, wegen einer einzigen falschen Bewegung.

40

WOCHENLANG beobachtete Cora aus der Ferne, wie ihr Vater an James' nächtlichen Ritualen teilnahm, zusammen mit dem Rest von dessen bunt zusammengewürfelter Versagertruppe. In den meisten Nächten folgte sie ihrem Vater hinaus in den Wald und lachte verächtlich über James' Predigten, ohne zu merken, dass seine Worte immer tiefer in ihr Unterbewusstsein eindrangen. Sie waren absurd, gehaltlos, manchmal ganz offensichtlich spontan improvisiert. Obwohl er sich selbst immer wieder widersprach, hatten seine Ansprachen etwas Fesselndes, dem sich auch Cora nicht entziehen konnte. Vielleicht lag es an seiner Stimme, seiner Körperhaltung, seinem glühenden Blick oder seiner feurigen Sprache. Was auch immer es war, es zog sie in seinen Bann, sosehr sie es auch zu verhindern versuchte.

Zu allem Überfluss war James' neuartiger Kult auch noch oberstes Gesprächsthema auf dem ganzen Campingplatz. Er brachte Aufregung in den trostlosen Alltag der Bewohner und führte die kleine Gemeinschaft einerseits enger zusammen und spaltete sie andererseits, weil man sich nicht einig war, ob man ihm beitreten oder ihn als lächerlich abtun sollte. Cora spitzte die Ohren, wenn sie das Gerede hörte, wollte sich jedoch nicht daran beteiligen. Wenn sie nach ihrer Meinung gefragt wurde, zuckte sie mit den Schultern und wandte sich ab.

Zwei ältere Campingplatzbewohnerinnen hatten aus alten, in den umliegenden Wohnvierteln gesammelten Stoffresten Gewänder für sämtliche Gemeindemitglieder genäht. Wohin sich Cora auch wandte, überall schwirrten die in Flicken gehüllten Anhänger des Kults herum, verbreiteten Flugblätter oder verteilten schweigend und mit großem Ernst brennende Kerzen. Ihr Vater wirkte wie der letzte Idiot, wenn er diese unterwürfigen Tätigkeiten ausübte, aber was aus seinem Mund kam, war noch schlimmer. Es handelte sich um eine krude Mischung aus unausgegorenen religiösen Ansichten und einem unangebrachten Vertrauen in die Astrologie. Cora kaufte ihm nichts davon ab.

Und dennoch.

James war seit seinem ersten Besuch noch mehrmals zu ihr an den Wohnwagen gekommen. Das Gespräch lief immer gleich ab.

»Komm heute Nacht, Caroline. Hör dir meine Predigt an. Ich verspreche auch, dass du nicht enttäuscht sein wirst.« Sie schüttelte den Kopf.

Auch wenn sie weiterhin hartnäckig Widerstand leistete, konnte sie sich des Gefühls nicht erwehren, mit ihm durch ein langes Seil verbunden zu sein, das sich straffte, wenn er näher kam, und sie in ein bodenloses Loch zog, das sie zu verschlingen drohte. Bei seinem Anblick sank ihr jedes Mal das Herz in die Hose, aber sie spielte die Unbeteiligte und konzentrierte sich auf belanglose Aufgaben, darauf, den Generator zu reparieren, die Wäsche aufzuhängen, durch das Selbsthilfebuch zu blättern, das sie sich von der Frau von nebenan geborgt hatte, kurz, einem Gespräch mit ihm auf jede erdenkliche Weise aus dem Weg zu gehen. Wenn sie nicht aufpasste, verlor sie sich, das war ihr nur allzu bewusst.

Sie musste nachdenken, musste weg von ihm, und so marschierte sie stundenlang durch die Gegend, um sich so weit wie möglich aus seiner Umlaufbahn zu entfernen.

Eines heißen Augusttages – sie war weiter umhergestreift als sonst – brauten sich über ihr schwarze Wolken zusammen. Ein Gewitter war im Anmarsch, mit dem üblichen nachmittäglichen Regenguss im Gepäck, der nach einer halben Stunde weiterziehen würde. Cora flüchtete sich in einen halbzerfallenen Schuppen am Rand einer frisch gemähten Wiese, um dort das Ende des Gewitters abzuwarten. Beim ersten Donnern erschrak sie fast zu Tode.

Sie ließ den Blick über die Landschaft schweifen und sah eine Gestalt auf sich zukommen. Als sie James' schreitenden Gang und seine zuckende rechte Hand erkannte, schluckte sie und drückte sich weiter in den Schuppen hinein, machte sich so klein wie möglich. Er würde denselben Unterstand ansteuern, es war unvermeidlich. Sie verfluchte sich dafür, dass sie nicht rechtzeitig den Heimweg angetreten hatte.

Als riesige Tropfen vom Himmel zu fallen und auf das Blechdach über Coras Kopf zu trommeln begannen, beschleunigte er seine Schritte und fing schließlich an zu rennen.

Sie wappnete sich für die Konfrontation mit ihm.

Er zog den Kopf ein, als er durch den niedrigen Türrahmen kam, und suchte sich ein trockenes Plätzchen, ohne auch nur einmal in ihre Richtung zu blicken. Natürlich wusste er ganz genau, wer mit ihm im Schuppen war. Er war ihr gefolgt. Cora hätte es sich denken können. Wahrscheinlich heftete er sich jeden Tag an ihre Fersen und wartete auf einen Moment wie diesen. Ihr wurde klar, dass es ein Fehler gewesen war, sich ihm derart offen zu widersetzen. Damit hatte sie nur seinen Jagdtrieb angestachelt und sich selbst zur Beute gemacht. Er würde keine Ruhe geben, bis er sie erlegt hatte.

Sie blickte in die andere Richtung, kaute an den Fingernägeln, zwirbelte ihre Haare.

»Das ist eine widerwärtige Angewohnheit«, sagte er mit schneidender Stimme. Nicht sein üblicher neckischer Tonfall.

Sie zuckte zusammen und setzte sich aufrecht hin.

»Ich habe dich nicht nach deiner Meinung gefragt«, erwiderte sie und ließ die anstößige Hand in ihren Schoß sinken, während sie auf die verwitterten Bretter des Schuppens starrte und überlegte, ob sie trotz des Gewitters aufspringen und davonrennen sollte. Aber irgendetwas zwang sie zum Bleiben, eine schreckliche Schwäche in ihrem Inneren.

»Ich will schon länger mit dir reden.« Seine Stimme war wie immer voller Zuversicht. Er wusste, dass er ihre volle Aufmerksamkeit genoss.

»Ach echt? Ist mir gar nicht aufgefallen.«

»Ich meine es ernst, Ca-ro-line.«

Sie schwieg, entspannte sich jedoch ein wenig, nachdem der spielerische Unterton in seine Stimme zurückgekehrt war. Er setzte sich an die gegenüberliegende Wand und zog die Knie an.

»Ich nehme starke Schwingungen von dir wahr«, sagte er mit ernstem Gesicht.

Sie spürte, wie er sie anstarrte.

»Na klar«, erwiderte sie und verdrehte die Augen.

»Und mir ist etwas über dich klargeworden.« Er verstummte, doch nachdem von ihr keinerlei Reaktion kam, fuhr er fort: »An deiner Stelle würde ich nicht so hochmütig sein, Caroline. Nicht nach dem, was du getan hast. Ich weiß, wer du bist. Du hast eine schreckliche Tat begangen und kannst dich selbst nicht ertragen.«

Sie drehte sich in seine Richtung und funkelte ihn hasserfüllt an. Obwohl sie sich fest vorgenommen hatte, sich nicht von ihm provozieren zu lassen, spürte sie, wie sie die Kontrolle über sich verlor.

»Lass mich in Ruhe. Kannst du nicht einfach abhauen? Der Regen wird schon schwächer.« Sie spähte nach draußen, wo es heftiger regnete denn je.

Auch er warf einen Blick auf den sintflutartigen Wolkenbruch und verzog die Lippen zu einem trägen Lächeln.

»Du hast große Schuldgefühle und hältst dich für einen schrecklichen Menschen, aber hauptsächlich hoffst du, dass du nicht erwischt wirst. Und du spürst, dass du vielleicht, nur vielleicht, ein klein wenig …« Er machte eine Kunstpause.

Sie blickte zu ihm auf, unfähig, ihre Neugier zu verbergen.

»… böse sein könntest«, vervollständigte er seinen Satz.

Sie fröstelte in der feuchten Luft.

»Weißt du, Caroline, was das angeht, kann ich dir mit Rat und Tat zur Seite stehen. Meine Philosophie – nennen wir sie mal so, da Religion ja nicht ›dein Ding‹ ist – kann dir helfen, dein Handeln ins rechte Licht zu rücken, zu verstehen, wozu du geschaffen bist und wozu nicht. Sobald du meine Offenbarung in dich aufgenommen hast, wirst du dich sehr viel besser fühlen. Sie wird eine gewaltige … Erleichterung für dich sein.«

»Ich habe nichts Schlimmes getan. Du irrst dich.« Äußerlich war sie eiskalt, aber innerlich drohten ihre Gefühle überzulaufen. Hatte ihr Vater ihm etwa erzählt, was sie getan hatten? Sie würde diesen nichtsnutzigen alten Mann umbringen!

James rückte näher an sie heran und griff nach ihrer Hand, um sie umzudrehen und ihre offene Handfläche zu mustern. Aus Angst davor, was er dort finden würde, versuchte sie, die Hand wegzuziehen, doch er war stark und ließ nicht locker.

»Du hast eine lange Lebenslinie. Und wichtige Aufgaben, die auf dich warten. Wer auch immer du bist, du bist zu Höherem berufen. Ich kann dir den Weg dorthin weisen.«

Er blickte ihr tief in die Augen.

»Ich weiß, wie du dich fühlst, Caroline. Niemand sonst hat je versucht, dich zu verstehen.«

Sie blinzelte.

»Ich spüre, dass du einsam bist. Weil ich selbst weiß, wie sich das anfühlt. Als Zwölfjähriger wurde ich zum Waisen und lebte auf der Straße, bettelte um Essensreste und rannte vor dem Jugendamt davon. Ich tat, was ich tun musste. Ich stahl. Ich habe so manche Menschen verletzt, Caroline. Es ging nicht anders. Sie oder ich, lautete die simple Rechnung. Ich entschied mich für mich, und das war nicht falsch, sondern genau das Richtige, denn nur so habe ich überlebt. Du und ich, wir existieren aus einem einzigen Grund: um aus dem schwachen Kitt des menschlichen Fleisches etwas Göttliches zu formen. Von nun an müssen wir nicht mehr einsam sein, denn wir werden gemeinsam einen neuen Bund schließen. Ich werde dich dorthin führen.«

Er streichelte ihr durch die Haare und fuhr dann mit einem Finger ihre Unterlippe entlang. Sie rührte sich nicht.

»Du sträubst dich nur, weil du spürst, wie stark diese

Energie zwischen uns ist. Sie macht dir Angst. Ich verstehe das und bin hier, um dir in deiner Zeit der Not zu helfen.«

Cora zog ihre Hand weg und stand auf.

»Du weißt nichts über mich. Halte dich von mir fern, ich will deine Hilfe nicht.«

Sie stolperte an ihm vorbei in den Regen hinaus. Die Tropfen prasselten wie Hagelkörner auf ihr Gesicht ein. Dieses Gewitter musste eine der sieben Plagen sein, die sie mit ihren zahlreichen Verfehlungen über sich gebracht hatte.

Er rief ihr hinterher, die Hände trichterförmig um den Mund gelegt.

»Caroline, komm zu mir zurück! Ich bin der Einzige, der dir helfen kann. Irre nicht allein durch die Wüste. Lass mich deine Zuflucht und deine Kraft sein.«

Sie rannte, so schnell sie konnte, und schob sich dabei die nassen Haarsträhnen aus dem Gesicht. Zwischen den Wolken zuckten Blitze hervor und schlugen vor ihr am Horizont ein. Sie strauchelte und fiel zu Boden, spuckte den Regen aus, der ihr in den Mund drang. Um sich wieder aufzurappeln, krallte sie die Finger in die Erde, bevor sie weiter über die offene Landschaft floh. Sie warf einen Blick zurück: Er war hinter ihr und schritt in seinem üblichen Tempo durch die Sturzfluten. Wie schnell sie auch rannte, irgendwann würde er sie einholen.

Sie konnte nicht ewig davonlaufen.

41

EINE WOCHE war vergangen, seit die junge Frau versucht hatte, sie umzubringen. Cora kam trotzdem weiterhin ihren Pflichten nach und sicherte das Überleben ihrer Gefangenen, auch wenn sie deren Anblick nicht mehr ertragen konnte. Noch nie hatte sie sich so allein gefühlt. Wie war sie nur in diese Lage geraten? Sie saß mit diesem Mädchen hier fest, ohne Geld, nur noch darauf wartend, dass die Polizei sie aufspürte und ins Gefängnis steckte, in die Klapsmühle, vielleicht sogar auf den elektrischen Stuhl brachte. Ihr Leben war eine tickende Zeitbombe, eine Schraubzwinge, aus der es kein Entrinnen gab.

Cora hatte das Gefühl, jeden Moment zu zerspringen.

Bei dem zunehmenden Druck, unter dem sie stand, hatte sie wirklich keine Geduld für das ständige Flehen der jungen Frau.

»Ich wollte Ihnen noch mal sagen, wie leid mir alles tut. Seit neulich quälen mich furchtbare Gewissensbisse.« Auch heute wieder das übliche Geschwafel. Die glänzenden grünen Augen des Mädchens suchten verzweifelt nach irgendeiner Resonanz bei Cora.

Doch Cora starrte stur geradeaus und ließ das Tablett nachlässig auf den Boden fallen. Es kam klappernd auf dem Linoleumboden auf, so heftig, dass der Brei an die Wand spritzte. Sie verschränkte die Arme und wartete ungeduldig darauf, dass das Mädchen zu essen begann.

»Sie haben so viel für mich getan.« Und schon ging es wieder los. »Ich bin Ihnen unendlich dankbar. Sie geben mir zu essen, kümmern sich um mich, reden mit mir. Sie waren immer wie eine Mutter zu mir.«

Lügnerin. So viele Lügen.

»Das alles hier ist nicht Ihr Werk, das weiß ich Er ist dafür verantwortlich. Ich gebe Ihnen keine Schuld. Er hat mich hergebracht, um Sie zu quälen. Lassen Sie nicht zu, dass er mich als Folterwerkzeug missbraucht. Wir sollten uns zusammentun.«

Cora konnte das Gerede nicht mehr hören.

»Iss endlich, Mädchen, bevor ich dir das Essen wieder wegnehme.«

Die junge Frau ließ sich vom Bett auf den Boden sinken, ignorierte das Tablett jedoch und schlug sich stattdessen mit den Fäusten gegen die Brust.

»Haben Sie noch nie etwas so sehr bereut, dass Sie am liebsten gestorben wären? Haben Sie sich noch nie so schuldig gefühlt, wie ich mich jetzt fühle?«

Cora sah Reeds Gesicht vor sich, spürte sein warmes Blut über ihre Hand laufen.

»Sei still. Ich habe genug von deinem sinnlosen Geschwätz.«

Die junge Frau stieß den Teller mit dem unangerührten Essen beiseite und kroch über den Boden, um sich Cora vor die Füße zu werfen. Mit ihren schmutzigen Fingerspitzen berührte sie die Ränder von Coras abgewetzten Arbeitsstiefeln und blickte flehend zu ihr auf. Cora wäre am liebsten auf den Händen der jungen Frau herumgetrampelt und hätte ihr die Haare mitsamt Wurzeln herausgerissen.

»Ich weiß, dass auch Sie manches bereuen im Leben«, heulte das Mädchen. »Das sehe ich. Ich habe jede Sekunde der letzten Woche damit verbracht, über unsere … unsere

Situation nachzudenken, und bin zu der Erkenntnis gekommen, dass wir beide gleich sind.«

Cora biss die Zähne aufeinander. Wovon redete diese Verrückte?

»Verstehen Sie denn nicht? Sie und ich, wir befinden uns in ein und derselben Lage.«

Coras Wut flackerte nun vollends auf.

»Wie kannst du es wagen, so etwas zu sagen? Ich bin seine *Frau.*« Die junge Frau hätte mittlerweile eigentlich wissen müssen, dass sie besser ihre Zunge hütete.

»Aber wir sind beide Gefangene! Sie können vielleicht dieses Zimmer verlassen, doch von diesem Ort kommen Sie nicht weg. Er kontrolliert Ihre Gedanken, und Sie können gar nicht anders, als ihm zu dienen.«

Coras Herz raste. Genauso war es. Woher wusste dieses Mädchen das?

»Er zwingt Sie, Tag und Nacht zu schuften, um mich und dieses Haus und die Farm zu versorgen und um …«

Das Mädchen hielt plötzlich inne.

»Zweihundertfünfzig Dollar aufzubringen«, entschlüpfte es Cora, ohne nachzudenken.

Das Mädchen sah ihr weiter fest in die Augen und erhob sich dann mühsam auf die Knie und ergriff ihre Hände. Mit zitternden Fingern versuchte es, Cora an sich heranzuziehen, die sich standhaft dagegen wehrte.

»Wir können es nur schaffen, wenn wir uns zusammentun«, flüsterte das Mädchen eindringlich. »Wir könnten wieder eine Gemeinschaft bilden, so wie die Jünger von früher, könnten Seite an Seite die Arbeit verrichten, dieses Haus in ein Zuhause verwandeln.«

Vor Coras innerem Auge tauchten die einstigen Jünger

aus dem Schatten auf, in ihren groben Baumwollgewändern nebeneinanderher gehend, die Arme in heiliger Ekstase zum Himmel erhoben. Sie verscheuchte das Bild mit einem Kopfschütteln. Wie konnte es dieses Mädchen wagen, die damaligen Zeiten wieder heraufzubeschwören? *Wie konnte es?*

»Sie haben einmal zu mir gesagt, dass ich ein Geschenk bin. Vielleicht stimmt das sogar, aber nicht so, wie Sie ursprünglich dachten. Vielleicht wurde ich gesandt, um die Familie – die göttliche Familie – mit *Ihnen* zu gründen. Nicht mit ihm.«

Cora wich entsetzt zurück.

Was war das schon wieder für eine gotteslästerliche Idee?

Andererseits …

War es möglich, dass sie die Offenbarung tatsächlich falsch interpretiert hatten? Konnte es sein, dass die Dienerin *ihr* gesandt worden war? Um *ihr* zu helfen? Konnte das der Lohn für all ihre Mühen sein?

Die Ehefrau wird leiden, doch in ihrem Leid reich belohnt werden.

»Ich bin jetzt bereit, mein Schicksal anzunehmen. Das Kämpfen hat ein Ende. Ich möchte …« Die junge Frau senkte den Blick auf ihren Bauch und umschloss ihn mit beiden Händen. »Ich möchte, dass das Baby eine Familie hat. Und Sie haben mir bewiesen, dass Sie wissen, was Liebe ist, trotz allem, was passiert ist. Ich habe es Ihnen noch nie gesagt, aber das Kind reagiert auf Ihre Anwesenheit, den Klang Ihrer Stimme – es bewegt sich, sobald Sie den Raum betreten. *Es möchte zu Ihnen.*« Das Mädchen verstummte und blickte zu Cora auf. »Zusammen könnten wir alles wieder ins Lot bringen. Alles.«

Cora starrte auf den runden Bauch des Mädchens. Konnte das stimmen? War es *ihr* Kind, das dort drinnen heranwuchs? Das Kind, das sie verloren hatte, wiedergeboren durch das Mysterium des Wortes? Mit einem kleinen Elfengesicht und Reeds Augen?

»Bedenken Sie, was alles dafürspricht. Ihr Mann ist schon so lange weg«, fuhr das Mädchen fort. »Ich glaube nicht, dass er zurückkommt. Wir sind also allein, wir beide und das Kind. Warum sollten wir getrennt voneinander dahinvegetieren, wenn wir auch in Frieden und Harmonie zusammenleben könnten, so wie Sie es bereits mit den Jüngern getan haben? Uns die Last teilen und uns an einer gemeinsamen Vision erfreuen könnten?«

Vielleicht würde James wirklich nicht zurückkommen, wenn Cora ihm nicht das Geld schickte. So durfte sie eigentlich nicht denken, aber wenn sie ehrlich war, hatte sie das bereits. Die Worte des Mädchens waren nur ein Echo ihrer eigenen schmählichen Gedanken. Wie würde es sein, wenn er für immer fortblieb?

Die junge Frau holte tief Luft und stand langsam vom Boden auf. Dieses Mal ließ Cora zu, dass die Gefangene ihre Hände ergriff. Sie legte Coras Hände sanft auf ihren schwangeren Bauch, und Cora spürte, wie sich das Kind darin bewegte. Ihr Kind.

»*Wir sind gleich.*« Die aufgesprungenen Lippen der jungen Frau bebten. »Wir haben beide alles verloren. Ich habe meine Familie und Mark verloren. Und Sie haben vor langer Zeit Reed und ihr Kind verloren. Denken Sie darüber nach.«

Cora *dachte* nach.

»Zusammen können wir Ihre Familie wiederauferstehen

lassen und ihr ein neues Zuhause bieten. Wir können die Scherben aufsammeln und sie neu zusammensetzen. Wir können ... erfüllen, was nie erfüllt wurde.«

Cora lauschte und malte sich aus, wie es sein könnte.

»Lassen Sie mich mit zu Ihnen nach unten kommen, und ich beweise es Ihnen. Hausarbeit, Stallarbeit, Gartenarbeit. Ich mache alles, wobei Sie Hilfe benötigen. Bitte lassen Sie mich Ihnen helfen. Lassen Sie uns die Arbeit zusammen verrichten.«

Cora war völlig durcheinander. In ihrem Kopf tauchten Bilder aus ihrer Vergangenheit auf, Bilder von der Straße, den Wohnwagenparks und schließlich der Farm. Sie hatte sich ihr ganzes Leben lang einsam gefühlt. Die Familie, nach der sie sich schon immer gesehnt hatte, war nie Wirklichkeit geworden.

Die junge Frau drückte ihre Hände und hob sie an ihre Brust. Sie schloss die Augen, als würde sie sich etwas wünschen, und öffnete sie dann wieder, um Cora erneut flehend anzusehen.

»Würden Sie mich bitte Julie nennen? So heiße ich. Julie.«

Konnte dieses Mädchen die Antwort sein, die Zauberformel, mit deren Hilfe sich das Vollendete und das Unvollendete verbinden ließen? Nun, da James fort war, konnten sie vielleicht wirklich wiederaufbauen, was Cora verloren hatte. Wenn das Mädchen ihr gesandt war, um ihr Kind zurückzubringen, dann erhielt plötzlich alles einen Sinn. Und dieser Sinn war weitreichender, als dem Mädchen bewusst war. Hier bot sich eine letzte Chance für Cora, ein neuer Pfad durch die düstere Wildnis des Schicksals. Endlich verstand sie die wahre Offenbarung.

Voller Erregung schüttelte sie den Kopf.

»Nein«, sagte sie und löste sich von dem Mädchen, um zur Tür zu gehen. »Nein, du heißt nicht Julie. Vergiss diesen Namen. Dein Name ist Laura.«

42

ES ERSTAUNTE CORA, wie radikal und unvermittelt sich ihr Vater von James' Sekte losgesagt hatte. Sie schien ihn mit der Zeit gelangweilt zu haben. Vielleicht hatte er aber auch einfach einen Vorwand gesucht, wieder zur Flasche zu greifen. Wie auch immer, sie hätte nie geglaubt, dass sie einmal so froh darüber sein würde, ihn weggetreten und nach Alkohol stinkend im Wohnwagen liegen zu sehen. Sie war beinahe außer sich vor Freude über diesen Anblick. Die alte Welt war definitiv besser als die neue.

Auch ihr gelang es seit einigen Wochen, James aus dem Weg zu gehen. Sie fühlte sich heiter und beschwingt, und ihre Ängste hatten sich weitgehend gelegt. Zuletzt hatte sie viel Zeit in der Stadt verbracht, um Hefte und Schreibutensilien für die Schule zu kaufen und in Secondhandläden eine Garderobe zusammenzustellen, die den Kleidervorschriften ihrer neuen Highschool entsprach. Vielleicht hatte sie die Bedrohung, die James für sie darstellte, überschätzt. Sie war verletzlich gewesen, von Trauer zerfressen und labil, aber jetzt hatte sich ihr Zustand so weit gebessert, dass sie in den Alltag zurückkehren und ihr Leben weiterführen konnte.

Zwar dachte sie immer noch jeden Tag an Reed, aber die Zeit hatte ihre Erinnerung an ihn verwandelt. Er war inzwischen so etwas wie ein Schutzengel, der ohne Schuldzuweisung oder Vorwürfe über sie wachte. Es war ihr gelungen, ihre Gefühle für ihn von den Ereignissen jenes schrecklichen Tages abzuspalten und das Blut und die Gewalt aus ihren Gedanken zu verbannen. Schließlich brachte es nichts, immer wieder darüber nachzugrübeln. Was passiert war, war passiert, und sie war in der glücklichen Lage, in einer neuen Stadt einen Neuanfang machen zu können, mit neuen Freunden und einer neuen Perspektive. Ihr blieb gar nichts anderes übrig, als diesen Neustart anzunehmen und die Vergangenheit hinter sich zu lassen. Davon hing ihr Überleben ab.

Es war also alles gut, bis sie eines Tages wieder einmal durch die umliegenden Felder und Wiesen streifte und dort auf James stieß, der eine Reihe Dosen aufgebaut hatte und darauf schoss. Sie hätte sofort stehen bleiben, kehrtmachen und zurück zum Campingplatz rennen sollen, aber sie fühlte sich inzwischen stark genug für eine Begegnung, zumal er das Interesse an ihr verloren zu haben schien. Außerdem war sie neugierig. Sie hatte noch nie eine echte Schusswaffe aus der Nähe gesehen, und James besaß gleich drei davon und hatte sie geladen vor sich aufgereiht.

Er entdeckte sie sofort und blickte ihr mit verschränkten Armen entgegen, ein verschmitztes Lächeln auf den Lippen.

»Bist du hergekommen, um mir deinen Namen zu verraten?«, fragte er mit einem Zwinkern.

Sie ertappte sich dabei, dass sie sein Lächeln erwiderte. An diesem Tag kam ihr alles vollkommen harmlos vor. Warum hatte sie sein Gerede so ernst genommen? Er glaubte doch sicher selbst nicht daran.

»Ich habe keine Ahnung, wovon du sprichst«, erwiderte sie scherzhaft.

»Soso«, sagte er. Sein Lächeln verblasste. Er drehte ihr den Rücken zu, hob sein Gewehr vom Boden auf und legte es auf Schulterhöhe an, um seinen improvisierten Schießstand ins Visier zu nehmen. Dieser bestand aus gestapelten Betonblöcken von einer an den Campingplatz angrenzenden aufgegebenen Baustelle sowie einigen darauf aufgebauten Getränkedosen.

Sie stand reglos da und beobachtete ihn. Alles schien stillzustehen, während er sich auf seinen Schuss konzentrierte. Nachdem er den Abzug betätigt hatte, flog eine Dose Miller Lite in die Luft und landete hinter den Betonblöcken. James war gut. Ein Profi.

Er drehte sich zu ihr um.

»Willst du es mal probieren?«

Sie wollte. Allerdings brauchte er nicht zu wissen, wie sehr.

»Warum nicht?« Sie zuckte gleichgültig mit den Schultern.

Er überreichte ihr das Gewehr, stellte sich hinter sie und legte von hinten die Hände über ihre Hände. Dann schob er seinen Finger unter ihren und ließ ihn am Abzug ruhen. Cora hatte das Gefühl, dass Stromstöße durch ihren Körper zuckten. Es war wieder genau wie bei Reed. Nein, James war nicht wie Reed. Er war unendlich viel unheimlicher, unendlich viel gefährlicher.

Trotzdem schloss sie die Augen und ließ zu, dass das warme Gefühl durch sie hindurchströmte. James verharrte ein paar Sekunden länger als nötig hinter ihr, schien das Gefühl, ihr derart nahe zu sein, ebenfalls zu genießen. Schließlich ließ er doch ihre Hände los und trat zur Seite. Sie mied seinen Blick, weil er sonst das Verlangen in ihrem Gesicht gesehen hätte, und das wäre eine Katastrophe gewesen.

»Visiere die Dose an, die du treffen willst, und lass dich von deinen Augen und Händen leiten.«

Sie nickte.

»Hör auf, deinen Kopf zu bewegen. Dein Verstand muss mit dem Gewehr verschmelzen. Du musst eins werden mit diesem Instrument des Todes.«

Sie hob den Kopf.

»Was?«

»Egal. Konzentrier dich einfach auf dein Ziel. Und beweg dich nicht so viel. Dein Körper muss vollkommen still sein, bis zu der Sekunde, in der du abdrückst.«

Ihr Blick schweifte zurück zu der Sprite-Dose auf den Betonblöcken, die sie sich als Ziel ausgesucht hatte. Sie zwang sich, eins zu werden mit dem Gewehr und der Dose. Fast ohne es zu merken, betätigte sie den Abzug. Das Gewehr prallte in ihren Armen zurück und warf sie nach hinten.

Die Dose kippte rückwärts vom Betonblock.

Sie hatte es geschafft. Er klatschte.

Alles war wie im Rausch passiert. Sie fühlte sich mutig, innerlich gestärkt, plötzlich furchtlos.

»Gut gemacht. Du bist ein Naturtalent. Versuch es mit der Pistole.«

Er nahm ihr das Gewehr aus den Händen und ersetzte es durch die kompaktere Pistole. Dann zeigte er ihr, wie sie sie halten musste, indem er wieder von hinten die Arme um sie legte. Dieses Mal streiften seine Lippen ihr Ohr, als er ihr flüsternd seine Anweisungen gab. Cora verspürte den überwältigenden Drang, sich zu ihm umzudrehen, zwang sich jedoch, starr geradeaus zu blicken. Wenn ich mich umdrehe, ist das auch nicht weiter schlimm, redete sie sich ein. Sie war sicher vor ihm, schließlich begann in zwei Wochen die Schule. Sein Bann war gebrochen. Oder etwa nicht?

Sie schoss und verfehlte ihr Ziel.

»Keine Angst, Ca-ro-line, du kriegst den Bogen schon noch raus. Ich bringe es dir bei.«

Sie gab ihm die Pistole. Ihr Kopf war jetzt wieder klarer, und sie brachte sich rasch außerhalb seiner Reichweite in Sicherheit, während er die Pistole zu den anderen Waffen auf den Boden zurücklegte. Er schraubte die Feldflasche auf, die an seinem Schultergurt hing, nahm einen Schluck und bot ihr auch etwas zu trinken an.

Sie schüttelte den Kopf. Sie musste hier weg.

»Warte. Bleib noch eine Minute. In letzter Zeit hatte ich fast das Gefühl, dass du mir absichtlich aus dem Weg gehst.«

Sie errötete. »Ich hatte zu tun. Diesen Herbst fange ich wieder mit der Schule an.«

»Oh? Wo denn?«

»Piedmont High. Gleich hier im Ort.«

Er hob eine Augenbraue.

»Wie alt bist du denn?«

Sie war vor einem Monat fünfzehn geworden.

»Achtzehn.« Die Lüge entschlüpfte ihr ungewollt. »Aber ich habe viel Unterricht verpasst und hinke deshalb hinterher. Jetzt will ich endlich meinen Abschluss machen.«

Diese Information quittierte er mit einem Nicken.

»Achtzehn. Gut.«

Ihr Gesicht glühte. Warum hatte sie ihn angelogen?

Er ergriff ihre Hände und zog sie hinunter auf den Boden.

»Setz dich zu mir. Wir müssen uns unterhalten.«

Verzweifelt suchte sie nach einer Ausrede.

»Ich muss los, nach meinem Vater sehen.«

»Apropos dein Vater. Er scheint den Glauben verloren zu haben und wieder seinen alten Schwächen verfallen zu sein.«

»Das war auf lange Sicht unvermeidlich. So ist er nun mal.«

»Aber so bist du nicht, Caroline. Dein Vater ist unwürdig. Warum, das soll er dir selbst erzählen. Du bist anders, das merke ich. Du bist auserwählt. Und ich weiß beziehungsweise ich spüre sehr stark, dass es in deiner Vergangenheit ein Geheimnis gibt, das dich daran hindert, dein wahres Potential auszuschöpfen. Nachts erreichen mich Stimmen, vom Himmel, von den Sternen, aus der unergründlichen Finsternis.«

»Du spinnst doch.« Sie versuchte, die Angst aus ihrem Blick zu verbannen. Von ihr würde er gar nichts erfahren.

Er hielt inne, sah zum Himmel empor und sog tief die Luft ein. Dann beugte er sich zu ihr vor und fixierte sie unnachgiebig.

»Ich muss es also aussprechen. Um das Unwirkliche auf die Ebene des Wirklichen zu holen. Du hast jemanden umgebracht, Caroline. Jemanden, den du geliebt hast.«

Ihr lief ein eiskalter Schauder den Rücken hinunter. Was hatte ihr Vater getan? Sie hatte keine Veränderung an seinem Verhalten bemerkt. Konnte er ein derart überzeugender Schauspieler sein?

Sie hatte Mühe, ihre gleichgültige Fassade aufrechtzuerhalten. Diesem Mann gegenüber durfte sie niemals irgendetwas zugeben.

»Ich möchte dir sagen, dass du von deiner Schuld freigesprochen bist, weil du zu den Auserkorenen gehörst. Das Universum verleiht manchen von uns eine gewisse Macht, Caroline, die Macht, ein Urteil über andere zu fällen, die Macht zu handeln. Leiste mir Gesellschaft in meinem Glauben, und du wirst sehen, dass es für dich weder Schuld noch Schande gibt. Zusammen können wir unangreifbar sein.«

Er streichelte ihr Haar. Cora war verwirrt. Sagte er etwa die Wahrheit? Praktizierte er irgendeine dunkle Magie, irgendeine mysteriöse Hexerei, die ihm ihre Geheimnisse offenbart hatte? Ihr Vater hatte geschworen, dass er niemandem davon erzählt hatte.

»Verweigere dich mir nicht, Caroline. Ich weiß, dass du dasselbe empfindest wie ich. Du bist nicht wie die anderen hier …« Er machte eine abschätzige Handbewegung Richtung Campingplatz. »Diese Leute sind unbedeutend, Herumtreiber, die wie betäubt durchs Leben irren. Genau wie meine Jünger. Ich glaube, dass mich das Schicksal nicht ohne Grund an diesen Ort geführt hat. Dieser Grund bist du. Du bist im Moment das Einzige, was mich interessiert.«

»Und was ist mit diesem Mädchen. Deiner Assistentin? Ich dachte, dass …«

Er legte seinen Finger an ihre Lippen.

»Pst. Sprich nicht von ihr. Sie ist mir vollkommen gleichgültig. Weil sie nicht auserwählt ist. Du schon. Erinnerst du dich an unser Zeichen? Bist du bereit?«

Sie wich vor ihm zurück. Die Verlockung war groß, doch es legte sich auch jedes Mal ein dunkler Schatten über sie, wenn er in ihrer Nähe war. Die schlechten Omen ließen sich nicht ignorieren. Sie warnten sie und drängten sie zur Flucht.

»Du bist schon so lange allein, Caroline, hast so viel mit dir herumzuschleppen. Nie war jemand da, um dich zu beschützen, dir beizustehen, dir die bedingungslose Liebe zu schenken, die du brauchst.«

Irgendetwas rührte sich in Coras Innerem. Ein Teil von ihr wünschte sich, in seine Arme zu sinken, ihm die Entscheidungen zu überlassen, seine Hilfe anzunehmen. Aber was bedeutete sein Angebot in Wirklichkeit?

»Ich muss jetzt gehen«, sagte sie.

Er stand nicht auf.

»Verstehe. Du hast natürlich die freie Wahl, Caroline. Komm bitte nur dann zu mir, wenn du bereit bist. Wenn du bei mir sein und ein Teil von mir werden willst.«

Sie nickte und wich seinem Blick aus.

»Lass dir allerdings gesagt sein, dass diese Entscheidung endgültig sein wird. Dann führt kein Weg mehr zurück. Wenn du dich für mich entscheidest, entscheidest du dich für alles, was mich ausmacht. Frage dich selbst, ob dir das Leben bisher Glück gebracht hat, Sicherheit, Liebe, Verständnis, Vergebung? Wenn du mich in dein Herz lässt, dann mit völliger Hingabe oder gar nicht. Verstehst du das?«

Das verstand sie. Sie verstand es nur zu gut. Und genau deshalb kehrte sie ihm eilig den Rücken und ging davon, wohl wissend, dass sie nicht zurückblicken durfte.

43

ADAM SASS in einer samtbezogenen Sitznische und blickte die wunderschöne, einzigartige Deirdre an, die ihm in ihrem blaugrünen Twinset gegenübersaß, die Lippen in einem satten Orangerot geschminkt. Sie war eine wandelnde Ankleidepuppe aus dem Amerika der fünfziger Jahre, und genau das war ihre Masche. Adam musste zugeben, dass ihr Anblick einen großen Reiz auf ihn ausübte, und Deirdre las ihm sein Verlangen offenbar von den Augen ab.

»Gefalle ich dir?« Sie hob eine ihrer dunkel nachgezogenen Augenbrauen und drehte langsam den Kopf hin und her.

Der Barkeeper wechselte auf dem Fernseher hinter Deirdres Kopf die Kanäle, und Adams Blick schoss unwillkürlich zum Bildschirm.

»Sehr hübsch«, lobte er, sah sie jedoch nicht an dabei.

Aus dem Augenwinkel nahm er wahr, wie die Kellnerin ihm sein zweites Bier brachte und ein Martiniglas vor Deirdre abstellte.

»Wie läuft es mit deinem Fall?«, fragte Deirdre. Er zwang sich, den Blick wieder auf sie zu richten.

»Gut. Echt super.« Er nahm einen Schluck von seinem Bier, wischte den feuchten Ring weg, den das Glas auf dem Tisch hinterlassen hatte, und sah ihr dann in die Augen. »Leider werde ich dieses Mal eine ganze Weile weg sein.«

Ihr Lächeln wirkte nicht mehr ganz so strahlend.

»Das war doch von Anfang an klar. Warum bist du überhaupt noch einmal zurückgekommen?«

»Weil ich ein paar Pakete verschicken und aus dem Motel auschecken musste.«

Sie nickte und rührte in dem Drink herum, an dem sie bisher nicht einmal genippt hatte.

»Und um dich von mir zu verabschieden?« Sie spähte unter ihren langen, stark getuschten Wimpern hervor. Ein unwiderstehlicher Anblick.

Adam errötete. »Nein. Jetzt komm aber. Natürlich nicht.«

»Doch, ich habe schon kapiert. Lass mich raten: Du bist ›im Moment gefühlsmäßig nicht in der Lage, eine Beziehung zu führen‹.« Sie hob ihr Glas an die Lippen, ohne den Blick von ihm abzuwenden. »Ich bin trotzdem froh, dass du noch einmal zurückgekommen bist.«

»Natürlich will ich dich auch weiterhin sehen, Deirdre. Wirklich. Der Abschied ist nur vorübergehend.«

Sie wirkte nicht überzeugt.

In diesem Moment schaltete der Barkeeper auf einen Nachrichtensender um, dessen Erkennungsmelodie sofort Adams Aufmerksamkeit erregte.

»Die Suche geht weiter nach Ivy Murray, die am siebzehnten Dezember aus der Westgate Shopping Mall verschwand. Als sie zuletzt gesehen wurde, trug sie …«

Adam war sofort gefesselt von der Meldung. Für ihn waren diese Meldungen wie Heroin, wie eine Nadel, die in seine Vene eindrang, wie …

»Adam! Adam, hör auf, dir das anzugucken.«

Auf dem Bildschirm erschienen mehrere Fotos von Ivy Murray: bei ihrem Highschoolabschluss, im Lacrossetrikot, hochhackig und im Glitzerkleid mit ihrem Abschlussballpartner.

»Pssst! Ich will das hören.«

Die Kamera zoomte Ivy Murrays Gesicht heran. Lange braune Haare, blaue Augen, strahlend weiße Zähne. Ein markantes kirschrotes Muttermal unterhalb des linken Auges.

»Obwohl die sechsundzwanzigjährige Studentin der University of Minnesota spurlos verschwunden ist, sind ihre Eltern überzeugt, dass sie noch am Leben ist, und entschlossen, die Hoffnung nicht aufzugeben. Die Polizei …«

»O doch, sie werden die Hoffnung aufgeben«, murmelte Adam leise. »Irgendwann auf jeden Fall. Meist nach ungefähr zehn Jahren.«

»Du kannst nicht damit aufhören, oder? Hallo? Adam?« Deirdre schnipste vor seinem Gesicht mit den Fingern. »Das ist nicht *dein* Fall, Adam. Warum legst du nicht ausnahmsweise mal eine Pause ein und versuchst, dein eigenes Leben zu genießen?«

Sie warf ihm einen strengen Blick zu.

»Ich korrigiere: Warum versuchst du nicht, *den heutigen Abend* zu genießen? Das würde mir schon reichen.«

Er schüttelte den Kopf und zwang sich, seine Aufmerksamkeit ganz auf sie zu richten.

»Entschuldige. Ich bin heute irgendwie ein bisschen abgelenkt.«

Sie schob ihren Drink von sich weg.

»Heute und jede andere Sekunde deines Lebens. Das ist selbstzerstörerisch, ist dir das klar? Daran ist absolut nichts Ehrenhaftes, auch wenn du das zu denken scheinst.«

Sie verschränkte die Arme und lehnte sich zurück. Dann beugte sie sich doch wieder zu ihm vor, stützte die Ellbogen auf und griff nach seinen Händen.

»Ich habe eine Frage an dich Adam. Eine sehr ernste Frage. Warum glaubst du, kein eigenes Leben zu verdienen?«

Ihre Worte trafen ihn hart. Dieser Gedanke war ihm selbst noch nie gekommen, auch wenn er stimmte, wie er zugeben musste. Adam glaubte tatsächlich, dass er kein eigenes Leben verdient hatte. Nicht, wenn so viele andere ihres Lebens beraubt wurden. Nicht, wenn Abigail keines haben durfte. Aber das konnte er nicht erklären und wollte es auch nicht.

Deirdre lachte in sich hinein und schlug sich mit der Hand vor die Stirn.

»Natürlich! Ich bin so was von dämlich. Warum lasse ich mich eigentlich immer wieder auf Typen wie dich ein?«

»Auf Typen, die davon besessen sind, Kriminalfälle zu lösen?« Er sah sie verdutzt an.

»Ja. Oder auf Programmierer, die gerade dabei sind, ihr eigenes Technologieunternehmen zu gründen, oder auf Börsenmakler, deren Aktien sich im freien Fall befinden, oder auf Typen, die verheiratet sind und drei Kinder haben. Du weißt schon: Männer, die emotional nicht verfügbar sind. Meine Spezialität.«

Adams Gedanken schweiften erneut zu Ivy Murray ab, und Deirdre schlug mit der Hand auf den Tisch, um ihn in die Realität zurückzuholen.

»Adam, jetzt konzentrier dich doch mal bitte! Ich kann nicht einfach tatenlos zusehen, wie du dein Leben wegwirfst. Du rennst einem Hirngespinst nach, und das schon seit drei Jahren. Wie viele Jahre willst du denn noch damit vergeuden?« Sie bremste sich, und ihr Tonfall wurde weicher. »Tut mir leid. Es ist nur so, dass wir beide noch ganz am Anfang stehen. Aus der Sache zwischen uns könnte echt was werden, wenn du es zulässt.«

Adam starrte sie an. Sie hatte recht. Da war etwas zwischen ihnen. Vielleicht sogar etwas Außergewöhnliches.

»Bleib in Stillwater«, fuhr sie fort. »Lass uns was Verrücktes tun! Zieh bei mir ein. Du musst nicht wieder bei der Polizei anfangen, du kannst auch im Textilunternehmen meines Vaters arbeiten. Vielleicht gefällt es dir dort ja sogar.«

Für einen kurzen Moment malte er sich dieses Leben aus. Wie er jeden Morgen Anzug und Krawatte anzog und ins Büro ging. Vorgaben erfüllte, Unterlagen abheftete. Auch das war nützliche Arbeit, nicht wahr? Trotzdem. Für so eine banale, sinnlose, gewöhnliche Tätigkeit konnte er seine Mission nicht aufgeben.

Er griff nach ihren Händen.

»Jeder Mensch braucht ein Ziel im Leben, Deirdre. Und meins ist nun mal Gerechtigkeit. Verstehst du, was ich damit meine?«

»Nicht wirklich, nein.«

Ihr Gesicht wurde lang, und sie zog ihre Hände weg und bedeutete der Kellnerin, ihnen die Rechnung zu bringen.

Adam ertrug es nicht, sie derart enttäuscht zu sehen. Er musste sich klarer ausdrücken.

»Am Anfang wollte ich diesen Fall aufklären, um wieder bei der Polizei aufgenommen zu werden, aber inzwischen ist es mehr als das.« Er hatte Mühe, die richtigen Worte zu finden. »Früher war die Welt für mich schwarzweiß, aufgeteilt in Richtig oder Falsch, Gut oder Böse, Unschuld oder Sünde. Für mich war das vollkommen logisch. Bei diesem Fall hingegen … Statt einem bösartigen, sadistischen

Mann hinterherzujagen wie dem, der meine Schwester entführt hat, habe ich es mit einer Frau zu tun, die zur Tatzeit ein verwirrtes Kind war, das durch die Hölle gegangen war. Das war nicht ganz das, was ich erwartet hatte.«

Die Kellnerin legte die Rechnung vor ihnen auf den Tisch, und Deirdre griff danach und schob zwei Zwanzigdollarscheine in die Kunstledermappe.

»Wollen Sie Wechselgeld zurück?«, fragte die Kellnerin. Deirdre schüttelte den Kopf.

Adam nahm kaum Notiz von den beiden Frauen, sondern fuhr unbeirrt fort:

»Der Fall hat mir also einen ganz neuen Weg zur Gerechtigkeit aufgezeigt, und das ist mir wichtiger, als nur meinen Job zurückzukriegen.«

Deirdre starrte ihn mit schwer zu deutendem Gesichtsausdruck an. War das etwa Mitleid, was er in ihren Zügen las? Offenbar ergab das, was er sagte, nicht den geringsten Sinn.

»Lass uns zusammen in den Urlaub fahren«, schlug sie unvermittelt vor. »Hawaii könnte ich mir gut vorstellen. Sonnenschirme am Strand, schnorcheln … Was meinst du?«

Er schaffte es nicht, sich ein derart abwegiges Szenario auch nur auszumalen. Nicht, wenn es Arbeit gab, die zu erledigen war. Wie konnte er ihr das bloß begreiflich machen?

»Deidre, denk doch mal nach! Sie war noch so jung. Vielleicht konnte sie nach den Morden ihrem Vater entkommen und hat ihr Leben wieder in den Griff gekriegt. Und jetzt tauche ich plötzlich aus dem Nirgendwo auf, um sie mit einer Vergangenheit zu konfrontieren, die sie eigentlich vergessen möchte? Ist das Gerechtigkeit?« Er seufzte. »Ich habe also eine schwerwiegende Entscheidung zu treffen.«

Deirdre sah ihn einen Moment lang verwirrt an, bevor sie aufstand und sich den Mantel anzog.

»Ja, Adam. Das hast du allerdings.«

Er starrte sie an und richtete den Fokus endlich ganz auf sie. Dass sie nicht seinen Fall meinte, war ihm klar.

Er wollte Deirdre nicht verlieren. Wenn sie ihm doch nur ein paar Wochen Zeit geben würde. Er war so dicht dran an der Aufklärung seines Falls. Dieses Mal war er sich dessen ganz sicher.

Plötzlich hörte er wieder die Stimme seiner Mutter: *Das sagst du schon seit Jahren. Genau in diesem Wortlaut.*

Für einen flüchtigen Moment zweifelte er an seiner Mission. Vielleicht hatten Deirdre und seine Mutter recht und er verfolgte wirklich ein aussichtsloses Ziel, an dem er unweigerlich scheitern würde. Vielleicht war der Fall für ihn der Versuch, etwas wieder in Ordnung zu bringen, was sich nicht in Ordnung bringen ließ. Sollte er lieber aufgeben und hier bei Deirdre einen Neuanfang wagen?

Sie stand vor ihm und wartete auf eine Antwort. Mehr Zeit würde sie ihm nicht geben, das stand fest. Jetzt oder nie. Dies war seine letzte Chance.

Er rutschte unbehaglich auf seinem Sitz herum und starrte geradeaus. Deirdre konnte er in diesem Moment nicht ansehen. Die Welt stand still, während sich in seinem Kopf alles drehte. Das ist unfair, dachte er. Es war unfair, dass er sich zwischen zwei Dingen entscheiden musste, die ihm beide viel bedeuteten.

Aber im Grunde hatte er von Anfang an gewusst, welchen Weg er einschlagen würde.

»Ich muss die Sache zu Ende bringen. Ich muss sie finden.«

Er hob gerade rechtzeitig den Blick zu Deirdre, um mitzubekommen, wie ihr die Tränen in die Augen schossen. Sie wischte sie mit der Handinnenseite weg und rang sich ein verkrampftes Lächeln ab.

Adam wäre am liebsten gestorben, als er ihren Gesichtsausdruck sah. Er fand es schrecklich, ihr derart weh tun zu müssen.

»Also gut, Adam. Also gut. Dann geh und finde sie.« Sie schloss den Gürtel ihres Mantels und zog ihn ruckartig fest. »Ich hoffe nur, es lohnt sich.«

Mit diesen Worten drehte sie sich um und ging. Er sah ihr hinterher, während sie in der Menge verschwand, die sich um die Bar drängte. Dann trank er den Rest seines Biers und knallte das Glas auf den Tisch.

Er fühlte sich innerlich leer, aber die Einsamkeit war nun mal sein Schicksal. Und auf das Schicksal hatte er keinen Einfluss.

44

IHR VATER SASS vor dem Wohnwagen und trank Gin direkt aus der Flasche, während Leroy neben ihm auf dem Boden lag, den Kopf auf einen verblichenen orangefarbenen Rucksack gestützt, und einen alten Bluessong auf seiner Mundharmonika spielte. Er verstummte schlagartig, als Cora in den Schein des Feuers trat und die beiden Männer ihren versteinerten Gesichtsausdruck sahen. Leroy war kein Mann vieler Worte, konnte Menschen und Situationen jedoch meisterhaft einschätzen. Jetzt stand er kommentarlos auf, suchte seine Sachen zusammen und machte sich in den Wald davon. Seine Melodie nahm er genau da wieder auf, wo er sie unterbrochen hatte.

Coras Vater blickte ihm nach und schüttelte den Kopf.

»Na, wenn das nicht meine reizende kleine Spielverderberin ist, die hier einfach meine Freunde vergrault«, sagte er verächtlich. Dann zündete er sich an den Flammen des Feuers eine Zigarette an, schob sie in den Mundwinkel und qualmte wie ein Schlot, wobei er Cora eingehend musterte. »Bist du krank? Du siehst aus, als hättest du ein Gespenst gesehen.«

»Habe ich auch gewissermaßen, Vater.« Sie würde keine Zeit mit Geplänkel vergeuden. »Erinnerst du dich noch, wie wir uns darüber unterhalten haben, was du James über einen gewissen Vorfall erzählt hast?«

Sein Gesicht wurde bleich.

»Ich weiß nur, dass wir uns mittlerweile einig sind, uns von diesem Kerl fernzuhalten«, entgegnete er. »Mir ist übrigens zu Ohren gekommen, dass sich das Blatt für ihn gewendet hat. Die Leute haben seiner Pseudogemeinde reihenweise den Rücken gekehrt. Du lässt dich also besser nicht mehr mit ihm in der Gegend blicken.«

Davon hatte sie noch gar nichts gewusst. Als sie das letzte Mal nachts zur Waldlichtung geschlichen war, hatten sich mindestens zwanzig Jünger um ihn geschart. War sein Stern einfach so erloschen? Sie zählte eins und eins zusammen: die Waffen, seine Schießübungen. Bereitete er sich darauf vor, sich im Notfall gegen Angriffe zu verteidigen? Waren er und seine Anhänger im Streit auseinandergegangen? Cora fragte sich, ob es vielleicht etwas mit der jungen Assistentin zu tun hatte, die ihm wie ein herrenloser Hundewelpe hinterhergerannt war. Sie hatte das Mädchen schon länger nicht mehr gesehen, wusste jedoch, dass seine Eltern auf dem Campingplatz wohnten.

Aber das war jetzt nebensächlich.

»Vater, ich werde dir diese Frage nur noch ein einziges Mal stellen, und dann haken wir die Sache ab. Also sag bitte die Wahrheit.« Sie setzte sich neben ihn und riss ihm die Zigarette aus dem Mund. Hatte er nicht vor einem Monat mit dem Rauchen aufgehört? Sie konnten sich dieses teure Laster nicht leisten. »Hast du James von Stillwater erzählt?«

»Nimm dieses Wort nicht in den Mund. Das meine ich ernst, Cora …« Er flüsterte nun und sah sich unauffällig nach allen Seiten um. »Über dieses Thema darfst du nie wieder reden. Die Antwort lautet nein. Ich habe dir doch gesagt, dass ich ihm nichts davon erzählt habe, und damit basta.«

»Er weiß trotzdem etwas«, murmelte sie. Ihre Verwirrung wurde immer größer. Wenn James die Wahrheit sagte, was seine Visionen betraf, dann hatte ihr Leben vielleicht wirklich einen höheren Sinn. Vielleicht war es unvermeidlich, dass James und sie zueinanderfanden, und es war falsch, sich dagegen zu wehren.

»Einen Scheiß weiß er«, unterbrach ihr Vater ihre Gedanken. »Aber vielleicht sieht er dir die Schuld an der Nase an.« Er grinste und zog eine neue Zigarette aus der Packung in seiner Tasche. »Ist doch auch vollkommen egal. Der zieht sowieso bald weiter, das garantiere ich dir.«

Ihr Vater wusste also ebenfalls etwas. Plötzlich verspannte sich jeder Muskel in Coras Körper. Hatten die Campbewohner vor, James etwas anzutun? Sie sah Heugabeln und Fackeln vor sich, einen wütenden Mob, der sich vor seinem Wohnwagen versammelte. Noch vor einem Monat hätte sie sich den Leuten angeschlossen, aber jetzt? Jetzt war sie sich nicht mehr so sicher.

Der Gedanke, dass er von hier fortging … Nein, es war zu ihrem Besten, wenn er weg war. Sie würde wieder zur Schule gehen und diesmal richtige Freunde finden. Nette Freunde. Solche, die für die Schule lernten und gute Noten schrieben und zu Footballspielen gingen und all die harmlosen Dinge taten, die normale Teenager gerne tun. Diesmal würde es keine Drogen geben, keinen Sex, keine verrückten Abenteuer.

Ein sauberer Neuanfang. Aber James hatte Zweifel in ihr gesät, was ihren Vater anging. Sie hatten noch etwas miteinander zu klären.

»Also gut, lassen wir die Vergangenheit hinter uns und fangen wir noch einmal neu an«, sagte sie.

Für einen Moment saß sie schweigend da und nahm ihren ganzen Mut zusammen. Seit Jahren hatte sie es nicht mehr gewagt, dieses Thema anzusprechen, doch nun war die Zeit gekommen. Sie holte tief Luft.

»Bevor ich das kann, habe ich allerdings noch eine weitere Frage an dich.« Sie hielt inne. Hoffentlich war er bereit für das, was jetzt kam. Und sie auch. »Ich muss wissen, was mit meiner Mutter ist.«

Sein Gesicht verdüsterte sich.

»Was soll das, Cora? Kannst du sie nicht endlich vergessen? Das ist Schnee von gestern.«

»Für mich nicht. Ich muss es wissen. Sucht sie nach mir?«

»Ob sie nach dir sucht?«

»Hast du mich damals entführt? Sind wir deshalb ständig auf der Flucht?«

Er schüttelte den Kopf und murmelte ausweichend: »Sie hat dich vor mir versteckt, Cora, aber ich habe dich trotzdem gefunden. Sie hat gedacht, sie könnte mir mein Kind vorenthalten. Tja, nicht mit mir.«

»Was hast du getan?«, flüsterte sie. Einerseits fürchtete sie sich vor seiner Antwort, andererseits wusste sie, dass sie erst Frieden finden würde, wenn sie sie kannte.

»Mein Gott, Cora, wie oft habe ich dir schon gesagt, du sollst es auf sich beruhen lassen? Das spielt doch alles keine Rolle mehr!«

»Bitte. Sag es mir einfach. Dann müssen wir nie wieder darüber sprechen. Ich komme schon mit der Wahrheit klar.«

Cora sah ihm an, wie sehr er sich über sie ärgerte, war jedoch fest entschlossen, ihn diesmal nicht so einfach vom Haken zu lassen. Irgendwann zuckte er mit den Schultern und räusperte sich.

»Du verstehst das nicht. Sie hat irgend so einen teuren Anwalt engagiert, der dann vor Gericht lauter schreckliche Sachen über mich erzählt hat. Dabei kannte er mich gar nicht. Er hatte kein Recht, so zu reden. Und dann die Richterin, diese eingebildete Schnepfe. Sie wollte deiner Mutter das alleinige Sorgerecht zusprechen. Weißt du, was das bedeutet hätte? Es hätte bedeutet, dass mein süßes kleines Mädchen für mich gestorben gewesen wäre. Tot, nicht mehr erreichbar. Niemand hat das Recht, einem Vater so etwas anzutun. Vielleicht hätten sie mich einmal im Jahr an

Weihnachten zu Besuch kommen lassen, aber dann hättest du deinen alten Daddy bestimmt nicht mehr wiedererkannt.«

Sie verdrehte die Augen. Daddy hatte sie ihn noch nie nennen dürfen.

»Mir blieb also gar nichts anderes übrig, als die Sache selbst in die Hand zu nehmen.« Er lachte glucksend in sich hinein. »Der habe ich's gezeigt.«

Der habe ich's gezeigt. Die Worte hallten in ihrem Kopf nach. Sie starrte ihn entgeistert an.

»Was meinst du damit?«

»Ich meine, dass …«, stammelte er und wich vor ihr zurück. »Es war ein Unfall.«

»Ein Unfall? So wie die Sache in Stillwater ein Unfall war?«

»Mir war gar nicht bewusst, wie viel Kraft ich hatte. Sie hat … sie hat einfach … aufgehört zu atmen.« Er wich Coras Blick aus. Wenigstens besaß er den Anstand, sich zu schämen.

Er hatte sie umgebracht. Genauso, wie er wahrscheinlich auch Cora eines Tages umbringen würde, wenn sie nicht wachsam war. Sie war nichts als ein weiterer »Unfall«, der darauf wartete, sich zu ereignen.

»Du gehörst mir, Cora. Ich konnte nicht zulassen, dass sie dich mir wegnimmt.«

Ja, genau so dachte er über sie. Dass sie sein Besitz war, ein Objekt, das seiner Bequemlichkeit diente. Das sich um ihn kümmerte, wenn er verkatert war, das für ihn kochte und putzte, ihm in schwierigen Zeiten emotionalen Beistand leistete, das er schlagen konnte, wenn er sich abreagieren musste. Ein nützliches Requisit in seiner tragikomischen

Lebensgeschichte. Was *sie* gebraucht hätte, war ihm völlig egal. Ein Zuhause, Beständigkeit, bedingungslose Liebe und Zuneigung. Eine Mutter.

Sie starrte ihn angewidert an und stand dann auf, um zu gehen.

»Cora, warte. Du musst das verstehen.«

»Ich verstehe absolut. Und ich weiß jetzt, was du mir genommen hast. Das ist nicht fair, Vater. Das ist ganz und gar nicht fair.« Sie entfernte sich vom Wohnwagen, mit dem Vorhaben, notfalls die ganze Nacht durch die Felder zu streifen und darüber nachzudenken, was das alles bedeutete.

»Wo gehst du hin?« Die Verärgerung in seiner Stimme war einem mitleiderregenden, jammernden Unterton gewichen, den er immer anschlug, wenn er sich mal wieder selbst leidtat.

Sie hatte fürs Erste genug von seinen Manipulationen und drehte sich wütend zu ihm um.

»Nirgendwohin. Wo sollte ich auch hingehen? Ich habe keinen Ort, an den ich gehen könnte. Ich sitze hier fest, hier bei dir, und das wird immer so bleiben, weil du mir alles andere genommen hast.«

»Das stimmt doch gar nicht«, hörte sie ihn protestieren, während sie davonmarschierte. »Ich wollte nicht, dass es für dich so ist.«

Nein, dachte sie. *Das willst du nie.*

45

CORA KONNTE WIEDER nicht schlafen. Sie lag auf ihrem improvisierten Lager neben dem Wohnwagen, blickte zu den Sternen empor und fragte sich, wie sie das alles ertragen sollte. Sie war vollkommen allein. Mit ihrem Vater hatte sie seit drei Tagen kein Wort mehr gewechselt, und mit James würde sie nie wieder sprechen, aus Angst, irgendwann schwach zu werden und ihm alles zu beichten. Umso mehr sehnte sie sich nach der Ablenkung, die ihr die Schule bieten würde. Nur noch wenige Tage, dann waren die Ferien zu Ende. Sie brauchte Gleichaltrige um sich herum, musste der erdrückenden Atmosphäre dieses Campingplatzes entfliehen, bevor sie komplett verrückt wurde.

Etwas bewegte sich im Wald jenseits des Wohnwagens, und sie rollte sich ein Stück zur Seite und erkannte eine Gestalt, die im Dunkeln auf sie zukam. Nachdem sie sich das Pfefferspray geschnappt hatte, das sie in ihrem Schlafsack versteckte, setzte sie sich mit klopfendem Herzen auf, bereit, sich im Notfall zu verteidigen oder davonzurennen. Man wusste nie, was für fiese Typen sich nachts hier herumtrieben, auf der Suche nach Diebesgut oder schutzlosen jungen Mädchen, an denen sie sich vergreifen konnten.

Als die Gestalt näher kam, erkannte sie an der Silhouette, dass es James war. Bestimmt hatte ihn das Jagdfieber gepackt, und er wollte erneut einen Versuch bei ihr starten. Sie zog sich den Schlafsack über den Kopf, konnte dann aber doch nicht umhin, zu ihm hinauszuspähen. Er legte einen Finger an seine Lippen.

»Entspann dich, ich tue dir nichts. Das weißt du, Caroline.«

Er war jetzt so nah herangekommen, dass sie eine große klaffende Wunde auf seiner Stirn erkannte. Sein Arm lag in einer Schlinge, die er sich aus einem zerrissenen T-Shirt gebastelt hatte. Sie warf den Schlafsack beiseite und kroch auf ihn zu.

»Was ist denn mit dir passiert?«, flüsterte sie, weil sie ihren Vater nicht wecken wollte, der in dieser heißen Nacht die Wohnwagentür offen gelassen hatte.

»Es gibt viele Ungläubige hier, Caroline. Leute, die sich den Wahrheiten des Universums verschließen. Kümmere dich nicht um sie. Der Auserwählte wird obsiegen.« Er nahm ihre Hände in seine. »*Wir* werden obsiegen.«

»Du musst zum Arzt. Deine Wunde blutet immer noch. Das ist nicht gut, James.«

»Nein, Caroline. Ich brauche keine irdischen Heiler. Die Geister werden mich heilen. Aber ich komme heute Nacht mit einer schrecklichen Botschaft zu dir.«

»Lass mich wenigstens ein feuchtes Tuch holen«, schlug sie vor und starrte weiterhin auf seine Verletzung. »Und Jod. Ich muss die Wunde säubern. Sie sieht furchtbar aus.« Sie wollte sie berühren, aber er zuckte zusammen und schob ihre Hand weg.

»Nein. Es gibt Dringenderes. Ich verlasse das Camp noch heute Nacht. Und ich möchte, dass du mitkommst.«

Ihr Puls beschleunigte sich. Ihr Vater hatte recht gehabt: Die anderen Campbewohner hatten sich gegen ihn gewendet und jagten ihn nun davon. Plötzlich war ihr Herz voller Mitgefühl. Das hatte er nicht verdient. Er versuchte doch nur, seinen Glauben zu verbreiten!

James wusste über sie Bescheid. Er verstand sie, wie sie noch nie jemand verstanden hatte. Alles, was er bisher gesagt hatte, entsprach der Wahrheit. War es ihr Schicksal, mit diesem Mann zusammen zu sein? War alles Vergangene nur passiert, damit sie hier an diesem Ort landete und von James vor die Wahl gestellt werden konnte, mit ihm zu gehen? Auf bizarre Weise ergab plötzlich alles einen Sinn. Waren Reed und die anderen lediglich Opfer gewesen, die sie hatte bringen müssen, um James in dieser Stunde der Not beistehen zu können?

»Das geht nicht«, stammelte sie. »Selbst wenn ich wollte, würde ich mehr Zeit brauchen, um meine Sachen zu packen und alles vorzubereiten. Außerdem fängt die Schule bald an.« Der Gedanke an die Highschool versetzte ihr einen Stich. Sie wollte unbedingt wieder zur Schule gehen.

»Du brauchst nichts mitzunehmen. Wir werden eine neue Gemeinde gründen, und das Universum wird für uns sorgen. Eine Schule hast du nicht nötig. Ich verfüge über jegliches Wissen, das du brauchst.«

Sie betrachtete die Habseligkeiten, die sie in ihrer selbstgebauten Lagerstätte um sich geschart hatte. Was davon sollte sie mitnehmen? Ihre zwei großen Koffer, die sie derzeit als Sitzgelegenheit benutzte, enthielten nur ein paar wertlose Andenken. Ihre Ausbeute aus dem Secondhandladen bewahrte sie in einer Mülltüte auf. Damit würde sie notfalls ein paar Tage über die Runden kommen.

»Du bist bestimmt ein bisschen … zögerlich, deinen Vater hier zurückzulassen, aber Kinder müssen sich von ihren Eltern trennen, so steht es geschrieben. Das ist der Lauf allen Lebens«, flüsterte James ihr fieberhaft ins Ohr, während er gleichzeitig ihren Arm streichelte.

Er war völlig außer sich. Sie hatte ihn noch nie so aufgeregt erlebt.

»Caroline, du bist etwas Besonders. Etwas ganz Besonderes. Dein Vater versteht nicht, wer du bist. Im Gegensatz zu mir. Ich weiß dich zu schätzen. Wir werden Partner sein, Gehilfen. Ich werde dir das wahre Königreich zeigen. Das Universum, der Himmel, die Sterne – das alles wird uns gehören. Niemand kann uns aufhalten. Dass du mit mir kommst, ist dein Schicksal. Dein Vater ist unter deiner Würde. Lässt du dich etwa von deinen töchterlichen Gefühlen ihm gegenüber zurückhalten?«

Sie zögerte und machte in Gedanken eine Bestandsaufnahme von allem: ihrem Leben, ihrem Vater, den leeren Rumflaschen, die um ihren Wohnwagen herumlagen, ihre Armut, ihre Schuld, die verblassenden Erinnerungen an ihre Mutter.

»Nein«, sagte sie mit Nachdruck und traf unumstößlich ihre Entscheidung. »Nein, ich lasse mich nicht zurückhalten.«

Sie wandte James ihr Gesicht zu, und endlich trafen sich ihre Lippen in einem leidenschaftlichen Kuss. Nachdem sie sich voneinander gelöst hatten, streichelte er strahlend vor Freude ihr Gesicht.

»Hilf mir, meine Sachen zu packen.« Nachdem Cora aufgestanden war, umarmten sie sich erneut im schwachen Schein des Mondes.

Dann hielt er sie ein Stück von sich weg.

»Du kommst also freiwillig zu mir? Du weißt, was das bedeutet, und akzeptierst meine Bedingungen, wie ich sie dir erklärt habe? Alles oder nichts?«

»Ja.« Es fühlte sich aufregend an, diesen gewaltigen

Schritt zu wagen. Sie würde einfach alles auf sich zukommen lassen. Endlich konnte sie an etwas – jemanden – glauben. Sie würde ihr ganzes Herz in seine Hände legen, und er würde sie beschützen.

»James?«

»Ja, mein Liebling?«

Sie sah ihm tief in die Augen und wusste, dass sie gerade die Wahl getroffen hatte, für die sie schon immer bestimmt gewesen war.

»Ich heiße Cora.«

46

DAS NORTHWOODS RESORT war um einiges gepflegter als der Wohnwagenpark von Stillwater. Hier parkten nur teure Wohnmobile und Wohnwagen, und die Stellplätze und Stromanschlüsse waren in tadellosem Zustand. Zusätzlich reihten sich entlang des Flusses Hütten mit Veranda und Blumenkästen, in denen es im Sommer sicher üppig geblüht hatte. Am Eingangstor, das tatsächlich durch Aufsichtspersonal gesichert war, hatte man Adam die Hütte 32 auf der westlichen Seite der Anlage genannt und ihm den Weg dorthin beschrieben, den Weg zum derzeitigen Wohnsitz von Silas Lowry, wie sich Laura Martins Vater heutzutage nannte.

Vor der Hütte angekommen, parkte Adam seinen Wagen neben einem verbeulten grünen Jeep, von dem bereits der

Lack blätterte. Diesmal war er ohne jede Vorwarnung angereist. Auf der Fahrt hierher hatte er sich keinerlei Gedanken über die bevorstehende Begegnung gemacht. Er wusste einfach, dass er die richtigen Worte finden würde, wenn er dem Mann, der möglicherweise die Wurzel allen Übels war, von Angesicht zu Angesicht gegenüberstand. Trotzdem hielt er noch einmal inne, bevor er an die Tür klopfte, und versuchte, seinen rasenden Puls zu beruhigen. Dies war der entscheidende Moment. Sämtliche Antworten warteten auf der anderen Seite der Tür.

Als Silas ihm aufmachte, war Adam überrascht. Er hatte einen skrupellosen Bösewicht erwartet und stand stattdessen vor einem gebeugten alten Mann mit der roten Knollennase eines Säufers und den traurigen, leeren Augen eines sozialen Verlierers. Es würde ihm schwerfallen, die nötige Wut auf diesen Mann zu entwickeln. Er war nichts als ein am Leben gescheiterter Alkoholiker.

»Silas Lowry?«, fragte Adam. Zuerst reagierte sein Gegenüber nicht auf den Namen, woraufhin Adam schon glaubte, am falschen Ort zu sein, doch dann schien sich der alte Mann wieder an sein Pseudonym zu erinnern, denn er bestätigte den Namen mit einem widerwilligen Grunzen.

»Mein Name ist Adam Miller. Ich suche seit drei Jahren nach Ihrer Tochter.«

Für einen kurzen Moment blitzten Silas Lowrys blaue Augen auf, als würde er krampfhaft über seinen nächsten Schritt nachdenken, aber er war offenbar clever genug, sein Unbehagen zu verbergen und Adam ausdruckslos anzustarren.

»Tja, hier werden Sie sie nicht finden. Für mich ist sie gestorben. Abgehauen, vor mehr als zwanzig Jahren. Durchgebrannt.« Er musterte Adams Gesicht. »Sie können gerne trotzdem auf einen Drink reinkommen.« Er warf einen Blick auf seine Uhr. Es war halb elf Uhr vormittags. »Zeit für einen Gin.«

Silas winkte Adam in die nur aus einem Raum bestehende Hütte. Sie war nicht nennenswert größer als ein Wohnwagen, besaß jedoch einen gewissen urigen Charme. Die spärliche Möblierung schien mitvermietet zu werden, denn sie war aus dem gleichen Kiefernholz gebaut, aus dem auch die Wände bestanden, und den geblümten Stoff der Sitzmöbel hätte sich kein Mann, der etwas auf sich hielt, selbst ausgesucht. Von allen vier Seiten strömte Licht durch die Fenster herein, an denen fröhliche, rotweiß karierte Vorhänge hingen. Adam fragte sich beiläufig, was für eine Betrugsmasche »Silas« wohl abgezogen hatte, um sich diese Bleibe leisten zu können.

Er folgte dem alten Mann in den Küchenbereich, der durch eine als Kücheninsel dienende Resopalplatte vom übrigen Wohnraum getrennt war. Dort bot ihm Silas den einzigen Barhocker an, während er selbst im Gefrierschrank nach der Flasche kramte. Er zog zwei milchige Gläser von zweifelhafter Sauberkeit aus dem Schrank und goss in jedes zwei Finger breit Gin. Normalerweise hätte Adam auf derartige Hygieneverhältnisse empfindlich reagiert, aber in diesem Fall stand zu viel auf dem Spiel. Außerdem kam es ihm zugute, wenn der Alkohol Silas' Zunge löste.

»Warum suchen Sie nach meiner Tochter?«, fragte sein Gastgeber unvermittelt. Er trank sein Glas in einem Zug leer und goss sich ein zweites ein.

Adam beschloss, ihm die gleiche Geschichte aufzutischen wie seiner Schwester. Es fühlte sich gut an zu behaupten, er würde nach einem Familienmitglied suchen. Fast so, als gäbe es noch Hoffnung für Abigail. Um sich Mut anzutrinken, setzte auch er sein Glas an und leerte den Gin.

»Weil ich glaube, dass wir möglicherweise verwandt sind. Aufseiten ihrer Mutter.«

Silas merkte sofort auf. »Aha. Ihrer Mutter, dieser nutzlosen Schlampe.« Er nahm Adam von der Seite ins Visier. »Ist sie eigentlich je wieder aufgetaucht? Wie ich gehört habe, hat sie die Stadt verlassen. Ist wahrscheinlich mit dem Mann irgendeiner anderen Frau durchgebrannt.«

Adam schloss die Finger um den Rand der Resopalplatte und überlegte krampfhaft, wie er antworten sollte, ohne dass seine Geschichte aufflog.

»Nein, sie ist bis heute verschollen«, behauptete er schließlich.

Silas schien sich zu entspannen, seine Wachsamkeit ließ nach. Adam hatte richtig geraten.

»Zu schade aber auch«, murmelte der alte Mann leise.

»Ist Laura … entschuldigen Sie, ich weiß, dass sie noch andere Namen hatte. Ist es okay, wenn ich sie Laura nenne?«

Silas starrte auf den Grund seines leeren Glases und rieb sich die Stirn.

»Geht in Ordnung.«

Er schenkte sich selbst den dritten Gin ein und hielt Adam die Flasche hin, der mit einem Kopfschütteln ablehnte. Wenn er noch mehr von dem Zeug kippte, verlor er die Konzentration. Und hörte vielleicht nie wieder auf zu trinken.

»Haben Sie irgendeine Ahnung, was aus ihr geworden ist?«

»Nein. Wahrscheinlich tot. Wäre kein Wunder bei dem Dreckskerl, mit dem sie durchgebrannt ist.«

»Wissen Sie noch, wie der Kerl hieß?«

Adam bezweifelte, dass sich Silas bei seinem Alkoholkonsum überhaupt an irgendetwas erinnerte.

»Das war so ein Versager, der überall herumgelaufen ist und behauptet hat, er wäre ein Prediger. James irgendwas. Das war keine richtige Kirche oder so was. Nur ein Haufen dämlicher Schwachsinn über Himmelskräfte, die angeblich Einfluss auf unser Leben hätten und so. Kosmisches Zeug, Sie wissen schon. Die Leute standen damals total unter seinem Bann. Ich bin selbst ein paar Wochen auf diesen Spinner hereingefallen, weil er mir weisgemacht hat, er könnte meine Probleme lösen. Reden konnte er, aber geändert hat sich nichts.« Silas hob die Ginflasche. »Das hier ist das Einzige, was dir hilft, deine Sorgen und deinen Kummer zu vergessen.« Er kicherte.

»Wie alt war sie, als sie mit diesem Kerl durchgebrannt ist?«

»Weiß ich nicht mehr so genau. Fünfzehn? Sechzehn? Ehrlich gesagt war sie eine ziemliche Schlampe, genau wie ihre Mutter. Glück gehabt, dass ich sie los war, würde ich sagen.« Er hob sein Glas. »Oh, sorry. Nichts gegen Ihre Familie. Der Rest Ihrer Verwandtschaft ist bestimmt ganz wunderbar.«

Adam widerstand der Versuchung, ihm ins Gesicht zu schlagen. Er umklammerte krampfhaft sein Glas und drückte es gegen die Resopalplatte.

»Was wurde aus ihrem Kind?«

»Kind? Welchem Kind?«

»Ich habe einen Brief gefunden, den sie als Jugendliche geschrieben hat. Darin stand, dass sie schwanger war.«

»Es gab kein Kind. Sie war selbst noch ein Kind, verdammt nochmal. Und eine Lügnerin.« Wieder leerte er in einem Zug sein Glas.

Silas' Überraschung über die Schwangerschaft wirkte echt. Vielleicht hatte Laura das Kind abgetrieben, bevor ihr Vater Wind davon bekommen hatte.

»Warum ist sie damals aus Roanoke abgehauen?‹

Silas schlurfte um die Kücheninsel herum und bedeutete Adam, ihm hinaus auf die Veranda zu folgen. Dort ließ sich der alte Mann in einen knarrenden Schaukelstuhl aus Holz plumpsen, während sich Adam gegen das Verandageländer lehnte und hoffte, dass es sein Gewicht aushielt.

»Angenehmer hier draußen, oder?«

Es war auf jeden Fall angenehmer. Adam hatte die frische Luft dringend nötig.

Silas zog ein schmales Päckchen aus seiner Hemdtasche, dem er eine Prise Kautabak entnahm. Er klemmte sie sich in die Wange, kaute eine Weile darauf herum und spuckte dann ein schwarzes Tabakgeschoss auf den Boden.

»War zum Teil meine Schuld, dass sie abgehauen ist. Als ich damals in dieser Sekte war, musste ich eine Art Beichte ablegen vor diesem Möchtegernprediger. Dabei habe ich ein paar Dinge ausgeplaudert, die ich vielleicht lieber nicht erzählt hätte. Wahrscheinlich hat er sein Wissen dann dazu genutzt, mich vor ihr schlechtzumachen. So war er, dieser Scheißkerl. Und ich war ein Vollidiot, weil ich es ihm so leichtgemacht habe.«

»Wissen Sie, wo Ihre Tochter jetzt ist, Silas?«

Er hörte auf zu schaukeln.

»Ich habe schon vor Jahren aufgehört, nach ihr zu suchen. Als sie damals plötzlich nicht mehr da war, war das ganz schön hart für mich. Ich hab mir natürlich schreckliche Sorgen gemacht und den ganzen verdammten Wald nach ihr durchkämmt. Mir die Augen ausgeheult und unzählige Tränen für dieses nichtsnutzige Ding vergossen. Irgendwie hatten wir uns doch ganz gern, glaube ich, trotz der ganzen Scheiße, die passiert ist. Ich bin dann noch eine Weile in der Gegend geblieben, in der Hoffnung, dass sie zurückkommt, aber irgendwann habe ich aufgegeben und bin weitergezogen.«

»Und Sie haben nie wieder von ihr gehört?«

Er schüttelte den Kopf.

»Nein. Ein paar Jahre später sind mir Gerüchte zu Ohren gekommen, dieser Prediger wäre im Hudson Valley gesehen worden, in der Nähe von Albany. Wieder mit der alten Masche. Später hieß es dann, er hätte seine Berufung aufgegeben und im Baugewerbe angefangen. Logistik, irgendwie so was. Aber da wollte ich längst nichts mehr mit ihr zu tun haben. Schließlich war sie mittlerweile eine erwachsene Frau und konnte tun und lassen, was sie wollte. Wenn sie die Leibeigene dieses Kerls sein wollte, bitte schön. Sie hat mich verraten, hat mich einfach so mitten in der Nacht allein gelassen. Deshalb ist sie mir jetzt auch egal. Für mich ist sie tot. Gestorben.« Um diese Aussage zu unterstreichen, spuckte er erneut einen dunklen Tabakstrahl aus.

Adam spähte durch die offene Tür in die Hütte und entdeckte direkt neben dem Eingang ein gerahmtes Foto auf einem kleinen Regal. Er griff danach und starrte es an. Nur eine der beiden abgebildeten Personen interessierte ihn.

»Ist sie das?« Auf der Aufnahme stand ein braunhaariges Mädchen neben einer jüngeren Version von Silas Lowry. Das Mädchen hatte den Blick abgewandt, war sich der Kamera nicht bewusst.

Silas legte die Distanz zu ihm schneller zurück, als Adam ihm zugetraut hätte, und riss ihm das Bild aus den Händen.

»Her damit. Was schnüffeln Sie hier eigentlich so herum? Sind Sie ein Bulle?«

»Bitte sagen Sie mir doch einfach, ob das Ihre Tochter ist.«

»Das Bild ist alles, was ich von ihr besitze«, brüllte Silas.

»Schon gut, ich habe verstanden«, sagte Adam beschwichtigend. »Beruhigen Sie sich. Ich nehme Ihnen das Foto doch nicht weg. Ich habe nur noch nie eine Aufnahme von ihr gesehen.«

Auf dem Gesicht des alten Mannes machte sich langsam ein Grinsen breit. »Ganz recht. Keine Fotos. Niemals. Das ist das einzige. Falls Sie meine Tochter tatsächlich finden …« Er brach ab, legte nachdenklich einen Finger an die Nase und starrte auf den Boden. Adam dachte schon, er würde seinen Satz nicht beenden. »Falls Sie sie tatsächlich finden, dann richten Sie ihr bitte aus, sie soll ihrem alten Herrn ein paar Zeilen zukommen lassen.«

Mit diesen Worten schlurfte er zurück in die Küche und schenkte sich noch ein Glas Gin ein, dieses Mal bis zum Rand. Während Silas die Flasche wieder im Gefrierschrank verstaute, zog Adam heimlich sein Handy aus der Tasche und fotografierte das Bild ab.

Dann drehte er sich zur Küche um.

»Ging es damals um die Morde?«

Silas erstarrte mit dem Glas kurz vor den Lippen.

»Was? Was haben Sie gesagt?« Er stellte das Glas ab.

»Die Morde in Stillwater? War es das, was Sie dem Prediger bei Ihrer ›Beichte‹ erzählt haben?«

Silas' Gesicht wurde plötzlich ausdruckslos. Adam wusste, dass er auf einer heißen Spur war, und bohrte weiter.

»Konnte er Ihre Tochter deshalb überzeugen, mit ihm aus Roanoke wegzugehen?«

Silas musterte ihn misstrauisch. »Hören Sie, ich weiß zwar nicht, wer Sie wirklich sind, aber Sie machen besser, dass Sie hier wegkommen.«

Adam hatte nicht vor, sich diese einmalige Gelegenheit entgehen zu lassen.

»War sie die Mörderin, Silas? Hat sie diese drei Jugendlichen umgebracht, weil einer der Jungen sie zurückgewiesen hatte?«

Silas stand reglos da und starrte ihn an.

»Sie hat Schande über sich gebracht, Silas. *Ihre* Tochter. Vierzehn Jahre alt und schwanger. Und dann hat dieser Taugenichts ihr einen Korb gegeben. Sie wollte Rache. Vielleicht waren Sie es aber auch, der Rache wollte, Silas. Hat sie es allein getan? Haben Sie ihr geholfen? Oder waren Sie ihr nur dabei behilflich, hinterher ungeschoren davonzukommen?«

Silas' rechtes Auge zuckte.

»Keine Ahnung, wovon Sie reden. Mit solchen Dingen hatte ich nie etwas zu tun. Und jetzt verlassen Sie mein Haus.« Mit geballten Fäusten bewegte er sich auf Adam zu.

Adam wich zögernd Richtung Tür zurück. Wenn er jetzt ging, würde Silas sicher bis zum nächsten Morgen verschwinden, und Adam würde ihn nie wiederfinden. Er musste einen letzten Vorstoß wagen.

»Es gibt aber Beweise, Silas.«

»Ich garantiere Ihnen, dass Sie keinen davon mit mir in Verbindung bringen können«, erwiderte der alte Mann mit monotoner Stimme. »Falls Sie am Tatort Fingerabdrücke finden, führen die nur zu einer Person. Und die Aussage dieser Person ist keinen Pfifferling wert.«

»Sie wissen also doch etwas.«

Silas schüttelte den Kopf. Dann verzogen sich seine Lippen zu einem boshaften Grinsen.

»Seit drei Jahren suchen Sie uns schon, sagten Sie? Drei Jahre, in denen Sie jeden Stein umgedreht haben? In denen Sie im Dreck gewühlt, mit zwielichtigem Pack geredet, sich unters niedere Volk gemischt haben, bis Sie mich endlich aufgespürt hatten? Und wozu das alles?« Er warf den Kopf zurück und lachte. »Nach diesem ganzen Aufwand müsste Ihnen eigentlich eins klargeworden sein, wer auch immer Sie sind.«

»Und das wäre?«

»Dass Sie gar nichts wissen.« Er machte einen Schritt auf Adam zu. Seine Miene war angespannt, die Belustigung war verschwunden. »Und jetzt raus hier.«

Für einen flüchtigen Moment sah Adam seine eigenen Hände vor sich, die sich um Silas' Hals schlossen und ihn erwürgten. Das wäre auch ein Weg zur Gerechtigkeit gewesen. Wer wusste, was dieser Kerl in der Vergangenheit alles angerichtet hatte und was er in Zukunft noch alles anrichten würde? Wie viele Leben hatte er zerstört? Aus irgendeinem Grund ahnte Adam, dass man diesem hinterhältigen, manipulativen Hurensohn nie etwas würde anhängen können.

Eines jedoch würde ihm nicht gelingen: Adam zum Mörder zu machen, denn er würde sich seinem Gift entziehen.

»Schon gut, ich gehe«, sagte er. »Wenn Sie mich das nächste Mal sehen, ergreifen Sie besser die Flucht, denn dann habe ich genügend Beweise, um Sie für den Rest Ihres Lebens hinter Gitter zu bringen.«

Mit diesen Worten drehte er sich um und ließ Lauras Vater stehen.

Adam ging nicht davon aus, dass er Silas Lowry noch einmal wiedersehen würde. Der alte Mann würde seinen Namen ändern und weiterziehen, so wie er es immer machte. Er war der unheilbringende Strom, der die Welt unterhöhlte und jeden zerstörte, der ihm im Weg stand.

Aber in einem hatte sich Silas geirrt. Adam wusste doch etwas. Er würde vielleicht nie genau erfahren, was an jenem Tag in Stillwater passiert war, aber er war seit heute um zwei wesentliche Informationen reicher. Erstens war er nun sicher, dass die nicht identifizierten Fingerabdrücke vom Tatort von Laura stammten. Und zweitens wusste er jetzt, wie er sie finden konnte.

Er durfte keine Zeit verlieren, denn es stand schlimmer um sie, als er befürchtet hatte. Sie hatte nicht den Absprung in ein normales Leben geschafft, hatte die Verhältnisse, in denen sie aufgewachsen war, nicht hinter sich gelassen. Stattdessen war sie einer Sekte zum Opfer gefallen. Adam konnte vielleicht nicht auf dem üblichen Weg für Gerechtigkeit sorgen, aber dafür auf einem anderen. Er wusste jetzt, was er zu tun hatte. Er würde es für Laura tun und für Abigail, für die Frauen, die sie hätten werden können.

Danach würde seine Welt endlich wieder heil sein.

47

DRAUSSEN WAR KNIRSCHENDER KIES zu hören. Ein Lastwagen kam die Einfahrt herauf, und Cora stieg blitzartig die Röte ins Gesicht. Dieses Geräusch hätte sie auch noch aus dem Grab heraus erkannt.

James war wieder da.

Sie rieb sich erst die Schläfen und dann die Augen. Hatte sie wirklich geglaubt, er würde nicht mehr zurückkommen? Das Gefasel des Mädchens musste auf sie abgefärbt haben.

Sie eilte die Treppe hinunter und nahm den Zustand der Küche in Augenschein. Alles war mehr oder weniger aufgeräumt, aber sie beeilte sich, das auf dem Abtropfgestell trocknende Geschirr wegzuräumen und den Küchentisch mit einem feuchten Lappen abzuwischen. Nachdem sie das Feuer in dem alten Ofen geschürt hatte, zog sie den Vorhang beiseite und spähte aus dem Fenster.

James kam gerade aufs Haus zu. Seine Cowboystiefel klapperten über den Natursteinpfad, und seine Kappe saß tief auf seiner Stirn. Die Abenddämmerung hatte sich bereits über den Hof herabgesenkt, und vom Himmel fiel der erste Schnee, in großen weißen Flocken, die Coras Sicht auf sein Gesicht zusätzlich trübten. Ihr Gespür für seinen Gemütszustand war dennoch untrüglich. Er war heiterer Stimmung, das merkte sie sofort. Es war gut für ihn gelaufen, auch ohne den Rest der angeforderten Summe.

In diesem Moment hob er den Kopf. Sie sah, dass sein Blick klar und hellwach war. Seine Schritte waren fest und gleichmäßig, ohne das verräterische Schlingern des rückfälligen Trinkers. Er schien sogar ein paar Kilo abgenommen zu haben und wirkte fit und gesund. Trotz der positiven Zeichen hütete sich Cora davor, sich in Sicherheit zu wiegen. Bei diesem Mann konnte jederzeit alles passieren.

Während er sich der Veranda näherte, versuchte sie, sich zu sammeln und sich die ersten Sätze zurechtzulegen. Sie rief sich in Erinnerung, wie es sich anfühlte, ihn zu lieben, ihn zu bewundern, ihn anzubeten. Aber es war so viel geschehen seit seiner Abreise. Er war zu lange weg gewesen, und sie hatte in der Zwischenzeit vergessen, warum sie ihm überhaupt je hierher gefolgt war.

Ein kalter Luftzug fegte in die Küche, als die Tür aufging und sich ihre Blicke begegneten. Bestimmt sah er ihr an, dass die Flamme ihrer Liebe erloschen war. Cora wandte den Blick ab, aus Angst, er könnte merken, dass alles anders war. Wenn ihm klarwurde, dass er keine absolute Macht mehr über sie ausübte, würde er sie umbringen. Sie kannte ihn gut genug, um das zu wissen.

Er hängte seinen Schlüssel an den Haken neben der Tür und begann, den Inhalt seiner Hosentaschen zu leeren und auf den Tisch zu legen. Zerknitterte Zehn- und Zwanzigdollarscheine, hier und da sogar ein Fünfziger.

»Was ist das?«, fragte Cora kühn. »Ich dachte, du brauchst Geld?«

Er setzte sich, lehnte sich auf seinem Stuhl zurück und seufzte zufrieden.

»Eine gewonnene Wette. Mehr als genug, um meine Schulden vor Ort zu begleichen und wieder nach Hause zu kommen. Wie ich diesen Ort vermisst habe.«

Diesen Ort, dachte Cora. Nicht sie.

Er bedachte sie mit einem breiten Lächeln. Es war das alte Lächeln, charmant und einnehmend, das Lächeln eines kleinen Jungen. Offenbar hatte er ihren mangelnden Enthusiasmus bemerkt. Wie immer glaubte er, es sei unendlich einfach, sie wieder auf seine Seite zu ziehen. Schließlich war ihm genau das schon unzählige Male gelungen, wenn sie zögerlich gewesen war oder Zweifel gehabt hatte oder es gewagt hatte, bockig zu sein. Dann hatte ein Wort oder ein Kuss oder eine Berührung seiner Hand genügt, dass ihre ganze Liebe schlagartig zurückkehrte, begleitet von Tränen und Reue und tiefempfundenen Entschuldigungen.

Nicht dieses Mal. Er hatte sie zu lange allein gelassen und sie zur Raserei getrieben mit seiner Bitte um Geld, das er nicht einmal gebraucht hatte. Sie hatte schlaflose Nächte verbracht, sich wegen des Mädchens und des Geldes gesorgt, und dann hatte sie zu allem Überfluss auch noch Ellie hier in der Küche stehen gehabt, keine fünf Meter von dem bewusstlosen Mädchen entfernt. Dass sie völlig erschöpft war, war ja wohl nur allzu verständlich.

Aber sie war nicht nur müde, sondern hatte auch Angst, denn er würde unweigerlich irgendwann nach oben gehen und den Zustand des Mädchens bemerken. Und was dann? Würde er das Kind für sich wollen, oder würde er das Mädchen umbringen, um beide loszuwerden? Das durfte er nicht. Er durfte diesem Kind nichts tun. Es gehörte Cora.

»Komm mal hier rüber.« Er zog sie am Arm zu sich auf den Schoß. So nah waren sie sich seit Monaten nicht mehr gewesen. Sein Gespür für ihre Stimmungen war unfehlbar. Er wusste genau, wann er alle Register ziehen musste.

»Warum machst du so ein langes Gesicht? Ich bin doch wieder da. Und wir haben jetzt ein bisschen Geld. Das feiern wir erst mal, ja? Wir gönnen uns was Leckeres zu essen. Ich habe Pläne für uns, Cora. Keine Abschiede mehr.«

Sie starrte ihn an, unsicher, wie sie darauf reagieren sollte.

»Dir scheint es gutzugehen, James. Du siehst so gesund aus. Hast du … hast du aufgehört, diese Tabletten zu nehmen?«, tastete sie sich zaghaft vor. Man wusste nie, was ihn als Nächstes auf die Palme brachte.

Und tatsächlich verdüsterte nun ein dunkler Schatten sein Gesicht, doch er hatte sich schnell wieder gefangen.

»Vergiss die Tabletten, Cora. Das ist Vergangenheit. Ich habe mich innerlich gereinigt. Die Drogen und der Alkohol waren schreckliche Schwächen, die nun hinter mir liegen. Ich habe sie ausgetrieben wie Dämonen und werde von jetzt an ein pures, unverfälschtes Leben führen.« Er hielt inne, als wäre ihm etwas ungeheuer Wichtiges eingefallen, und griff nach Coras Händen. »Das Mädchen. Wie geht es dem Mädchen?«

Nun würde sich zeigen, wer das wahre Objekt seiner Begierde war.

Cora drehte den Kopf weg und heftete ihren Blick auf den Toaster auf der anderen Seite der Küche.

»Es ist am Leben«, antwortete sie emotionslos.

Er atmete erleichtert auf. »Gut, dann ist noch Zeit. Komm, ich muss dir etwas Wichtiges erzählen.« Er bedeutete ihr, sich ihm gegenüberzusetzen. Sobald sie saß, ergriff er über den Tisch hinweg ihre Hände und hielt sie in seinen, während seine Augen sie anflehten, ihn zu verstehen.

»Während meiner Abwesenheit bin ich in die Wildnis hinausgegangen und zwölf Tage und Nächte dort herumgeirrt. Ich nenne sie die zwölf Tage der grenzenlosen Erkenntnis. Mein Hunger und mein Durst wurden nicht gestillt. Beinahe wäre ich gestorben, doch das spielte keine Rolle, denn ich hatte Visionen, Cora, genau wie früher. Starke Visionen, die mich zur einzig wahren Antwort geführt haben.«

Cora bekam es mit der Angst zu tun. Seine Visionen hatten noch nie etwas Gutes für sie bedeutet. Sie versuchte, ihre Hände zu befreien, aber er zog sie ruckartig näher zu sich heran. James' Gesicht war gerötet, und seine Lippen bebten.

»Was, James? Was ist die Antwort?« Ihre Stimme zitterte.

»Das Mädchen muss weg.« Er sah sie an, als müsste sie die tiefere Bedeutung dieser Aussage verstehen.

»Was meinst du mit ›weg‹? Willst du sie etwa umbringen?« Cora spürte, wie ihre Brust vor Panik immer enger wurde. *Das Kind!*

Er drückte die Daumen in ihre Handflächen, brach ihr fast die Finger mit seinem eisernen Griff.

»Das dachte ich zuerst, aber meine darauffolgenden Visionen haben mich auf den Weg der Rechtschaffenheit zurückgeführt.« Er ließ ihre Hände los, setzte sich aufrecht hin und hob die Arme zur Decke.

»Cora, wir werden das Mädchen freilassen«, flüsterte er melodramatisch, bevor er seine Arme wieder herunternahm.

Cora bekam kaum noch Luft. Sie zupfte an den Rüschen ihres Ärmels.

»Wir werden einen neuen Weg einschlagen. Für den Rest des Winters werden wir hierbleiben und dafür sorgen, dass das Mädchen die Freiheit zurückerlangt, und im Frühjahr werden wir dann alles hier so zurücklassen, wie wir es vorgefunden haben. Wir werden einer reineren Bestimmung entgegenziehen, im Westen, dem wunderbaren, üppigen Land, aus dem ich einst gekommen bin.«

Cora schlug das Herz bis zum Hals.

»Aber, James, wie soll das gehen? Wenn wir das Mädchen freilassen, werden sie uns finden. Es wird die Polizei zu uns führen.«

»Wie denn, Cora? Wie denn? Wir werden ihm die Augen verbinden, und ich werde es im Lastwagen von hier fortbringen. Ich werde weit, weit wegfahren und es dann irgendwo auf der Straße aussetzen. Es kennt weder unsere Namen noch weiß es, wo sich diese Farm befindet. Die Polizei wird uns niemals finden, und wenn doch, werden wir längst weg sein. Während sie noch nach einer Farm Ausschau hält, werden wir schon wieder mit dem Wohnwagen durch dieses weite Land ziehen und das göttliche Nomadenleben führen, zu dem wir bestimmt sind.« Er sprach triumphierend und beachtete Cora gar nicht.

In ihrem Kopf drehte sich alles. Sie konnte nicht wieder so leben, nicht, nachdem sie hier auf der Farm sesshaft geworden war. Außerdem hatte sie James schon öfter so erlebt und wusste daher, dass die nüchternen Phasen, in denen er Gutes tun wollte, nie lange anhielten. Er würde zwangsläufig zu seinen Lastern zurückkehren, normalerweise heftiger als je zuvor. Dennoch: Wenn er von etwas überzeugt war, konnte ihn kein Mensch davon abbringen. Wegen seiner dämlichen Visionen würden sie nun alles verlieren, wofür sie so hart gearbeitet hatten.

Sie bemühte sich, nach außen hin ruhig zu bleiben. Er sollte nicht merken, was er in ihr auslöste.

In ihrem Inneren hingegen brodelte es, und sie hörte plötzlich wieder Reeds Worte: *Du bist eine Gefangene … Die Wahrheit kannst du nicht sehen. Du siehst sie erst, wenn du ganz und gar von ihr geblendet wirst.*

James stand auf, zog sie ebenfalls vom Stuhl und umarmte sie. Wie sehr sie sich früher nach so einer Berührung gesehnt hätte. Jetzt stieß sie sie nur noch ab.

»Cora«, flüsterte er ihr ins Ohr. »Wir müssen feiern und frohlocken. Die Vergangenheit liegt hinter uns, und eine neue Dimension hat sich uns eröffnet. Das Universum will, dass wir dankbar sind und uns der Herausforderung gewachsen zeigen.«

Cora rang sich ein Lächeln ab. Ihr Körper war stocksteif geworden. Er ließ sie los, und sie machte einen Schritt nach hinten. Die Worte des Mädchens gingen ihr durch den Kopf: *Wir sind beide Gefangene.*

»Und jetzt«, fuhr er fort, die Hände wie ein Chorknabe vor der Brust gefaltet, »gehen wir nach oben und informieren das Mädchen von seiner bevorstehenden Freilassung. Wir müssen eine rituelle Reinigung abhalten, und ich muss es um Verzeihung bitten für meine Sünden.« Er hob den Blick zum Himmel. »Die Laster der Welt haben Besitz von mir ergriffen und mich in einen Teufel verwandelt. Ich bin tief gesunken, tiefer als die Würmer, die durchs Erdreich kriechen, aber nun habe ich die Botschaft erhalten, dass mir verziehen wird. Dass ich meine Fehler wiedergutmachen kann und erneut das Privileg haben werde, die Botschaft des Universums zu verbreiten.«

Cora schäumte plötzlich vor Wut. *Jetzt*, nach allem, was sie durchgemacht hatte, vollzog er diese Kehrtwendung?

Er ging auf die Treppe zu, und sie starrte seinen breiten Rücken an, seine schlaff herunterhängende Hose, seine grau werdenden braunen Haare, fettig und ungekämmt wie immer.

Sie hasste ihn. *Sie wehren sich ja nicht einmal.*

Wenn das Mädchen erst einmal erfuhr, dass es freigelassen werden sollte, würde es niemals eine Familie mit Cora haben wollen. Es würde zu seinen eigenen Eltern und Freunden zurückwollen, und das Kind würde es mitnehmen und in die liebevollen Arme dieser Fremden legen. Wieder würde es für Cora keine Familie geben, und sie würde ganz allein sein.

Es steht in Ihrer Macht, sich zu retten.

James machte einen weiteren Schritt nach vorn, und Cora zog, ohne nachzudenken, ihr Messer aus der Schürzentasche und ließ es aufschnappen. Die Klinge glänzte im Lichtschein des Feuers.

Sie würde diese Farm nicht verlassen. Und sie würde ihr Kind nicht aufgeben.

»James«, rief sie leise, mit fester, ruhiger Stimme. »Es gibt etwas, was ich dir mitteilen muss. Erinnerst du dich, was du immer zu mir gesagt hast? Dass ich auch nicht besser bin als du? Tja, du hattest recht.«

Er hatte sich kaum umgedreht, als sie auch schon auf ihn losging. Sie stieß die Klinge in die empfindliche Stelle an seinem Hals, an der sein Puls schlug, und drehte sie langsam, bis sie noch tiefer einsank. Dabei spürte sie, wie das Messer sein Fleisch zerschnitt und seine Halsschlagader durchtrennte. Hellrotes Blut spritzte ihr entgegen.

James' Augen traten aus den Höhlen und starrten sie erschrocken an.

»Cora?«, formte er mit den Lippen, denn sprechen konnte er nicht mehr. Seine Hände umklammerten seinen Hals, klatschnass von dem Blut, das aus ihm herausströmte.

Entkräftet fiel er auf die Knie und tastete mit einer Hand nach dem Tisch, verfehlte ihn jedoch und stürzte der

Länge nach zu Boden, wobei sein Kopf dumpf auf den Bodendielen aufschlug. Cora sprang voller Entsetzen zurück. Sie hielt immer noch das Messer in der Hand und schleuderte es nun von sich, sah zu, wie es sich auf dem Boden drehte und unter den Vorsprung des Küchenschranks rutschte.

Es war alles so schnell gegangen. Sie hatte einfach spontan reagiert, als ihr klargeworden war, was sie alles verlieren würde. Das hatte sie nicht zulassen können. Auf keinen Fall. Nicht, nachdem sie derart gekämpft und gelitten hatte.

Aber sie hatte nicht wirklich vorgehabt, James zu töten.

Erschüttert sank sie neben ihm auf die Knie und hielt ihm die Hände vors Gesicht. Er atmete nicht. Hastig zog sie ihre Schürze aus und versuchte, einen Druckverband daraus zu machen, um seine Blutung zu stoppen. Doch es war zu spät. Die zischenden Laute, die er zunächst von sich gegeben hatte, waren verstummt.

Was hatte sie getan?

Seine Augen waren gefrorene Murmeln, die ausdruckslos geradeaus starrten, und sein Körper war vollkommen leblos. Er war tot, genau wie Reed. Das, was James ausgemacht hatte, war aus seinem Körper verschwunden, und es war nur eine tote Hülle zurückgeblieben. Noch immer sickerte Blut aus seinem Hals und bildete um Cora herum eine Pfütze, durchweichte ihr Kleid, drang in die Ritzen zwischen den Bodendielen.

Sie musste es aufwischen. Und sie musste seinen Körper hier herausschaffen, sonst war bald überall Blut. Wenn Ellie das nächste Mal kam, würde sie bestimmt wieder alles unter die Lupe nehmen. Dieser Frau würden auch die kleinsten Spuren und unscheinbarsten Flecken nicht entgehen. Sie würde genau an dieser Stelle auf dem Boden knien und ihn nach Hinweisen absuchen.

Außerdem wusste Cora, dass der Körper schwerer zu transportieren sein würde, wenn erst einmal die Leichenstarre eingesetzt hatte. Sie musste ihn jetzt gleich wegschaffen, musste ihn hinaus auf die Felder schleifen und später vergraben, wenn sie sich ein wenig beruhigt hatte und wieder atmen konnte.

Aber er war schwerer, als sie gedacht hatte, und sie war sich nicht sicher, wie weit sie ihn allein würde schleppen können. Bisher hatten James und sie immer alles zu zweit gemacht. Unter Aufbietung all ihrer Kräfte gelang es ihr, den Körper in Etappen durch die Küche und schließlich zur Hintertür hinaus in die eiskalte Luft zu ziehen.

Obwohl es würdelos war, ließ sie den Körper die Eingangstreppe hinunterrollen, zerrte ihn über den Steinboden, der die Treppe umgab, und erreichte mit letzter Kraft die Wiese, wo der Körper endlich besser rutschte. Als sie beim Pavillon angekommen war, begann es, heftiger zu schneien. Sie ließ die Arme der Leiche los und sah voller Entsetzen zu, wie sie leblos zu Boden sanken. Dann rannte sie zurück ins Haus, um ihre Jacke und ihre Handschuhe zu holen.

Als sie erneut beim Pavillon eintraf, waren James' Lippen bereits blau. Das war es, was sie endgültig traf. Erinnerungen an ihre Anfangszeit strömten auf sie ein, an jene Tage, als sie noch aufrichtig an ihn geglaubt hatte. An seine leuchtenden Augen, mit denen er sie über den Tisch hinweg ansah, wenn sie und die Jünger sich bei den Händen gefasst hatten, um zu beten. An seine warme Hand, die ihre Hand umschloss, wenn sie als Prozession singend über die Wiesen geschritten waren. Das war davor gewesen, bevor der Wahnsinn eingesetzt hatte, und die Tabletten und die Sauferei angefangen hatten, sein Leben zu bestimmen.

War er je ein guter Mensch gewesen? Hatten die Kräfte des Universums – seine mächtigen Ratgeber – ihn bewusst zu diesem Ende geführt, just in dem Moment, in dem er beschlossen hatte, sein Leben zu ändern? Bei dem Gedanken füllten sich Coras Augen mit Tränen. Es war vorherbestimmt gewesen, dass es so endete. Keiner von ihnen hätte dem entkommen können. Sie tat nur, was er auch getan hätte.

Sie beugte sich über ihn, um ein letztes Mal seinen steifen Mund zu küssen.

»Es tut mir leid, James. Es tut mir leid, dass es so kommen musste.«

Sie schaffte es gerade noch, ihn hinter den Pavillon zu ziehen, bevor ihre Kräfte versagten. Hier konnte er erst einmal liegen bleiben, ohne dass er von eventuellen Besuchern gesehen wurde, selbst wenn diese hinter dem Haus nach Cora suchten. Sie erwartete zwar niemanden, kannte ihr Glück in solchen Dingen jedoch gut genug.

Sie versuchte, ihm die Arme auf die Brust zu ziehen und zu einer Position würdevollen Ruhens zu arrangieren, aber der rechte Arm wollte nicht auf seiner dick gepolsterten Jacke liegen bleiben, deshalb stützte sie ihn gegen das Fundament des Pavillons.

Ihr nächstes Vorhaben bestand darin, einige angemessene Worte über ihn zu sprechen, doch obwohl sie Hunderte Trauerreden aus seinem Mund gehört hatte, wollte ihr nun, wo es darauf ankam, nichts einfallen. Mit starrem Blick sah sie zu, wie sich der Schnee auf seinem Körper ansammelte, kleine weiße Inseln, die auslöschten, was von seiner Existenz übrig war.

Der Wind frischte auf, ein Schneesturm kündigte sich an. Schon jetzt waren fünf Zentimeter Schnee gefallen, und Cora schätzte, dass bis zum nächsten Morgen noch einmal fünfzehn bis zwanzig Zentimeter dazukommen würden. Bei diesem Wetter würde sie die Leiche niemals bis zum hinteren Feld bekommen. Sie würde warten müssen, bis sich der Sturm gelegt hatte, und bis dahin würde sein Körper vollkommen steif sein und sich erst recht nicht mehr durch die Schneewehen ziehen lassen.

Dafür würde sie sich morgen eine Lösung überlegen, wenn der Sturm sich wieder gelegt und sie sich von ihrem Schock erholt hatte. Im Moment konnte sie nicht klar denken. Sie sah nicht einmal mehr zwei Meter weit in diesem dichten Schneetreiben und musste dringend zurück ins Haus.

Also stand sie auf und stapfte los, aber da sie nicht ihre Winterstiefel trug, rutschte sie aus und schürfte sich das Knie auf. Den Schmerz ignorierend, taumelte sie weiter zur Hintertür.

Wieder im Haus, schürte sie das Feuer, stellte sich daneben und spürte, wie die Wärme zurückkehrte und nach und nach bis in ihr Innerstes vordrang. Sie stocherte noch einmal in den Holzscheiten herum und sah zu, wie die Funken nach oben stoben und dann langsam wieder hinabschwebten.

Dann setzte sie sich an den Küchentisch und vergrub den Kopf in den Händen. Alles war still. Es war vorbei.

Prüfend ließ sie den Blick durch die Küche schweifen. Boden und Wände waren voller Blut, aber auf dem Herd stand ihre cremefarbene Teekanne und wartete geduldig auf sie. Im hochglänzenden Edelstahl des Toasters spiegelte sich das flackernde Feuer. Oberhalb des Kühlschranks löste sich an der Ecke die Kirschblütentapete ab. Darum würde sie sich morgen kümmern.

Auf der Arbeitsplatte hatte sie das Gemüse fürs Abendessen bereitgelegt, einen Butternut-Kürbis, drei Kartoffeln, eine rote Zwiebel und vier Karotten, säuberlich nebeneinander aufgereiht. Sie würde alle diese Zutaten im Ofen rösten, mit einem Spritzer Olivenöl und ein wenig Salz und Pfeffer. Dazu würde sie sich eine dicke Scheibe Schinken anbraten und Vollkornbrot toasten.

Und dann würde sie dem Mädchen ein Tablett mit Essen hinaufbringen.

48

JULIE SASS mit dem Gesicht zur Tür auf einem der Gartenstühle, während hinter ihr auf dem Bett ihre Erzfeindin thronte. Es machte sie nervös, das Gesicht der Frau nicht sehen zu können, vor allem in Anbetracht ihres letzten Aufeinandertreffens. Sie war sich sehr schlau vorgekommen, hatte geglaubt, endlich den Schlüssel zur Psyche dieser Frau gefunden zu haben. Inzwischen überwog die Angst, dass sie lediglich den Kitt entfernt hatte, der den fragmentierten Verstand der Frau bisher halbwegs zusammengehalten hatte. Sie wurde von Minute zu Minute eigenartiger.

Jetzt berührte sie von hinten Julies Haare und durchkämmte sie mit den Fingern. Julies Nacken kribbelte. Etwas

Hartes traf von oben auf ihren Kopf und glitt zu ihren Schultern hinunter, geriet an einem Haarknoten ins Stocken.

Diese Verrückte bürstete ihr die Haare. Es wurde immer unheimlicher.

Julie saß vollkommen still und versuchte, nicht zu frösteln, obwohl ihr ein kalter Schauder nach dem anderen über den Rücken lief. Das Kind bewegte sich in ihrem Bauch.

»Laura?«, fragte die Frau leise.

Julie hörte, wie sie hinter ihr mit einer Plastiktüte herumraschelte und dann mit einem harten Gegenstand in einer kleinen Pappschachtel klapperte.

»Ja?«, stieß Julie hervor. Es widerte sie an, bei diesem Spiel mitmachen zu müssen.

»Heute wird es ernst.«

Julie wusste nicht, ob sie noch ernster ertrug.

»Was meinen Sie?«

Fang nicht an zu schreien. Dreh nicht durch.

»Meine Entscheidung ist gefallen. Ich werde dir helfen.«

Julie atmete langsam aus. Vielleicht hatte sie bei ihrem letzten Gespräch ja doch etwas bewirkt. Allerdings freute sie sich lieber nicht zu früh, da diese Frau vermutlich eine ziemlich kranke Vorstellung von Hilfe hatte.

»Darf ich mit zu Ihnen nach unten? Damit wir gemeinsam die Arbeit erledigen können?«

Sie musste es wenigstens versuchen.

»Irgendwann ja. Aber vorher musst du gewisse Bedingungen erfüllen.«

»Bedingungen?«

»Du musst bereit sein, von mir zu lernen, Laura. Ich werde dich in die Mysterien einweihen, wie es James einst bei mir getan hat. Du wirst Widerstand leisten, dich an deine alten Gewohnheiten klammern. So war es bei mir am Anfang auch. Nach und nach wirst du akzeptieren, dass dein Leben im Hier und Jetzt stattfindet. Dein anderes Leben liegt für immer hinter dir.«

Julie nickte.

Ich wusste es.

Ihr Nicken war eine Lüge. Sie würde ihr wahres Leben niemals vergessen, würde mit aller Macht an ihren Erinnerungen festhalten. In Gedanken sah sie ihre Mutter vor sich, wie sie ihr das aufgeschürfte Knie geküsst hatte, als sie in der zweiten Klasse vom Fahrrad gefallen war. Ihren Bruder, wie er im letzten Sommer beim Familientreffen in Maine alle mit seinen Pantomimekünsten zum Lachen gebracht hatte. Ihren Vater, wie er sie an ihrem vierten Geburtstag in den Arm genommen und herumgewirbelt hatte, bis sich ihr Prinzessinnenkleid aufgebläht hatte wie ein Fallschirm. Und Mark, ihren Mark, wie er ihr die Strähne hinters Ohr schob, die ihr immer ins Gesicht fiel, um sanft ihre Stirn zu küssen und ihr leise zu sagen, wie sehr er sie liebte.

Nichts davon würde sie jemals vergessen.

»Der erste Schritt besteht in der Erkenntnis, dass es keine Verbindung zwischen dem Ich deiner Vergangenheit und dem Ich deiner Gegenwart gibt. Wesenskontinuität ist eine Illusion.«

Wenn Julie eins war, dann eine exzellente Schülerin. Sie würde die Lehren dieser absurden Pseudophilosophie auswendig lernen, um sie auf Kommando abspulen zu können. Aus diesem geistigen Wettstreit würde sie als Siegerin hervorgehen, schließlich hatte sie auch schon den Dekonstruktivismus, den Neuen Historismus und den Poststrukturalismus bezwungen. Was auch immer man ihr an geistiger Nahrung hinwarf, sie würde es mühelos verarbeiten.

»Du glaubst, du wärst derselbe Mensch, weil du noch Erinnerungen an dein ehemaliges Leben hast, aber wenn du ehrlich bist, kannst du dich nur an einen winzigen Bruchteil deiner früheren Erfahrungen erinnern.«

»Da haben Sie recht.« Julie hätte allem zugestimmt, wenn sie dadurch aus diesem Zimmer herauskam.

»Wenn du jedoch die meisten Erfahrungen deiner Vergangenheit vergessen hast, wie können sie dann deine Gegenwart beeinflussen?«

»So habe ich das noch nie betrachtet.« Julie musste ihre unaufrichtigen Worte regelrecht hervorwürgen.

»Du kannst dich also problemlos von dieser Vergangenheit lösen. Du *musst* dich von ihr lösen, um Teil der göttlichen Familie zu werden. Nur so wirst du echtes Glück erfahren.«

»Ich verstehe, was Sie meinen.« Warum erzählte sie ihr das alles?

Die Frau hob die Arme und drückte etwas Kaltes und Nasses von oben auf Julies Haare, um es anschließend mit den Fingern in ihre Kopfhaut einzumassieren.

»Im Moment verspürst du nichts als Schmerz, weil du deine Familie vermisst und das Gefühl hast, Fehler gemacht zu haben. Um frei zu sein, musst du das alles loslassen, es abstreifen. Dadurch verlierst du auch Freude, zugegeben, aber du verlierst vor allem den ganzen Schmerz. Und dann wirst du neu geboren.«

Eine feuchte Haarsträhne fiel über Julies Schulter, und sie hob sie an, um einen Blick darauf zu werfen.

Großer Gott.

Die Frau färbte ihr die Haare braun.

Julie schluckte. Sie musste die Prozedur irgendwie durchstehen. Einen anderen Weg aus diesem Zimmer gab es nicht.

»Ich bin zu alldem bereit.«

Die flüssige Haarfarbe fühlte sich erdrückend an. Sie tropfte ihr am Hinterkopf entlang, schien durch ihre Kopfhaut in ihren Schädel einzudringen, sie zu ummanteln, einzukapseln.

»Gut. Dann kann unsere Arbeit beginnen. Ich bin gleich fertig mit dem Einmassieren, und dann musst du eine Weile stillsitzen.«

Der chemische Gestank des Färbemittels durchdrang inzwischen den ganzen Raum. Vor Julies Augen erschienen schwarze Punkte.

»Dieses Zeug ist sicher nicht gut für das Baby. Ich denke, wir sollten unten weitermachen, damit ich frische Luft atmen kann.«

Die Hände der Frau verharrten für einen kurzen Moment. »Unsinn. Nichts kann diesem Kind etwas anhaben. So steht es geschrieben.«

Julie erschauderte, als die Frau weiter mit ihren Fingern über ihren Kopf fuhr und die Haarfarbe bis in die Spitzen jeder Strähne einarbeitete. Nachdem sie fertig war, wickelte sie Julies Kopf behutsam in Plastikfolie, die an ihren Ohren knisterte.

»Damit ist deine erste Lektion beendet. Ich bin sehr zufrieden mit dir. Die Offenbarung wird sich so vollziehen, wie sie ursprünglich gedacht war. Und nun warte auf meine nächsten Anweisungen. Und pass auf, dass du nichts berührst mit deinen Haaren.« Sie sammelte die Haarbürste, das Fläschchen mit der Haarfarbe und die Schachtel ein und verstaute alles in der Tüte.

»In zwei Stunden bin ich wieder da, dann waschen wir die Farbe aus. Das Ergebnis wird umwerfend sein, Laura. Du wirst wunderschön aussehen.«

Sie lächelte, und ihr Blick wurde glasig.

»Ganz wie früher.«

49

CORA NAHM *das Buch* vom Kühlschrank und legte es inmitten von sieben weißen Votivkerzen auf den Küchentisch. Daneben hatte sie goldrote Polsterkissen drapiert und dazwischen eine kleine Zinnstatue aufgestellt, die einen Stern und den Mond darstellte. Sie hatte eines der Fotos von dem Mädchen, die sie in der Bibliothek ausgedruckt hatte, auf den Tisch gelegt und es mit dem Herzmedaillon beschwert.

Draußen war es bereits dunkel, und durch die Ritzen zwischen Fensterrahmen und Fensterscheiben kroch die Kälte herein. Cora zog ihre Strickjacke fester um sich und stellte sich für einen Moment ans Feuer.

James war jetzt seit zwei Wochen tot. Die Zeit war gekommen.

Ganz vorsichtig schlug sie *das Buch* auf, um das dünne, vergilbte Papier nicht zu zerreißen. Ihre Finger zitterten, als sie durch die Seiten blätterte, die mit seiner krakeligen Schrift gefüllt waren, seinen strenggläubigen Grundsätzen, seinen Regeln: »Schmerzen haben keine Bedeutung, denn es geht um die Bestrafung der Unreinen.« »Die Macht des Neuanfangs wird sich ausbreiten, und tiefschwarze Nacht wird uns umhüllen, uns allein.«

Bitterkeit stieg in Cora auf, während seine Stimme in ihrem Kopf nachhallte. Einst hatte sie sich an diese Sätze geklammert, um ihren Kummer und ihre Einsamkeit zu betäuben, aber jetzt taten ihr die Worte nur noch weh.

Sie klappte *das Buch* wieder zu und fuhr mit der Hand über das glatte Leder seines Einbands, bevor sie es an ihre Brust drückte. James hätte gesagt, dass sie gescheitert war, dass sie vom Pfad abgekommen war, weil sie ihre unreinen Gedanken nie aufgegeben hatte. Und tatsächlich hatte sie an ihren alten Erinnerungen festgehalten, an jenen verlorenen Geschichten und Menschen, an ihrem jüngeren Ich. Am Ende war die Vergangenheit stärker gewesen als James' Vision. Sie war Cora aus allen Poren gedrungen, hatte sie umgeben wie eine Dunstwolke, die sich nicht zurückdrängen ließ.

Und nun hatte das Mädchen ihr die Augen geöffnet, ihr gezeigt, dass es noch einen anderen Weg zum Ziel gab. Cora wusste jetzt, dass sie jenen früheren Teil von sich selbst bergen konnte, ihn zurückholen konnte wie einen wertvollen Gegenstand, den man aus der Erde gräbt, ein Juwel, das sich schleifen und zu schimmernder Perfektion bringen ließ. Laura Martin konnte aus der Vergangenheit auferstehen, ein wahrer Grund zur Freude.

Dieses Mal würde Lauras Geschichte unter Coras umsichtiger Anleitung einen anderen Ausgang nehmen. Cora würde einen neuen Pfad anlegen, würde Laura lehren, gefügig zu sein und duldsam. Wenn sie endlich lernte, ernsthaft zu kooperieren, konnten sie ein gemeinsames Zuhause haben, eine Familie sein, sie beide und das Kind, das von Anfang an für Cora bestimmt gewesen war. Die Offenbarung würde sich erfüllen.

Cora hob den Kopf und wischte sich eine vereinzelte Träne weg, während sie sich *das Buch* unter den Arm klemmte.

Doch zuerst galt es, ein Opfer zu bringen.

Sie nahm das zerknitterte Foto des Mädchens vom Tisch und küsste es sanft, während vor ihrem inneren Auge noch einmal in willkürlicher Reihenfolge die Bilder aus dem Leben des Mädchens abliefen, die sie bei Facebook gesehen hatte. Die Partys, die fürsorgliche Familie, der liebevolle Freund.

»Leb wohl, Julie Brookman.«

Cora ließ das Foto ins Feuer fallen und warf das Herzmedaillon hinterher, auch wenn es schmerzte. Es musste sein.

James' Lehren würden nicht völlig umsonst gewesen sein. Tagein, tagaus hatte er Cora seine Botschaften eingepaukt, hatte sie über Jahre unterrichtet, in einem endlosen Kreislauf aus Strafe und Belohnung, Kritik und Lob, Logik und Unsinn, Gewalt und Zärtlichkeit. Er hatte ihr Denken vernichtet und es nach seinen Vorstellungen umstrukturiert. Es war unglaublich, wie flexibel der menschliche Verstand war, wenn es darum ging zu überleben.

Nun, sie würde seine Methoden noch einmal anwenden.

Er hatte sie gelehrt zu vergessen, und jetzt würde sie *ihn* vergessen.

Sie hob *das Buch* über ihren Kopf.

»Und so steht es geschrieben«, flüsterte sie, während sie

es in die Flammen warf. Das Feuer knisterte, und ein Holzscheit kippte zur Seite, woraufhin ein Vorhang aus Funken aufstob.

Sie setzte sich, die Finger wie zum Gebet verschränkt. Auch wenn sie nun vollkommen ruhig war, schmerzte ihr Herz, als seine Worte verbrannten und einzelne Papierfetzen hochgewirbelt wurden, bevor sie zu schwarzer Asche zerfielen. Aber es war richtig und gut so.

Sie hatte genug von diesen Worten gelernt.

50

SPÄT AM ABEND zuvor war die Frau mit einem weißen Seidenkleid in ihr Zimmer gekommen, das nun über dem eisernen Fußende ihres Betts hing. Julie nahm es behutsam hoch und ließ die weichen Falten der Seide über ihre Hände gleiten. Heute würde sie zum Abendessen hinuntergehen. Es war ihre erste Prüfung, und sie hatte vor, sie zu bestehen.

Julie zog ihre völlig verdreckte Jogginghose aus. Die Frau hatte ihr einen Schwamm, einen Eimer mit warmem Wasser, ein Stück Seife mit Lavendelduft und eine Tube Körperlotion dagelassen. Julie hielt sich die Seife an die Nase und sog tief ihren Duft ein. Sie hatte ganz vergessen, was Sinnesfreude war.

Über den Eimer gebeugt, wusch sie sich langsam und genoss das warme Wasser auf ihrer Haut. Sie drückte den

Schwamm aus und sah zu, wie der seifige Schaum zurück in den Eimer tropfte. Es war der Himmel auf Erden.

Vielleicht würde sich nun endlich alles zum Besseren wenden. Vielleicht ließ sich die Situation halbwegs ertragen, solange *er* nur wegblieb.

Sie nahm den Pu-der-Bär-Überwurf vom Bett und rieb Seife in eine Ecke der Decke, für den Fall, dass die Frau ihr die Sachen nach dem heutigen Abend wieder wegnahm. Pu konnte eine gründliche Reinigung vertragen.

Dann hob Julie das Kleid über ihren Kopf und ließ den weichen, schimmernden Stoff über ihre Schultern herabgleiten.

Sie fühlte sich wieder wie ein Mensch.

Unten im Erdgeschoss waren geschäftige Vorbereitungen zu hören. Töpfe und Pfannen klapperten, und Wasser spritzte aus dem Hahn der Spüle, was für eine Kakophonie aus Rasseln und Pfeifen in den alten Rohrleitungen sorgte.

Schließlich hörte Julie Schritte auf der Treppe, dann wurde die Klappe in der Tür aufgeschoben. Sie setzte sich in Position, und die Frau kam herein. Auch sie trug ein festliches gepunktetes Kleid aus hellblauem Baumwollstoff, sah jedoch ansonsten aus wie immer.

»Tut mir leid, aber das ist leider nötig, Laura.« Sie richtete den glänzenden Lauf einer Schrotflinte auf Julies Gesicht. »Das Vertrauen muss sich erst langsam aufbauen.«

Julie schluckte erschrocken und nickte. Natürlich, die Veränderungen würden erst nach und nach eintreten. Trotz des Gewehrs war sie dankbar für die heutige Chance. Sie würde endlich dieses Zimmer verlassen, und in Zukunft standen noch weitere Freiheiten in Aussicht, wenn sie sich so verhielt, wie die Frau es von ihr erwartete. Und das würde sie. Ihre bisherigen Chancen hatte sie sinnlos vergeudet. Dieses Mal würde sie vorsichtiger sein. Sie konnte durchaus noch ein paar Wochen durchhalten, bevor ihr Bauch zu groß sein würde, um davonzurennen. Den heutigen Abend konnte sie also ohne riskante Fluchtversuche verstreichen lassen.

Dicht nebeneinander gingen die beiden Frauen zur Treppe, wobei der Gewehrlauf seitlich an Julies Rippen lag. Bevor sie jedoch die erste Stufe erreicht hatten, drehte sich die Frau zu einem Spiegel um, der neben der Treppe an der Wand hing.

»Was denkst du, Laura?«

Julie stand fassungslos da. Sie erkannte sich selbst nicht wieder. Ihre Haare waren braun, ihre Wangen eingesunken, und ihre Haut hatte ihre rosige Frische eingebüßt. Ihr Körper war völlig abgemagert, abgesehen von ihrem Bauch, über dem sich straff der Stoff des Kleids spannte Die Augen des Mädchens im Spiegel waren voller Furcht, und sein Gesicht wirkte verhärmt und erschöpft. Julie streckte die Hand aus, um es zu berühren.

Sie war völlig verwandelt. Die Frau schien es tatsächlich geschafft zu haben, sie zu dieser anderen Person zu machen, dieser Laura. Julie schloss die Augen und hätte sich am liebsten in Luft aufgelöst.

Die Frau zog sie vom Spiegel weg, und sie machten sich auf den Weg die Treppe hinunter.

Julies Entschlossenheit war ins Wanken geraten. Würde ihre Familie sie überhaupt noch erkennen? Würde Mark sie noch wollen? Sie war nicht nur äußerlich völlig verändert, sondern würde auch innerlich nie wieder dieselbe sein. Vielleicht war dieses Haus des Schreckens, diese Folterkammer, der einzige Ort, dessen Ansprüchen sie noch genügte.

Mit hängenden Schultern und einem Gefühl der Niederlage schlich Julie die Treppe hinunter. Als sie an den Fotos entlang des Treppenabsatzes vorbeikamen, blieb sie vor einem der Bilderrahmen unvermittelt stehen. Obwohl sich der Lauf der Waffe in ihre Rippen bohrte, konnte sie nicht weitergehen. Warum kam ihr dieses alte Foto so bekannt vor?

Und dann wusste sie es wieder: Es war das Bild, das vor ihrem inneren Auge erschienen war, als sie sich mit dem widerspenstigen Knoten abgemüht hatte. Die Frau auf dem Bild war ihr Leitstern, ihr Schutzengel. Ihre Augen schienen nur für Julie zu leuchten, schienen sie anzutreiben, ihr zu sagen, dass sie die Hoffnung nicht aufgeben durfte.

Genau diese Ermunterung hatte sie gebraucht.

Halt an dir fest, Julie. Lass nicht zu, dass sie deinen Verstand manipulieren.

Sie war Julie Louise Brookman aus Mamaroneck, New York, und studierte Englisch im Hauptfach und Geschichte im Nebenfach. Sie war das Mädchen, das in der achten Klasse den regionalen Buchstabierwettbewerb gewonnen hatte, das den Text zu jedem Amy-Winehouse-Song auswendig kannte und bei der Aufführung des Westchester Ballets im letzten Jahr die Zuckerfee getanzt hatte. Und das elfhundert Follower auf Instagram und vierzehnhundert Freunde auf Facebook hatte.

Nichts von alldem konnten ihr diese Menschen wegnehmen.

Sie musste von hier fliehen, koste es, was es wolle. Auf keinen Fall durfte sie dieses Ziel nur wegen ein paar Annehmlichkeiten und tröstender Worte aus den Augen verlieren. Sie musste von hier verschwinden, und das möglichst schnell.

Während sie nebeneinander durch die Küche gingen, sah sich Julie nach einer Waffe um. Der Raum war blitzblank, nichts lag auf den Arbeitsflächen oder in der Spüle herum. Die Frau hatte sämtliches Besteck weggeräumt.

Nachdem Julie diese Hoffnung aufgegeben hatte, versuchte sie, die übrigen Sicherheitsvorkehrungen der Frau einzuschätzen. Die Küchentür war mit einem Türschloss versehen, aber die Fenster wiesen keine sichtbare Verriegelung auf. Zwischen Küche und Speisezimmer befand sich ein kleiner Vorraum, von dem eine verglaste Tür in den Garten hinausführte. Während sie daran vorbeigingen, suchte Julie mit den Augen die Tür nach Schwachstellen ab. Auch sie besaß ein Schloss, doch die Sprossen zwischen den Glasscheiben wirkten schmal genug, um sie mit einem Baseballschläger zertrümmern zu können. Oder besser noch mit dem Kolben eines Gewehrs, wenn sie es denn in die Finger bekam.

Durch die Glastür sah Julie, wie sich um die Eingangstreppe herum der Schnee auftürmte. Dahinter war ein Gartenpavillon zu sehen und links davon die vordere Ecke einer großen roten Scheune mit silbrig glänzendem Blechdach. Jenseits davon ersteckte sich ein großes, offenes, von einem Holzzaun eingefasstes Feld, und dahinter begann in der Ferne der Wald.

Das Grundstück war offenbar riesig und die Nachbarn dementsprechend weit weg. Das bedeutete, dass Julie keine Fehler machen durfte, wenn sich die Gelegenheit zur Flucht ergab. Sie musste von Anfang an in die richtige Richtung davonrennen, denn für Irrtümer war es dort draußen eindeutig zu kalt.

Als sie im Speisezimmer ankamen, waren Julies Sinne beinahe überfordert von dem verlockenden Duft nach gebratenem Fleisch. Echtes, wohlschmeckendes Essen. Für einen kurzen Moment verdrängte die Aussicht darauf jeden Fluchtplan. Sie musste essen, um zu Kräften zu kommen und Mut zu fassen.

Die Frau wies mit dem Lauf des Gewehrs zu dem Stuhl, der am weitesten von der Tür entfernt war. Der Tisch war mit feinem gemusterten Porzellan und Spitzenservietten gedeckt, jedoch ohne Besteck.

Auf Julies Teller warteten bereits handlich portioniertes Fleisch und Gemüse auf sie. Dampf stieg von dem in perfekte Rechtecke geschnittenen Steak, den roten Kartoffeln und den Babykarotten auf. Julie konnte nicht verhindern, dass ihr das Wasser im Mund zusammenlief.

»Danke. Das sieht … unglaublich lecker aus.« Ihre Augen hatten sich mit Tränen gefüllt. Der Geruch war so verlockend, dass sie fast ohnmächtig wurde.

Die Frau gab ihr das Zeichen, dass sie mit dem Essen beginnen durfte, und setzte sich ihr gegenüber, die Ellbogen auf den Tisch gestützt und das Gewehr im Anschlag.

»Essen Sie nichts?«, fragte Julie.

»Ich habe schon gegessen.«

»Sie brauchen die Waffe nicht die ganze Zeit auf mich zu richten. Ich verspreche, dass ich nicht weglaufe.« Julie bemühte sich vergeblich um ein Lächeln und versuchte, die Frau dann auf andere Weise zu besänftigen. »Gefallen Ihnen meine Haare? Finden Sie nicht auch, dass sie sehr schön geworden sind?«

»Doch, Laura. Die Farbe ist fast genau richtig.«

Julie probierte ein Stück Karotte, das ihr prompt im Hals stecken blieb.

»Es wird alles gut«, murmelte die Frau.

Julie trank einen Schluck Wasser und hustete.

»Ja. Von jetzt an wird alles viel besser.«

Das Gewehr war keinen halben Meter von ihr entfernt. Julie konnte kaum den Blick davon abwenden. Sollte sie es wagen? Es fiel ihr schwer, sich auf die nächsten Worte der Frau zu konzentrieren.

»Ich habe James' Befehle missachtet, und dadurch ist alles außer Kontrolle geraten. Genau diese Situation hatte ich schon seit längerem befürchtet, aber letzten Endes ist doch noch etwas Gutes daraus entstanden. Wir brauchen keine Jünger mehr, um eine Familie zu gründen. Du hast mir geholfen, Laura. Und du kannst dir selbst helfen, indem du genau das tust, was ich dir sage.«

Die Frau schloss ihre Hände noch fester um die Waffe, als hätte sie Julies Gedanken erraten.

Damit sie nicht noch misstrauischer wurde, beeilte sich Julie, ihr zu antworten.

»Sie haben recht. Alles ist jetzt anders. Wir werden eine Familie sein«, sagte sie sanft.

Es ist zu gefährlich. Lass es. Warte lieber bis zum nächsten Mal.

In diesem Moment nahm die Frau eine Hand vom Gewehr, um sie sich an ihrem Kleid abzuwischen.

Irgendetwas sagte Julie, dass sie nicht warten durfte. Es musste jetzt sein oder nie.

Blitzartig beugte sie sich vor, packte den Schaft der Waffe und zog ihn in ihre Richtung.

»Laura, was machst du da?«

Es gelang der Frau gerade noch, die Schrotflinte am Lauf festzuhalten. Verbissen rangen sie um das Gewehr, bis sie zu Boden gingen.

»Ich bin nicht Laura, du verrückte Schlampe.«

Mit verschlungenen Gliedmaßen und vor Anstrengung verzerrten Gesichtern kämpften die beiden Frauen neben dem Tisch weiter.

Julie gelang es für einen Moment, ihre Gegnerin auf den Boden zu drücken, aber sie merkte sofort, mit welcher Kraft die Frau dagegenhielt. Sie würde ihren Klammergriff also nicht lange durchhalten können, und tatsächlich warf die Frau sie kurz darauf mit einem kraftvollen Ruck nach hinten und wand ihr das Gewehr aus den Händen. Während sich Julie vom Boden aufrappelte, setzte die Frau sich auf, legte das Gewehr an und richtete es auf Julie.

Doch die hatte sich bereits den Esszimmerstuhl neben sich geschnappt und war damit in den Vorraum gerannt, wo sie ihn mit aller Wucht gegen die Glastür schleuderte. Krachend flogen die Scherben und Holzspäne in alle Richtungen, aber Julie hörte dennoch, wie die Frau sich ihr von hinten näherte, und beeilte sich, durch die entstandene Öffnung zu kriechen. Dabei musste sie höllisch aufpassen, dass sie sich nicht an den spitzen, aus dem Türrahmen ragenden Glasscherben schnitt.

»Komm sofort zurück, Laura!«, kreischte die Frau.

Draußen angekommen, sprang Julie, so weit sie konnte, die Stufen hinunter. Ihre Füße trafen trotzdem noch auf zersplittertes Gras und hinterließen beim Lossprinten blutige Spuren im Schnee. Die Kälte würde den Schmerz schon betäuben.

Ohne nachzusehen, ob ihr die Hexe bereits auf den Fersen war, rannte sie, so schnell sie konnte, Richtung Scheune.

Noch bevor sie dort angekommen war, ertönte hinter ihr ein lauter Knall.

Mein Gott, sie schießt auf mich!

Das zum Thema, dass sie jetzt eine Familie waren. Julie zog den Kopf ein und beschleunigte ihr Tempo. Sie musste möglichst bald die rettende Deckung der Scheune erreichen, wo sie sich hoffentlich auch ein bisschen aufwärmen konnte.

Vor dem Gebäude angekommen, wuchtete sie das große Schiebetor gerade weit genug auf, um hindurchschlüpfen zu können. In der Scheune war es zunächst stockdunkel, aber ihre Augen gewöhnten sich schnell an die Dunkelheit und erfassten den Grundriss des gewaltigen Innenraums: Tierverschläge an der rechten und hinteren Wand, Werkzeug sowie gestapeltes Heu und Stroh an der linken Wand.

Während Julie zu einigen Tonnen aus Eichenholz eilte, die in einer Ecke nebeneinanderstanden, spürte sie wohltuend warmes, weiches Heu und eine dünne Schicht Mist unter ihren Füßen. Mittlerweile war sie so durchgefroren, dass sie Angst hatte, sich allein durch ihre klappernden Zähne zu verraten.

Auf dem Weg zu den Tonnen sah sie, dass direkt links vom Scheunentor ihre Rettung hing: mehrere schwere, dreckstarrende Arbeitsjacken und darunter auf dem Boden zwei Paar abgenutzte Stiefel mit rissigen Schnürsenkeln. Julie schlüpfte hastig in die nächstbeste Jacke, in der sie förmlich versank, und schob ihre Füße in zwei hellbraune Schnürstiefel.

Genau in diesem Moment wurde knarrend das Scheunentor aufgeschoben, woraufhin Julie in eine leere Pferdebox rannte und sich hinter die Futterkrippe kauerte. Von dort spähte sie hervor und erkannte die Silhouette der Frau, die langsam eine Runde durch die Scheune drehte. Vermutlich wartete sie darauf, dass sich auch ihre Augen an die Dunkelheit gewöhnten.

»Laura, ich weiß, dass du hier drinnen bist.«

Sie hatte das Tor einen Spalt offen gelassen. Wenn es Julie gelang, sich unbemerkt dorthin zu schleichen, konnte sie sich hinauszwängen und wegrennen. Mit Schuhen und einer Jacke war sie durch nichts mehr aufzuhalten.

»Du begehst einen schrecklichen Fehler, Laura. Du machst alles kaputt.«

Fieberhaft knotete Julie die kalten, steifen Schnürsenkel zu, so gut es ging, und schloss die Knöpfe der Arbeitsjacke bis zum Hals. Sie war bereit, von ihrem laut keuchenden Atem einmal abgesehen. Ein Wunder, dass die Frau nicht direkt darauf zusteuerte wie ein radargesteuertes Schiff auf nächtlicher See.

»Aber so bist du nun mal, nicht wahr, Laura? Du triffst grundsätzlich die falschen Entscheidungen.«

Die Stimme der Frau hallte durch die Scheune und jagte Julie einen Schauder über den Rücken. So leise wie möglich ließ sie sich auf Hände und Knie nieder und krabbelte an der Wand entlang Richtung Tor. An den morschen Brettern der Scheune lehnten verschiedene rostige Eisenwerkzeuge. Julie schnappte sich eines davon, das noch aus einem früheren Jahrhundert zu stammen schien. Aber es war schwer und konnte erheblichen Schaden anrichten, und allein darum ging es ihr.

Die Frau suchte gerade die Viehverschläge ab indem sie in jeden den Lauf ihrer Waffe hielt. Dabei schreckte sie einige Kühe auf, deren schwere Körper gegen die knarrenden Türen der Verschläge stießen und so jedes andere Geräusch übertönten.

»Ich werde dich finden, Laura. Du kannst mir nicht entwischen. Also komm lieber gleich mit zurück zum Haus. Alles wird gut. Wir schaffen das schon.«

Gut? Dass ich nicht lache.

Julie wollte gerade den Rest der Strecke zum Tor krabbeln, als sie sah, dass sich auch die Silhouette der Frau Richtung Tor bewegte. In der Hoffnung, es trotzdem rechtzeitig zu schaffen, sprang sie auf und rannte los. Die Frau nahm die Verfolgung auf und hob genau in dem Moment das Gewehr, als Julie durch den Spalt nach draußen schlüpfte. Der Schuss traf das Holz des Tors und prallte nach innen ab.

Sobald Julie draußen war, bog sie scharf rechts ab und brachte sich hinter dem Gebäude in Sicherheit. An die Rückwand der Scheune gelehnt, blieb sie stehen und rang schwer atmend nach Luft, während sie das bizarre Eisengerät, das sie aus der Scheune mitgenommen hatte, im Mondlicht genauer inspizierte. Es sah aus wie eine zu groß geratene Kneifzange, deren Zinken allerdings zusammengerostet waren. In diesem Zustand war das Werkzeug nur noch dazu zu gebrauchen, es jemandem über den Schädel zu ziehen. *Sei's drum*, dachte Julie.

Sie sah sich um und versuchte, ihre Lage abzuschätzen. Wenn sie quer übers Feld rannte, verlor sie die Deckung und bildete auf der leeren, schneebedeckten Fläche ein gut sichtbares bewegliches Ziel. Der Mond schien hell, und die

Strecke zum Wald war weit, zumal sie sich mit ihrem Babybauch durch einen halben Meter Schnee würde kämpfen müssen. Das konnte sie also vergessen. Es musste eine bessere Möglichkeit geben.

Der Bereich zwischen Scheune und Haus war offenbar vor kurzem vom Schneepflug geräumt worden, genau wie die Zufahrt, von der Julie vermutete, dass sie zur nächsten größeren Straße führte. Auf dem glatten Belag würde sie doppelt so schnell rennen können wie auf dem Feld. Das Problem war nur, dass die Frau wahrscheinlich genau das erwartete und deshalb auf dem Weg dorthin lauerte, zum Beispiel hinter dem Traktor oder dem Hühnerstall.

Auf der Farm war alles still. Die Tiere, die vorhin in der Scheune in Aufruhr geraten waren, mussten wieder zur Ruhe gekommen sein. Irgendwo dort draußen wartete die Frau auf sie, genauso geräuschlos wie sie selbst und womöglich ebenso verängstigt. Julie konnte sich nicht vorstellen, dass der Mann begeistert reagieren würde, wenn er erfuhr, dass sie sein wertvolles Spielzeug hatte entkommen lassen. Ihr Mitleid mit der Frau hielt sich dennoch in Grenzen. Geschah ihr ganz recht, wenn dieser Brutalo sie verprügelte. Und wenn Julie dann erst die Polizei hergeführt hatte, würden die Beamten die Tür einschlagen und diese beiden Monster in die wohlverdiente Hölle davonschleifen.

Aber jetzt war keine Zeit für Rachephantasien.

Julie holte tief Luft, packte ihr undefinierbares Werkzeug fester und spähte um die Scheunenecke, um die Lage zu sondieren.

Die Lichter im Haus würden es ihr zunächst erschweren, Deckung zu finden. Die Zufahrt hingegen lag im Schatten und verschwand fast sofort in dichtem Wald.

Wenn es Julie gelang, die geschätzten dreißig Meter zwischen Scheune und Zufahrt unbeschadet zu überstehen, hatte sie es quasi schon geschafft.

Sie beugte sich vor und kontrollierte noch einmal ihre Schnürsenkel. Dann zog sie die Jacke enger um ihren Körper. Ihre Beine fühlten sich wie Eiszapfen an, weil die dünne Seide des Kleids keinerlei Schutz vor der Kälte bot. Julie musste sich also ohnehin bald bewegen, um ihr Blut wieder zum Zirkulieren zu bringen.

Sie spähte ein bisschen weiter um die Ecke und hielt Ausschau nach der Frau. Alles war ruhig. Der Schnee fiel in zarten Flocken und legte sich friedlich auf die idyllische Landschaft. Nichts verriet das Böse, das hier lauerte.

Julie hatte vor, auf irgendein Geräusch oder eine Bewegung zu warten, die ihr verrieten, wo die Frau sich versteckte. Dann würde sie sich von hinten an sie heranschleichen, ihr das Eisengerät über den Kopf ziehen und anschließend auf der Zufahrtstraße das Weite suchen.

Aber es gab weder Geräusche noch Bewegungen. Nur Stille und ihren zitternden Körper. Sie musste sich bewegen, bevor sie völlig unterkühlt war. Diese Kälte konnte nicht gut sein für das Baby.

Es sind nur hundert Meter bis zum Wald, sprach sie sich Mut zu. Sie würde die Strecke im Zickzack zurücklegen, damit sie kein leichtes Ziel abgab. Hundert Meter würde sie ja wohl schaffen, ohne entdeckt zu werden.

Sie holte tief Luft, umklammerte ihr Eisenwerkzeug und sprintete los. Dabei stützte sie mit einer Hand ihren Bauch ab, um besser rennen zu können. In wenigen Sekunden würde sie die völlige Dunkelheit der Zufahrt erreicht haben. Sie war fast da.

Ein Schuss hallte durch die Luft. Julie war entdeckt worden. Zum Glück hatte die Frau sie erneut verfehlt.

Der Schutz der Dunkelheit war jetzt nur noch wenige Meter entfernt. Lediglich ein paar kurze Schritte trennten sie von der Freiheit. Sie würde es schaffen, und wenn die Anstrengung ihr die Brust sprengte. Sobald sie im Dunkeln war, konnte sie ihre Schritte ein wenig verlangsamen und wieder Atem schöpfen.

Ihre Füße trommelten im Takt ihrer keuchenden Atemzüge auf die Erde. Ein Schritt, zwei Schritte, drei Schritte. In vier Sekunden würde sie da sein. Nicht mal.

Das schwere Werkzeug bremste sie zu sehr und brachte sie aus dem Gleichgewicht. Mit Bedauern warf sie es zur Seite und beschleunigte noch einmal ihr Tempo.

Dann hatte sie den Schatten erreicht. Sofort schlug sie einen Haken, um ihre Verfolgerin zu verwirren.

Sie hatte es geschafft. Sie war in Sicherheit.

In diesem Moment sprang eine Reihe greller Scheinwerfer an, die entlang der Einfahrt angebracht war, und Julie verlor ihren Schutz. Wie konnte das sein?

Dann begriff sie. *Bewegungsmelder.* Auf diese Möglichkeit war sie überhaupt nicht gekommen.

Wieder ertönte ein Schuss, und sofort danach durchzuckte ein schneidender Schmerz ihren Körper. Alles um sie herum wurde schwarz.

51

ADAM HATTE den letzten Monat damit verbracht, jede Kleinstadt am Hudson River abzuklappern, Wohnwagenparks zu durchstreifen, Wanderprediger über eventuelle zwielichtige Kollegen auszufragen und überall das unscharf abfotografierte Bild von Laura Martin herumzuzeigen. Ohne Ergebnis. Es war nicht ein einziger Hinweis dabei herausgekommen. Jetzt saß er im Diner von Chatham, dem letzten Ort auf seiner Liste, und versuchte, mit einem abgestandenen Kaffee in der Hand, sein weiteres Vorgehen zu planen, ohne dabei an Deirdre zu denken. Heute musste endlich etwas bei seinen Bemühungen herauskommen, denn dies war die letzte Main Street, die er nach einer verschollenen Frau absuchen konnte, die vielleicht gar nicht gefunden werden wollte.

In ihrer Jugend hatte Laura Martin eine schreckliche Tat begangen, davon war er inzwischen überzeugt, aber sie war dazu getrieben worden, war schuldlos auf einem Pfad der Zerstörung gelandet. Adam hatte seine Entscheidung getroffen. Er wusste, was er tun würde, wenn er sie aufspürte.

Vor ihm auf dem Tisch lagen einige seiner Polizeiakten, die er gedankenlos durchblätterte. Wenn auch heute nichts bei seiner Suche herauskam, war die ganze harte Arbeit umsonst gewesen – die vielen gesammelten Informationen, seine gewissenhaften Notizen, seitenweise am Computer verfasste Theorien, das ausgeklügelte System, nach dem er sein Material gegliedert hatte. Das Ende der Fahnenstange war erreicht.

»Da ist aber jemand fleißig.« Wie aus dem Nichts drang plötzlich die Stimme der Kellnerin an sein Ohr und riss ihn aus seiner Grübelei. Sie schenkte ihm Kaffee nach und blieb mit einem erwartungsvollen Lächeln neben ihm stehen. Adam hatte keine Ahnung, was sie von ihm wollte.

»Äh, ja. Viel zu tun diese Woche.«

»Ich habe Sie noch nie hier gesehen. Sind Sie auf der Durchreise?«

Jetzt wusste er, was sie wollte. Er kannte diesen Typ Frau. Sie war auf einen Schwatz aus. Den konnte sie haben, wenn sie ihm im Austausch etwas weit Wertvolleres lieferte.

»Ja, genau. Und Sie? Wohnen Sie schon lange hier?«

»Mein ganzes Leben.«

»Dann haben Sie sicher einen guten Überblick über das Kommen und Gehen im Ort. Zumal Sie hier im Diner ja im Mittelpunkt des Geschehens sind.« Er schenkte ihr sein umwerfendstes Lächeln.

Sie erwiderte sein Lächeln voller Stolz und stützte die Kaffeekanne auf seinem Tisch ab, bereit, ihm ein Weilchen Gesellschaft zu leisten.

»Das könnte man so sagen, ja.«

»Wunderbar, Sie sind also genau die Richtige, um mir weiterzuhelfen. Ich bin nämlich …« Er beugte sich vor und fuhr mit einem verschwörerischen Flüstern fort: »… privater Ermittler.« Als Polizist gab er sich inzwischen lieber nicht mehr aus. Zu oft hatte er feststellen müssen, dass er mit der Frau oder dem Bruder des örtlichen Polizeichefs sprach, der es normalerweise gar nicht gut fand, wenn man sich in seinen Zuständigkeitsbereich einmischte.

»Wie im Fernsehen? Ein echter Privatdetektiv?«

»So ist es.« Er nahm einen Schluck von seinem viel zu bitteren Kaffee. »Der ist übrigens köstlich.«

»Frisch aufgebrüht«, säuselte sie.

Er streckte ihr die Hand hin.

»Adam Miller.«

Sie schüttelte sie.

»Ellie Rainey. Freut mich, Sie kennenzulernen. Womit kann ich dienen?«

»Meine erste Frage lautet, ob Ihnen hier in der Gegend irgendwelche Erweckungsprediger aufgefallen sind.«

»Die Erweckungsgottesdienste der hiesigen Gemeinde sind normalerweise im Frühling, nicht um diese Jahreszeit.«

»Nein, ich meine Prediger, die draußen auf der Straße aktiv sind, in Obdachlosenunterkünften oder auf Campingplätzen. So etwas.«

»Ach, diese durchgeknallten Spinner? Die kommen immer mal wieder in die Stadt, aber die Polizei kümmert sich darum und verscheucht sie.«

»Ja, genau solche Leute meinte ich. Warten Sie, ich möchte Ihnen etwas zeigen.« Er zog sein Handy heraus und öffnete das Foto von Silas und seiner Tochter.

»Sehen Sie das Mädchen hier? Das Bild ist ungefähr zwanzig Jahre alt, deshalb ist es nicht mehr besonders aussagekräftig. Der Prediger, den ich suche, ist mit dieser Frau verheiratet. Es kann übrigens auch sein, dass er sich inzwischen mit anderen Jobs über Wasser hält.«

Die Kellnerin griff nach dem Handy und vergrößerte das Foto, um es eingehend zu betrachten.

»Keine Ahnung. Wir sehen heute alle nicht mehr so aus wie vor zwanzig Jahren, nicht wahr?« Sie tätschelte sich die Hüften.

Er lächelte matt und nahm sein Handy wieder an sich.

»Ziemlich unwahrscheinlich, dass jemand die Frau anhand dieses Fotos erkennt, ich weiß. Aber ich wollte es wenigstens versuchen.«

»Und Sie sagen, sie wäre jetzt mit einem Geistlichen verheiratet? Das grenzt die Sache natürlich ein bisschen ein … Tja, ich kenne leider trotzdem niemanden mit diesen Eckdaten. Ich muss allerdings zugeben, dass mir das Mädchen auf dem Bild irgendwie bekannt vorkommt. Wahrscheinlich reines Wunschdenken, weil ich Ihnen so gern bei Ihrer Ermittlung helfen würde.« Sie beugte sich vor und schirmte sich den Mund mit der Hand ab, um zu flüstern: »Was haben die beiden denn ausgefressen?«

Er schürzte die Lippen.

»Das ist natürlich vertraulich.«

»Verstehe, natürlich.«

»Na ja. Hier ist meine Handynummer, falls Ihnen doch noch etwas einfällt.«

Sie warf einen Blick auf seine Visitenkarte.

»Scheint ja streng geheim zu sein, die ganze Sache. Sie nennen nicht einmal Ihren Firmennamen auf der Karte.«

Er lächelte und wandte sich demonstrativ wieder seinen Akten zu. Sie verstand den Hinweis und schlenderte zu den übrigen Gästen davon.

Adam seufzte. Wieder eine Sackgasse. Er hatte alles geopfert für diese Suche, die nun endgültig zu Ende zu sein schien. Nachdem er so viel Arbeit investiert, sich jahrelang gequält und schließlich sogar auf Deirdre verzichtet hatte, musste er seine Mission erfolglos abbrechen.

Aus dem Augenwinkel sah er die Kellnerin zurückkommen. Obwohl ihr Gesicht vor Aufregung glühte, machte er sich auf einen weiteren fruchtlosen Wortwechsel gefasst.

»Ach, du meine Güte, mir ist gerade klargeworden, dass ich doch weiß, wer die Frau auf Ihrem Foto ist.«

Adam setzte sich aufrecht hin.

»Wirklich?«

»Kann ich es noch mal sehen?«

Mit zitternden Händen holte er erneut sein Handy aus der Tasche. War das doch noch der entscheidende Durchbruch?

Sie nahm das Telefon und hielt es sich dicht vor Gesicht. Dann hob sie mit den Fingerspitzen ihre randlose Brille an, um das Bild mit bloßem Auge zu betrachten.

»Ich fasse es nicht. Das *ist* sie.«

»Wer? Wie heißt sie? Und wo hält sie sich auf?«

»Das ist Cora Jenkins. Sie wohnt oben auf der alten Farm der Johnsons.«

Er notierte sich hastig den Namen und ließ sich den Weg zu der Farm beschreiben.

»Ja. Ja, ich bin mir ganz sicher. Natürlich sieht sie heute anders aus, aber die Augenpartie ist unverkennbar. Das ist sie. Definitiv.« Sie gab ihm das Handy zurück. »Allerdings ist ihr Mann kein Prediger.«

Diese Information dämpfte seine Hoffnung ein wenig.

»Nein?«

»Er ist Lkw-Fahrer, arbeitet aber auch manchmal irgendwo auf dem Bau.«

Volltreffer. Baugewerbe und Logistik hatte Lauras Vater gesagt.

Adam hatte es geschafft! Er hatte Laura Martin tatsächlich gefunden.

»Und Sie sind sich auch ganz sicher, dass sie es ist? Und dass sie immer noch dort wohnt?«

Adam konnte kaum noch an sich halten.

»Aber ja. Ich war vor kurzem sogar noch auf der Farm. Ich wollte Mrs Johnson besuchen, die alte Dame, die von Cora Jenkins gepflegt und betreut wird. Leider durfte ich nicht ins Haus.« Sie schüttelte den Kopf und biss sich auf die Lippen. »Ich *wusste*, dass da etwas nicht mit rechten Dingen zugeht. Ich *wusste* es. Ich habe gleich zu Fred gesagt, dass wir der Sache nachgehen müssen, aber er fand, dass wir uns nicht einmischen sollten.«

Wieder beugte sie sich verschwörerisch zu Adam vor.

»Ich gebe zu, dass ich bei meinem Besuch ein bisschen herumgeschnüffelt und durch mehrere Fenster gespäht habe, zumindest, bis Fred mich zurück ins Auto gezogen hat. Viel gesehen habe ich nicht. Trotzdem, man weiß nie. Und jetzt kommen Sie und bestätigen meinen Verdacht.«

Sie sah ihn abwartend an. Adam blieb stumm.

»Na ja, ich will natürlich nicht lästern«, fuhr sie fort, ohne ihn aus den Augen zu lassen. »Das sind eigentlich ganz nette Leute, und ich möchte sie nicht in Schwierigkeiten bringen …«

Sie war eindeutig scharf auf schmutzige Details, aber Adam würde dieser Klatschtante ganz sicher kein Futter liefern.

»Nein, nein, keine Sorge. Es ist nichts Schlimmes. Die beiden haben nur möglicherweise wichtige Informationen für mich.«

Nachdem die Kellnerin endlich eingesehen hatte, dass sie von ihm keinen Sensationsbericht erwarten durfte, machte sie sich wieder an die Arbeit. Bis zum Abend würde dennoch der ganze Ort wissen, dass ein privater Ermittler nach Cora Jenkins suchte, das war Adam klar. Ihm blieb also nicht mehr viel Zeit. Nachdem er in einem Zug seine Kaffeetasse geleert hatte, sammelte er seine Unterlagen ein, zahlte und ging hinaus auf den Parkplatz.

Im Motel packte er in Windeseile sämtliche Akten und Beweise zusammen und lud alles in den Kofferraum des weißen Nissan, den er gemietet hatte. Es war kostspielig gewesen, sich alles hierherschicken zu lassen, aber jeder Cent dieser Ausgabe hatte sich gelohnt, wie sich nun herausstellte. Alles war hier, an einem Ort. Die Notizen zu den diversen Befragungen, die beschrifteten Beweisbeutel, die er vor Jahren gestohlen hatte, der Rucksack, der Atlas – alles. Insgesamt zwölf Kartons, chronologisch geordnet. Im Grunde kannte er den gesamten Inhalt auswendig.

Die Sonne ging schon unter. Er musste los.

Adam fuhr die County Road 32 entlang, bis er sich außerhalb des Gemeindegebiets befand. Unterwegs hielt er an einer Tankstelle. Nach einer Weile war entlang der Straße nichts mehr zu sehen außer schneebedeckten Feldern und einigen vereinzelten Gemüse- oder Obstständen, die um diese Jahreszeit mit Brettern verrammelt waren. Er hatte diese einsame Gegend schon vor ein paar Tagen ausfindig gemacht, weil er sein Vorhaben auch dann durchgezogen hätte, wenn er Laura Martin nicht gefunden hätte. Schließlich war er so oder so am Ende seiner Suche.

Er würde sich zunächst um die Kartons kümmern und dann zur Farm fahren und das Haus ausspionieren, um am nächsten Tag zuschlagen zu können. Sie brauchte Hilfe, und er würde zur Stelle sein. Er würde sie vor diesem Sektenführer retten. Alle hatten an ihm gezweifelt. Jetzt würden sie sehen, dass er von Anfang an recht gehabt hatte.

Die unbefestigte Straße, die er vorher ausgekundschaftet hatte, war seit dem letzten Schneefall nicht mehr geräumt worden, weshalb der Nissan gefährlich ins Schlittern kam. Adam legte trotzdem einen niedrigen Gang ein und drückte das Gaspedal durch. Er musste es nur noch über den vor ihm liegenden Hügel schaffen. Dahinter schmiegte sich eine Wiese in ein abgelegenes Tal, das von allen Seiten uneinsehbar war.

Der Mann von der Autovermietung hatte ihm hoch und heilig geschworen, dass der Nissan mit Winterreifen ausgestattet war, aber in Adam wuchs allmählich die Überzeugung, dass er ihn hereingelegt hatte. Die Hinterreifen blieben stecken, und sosehr er sich auch bemühte, sie drehten hartnäckig durch und wirbelten Schnee auf. Also stieg er aus, ließ sich auf die Knie nieder und fing an zu graben. Dann versuchte er es erneut, und das Auto befreite sich endlich schlingernd aus dem Schneeloch. Sofort gab Adam Gas, woraufhin der Wagen ins Schleudern geriet, sich durch beherztes Drehen des Lenkrads jedoch wieder in die Spur lenken ließ.

Adam wurde immer leichter ums Herz. Seine Mission hatte sich doch noch als gerechtfertigt erwiesen.

Nachdem er das Tal jenseits des Hügels erreicht hatte, hielt er an und stieg aus. Eine Weile stand er reglos in der Stille und kostete den Moment aus. Er hatte es geschafft. Die jahrelange Arbeit hatte endlich zu einem Ergebnis geführt. Seine Mutter hatte an ihm gezweifelt, doch jetzt würde sie erkennen, dass seine obsessive Suche einen Sinn gehabt hatte. Und auch Deirdre würde ihn besser verstehen. Vielleicht würde sie ihm sogar noch eine Chance geben.

Er ging zum Kofferraum und fing an, die Kartons auszuladen und sie willkürlich im Schnee zu stapeln. Dann griff er nach der Aktenmappe mit den alten Zeitungsausschnitten, die er gesammelt hatte, riss diese heraus und steckte sie zusammengeknüllt zwischen die Kartons.

Noch einmal ging er zum Kofferraum und holte den Benzinkanister, den er an der Tankstelle gefüllt hatte. Damit begoss er großzügig die Kartonstapel und zündete ein Streichholz an. Die Pappkartons gingen sofort in Flammen auf, die schon bald hoch in den Himmel loderten.

Mit leuchtenden Augen beobachtete er, wie das Feuer mit flackernden Zungen an der Luft leckte. Alles würde zu Asche werden – der Atlas, die Blutproben, seine akribischen Aufzeichnungen. Alles würde für immer verschwinden.

Silas hatte recht gehabt: Sämtliche Beweise führten allein zu seiner Tochter. Nach all den Jahren hätte bestimmt kein Richter mehr die komplexen moralischen Hintergründe ihrer Tat durchschaut. Nicht so wie Adam. Und deshalb sorgte er nun mit diesem Feuer dafür, dass ihr niemand mehr etwas nachweisen konnte. Er erteilte Laura die Absolution für ihre Jugendsünden. Jetzt konnte sie noch einmal ganz von vorn anfangen.

»Das ist für dich, Laura Martin. Nur für dich.«

52

CORA HIELT NOCH EINMAL das kalte Tuch an die Stirn des Mädchens, das sich vor Schmerzen auf dem Bett krümmte. Viel mehr konnte sie nicht tun. Nach mehreren ermüdenden Stunden war es ihr gelungen, die Schrotkugeln aus der Schulter der Verletzten zu entfernen, eine unangenehme und schwierige Prozedur. Und sie hatte es endlich geschafft, die Blutung zu stillen. Das Mädchen war bisher trotzdem nicht wieder zu sich gekommen.

Eine Schande, dass es so weit hatte kommen müssen.

Warum hatte die junge Frau sie auch derart hintergehen müssen? Warum war sie nicht folgsam gewesen, nach allem, was Cora getan, was sie geopfert hatte? Sie hätten sich ein Leben zusammen aufbauen können, eine Familie. Das Mädchen hätte eine neue und bessere Laura Martin werden können, eine optimierte Version der Person, die Cora vor langer Zeit gewesen war, bevor alles so schrecklich schiefgegangen war.

Für diese neue Laura wäre alles besser gelaufen, weil Cora sie beschützt und unterstützt hätte. Sie wäre ihr die Mutter gewesen, die die alte Laura nie gehabt und nach der sie sich ein Leben lang gesehnt hatte. Das war vielleicht nicht das Leben, das sich das Mädchen erträumt hatte, aber es hätte dieses Leben sicher irgendwann schätzen gelernt, wenn es nur bereit gewesen wäre, sich darauf einzulassen.

Die neue Version von Laura wäre außergewöhnlich gewesen, etwas ganz Besonderes.

Aber diese Version war für immer zerstört. Cora würde

sich hüten, noch einmal irgendetwas zu glauben, was aus dem Mund dieser hinterlistigen, bösartigen jungen Frau kam. Wie geschickt sie auch schmeicheln, betteln und heucheln würde, Cora würde ihr nie wieder vertrauen. Sie würde nie Teil der Offenbarung werden.

Wie hatte Cora nur so lange brauchen können, um zu verstehen, dass alle Menschen Verräter waren? Jeder, dem sie bisher begegnet war, hatte sie ausgenutzt, sie manipuliert und nach seiner Pfeife tanzen lassen. Ihr Vater und Reed und James – sie alle hatten sie kontrollieren wollen, jeder auf seine Weise. Nie war es ihnen um sie gegangen, nie hatten sie sich gefragt, wie es *ihr* ging oder was *sie* wollte. Damit war nun Schluss. Von jetzt an würden ihre Bedürfnisse an erster Stelle stehen.

Natürlich würde es mühsam sein, das Mädchen für den Rest seines Lebens im Zimmer einzusperren. Es würde nicht seinen gerechten Anteil an der Hausarbeit übernehmen können, wie Cora es sich eigentlich vorgestellt hatte. Wie üblich würde sie die schwere Arbeit allein erledigen müssen.

Vielleicht war James' letzte Idee ja doch nicht so schlecht gewesen. Vielleicht sollte sie das Mädchen nach der Geburt des Kindes irgendwo weit entfernt aussetzen und sich von dieser Last befreien. Aber würde sie dann jemals wieder ruhig schlafen können? Das Mädchen wusste, wie sie aussah. Cora konnte sich das Phantombild der Polizei lebhaft vorstellen. Nein, dieses Risiko durfte sie nicht eingehen. Die Situation war bedauerlich, aber es war nicht ihre Schuld, dass es so gekommen war. Sie musste eben das Beste daraus machen.

Cora seufzte, während sie das rezeptpflichtige Medikamentenfläschchen öffnete, das sie im Badezimmer im Erdgeschoss gefunden hatte. Sie schüttete drei Schmerztabletten in ihre Hand, löste sie in einem Glas Wasser auf und hielt es dem Mädchen an die Lippen, bis es alles geschluckt hatte. Die Tabletten würden die Schmerzen ein wenig lindern und der jungen Frau helfen, ruhiger zu schlafen.

Sie legte ihr die Hände auf den Bauch und wartete. Ja, das Baby strampelte, es war noch am Leben. Erleichtert und beruhigt schloss Cora die Augen.

Nachdem sie die Decke um das Mädchen herum festgestopft und das Licht gelöscht hatte, machte sie leise die Tür hinter sich zu und vergewisserte sich zweimal, dass sie auch wirklich abgeschlossen war. Bei diesem Miststück ging sie kein Risiko mehr ein.

Morgen früh würde sie die Wunden gründlich reinigen, um eine Infektion zu verhindern. Irgendwann würde die junge Frau aufwachen, und dann würde Cora mit ihr ein paar Gymnastikübungen durchführen, damit die Muskeln nicht steif wurden. So würde alles besser verheilen. Cora kannte sich mit Verletzungen aus.

Als sie den Fuß auf die oberste Treppenstufe setzte, verharrte sie mit der Hand am Treppengeländer. Sie war sich sicher, draußen ein Geräusch gehört zu haben.

Es war also doch noch passiert. Seit Ellie und ihr schwächlich aussehender Mann da gewesen waren, hatte Cora mit so etwas gerechnet. Wahrscheinlich hatte Ellie nach dem verhängnisvollen Besuch noch öfter auf der Farm herumgeschnüffelt, hatte vielleicht sogar am Vorabend die Schüsse gehört. Was, wenn sie und ihr Mann nun irgendwo im Schatten lauerten und auf den perfekten Moment warteten, das Haus zu stürmen und sich auf sie zu stürzen?

Nachdem Cora das Licht ausgeknipst hatte, schlich sie im Dunkeln die Treppe hinunter und ging durch alle Räume, um aus den Fenstern hinauszuspähen und nach einer Bewegung Ausschau zu halten. Wenn sie sich ruhig verhielt, dachten die beiden vielleicht, es wären schon alle zu Bett gegangen. Kranke alte Damen wie Mrs Johnson brauchten schließlich ihren Schlaf. Ellie und ihrem Mann würde das Warten irgendwann zu langweilig werden, und dann würden sie wieder nach Hause fahren und hoffentlich aufhören, sich in anderer Leute Angelegenheiten einzumischen.

Cora spitzte die Ohren, weil sie plötzlich ein scharrendes Geräusch in der Nähe der Hintertür wahrnahm. Wenigstens konnte niemand mehr durch die Glastür ins Haus blicken, weil sie die zerbrochenen Scheiben mit zwei Sperrholzplatten aus dem Keller vernagelt hatte, eine provisorische Lösung, die bis zum Frühjahr reichen musste

Da, schon wieder. Diesmal hatte sie ganz sicher die Glasscherben knirschen hören, die vor der Tür auf dem Boden lagen. Cora hatte das Glas noch nicht zusammengefegt, worüber sie jetzt froh war. Es warnte sie vor Eindringlingen.

Das Schrotgewehr lehnte an einem Regal in der Vorratskammer. Cora eilte in die Küche und griff nach der Patronenschachtel auf dem Kühlschrank. Sie hatte vor, das Gewehr zu laden und ihr Heim zu verteidigen.

Ihre Brust schnürte sich zusammen, als ihr James' Leiche einfiel, die immer noch hinter dem Pavillon lag und steif gefroren auf ihr Begräbnis wartete. Obwohl sie mittlerweile unter tiefem Neuschnee verborgen war, konnte eine aufdringlich herumschnüffelnde Person durchaus darüber stolpern. Cora hatte sich längst darum kümmern wollen, aber dann war so viel auf einmal passiert. Und jetzt stiefelte jemand dort hinten im Hof herum und suchte geradezu nach Ärger.

Es *musste* Ellie sein. Außer ihr ahnte niemand, dass auf der alten Johnson-Farm ungewöhnliche Dinge vor sich gingen.

Oder es war das FBI. Vielleicht hatte Ellie die Hotline angerufen, die nach dem Verschwinden des Mädchens eingerichtet worden war, oder dem FBI war es gelungen, den Computer des Mädchens zu orten, als Cora damit online gewesen war. Was, wenn das FBI schon die ganze Zeit mit Ellie zusammenarbeitete? Vielleicht war sie verkabelt gewesen, als sie die Hühnersuppe vorbeigebracht hatte. Sie war sogar im Haus gewesen, konnte der Polizei also einen Grundriss des Gebäudes liefern, damit diese einen ausgeklügelten Rettungsplan ausarbeiten konnte. Möglicherweise war das Haus bereits von Spezialkräften umzingelt.

Cora betrat lautlos das Wohnzimmer und schlich zum Fenster auf der nordöstlichen Seite des Hauses. An die Wand gedrückt und mit der Schrotflinte im Anschlag, spähte sie vorsichtig hinaus. Die Beleuchtung vor der Hintertür war schwach, aber das Licht reichte, um die fremden Fußabdrücke im Schnee zu erkennen.

Cora schlug das Herz jetzt bis zum Hals. Sie bildete sich die Geräusche also nicht nur ein. Es war eindeutig jemand dort draußen.

Sie packte das Gewehr fester und legte den Finger auf den Abzug. Dann hielt sie die Luft an und lauschte. Ein Windstoß wirbelte den Schnee auf, peitschte ihn wie eine Rauchsäule in die Luft, bevor er wieder herunterrieselte.

Da draußen in der Kälte lauerte jemand, der ihr alles nehmen wollte. Wenn es sich nur um Ellie und ihren Mann handelte, kam Cora damit klar. Sie hatte lang genug mit James zusammengelebt, um zu wissen, dass Menschen einfach verschwinden konnten. Sie würde jeden, der es wagte, ihre Familie zu stören, aus dem Weg schaffen, einen nach dem anderen. Aber wenn die beiden ihr stattdessen eine Spezialeinheit auf den Hals gehetzt hatten, würde diese Cora mühelos überwältigen, und alles war vorbei.

Wenn sie doch nur damals das Foto nicht ausgedruckt hätte!

Draußen war jetzt alles still. Cora spitzte die Ohren, nahm jedoch nur ihren eigenen Herzschlag wahr.

Waren die Eindringlinge wieder verschwunden, überzeugt, dass sie diese Nacht nichts mehr ausrichten konnten? Oder waren sie immer noch in Stellung und warteten darauf, dass Cora eine falsche Bewegung machte? Vielleicht hatten sie nur die Lage sondiert und würden später noch einmal zurückkommen, bewaffnet und bereit, das Gebäude zu stürmen.

Cora nahm kurz die Hand von der Waffe, um sich die Schweißperlen von der Stirn zu wischen. Weil ihre Beine allmählich steif wurden, ließ sie sich an der Wand zu Boden gleiten und klemmte sich das Schrotgewehr zwischen die gebeugten Knie. Wenn es sein musste, würde sie die ganze Nacht – jede Nacht – so dasitzen und auf das Geräusch von splitterndem Glas warten, auf die Hand im Lederhandschuh, die durch das eingeschlagene Fenster griff, auf den Schrei, wenn Ellie im Schnee auf James' Leiche stieß, auf das leise Klopfen an der Tür, wenn sie und ihr Mann behaupten würden, sie wären »nur kurz vorbeigekommen, um hallo zu sagen«. Cora würde sich bis aufs Blut verteidigen, würde mit aller Macht beschützen, was sie sich hier aufgebaut hatte. Diese Farm war ihr einziger Grund zu leben. Ohne sie war sie nichts.

Warum konnten die Leute sie nicht einfach in Ruhe lassen? James war tot, es würde also keinen Ärger mehr geben, wenn man sie nur in Frieden ließ. Sie würde bis zu ihrem Tod ein einfaches Leben führen und niemandem zur Last fallen.

Cora spähte erneut aus dem Fenster. Sie sah die Sterne am Himmel leuchten: Großer Wagen. Kassiopeia. Kepheus. Sofort fühlte sie sich getröstet.

Alles würde gut werden. Ganz bestimmt.

Schließlich wollte sie nur ein Zuhause, sonst nichts. *Mehr habe ich nie gewollt*, dachte sie, während sie mit dem Gewehr in der Hand langsam wegdämmerte. Es war das Einzige, was für sie zählte.

Ein Zuhause für sie und ihr kostbares Kind.

53

AM NÄCHSTEN MORGEN stand Adam auf der Veranda des Hauses und nahm seinen ganzen Mut zusammen, um an die Haustür zu klopfen. Das Gebäude wirkte verlassen, aber es stand ein Lastwagen in der Einfahrt, also musste jemand da sein. Wenn ihr Mann die Tür aufmachte, würde er behaupten, er hätte sich im Haus geirrt. Fand er Laura hingegen allein vor, würde er sie überreden, ihn hineinzulassen. Er würde mit Hilfe des Fotos ihre Aufmerksamkeit erregen und ihr erklären, was er über ihre Vergangenheit wusste. Wenn ihr dann erst einmal klarwurde, dass er sämtliche Beweise des Stillwater-Falls vernichtet hatte, würde sie hoffentlich verstehen, dass sie dieses Leben im Verborgenen nicht mehr zu führen brauchte, nicht länger an der Seite dieses ominösen Sektenführers bleiben musste. Niemand würde mehr etwas gegen sie in der Hand haben. Sie würde frei sein, dank Adam. Er würde sie retten.

Es hatte endlich aufgehört zu schneien. Die ganze Farm lag unter einer dicken weißen Schneedecke, und die Luft war eisig. Adam klappte den Kragen seiner Jacke hoch. Dann zog er einen Handschuh aus und klopfte. Keine Reaktion. Er legte sein Ohr an das Fenster der Tür, hörte jedoch nichts. Grabesstille.

Als er ins Innere des Hauses spähte, sah er, dass im Ofen ein Feuer brannte. Die Hausbewohner konnten noch nicht lange weg sein.

Nachdem er seinen Handschuh wieder angezogen und die Hände zusätzlich in die Jackentaschen geschoben hatte, stapfte Adam durch den Schnee zur Rückseite des Hauses. Vielleicht war jemand hinten an der Scheune. Mit Bestürzung stellte er fest, dass seine Stiefel am Vorabend tiefe, unübersehbare Abdrücke hinterlassen hatten. Ob sie wohl schon jemand bemerkt hatte?

Er umkreiste die Scheune und den Hühnerstall, aber alles blieb still, bis auf das Gackern der Hühner, die offenbar glaubten, er käme, um ihnen Essensabfälle zu bringen.

Adam sah sich um und versuchte zu entscheiden, wie er am besten vorging. Ihm fiel die notdürftig reparierte Hintertür ein. Möglicherweise ergab sich dort eine Gelegenheit, ins Haus zu kommen. Während er sich ihr näherte, meinte er, eine Bewegung in einem Fenster im ersten Stock wahrzunehmen. Spielte ihm seine Phantasie einen Streich, oder war doch jemand zu Hause? Falls ja, warum machte derjenige nicht die Tür auf? Er dachte an die alte Dame, von der ihm die Kellnerin erzählt hatte. Vielleicht war sie allein zu Hause und schaffte es nicht die Treppe hinunter.

Adam hoffte, dass sie ihn nicht gesehen hatte. Was, wenn sie beim Anblick des fremden Mannes, der sich auf ihrem Grundstück herumtrieb, einen Herzinfarkt bekam? Oder noch schlimmer: Was, wenn sie in diesem Moment bereits mit der Polizei telefonierte und seinen Plan zunichtemachte?

Er beschloss, sich hinter dem Gartenpavillon zu verstecken, bis er die Lage besser einschätzen konnte.

Als er sich hinter den breiten Pfosten des Pavillonunterbaus kauerte, fiel ihm auf, dass sein Knie nicht so weit einsank, wie er erwartet hätte. Der Schnee bildete entlang des Pavillons einen langgezogenen Hügel. Irgendetwas verbarg sich darunter.

Adam trat mit dem Fuß dagegen, und nachdem er eine Schicht Schnee aufgewirbelt hatte, stieß er auf etwas Hartes und tastete es mit den Händen ab. Es fühlte sich an wie eine Harke mit stumpfen Zinken. Er räumte den restlichen Schnee beiseite und erstarrte, als ihm fünf Finger entgegenragten, gekrümmt, steif und blau.

Grundgütiger.

Mit einem Aufschrei wich er zurück und warf dann rasch einen Blick zum Haus. Ob ihn jemand gehört hatte? Nichts rührte sich.

Sein Blick wanderte zurück zu der steifen Hand. Er nahm all seinen Mut zusammen und grub oberhalb der Finger, bis er die Messingknöpfe einer Arbeitsjacke und den steifen Kragen eines Flanellhemds vom Schnee befreit hatte. Jetzt wusste er auch, wo er den Kopf der Leiche finden würde, schreckte jedoch davor zurück, das leere Gesicht des Todes freizulegen, in das er schon so oft geblickt hatte.

Er verlagerte sein Gewicht nach hinten auf die Fersen, verharrte für einen Moment und schloss die Augen. Dann holte er tief Luft und grub weiter.

Und schließlich gab der Schnee sein Geheimnis preis, ein blaues Gesicht, bereit fürs Leichenschauhaus, perfekt konserviert durch die Kälte. Die Augen blickten starr geradeaus, und die gefrorenen Haarsträhnen klebten wie Tentakel an der Gesichtshaut. Der Hals der Leiche war aufgeschlitzt, und entlang der Wunde hing schwarz verfärbtes Eis.

Mit einem Ruck drehte sich Adam weg.

»Scheiße«, murmelte er leise und wischte sich mit dem Handrücken den Mund ab. Damit hatte er nicht gerechnet. Seine Finger tasteten reflexartig nach seiner Dienstwaffe, aber die war bei seiner Entlassung aus dem Polizeidienst beschlagnahmt worden.

Eine Windböe wirbelte zwischen ihm und dem Haus den Schnee auf, dann war alles wieder still. Adam spähte angestrengt durch die dunklen Fenster ins Innere des Hauses, entdeckte jedoch weder eine Bewegung noch menschliche Umrisse. Er zog sein Handy aus der Tasche und warf einen Blick darauf. Kein Empfang.

Was die einzige vernünftige Entscheidung gewesen wäre, wusste er: schleunigst das Weite zu suchen und mit der Polizei wiederzukommen.

Seufzend wollte er sich auf den Weg zurück zu seinem

Wagen machen, aber irgendetwas hielt ihn zurück. Diese Leiche würde nirgendwo mehr hingehen, und auf der Farm regte sich ebenfalls nichts. Was auch immer hier passiert war, schien vorbei zu sein. Es handelte sich also nicht um einen Notfall.

Adam hatte drei lange Jahre an diesem Fall gearbeitet. Er war nicht bereit, jetzt das Feld zu räumen. Nicht, bevor er endgültig Licht ins Dunkel gebracht hatte.

Und deshalb musste er in dieses Haus. Laura Martin gehörte ihm. *Er* würde sie retten.

Er ließ den Leichnam liegen und stapfte zur Hintertür, um versuchsweise an einer der Sperrholzplatten zu ziehen, mit denen sie vernagelt war. Nach einem kräftigen Ruck hielt er die Platte in den Händen und starrte in ein klaffendes, von spitzen Glasscherben und Holzsplittern gesäumtes Loch. Jemand hatte die Tür eingeschlagen, und den Holzsplittern nach von innen.

Adam kroch vorsichtig durch die Öffnung und fand sich in einem kleinen Vorraum wieder. Von dort gelangte er in die Küche, in der er von draußen das Feuer hatte brennen sehen. Alles war ordentlich und makellos sauber. Die Gewalt, die hier offenbar stattgefunden hatte, musste schon eine Weile her sein.

Adam schnappte sich ein Schneidemesser vom Messerblock und wagte sich in den von der Küche abzweigenden Flur. Von dort spähte er zunächst in eine kleine, gut organisierte Vorratskammer, deren Regale mit Konserven und Einmachgläsern gefüllt waren, und danach in ein Badezimmer, das als Abstellkammer diente und in dem sich die Kartons fast bis zur Decke stapelten.

Er öffnete eine weitere Tür und sah, dass sie ins Wohnzimmer führte. Auch dieser Raum war leer. Er wirkte wie aus der Zeit gefallen mit seinem gelben Samtsofa, dem geschwungenen Spiegel über dem Kamin und dem Läufer mit Blumen- und Weinrankenmuster. Adam zog eine Schublade der Chippendale-Anrichte auf und fand darin gerahmte Familienfotos. Eins davon zeigte eine streng dreinblickende Frau mit Brille und stark toupierten Haaren und war nach seiner Schätzung in den fünfziger Jahren aufgenommen worden. Möglicherweise handelte es sich um Mrs Johnson. Adam blickte zur Zimmerdecke. Befand sie sich dort oben im ersten Stock? War sie verletzt? Auf einmal glaubte er, direkt über sich ein leises Stöhnen zu vernehmen.

Vorsichtig legte er das Foto wieder zurück und schloss die Schublade. Als Nächstes inspizierte er das Speisezimmer, in dem alles ordentlich war, bis auf einen zerbrochenen Stuhl, den jemand in eine Ecke geschleudert hatte. Er hob ihn hoch und fuhr mit dem Finger über die Kante des abgebrochenen Stuhlbeins, das ein Stück entfernt auf dem Boden lag. Ein derart glatter Bruch erforderte große Wucht.

In diesem Haus gingen äußerst seltsame Dinge vor sich, das stand fest.

Adam kehrte in die Küche zurück und holte tief Luft. Sein Herz hämmerte, als er die Treppe hinaufblickte. Der Moment war gekommen.

Mit jeder Stufe, die er hinter sich brachte, wurden die Fotos entlang der Treppe älter. Sie spiegelten die Geschichte einer Familie wider, von der nur noch eine Person übrig zu sein schien. Adam hoffte, dass sie zu altersschwach war, um von dem Chaos um sie herum viel mitbekommen zu haben.

Die Treppe mündete in einen Flur, von dem vier Türen

abgingen, zwei geschlossene und zwei offene. Die hinterste Tür auf der linken Seite war von außen mit mehreren Schlössern gesichert und mit einer schmalen Klappe versehen.

Jetzt klopfte Adams Herz noch heftiger. Sperrte Laura Martins Ehemann sie etwa im Schlafzimmer ein, wenn er unterwegs war? Falls ja, war die Situation noch schlimmer, als er gedacht hatte.

Er eilte zu der Tür, schob die Klappe auf und spähte ins Zimmer.

Was er dort sah, versetzte ihm einen Schlag in die Magengrube.

Der Raum ähnelte in keiner Weise dem Rest des Hauses. Im Grunde war es kein richtiges Zimmer, sondern eine kahle Zelle, kaum mehr als vier nackte Wände und ein mit Brettern zugenageltes Fenster. Ein Bett, ein Waschbecken und eine Art mobile Toilette bildeten die einzige Einrichtung. Auf dem Bett lag eine schwangere Frau in einem weißen Kleid, deren lange braune Haare sich neben ihr auf dem Laken ausbreiteten. Sie war viel zu jung, um Laura Martin zu sein, geschweige denn Mrs Johnson.

»Hallo«, sagte er.

Die Frau bewegte sich nicht.

»Hey, Sie da drinnen!«, rief er und vergewisserte sich mit einem Blick über die Schulter, dass ihn niemand gehört hatte.

Nach langem Warten drehte die junge Frau endlich den Kopf zur Tür. Adam war entsetzt. Ihr schmerzverzerrtes Gesicht war ausgemergelt und bleich. Sie sah aus wie ein Skelett, wie eine lebende Tote. Das Drehen des Kopfes schien sie unendliche Mühe zu kosten. Ihre rechte Schulter war bandagiert, und ein Blutfleck von der Größe einer Faust zeichnete sich auf dem Verband ab.

Was war mit diesem armen Mädchen passiert?

Adams Herz raste. Er fühlte sich wie in einem Horrorfilm.

Die junge Frau kämpfte sich in eine sitzende Position hoch. Sie wirkte benommen, und ihr Kopf taumelte unkontrolliert hin und her. Langsam, aber mit entschlossenem Gesicht, drehte sie sich zur Seite, stellte die Füße auf den Boden und hielt sich am Bettrahmen fest, um nicht umzukippen. Bei ihrem Kleid schien es sich um eine altmodische Abendrobe aus dünner Seide zu handeln. Adam verstand gar nichts mehr. Was hatte das alles mit der Leiche hinter dem Pavillon oder der eingeschlagenen Tür und dem zerbrochenen Stuhl zu tun?

»Wer … wer sind Sie?« Die junge Frau schien unermessliche Schmerzen zu haben und sich nur mit Mühe konzentrieren zu können.

»Ich bin von der Polizei und werde Sie hier rausholen«, erwiderte er, ohne nachzudenken.

Ihre Lippen zitterten.

»Träume ich? Sie sind eine Halluzination, oder?«

»Nein, ich bin echt. Und ich bin hier, um Ihnen zu helfen.« Er konnte es nicht glauben. Auf einen Schlag konnte er gleich zwei Frauen retten. Vielleicht waren anderswo in diesem Haus noch mehr Gefangene versteckt. Er musste hinter den geschlossenen Türen nachsehen, im Keller, auf dem Dachboden. Worauf war er hier nur gestoßen?

Die junge Frau begann, schwer zu atmen, möglicherweise hyperventilierte sie. Adam hatte Angst, dass sie in Ohnmacht fiel.

»Beruhigen Sie sich. Ich werde Sie befreien.«

Die junge Frau stand schwankend auf und taumelte zur Tür, um die Hand fest gegen die Plexiglasscheibe der Klappe zu pressen.

»Bitte beeilen Sie sich. Bevor sie zurückkommt.«

»Sie?«

»Diese grausame Schlampe. Sie wollte mich umbringen. Sehen Sie mich an!«

Adam versuchte, die Türschlösser mit dem Messer aus der Küche aufzubrechen – ohne Erfolg. Die junge Frau drückte die Stirn gegen die Tür, und ihre vor Panik weit aufgerissenen Augen starrten ihm durch die Klappe entgegen.

»Was tun Sie denn da?«, rief sie verzweifelt. *»Schießen Sie die verdammten Schlösser doch einfach auf!«*

Adam musste die junge Frau unbedingt beruhigen, auch wenn er selbst kurz vor dem Durchdrehen war.

»Okay. Na ja, ich …«, stammelte er nervös.

»*Was* denn? Schießen Sie!« Jetzt schrie sie regelrecht.

»Ich kann nicht«, rief er zurück und fuhr sich mit den Fingern durch die Haare. »Ich habe keine Waffe.«

»*Was?*«, kreischte sie. »Endlich findet mich die Polizei, und dann schickt sie einen Mann, der *nicht einmal eine Waffe hat*? Machen Sie Witze?«

»Mit dieser Situation war nicht zu rechnen, tut mir leid.«

Sie sah ihn verwirrt an. »Haben Sie denn nicht nach mir gesucht?«

Für lange Erklärungen war keine Zeit.

»Die Schlüssel. Wissen Sie, wo die Schlüssel sind?«

»Woher zur Hölle soll ich das wissen?« Die Frau war nun völlig außer sich. Vielleicht ließ er sie besser hier zurück und holte Verstärkung.

»Hören Sie. Ich gehe jetzt und hole Hilfe.«

»Nein! Tut mir leid, dass ich Sie angeschrien habe. Suchen Sie die Schlüssel. Vielleicht sind sie in der Küche. Lassen Sie mich nicht in diesem Haus allein. Verlassen Sie mich nicht«, flehte die junge Frau.

»Okay, ist gut. Warten Sie einen Moment.«

»Bitte reden Sie weiter mit mir. Ich will Ihre Stimme hören.«

»Schon gut, wird gemacht.« Er rannte die Treppe hinunter und umklammerte das Messer fester, als er um den Treppenabsatz bog.

»Ich bin jetzt in der Küche und suche nach den ...«, rief er nach oben. In diesem Moment sah er ihn: den Schlüsselbund, der an einem kleinen Messinghaken neben der Tür hing. Er schnappte ihn sich und rannte die Treppe wieder nach oben.

Durch die Klappe zeigte er ihr die Schlüssel.

»Das könnten die richtigen sein, oder?«

»*Beeilen Sie sich!*«

Er legte das Messer neben seine Füße auf den Boden. Seine Hände zitterten, als er begann, die verschiedenen Kombinationen aus Schlüsseln und Schlössern durchzuprobieren.

»Schneller. Sie könnte jede Minute zurück sein. Und sie ist bewaffnet.«

»Wird noch eine andere Frau hier gefangen gehalten? Älter als Sie, etwa Mitte dreißig?«

»O nein, glauben Sie bloß nicht, Sie wäre eine Gefangene, die Sie retten müssten. Sie ist diejenige, die mich hier einsperrt!«

Adam schüttelte verwirrt den Kopf und hielt in seinen Bemühungen inne.

»Sie müssen sich irren.«

»Mich irren?« Sie spähte zu seinen untätigen Händen hinaus. »Warum haben Sie aufgehört? Machen Sie weiter!«

Er wandte sich wieder den Schlössern zu und probierte mit nervösen Fingern einen Schlüssel nach dem anderen.

»Wissen Sie eigentlich, wie lange ich schon hier bin?« Die junge Frau trat zurück und zeigte auf ihren Babybauch. »Mindestens so lange, sehen Sie? Sogar noch länger. Haben Sie das kapiert?«

»Seien Sie bitte still, sonst kann ich mich nicht konzentrieren«, fuhr er sie an. Er durfte jetzt auf keinen Fall die Nerven verlieren, aber dieses hysterische Mädchen machte ihn wahnsinnig.

»Ich hole Sie hier raus«, murmelte er.

Die junge Frau wartete. Tränen strömten ihr über die glühendroten Wangen. Immerhin hatte er inzwischen für zwei der Schlösser die richtigen Schlüssel gefunden. Und da war der dritte! Nun fehlte nur noch einer.

Die junge Frau presste wieder ihr Gesicht gegen die Glasscheibe und starrte auf seine Hände, die sich am letzten Schloss zu schaffen machten. Er schämte sich dafür, dass sie zitterten.

»Wie kann es sein, dass Sie ganz allein hier sind? Wo ist Ihr Partner oder Ihre Verstärkung oder was auch immer?«

Adam hielt erneut, mit dem Schlüsselbund in der Hand, inne. Er würde der jungen Frau die Wahrheit sagen, vielleicht brachte sie das zum Schweigen.

»Also gut. Ich bin nicht wirklich bei der Polizei.« Ihre Augen weiteten sich. »Aber keine Angst. Ich war zumindest mal ein Bulle. Momentan bin ich … beurlaubt.«

Das rote Gesicht der jungen Frau war bleich geworden.

Immerhin zeigten seine Worte die gewünschte Wirkung: Sie war vor Schreck verstummt.

In diesem Moment schnappte das letzte Schloss auf, und er öffnete die Tür. Sofort schoss die junge Frau aus dem Zimmer und schob ihn mit ihrem gesunden Arm zur Seite. Sie entdeckte das Messer zu seinen Füßen, stürzte sich darauf und rannte damit zur Treppe.

»Verdammt«, murmelte er.

Auch er eilte den Flur entlang und riss die erste Tür auf. Ein Wäscheschrank. Hinter der zweiten Tür fand er ein voll eingerichtetes Krankenzimmer, dessen abgestandene Luft verriet, dass es nicht mehr in Gebrauch war. Bestimmt war hier Mrs Johnson gepflegt worden. Aber wo war sie jetzt?

Nachdem Adam auch das letzte Zimmer, ein Schlafzimmer, leer vorgefunden hatte, machte er sich auf den Weg die Treppe hinunter.

Auf den letzten Stufen rannte er unverhofft in die junge Frau hinein, die stocksteif dastand und schwer atmete. Er stieß so heftig gegen sie, dass ihr das Messer aus der Hand fiel und klappernd auf dem Boden landete.

Als er den Blick hob, wurde ihm klar, was ihre Flucht vereitelt hatte. Mitten in der Küche stand eine wild dreinblickende Frau, deren Haare zu einem unordentlichen Knoten gebunden waren und deren Kleidung aussah wie ein Relikt aus der Depressionszeit.

Sie hielt ein Schrotgewehr in der Hand und richtete es abwechselnd auf ihn und das Mädchen.

54

WÄHREND JULIE in den Lauf der Waffe starrte, mit der die Frau schon einmal auf sie geschossen hatte, hätte sie den Mann, der sie retten wollte, am liebsten umgebracht. Wie war er nur auf die Idee gekommen, unbewaffnet in dieses Haus einzudringen?

Das Messer wäre immerhin ein Anfang gewesen, aber das lag nun außer Reichweite auf dem Boden unter dem Küchentisch.

Trotzdem: Sie durfte nicht in Panik geraten, sondern musste einen klaren Kopf behalten.

Allerdings drohte ihr Körper, ihr den Dienst zu versagen – der Raum drehte sich um sie herum, ihr Magen krampfte sich immer wieder zusammen, und der Schmerz in ihrer Schulter pochte wie verrückt. Wie sollte sie sich unter diesen Umständen aus dieser Situation befreien?

Am liebsten hätte sie sich einfach auf dem Küchenboden zusammengerollt und aufgegeben. Sollte die Frau sie doch erschießen und von ihrem Leid erlösen. Sie ertrug den Gedanken nicht, noch einmal zu scheitern.

Dann dachte sie an das Kind, das sie in sich trug.

Die letzten zwei Tage hatte sie in wirre Fieberträume versunken auf dem Bett gelegen und geglaubt, mit ihrem unüberlegten Fluchtversuch alles vermasselt zu haben. Trotzdem konnte sie nicht anders, als auch noch diese letzte, verkorkste Chance zu ergreifen. Das war sie ihrem Kind schuldig. Wenigstens hatte sie jetzt Verstärkung durch den Expolizisten. Ihre Erfolgsaussichten hatten sich also erhöht.

Wenn ihr Kopf nur nicht so benebelt und ihr Körper nicht so schwach gewesen wäre.

Während sie noch ihre Gedanken zu ordnen versuchte, hörte sie den Mann hinter sich rufen:

»Sind Sie Laura Martin?«

Julie verstand gar nichts mehr. *Die Frau* hieß Laura?

»Ich weiß, dass Sie sich jetzt anders nennen«, fuhr der Mann fort. »Cora, nicht wahr? Aber in Stillwater, waren Sie da als Laura Martin bekannt?«

So unsinnig seine Fragen erschienen, sie hatten eine erstaunliche Wirkung auf die Frau. Ihr Gesicht war erschlafft, und sie hatte die Waffe um einige Zentimeter sinken lassen.

Julie wollte sich schon darüber freuen, dass es dem Mann gelungen war, sie abzulenken, als die Frau wieder zu sich kam und ihnen mit dem Lauf ihres Gewehrs bedeutete, sich links vom Ofen aufzustellen.

»Was wissen Sie darüber?«, fragte sie, den Blick fest auf den Mann gerichtet.

»Ich weiß über alles Bescheid, Laura. Über Reed Lassiter und Joy Marcione zum Beispiel.«

Die Frau zuckte sichtlich zusammen, als sie die Namen hörte.

»Wer sind Sie? Und was wollen Sie hier?« Ihr Blick schoss zum Fenster. »Wer ist sonst noch hier?«

»Er ist Polizist, und der Rest seiner Einheit ist unterwegs«, behauptete Julie. »Sie lassen uns also besser laufen.«

Die Frau dachte gar nicht daran, sondern trat näher an sie heran. Der Lauf ihrer Waffe war jetzt weniger als einen halben Meter von dem Mann entfernt.

»Stimmt das? Raus mit der Sprache.«

Vor Julies Augen verschwamm plötzlich alles. Wenn die

Frau ihr doch bloß keine Schmerzmittel eingeflößt hätte. Alles war schemenhaft und zusammenhanglos.

»J-ja. Meine Leute sind unterwegs«, hörte sie den Mann wie aus weiter Ferne sagen.

Julie atmete erleichtert auf. Er hatte verstanden und spielte mit.

»Sie lügen. Ich sehe weder eine Waffe noch eine Uniform. Sie sind gar kein Bulle, stimmt's? Ich weiß, wer Sie sind. Sie sind der Kerl, der letzte Nacht hier herumgeschnüffelt und mich fast zu Tode erschreckt hat. Ein gewöhnlicher Dieb, sonst nichts.« Die Frau lachte leise. »Da sind Sie ja in was Schönes hineingestolpert …«

Ihr Gesicht verdüsterte sich.

»Aber wer hat Ihnen von Stillwater erzählt?«

»Ich sage Ihnen doch, dass ich Polizist bin. Seit drei Jahren ermittle ich gegen Sie. Ich weiß, was passiert ist. Ich weiß, dass Sie Reed Lassiter und die anderen beiden Jugendlichen umgebracht haben.«

Der Schock über diese Neuigkeit riss Julie aus ihrem benommenen Zustand. Die Frau hatte Reed umgebracht? Denselben Reed, dessen Name Julie nicht sagen durfte, weil sie seiner unwürdig war? Den Jungen, den sie ganz offensichtlich geliebt hatte? Und was war mit dem Baby, von dem sie gesprochen hatte? *Zu was war diese Bestie noch in der Lage?*

»Aber keine Angst, Laura«, fuhr der Mann fort. »Wegen Stillwater brauchen Sie sich keine Sorgen mehr zu machen. Ich habe mich um alles gekümmert.«

»Wovon reden Sie?«

»Die Beweise sind verschwunden. Zerstört. Ich habe sie verbrannt. Weil ich hier bin, um Sie zu retten.«

Julie starrte ihn ungläubig an.

»Mich zu retten? Mich muss keiner retten. Das hier ist *mein* Haus.«

»Laura, lassen Sie es mich erklären. Meine Schwester Abigail ist mit sieben Jahren von einem Parkplatz entführt worden. Sie wäre heute ungefähr in Ihrem Alter.«

»Was hat das denn damit zu tun?«

»Ich weiß, dass auch Sie einst entführt worden sind. Es ist also Schicksal, dass ich Sie gefunden habe, denn ich verstehe genau, was Sie durchgemacht haben.«

Sie schüttelte den Kopf.

»Das verstehen Sie ganz sicher nicht. Nicht einmal ansatzweise.«

»Ich bin gekommen, um Ihnen zu helfen. Ihr Vater hat mir erzählt, dass …«

»Mit meinem Vater haben Sie bestimmt nicht gesprochen. Jetzt weiß ich, dass Sie lügen«, unterbrach sie ihn unwirsch.

»Ich kann es beweisen«, beteuerte der Mann. »Ich habe nämlich ein Foto von Ihnen beiden. Auf meinem Handy. Kann ich … darf ich es Ihnen zeigen?«

Julie beobachtete die beiden. Dieser Kerl war vielleicht doch nicht so dumm, wie sie gedacht hatte. Was er sagte, ergab keinerlei Sinn, aber sie musste ihm zugestehen, dass er die Frau damit vollkommen in seinen Bann zog. Julie durfte jetzt auf keinen Fall ohnmächtig werden. Sie musste auf jede kleine Bewegung achten und auf eine Gelegenheit warten, sich das Gewehr zu schnappen.

Weiterreden, dachte sie. *Immer schön weiterreden.*

»Ich hole mir Ihr Handy selbst. Sie behalten die Hände oben«, befahl die Frau und trat so dicht an den Mann heran, dass der Gewehrlauf sein Gesicht berührte. Dann griff sie um ihn herum in die Gesäßtasche seiner Hose. Als sie das Handy daraus hervorzog, stürzte sich Julie blitzschnell auf das Gewehr.

Ihre Schulter pulsierte, und der Raum verschwamm vor ihren Augen. Trotzdem kämpfte sie mit allem, was ihr zur Verfügung stand, aber die Frau war stark, unendlich stark. Julie dachte an das Baby, an Mark, an ihre Eltern, an ihren Schutzengel, die Frau auf dem alten Foto. Auf diese Weise gelang es ihr, sämtliche Kraftreserven zu mobilisieren.

Mit einem letzten wilden Aufbäumen wand sie der Frau das Schrotgewehr aus den Händen und richtete es auf sie.

Sie hatte es geschafft.

»Dort rüber!«, befahl sie. »Stellen Sie sich in die Ecke.«

Die Frau knurrte vor lauter Frust, folgte jedoch der Anweisung.

Julie stand unterdessen keuchend da, noch immer aufgeputscht vom Adrenalin.

Als jemand ihren Arm packte, drehte sie ungläubig den Kopf. Dieser dämliche Bulle versuchte, ihr das Gewehr wegzureißen!

»Lassen Sie sie in Ruhe. Tun Sie ihr nichts!«, rief er.

Julie fuhr herum und drückte ihm den Lauf des Gewehrs gegen die Brust, um ihn nach hinten zu schieben, rutschte jedoch nach unten ab. In diesem Moment löste sich ein Schuss. Der ohrenbetäubende Knall raubte Julie jede Orientierung, und sie sackte kraftlos nach vorn. Es gelang ihr, die drohende Ohnmacht zurückzudrängen und das Gewehr wieder auf die Frau zu richten, aber der Mann umklammerte sein Bein und fiel schreiend zu Boden.

O Gott, ich habe ihn erschossen!

»Tut mir leid … Das wollte ich nicht«, stammelte sie.

»Aber Sie sind selbst schuld. Was haben Sie sich nur dabei gedacht?«

Er lag stöhnend vor Schmerzen da, mit blutdurchtränkter Jeans.

»Ich fasse es nicht. Sie haben auf mich geschossen.«

Während Julie den Lauf des Gewehrs weiterhin auf die Frau gerichtet hielt, sah sie sich krampfhaft in der Küche um. Schließlich griff sie nach einem Geschirrtuch, das über der Lehne eines Stuhls hing, und warf es ihm zu.

»Hier«, sagte sie. »Keine Sorge, wir schaffen es hier heraus. Geben Sie mir Ihr Handy.«

»Vergessen Sie's. Kein Empfang«, keuchte er.

Julie wandte sich an die Frau. »Wo ist das Festnetztelefon?«

Die Frau starrte sie nur an.

Julie ließ erneut den Blick durch den Raum schweifen und entdeckte das Telefon schließlich an der Wand. Unter höllischen Schmerzen, die ihr fast die Sinne raubten, klemmte sie sich das Gewehr auf ihrer verletzten Seite zwischen Schulter und Hand. Der Schaft der Waffe war nur wenige Zentimeter von ihrer Schusswunde entfernt. Sie biss die Zähne zusammen, schloss die Finger noch fester um den Lauf und griff mit der anderen Hand nach dem Telefonhörer.

Sie hielt ihn sich ans Ohr. Kein Freizeichen.

»Natürlich nicht«, knurrte sie und schleuderte den Hörer frustriert von sich weg. Nutzlos an seinem Kabel baumelnd, pendelte er vor der Kirschblütentapete hin und her.

Welche Optionen blieben ihr jetzt noch?

Sie konnte das Gewehr mitnehmen, mit dem Auto des Mannes davonfahren und die beiden hier zurücklassen. Dann würde die Frau allerdings ungeschoren davonkommen, denn diesem Pseudocop war ganz sicher nicht zuzutrauen, dass er sie hier festhielt, bis die Polizei eintraf. Ihm war es wichtiger, dieses furchtbare Weib zu »retten«.

Oder sie konnte die Frau oben in dem Zimmer einsperren. Julie warf einen Blick zur Treppe und spürte, wie ihr schlecht wurde. Sie schaffte es nicht. Nie wieder konnte sie diese Treppe hinaufgehen. Außerdem war die Frau ein hinterlistiges Biest. Was, wenn es ihr irgendwie gelang, den Spieß umzudrehen? Julie würde unter keinen Umständen riskieren, erneut in diesem Verlies zu landen.

Die Wände um sie herum schienen immer näher zu kommen. Sie hatte zunehmend Mühe, ihre Gedanken zu kontrollieren.

Welche Möglichkeiten gibt es sonst noch?

Sie konnte der Frau ins Bein schießen, damit sie nicht wegrennen konnte. Aber was, wenn sie beim ersten Mal danebenschoss und dann keine Patronen mehr im Gewehr waren? Die Gefahr war ihr zu groß.

Es musste noch eine andere Lösung geben.

Ihr Blick schoss durch die Küche und fiel auf einen Rauchmelder, der in der Ecke an der Decke hing. Er war vermutlich genauso unbrauchbar wie das Telefon, brachte sie jedoch auf eine Idee. Wenn auf der Farm ein Feuer ausbrach, musste irgendwann jemand kommen und ihr helfen.

Vorausgesetzt, das Feuer war groß genug.

»Geben Sie mir das Geschirrtuch zurück!«, rief sie dem Mann zu.

Er sah sie erstaunt an, tat jedoch, was sie von ihm verlangte, und warf es ihr zu.

Während sie das Gewehr abwechselnd auf den Mann und die Frau richtete, bewegte sich Julie rückwärts auf den Ofen zu, hielt das blutverschmierte Geschirrtuch in die Flammen und wartete, bis es Feuer fing.

»Was tun Sie da?«, fragte die Frau erschrocken.

Julie funkelte sie wütend an.

»Ich werde dieses Haus des Bösen abfackeln, das tue ich.«

»Nein!«, rief die Frau. »Nicht das Haus!« Voller Panik schoss ihr Blick durch die Küche. Julie sah ihr an, wie viel ihr die Farm bedeutete, und warf das brennende Tuch umso genüsslicher zu den Vorhängen, die sofort aufloderten wie Fackeln.

Der Expolizist stieß einen Schrei aus.

»Dieses alte Gemäuer brennt sicher wie Zunder«, sagte Julie gehässig.

Die Flammen züngelten inzwischen bis zur Decke, und die Küche begann, sich mit Rauch zu füllen. Julie ging auf, dass die giftigen Gase sie alle umbringen konnten, bevor die Retter eintrafen. Sie war so dicht davor, endlich dieser Hölle zu entfliehen, das würde sie auf keinen Fall aufs Spiel setzen. Sie mussten hier raus. Nach einem Blick auf ihre nackten Füße und auf den Schnee vor dem Fenster, wies sie mit dem Gewehrlauf Richtung Speisezimmer.

»Na los. Dort hinein.«

Die Frau ging rückwärts, ohne Julie aus den Augen zu lassen, und der Möchtegerncop legte die Strecke kriechend zurück und zog das verletzte Bein hinter sich her. Sie hätten sich eigentlich in der Scheune in Sicherheit bringen müssen, aber Julie wusste nicht, ob er es bis dorthin schaffen würde. Als sie im Speisezimmer ankamen, war das Getöse der Flammen hinter ihnen bereits ohrenbetäubend laut. Julie malte sich aus, wie das Feuer nach und nach in jede Ecke des Hauses vordrang und sein Gift vernichtete.

Aus der Küche war ein lauter Knall zu hören, woraufhin die Flammen noch heftiger loderten. Durchs Fenster sah Julie eine schwarze Rauchsäule, die nach hinten in den Garten wehte.

Der Mann fing wieder an, dummes Zeug zu faseln.

»Ich glaube nicht, dass Sie es damals wirklich tun wollten, Laura.«

Warum hörte er nicht auf zu reden?

»Seien Sie still«, murmelte Julie und lehnte sich Halt suchend an den Esstisch.

Warum war dieser Kerl nur so auf die Frau fixiert? Julie musste ihn genauestens im Auge behalten, sonst kam er wieder auf die Idee, dieses Ungeheuer retten zu wollen.

»Das war nicht Ihr wahres Ich«, sprach er weiter. »Genau wie meine Schwester Abigail durften Sie nie das Leben führen, das Ihnen zugestanden hätte. Schwierige Umstände können den Charakter eines Menschen verändern und ihn zu schrecklichen Taten zwingen. Dafür können Sie nicht zur Rechenschaft gezogen werden.«

Die Frau blickte zwischen Julie und dem Mann hin und her und machte einen zunehmend verwirrten Eindruck.

»Sorg dafür, dass er den Mund hält«, forderte sie Julie auf. »Er weiß nicht das Geringste über mich. Schieß noch einmal auf ihn.«

»Er verteidigt Sie. Dafür müssten Sie ihm eigentlich dankbar sein«, erwiderte Julie. Dann wandte sie sich an den Mann. »Fahren Sie fort. Ich brenne darauf zu erfahren, wie Sie rechtfertigen wollen, was diese Frau mir angetan hat.«

»Sie hat aber auch etwas *für* Sie getan. Hinter dem Pavillon liegt ein Mann, der vermutlich James Jenkins ist. Er ist tot.«

Julie fuhr zu der Frau herum.

»Sie haben ihn umgebracht?«

»Das können Sie nicht beweisen«, sagte die Frau stammelnd zu dem Möchtegernpolizisten. »Sie wissen nicht, was passiert ist.«

»Ist er tot?«, vergewisserte sich Julie noch einmal.

»Das ist doch Ihr Mann, der draußen mit aufgeschlitzter Kehle im Schnee liegt, oder, Laura?«

»Hören Sie auf, mich so zu nennen. Ich heiße Cora.«

»Sie haben ihn umgebracht, nicht wahr?«

Sie zögerte, antwortete dann jedoch forsch und mit vorgestrecktem Kinn.

»Ja, ich habe ihn umgebracht.«

Julie erstarrte. Was hatte das zu bedeuten? Der Mann war also tot? Warum hatte die Frau das getan? Um ihr, Julie, zu helfen? Weil sie wirklich gewollt hatte, dass sie eine Familie wurden? Oder weil ihr Mann sie manipuliert und missbraucht hatte?

Julie nahm ihre Umgebung nur noch wie durch einen Schleier wahr. Sie hätte nicht sagen können, wie lange sie schon so dastand, mit steifem, pochendem Arm und auf die Frau gerichtetem Gewehr. Endlich waren Sirenen zu hören, und wenig später kam eine ganze Karawane von Einsatzfahrzeugen die Einfahrt heraufgejagt und hielt schlitternd vor dem Haus.

Julies Herz schlug höher. Sie war in Sicherheit. Fast.

Schwarze Punkte tanzten vor ihren Augen. Sie war gefährlich nah an einer Ohnmacht, obwohl sie wusste, dass sie unter allen Umständen wach bleiben musste. Ihr Kopf wurde immer schwerer, und ihr fielen gegen ihren Willen die Augen zu.

Draußen im Schnee leuchteten grell die Blaulichter, brachen sich in den Fensterscheiben und fielen auf die Decke über Julies Kopf. Nur noch ein paar Minuten, und sie war gerettet. Ihr Entführer war tot, und die Frau würde für immer und ewig im Gefängnis landen. Vorausgesetzt, Julie blieb bei Bewusstsein.

Plötzlich kam ihr ein Gedanke, der sie aufwühlte und wieder etwas wacher werden ließ.

»Warum haben Sie mich nicht freigelassen?«, fragte sie.

Die Frau starrte mit ausdruckslosem Gesicht zu den Löschfahrzeugen, Krankenwagen und Polizeiautos hinaus.

»Was?«, fragte sie zurück, als hätte sie Julie nicht zugehört.

»Nachdem Sie ihn umgebracht haben. Sie haben mich weiter hier gefangen gehalten. Warum haben Sie mich nicht aus dem Zimmer befreit?« Julie wandte sich an den verletzten Mann. »Wenn sie es – wie Sie behaupten – für mich getan hätte, hätte sie mich freigelassen. Hat sie aber nicht.«

Auch der Mann wirkte abgelenkt von dem Tumult vor der Haustür. Sein Blick folgte den Feuerwehrleuten, die aus den Löschfahrzeugen sprangen, Schläuche ausrollten und sie zur Front des Hauses zogen, wo die Flammen am heftigsten loderten.

»Geben Sie Laura noch eine Chance«, sagte er, während der erste Schwall Wasser auf die Fassade traf. »Lassen Sie sie laufen.«

»Sind Sie verrückt? Haben Sie nicht gehört, was ich gerade gesagt habe? Kann ja sein, dass sie ihn umgebracht hat – hören Sie mir überhaupt zu? –, aber sie war nicht nur eine Marionette, die seine Befehle ausgeführt hat. *Sie* hat mich weiter gefangen gehalten. *Obwohl er bereits tot war.*«

»Versetzen Sie sich doch mal in ihre Lage. Ihr Vater hat sie als kleines Kind ihrer Mutter entrissen, und sie musste in einem Schrotthaufen von einem Wohnwagen aufwachsen und ständig von Stadt zu Stadt ziehen, wurde geschlagen und wer weiß was sonst noch alles. Später hat sie dann ihr Ehemann einer Gehirnwäsche unterzogen, damit sie ihm blind gehorcht. Verstehen Sie denn nicht, dass extreme Umstände einen Menschen in etwas verwandeln können, zu dem er eigentlich nicht bestimmt ist?«

In Julies Kopf flackerte die Erinnerung daran auf, wie sie geplant hatte, ihr Baby zu töten. Sie war fest entschlossen gewesen, ihm den unschuldigen kleinen Hals umzudrehen. Ihr lief ein Schauder über den Rücken. Doch, sie verstand sehr wohl, wie es zu so etwas kommen konnte. Aber das war noch lange keine Entschuldigung für die Taten der Frau.

»Nicht jeder wird deswegen sofort böse«, widersprach sie. »Manche Menschen tun selbst dann noch das Richtige.«

»Dann hören Sie auf sich selbst und tun *Sie* das Richtige. Zum Beispiel jetzt. Um nichts anderes bitte ich Sie. Diese Frau durfte nie der Mensch sein, der sie eigentlich hätte sein sollen.«

Bei diesen Worten hob die Frau ruckartig den Kopf. Plötzlich kam wieder Leben in ihre erstarrten Gesichtszüge.

»Sagen *Sie* mir nicht, wer ich hätte sein sollen. Ständig wollen mir die Leute erzählen, wer ich ›innerlich‹ bin oder was ›das Universum‹ angeblich für mich bereithält. Wer auch immer Sie sind, Sie haben keine Ahnung, wer ich bin, genauso wenig wie all die anderen vor Ihnen. Ich bin die Einzige, die es weiß.«

Der Mann starrte sie perplex an. Ihre Worte hatten ihn endlich zum Schweigen gebracht. Er schleppte sich mühsam zur Wand und stemmte sich daran hoch, als könnte er nur im Stehen seine Würde wiedererlangen.

»Ich habe doch nur versucht, Ihnen zu helfen. Ich habe versucht, Ihnen das Leben zu retten«, rechtfertigte er sich.

Julie verspürte plötzlich Mitleid mit ihm. Vielleicht war sie zu hart mit ihm ins Gericht gegangen. Schließlich hatte er sie aus dem Zimmer befreit.

»Auch wenn Sie diese Frau nicht retten können, mich haben Sie auf jeden Fall gerettet. Das werde ich Ihnen niemals vergessen, und meine Familie genauso wenig.«

Julie drehte sich zu der Frau um und musterte sie forschend. Im Laufe der zurückliegenden langen Monate hatte sie immer wieder einen Anflug von Menschlichkeit in ihr aufblitzen sehen und miterlebt, wie sie sich langsam, Stück für Stück, aus der Kontrolle des Mannes befreit hatte. Auch wenn sie bei diesem Prozess den Verstand verloren zu haben schien, war die Veränderung deutlich gewesen.

Und dennoch: Julie wusste, wer diese Frau tief in ihrem Inneren war, ob es der Expolizist nun wahrhaben wollte oder nicht. Sie war eine Mörderin und eine Komplizin bei noch schlimmeren Taten. Sie war das personifizierte Böse. So jemand hatte keine zweite Chance verdient, sondern musste seiner gerechten Strafe zugeführt werden.

»Sie haben mir etwas Schreckliches angetan«, sagte Julie zu der Frau und kämpfte sich durch den dichten Nebel in ihrem Kopf, um endlich auszusprechen, was sie über Monate nicht hatte aussprechen dürfen. »Etwas unendlich Schreckliches. Nicht nur er. Sie auch.«

Die Frau starrte zurück und ergriff endlich das Wort, wobei eine große Traurigkeit in ihrer Stimme lag.

»Du hast mich auch verraten, Laura. Du warst schwach.

Du hättest niemals zulassen dürfen, dass das alles passiert. Wenn du doch nur nicht mit zu den Höhlen gegangen wärst.«

Julie schüttelte voller Abscheu den Kopf. Was faselte diese Verrückte da? Eines war vollkommen klar: Sie würde niemals Verantwortung für ihre Taten übernehmen.

Die Feuerwehrleute hatten inzwischen die Haustür eingetreten und waren dabei, auch die Fenster zu zertrümmern, um den Druck im Inneren des Hauses zu reduzieren. Wasser spritzte nur wenige Meter vom Speisezimmer entfernt gegen die Wände, und die Männer riefen sich gegenseitig Anweisungen zu.

Sie würden innerhalb der nächsten Sekunden bei ihnen sein.

Julie ging rückwärts in den Vorraum und positionierte sich mit dem Rücken zur Küche neben der kaputten Glastür, durch die eiskalte Luft hereinströmte.

Sie musste nur die Tür zur Küche öffnen, und die Männer würden hereinstürmen. Dann konnte sie ihnen erklären, was diese verabscheuenswerte Frau alles verbrochen hatte, und man würde sie lebenslang einsperren, genau wie sie es offenbar mit Julie vorgehabt hatte. Aber vielleicht war das nicht genug. Vielleicht verdiente dieses schreckliche Weib auch den Tod.

Und Julie hatte die Gelegenheit, sie selbst töten. *Jetzt sofort.*

Sie malte sich aus, wie die Frau um Gnade flehen und wie das Leben langsam aus ihrem Gesicht weichen würde. Diese Vorstellung befeuerte noch Julies Rachsucht, und sie spürte bereits den Geschmack des Todes auf der Zunge, während sie das Gewehr ein Stück höher hob. Endlich Gerechtigkeit.

Dann hielt sie die Luft an, überrascht von der Heftigkeit ihrer Vergeltungsphantasien. Der Hass steckte in ihr wie ein Virus, das vielleicht nie wieder heilbar war, das alles in ihr abtötete, sie von innen her auffraß.

Was war nur mit ihr geschehen in diesem Haus? Was für ein Mensch war sie geworden, um zu derartiger Mordlust fähig zu sein?

Während die Äxte der Feuerwehrmänner draußen die Wände bearbeiteten und rote und blaue Funken aufwirbelten, stieg Julie der Rauchgestank in die Nase und sie hatte zunehmend Mühe, bei Bewusstsein zu bleiben. Dann wurde plötzlich alles still, und ihre Umgebung erschien ihr weit weg, unerreichbar.

In diesem Moment traf sie die Erkenntnis, dass es nur eine Lösung gab. So falsch und ungerecht sie sich auch anfühlte, sie war die einzige Möglichkeit, das Böse umzukehren. Julie wusste ohne jeden Zweifel, was sie zu tun hatte, wie sehr es ihr auch widerstrebte.

Sie kämpfte sich zurück an die Oberfläche ihres Verstands und zwang sich zu handeln.

Ihr Blick traf quer durch den Raum den Blick der Frau, deren Gesichtsausdruck verriet, dass sie sich ihrer eigenen Machtlosigkeit bewusst war. Sie erkannte ihre Niederlage an und war bereit, jedes Urteil anzunehmen.

Julie verengte die Augen zu Schlitzen.

»Lauf, lauf!«, sagte sie zu der Frau, so klar und deutlich sie konnte, wobei ihr mit jeder Silbe das Herz brach.

Koethi Zan

Danach

Thriller

Band 19564

»In den ersten 32 Monaten und 11 Tagen unserer Gefangenschaft waren wir dort unten zu viert. Und dann nur noch drei. Es war still im Keller, und wir fragten uns, wer wohl als Nächstes dran sein würde.«

Koethi Zans große Kunst ist es, das Grauen als Kino im Kopf erfahrbar zu machen: Sarahs Martyrium wird zum eigenen Martyrium. Und plötzlich befindet man sich selbst in die dunkelsten Tiefen des Kellers …

»Achtung, Suchtgefahr! Wer dieses geniale Debüt anfängt, muss es sofort zu Ende lesen.«

Petra

Das gesamte Programm gibt es unter www.fischerverlage.de

fi 19564 / 1